國家社科基金重大委托項目“《子海》整理與研究”成果

山東省社科規劃重大委托項目成果

子海精華編

主編　王承略　聶濟冬

雲谿友議校正

（唐）范攄　著　王寧　校正

萍洲可談

（宋）朱彧　著　武潤婷　點校

鳳凰出版社

圖書在版編目（CIP）數據

云谿友議校正 /（唐）范攄著 ；王寧校正. 萍洲可談 /（宋）朱彧著 ；武潤婷點校. -- 南京 ：鳳凰出版社，2018.12
（子海精華編 / 王承略，聶濟冬主編）
ISBN 978-7-5506-2913-4

Ⅰ. ①云… ②萍… Ⅱ. ①范… ②朱… ③王… ④武… Ⅲ. ①筆記小説－小説集－中國－唐代②筆記小説－小説集－中國－宋代 Ⅳ. ①I242.1

中國版本圖書館CIP數據核字(2019)第039238號

書　　名　雲谿友議校正　萍洲可談
著　　者　(唐)范攄 著　王寧 校正
　　　　　(宋)朱彧 著　武潤婷 點校
責任編輯　汪允普
裝幀設計　徐　慧
出版發行　鳳凰出版社(原江蘇古籍出版社)
　　　　　發行部電話025-83223462
出版社地址　南京市中央路165號，郵編:210009
出版社網址　http://www.fhcbs.com
照　　排　江蘇鳳凰製版有限公司
印　　刷　江蘇鳳凰通達印刷有限公司
　　　　　南京市六合區冶山鎮，郵編:211523
開　　本　890×1240毫米　1/32
印　　張　12.375
字　　數　258千字
版　　次　2018年12月第1版　2018年12月第1次印刷
標準書號　ISBN 978-7-5506-2913-4
定　　價　78.00圓
(本書凡印裝錯誤可向承印廠調換，電話:025-57572508)

國家社科基金重大委托項目“《子海》整理與研究”成果之一

《子海精華編》

執行編纂(按姓氏筆畫排列)：
王　娜　王成厚　尹思琦　曲娟娟　李　兵　李　博
宋恩來　尚　穎　柳春燕　柳湘瑜　陳肖杉　陳福盛
畢研哲　徐慧月　徐旖旎　張　偉　張雨霏　歐劍文
劉　博　劉　圓　劉迎秋　錢永棒　蘇運蕾
編　　務：張　櫻　劉　端　孫紅苑　宋曉晨　高佳蕾　李　兵
本書審讀專家：林開甲

《子海精華編》出版説明

“子海”，即“子書淵海”的簡稱。“《子海》整理與研究”課題係國家社科基金重大委托項目、山東省社科規劃重大委托項目。該課題分《珍本編》、《精華編》、《研究編》、《翻譯編》四個版塊，力圖把子部珍稀文獻、精華文獻進行深層次的整理、研究和譯介，挖掘子部文獻的價值，促進子學研究的發展。

山東大學向來以文史見長。古籍整理與子學研究，是其中的傳統研究方向。“《子海》整理與研究”，是在山東大學前輩學者高亨先生積30年之力陸續做成的《先秦諸子研究文獻目録》的基礎上，由已故著名古籍整理與研究專家董治安先生參與策劃、設計的大型綜合研究課題。課題立項後，得到了中宣部、教育部、財政部、山東省政府和山東大學的大力支持，學界同仁踴躍參與。《精華編》的整理研究團隊近200人，來自海内外48所高校和研究機構。在組織管理上，《精華編》努力探索傳統文化研究協同創新的新體制、新機制，現已呈現出活力和實效。

華夏文明是由多元文化構築而成的。中國古代子部典籍，以歷代士人個性化作品的形式，系統性地展示了華夏民族的世界觀和方法論，立體性地反映了中華民族對世界文明發展的貢獻。其中，無論是宏篇大論，還是叢殘小語，都激蕩著歷史的聲音，閃爍著智慧的光芒，構成中國古代思想、藝術、科技和生活方式的主體内容。《精華編》通過對子部最优秀的典籍的整理，一方面擷英取粹，爲華夏文明的傳播提供可靠的資源和文本；另一方面以古鑒今，爲當下社會的發展提供智力支持和精神支撑。并希望進而梳理中華傳統文化的多元結構，繼承中華優秀傳統文化的一貫文脈。

根據漢代以後子學發展和子部典籍的實際情況，參照官私目録的分類與著録，《精華編》選取先秦諸子、儒學、兵家、法家、農家、醫家、曆算、術數、藝術、雜家、小説家、譜録、釋道、類書十四個類目的要籍幾百種，編爲目録，作爲整理的依據，而在成果展現上則不出現具體的類目。爲統一體例，便於工作，《精華編》編有詳細的《整理細則》，并有簡明的《整理要則》，供整理者遵循使用。

《精華編》整理原則是，對每種子書的整理，突出學術性、資料性和創新性，力求吸納已有的整理成果，推出更具參考價值、更方便閲讀的整理文本。所採用的整理方式，大體有三種：一、部頭較大且前人未曾整理者，採用標點、校勘的方式整理；二、前人曾經標點、校勘者，或採用抽换更好或别具學術特色底本的方式整理，或採用集校、集注的方式整理，或採用校箋、疏證的方式整理，或綜合使用以上方式；三、前人已有較好的注本者，則採用集注、彙評、補正等方式整理。

《精華編》採用五次校審、遞進推動的管理程式，即：一、初校全稿。子海編纂中心組織碩、博研究生，修改文稿錯别字，規範異體字，調整格式，發現并標明校點中的不妥之處。二、初審文稿。子海編纂中心的編纂人員根據情況，解决初校時發現的問題，并判斷書稿的整體質量。三、匿名評審。聘請資深教授通審全稿，全面進行學術把關，消滅硬傷，寫出審稿意見。四、修改文稿。子海編纂中心及時把專家審稿意見反饋给整理者。整理者根據審稿意見修改，做出新文稿。五、終審文稿。待新文稿返回子海編纂中心後，總編纂作最後的學術質量把關。五步程序完成後，將文稿交付出版社。

五次校審的目的是爲了保證學術質量，提高整理水平，減少錯訛硬傷。但校書如掃塵埃落葉，隨掃隨有，《精華編》雖經多道程序嚴加把關，仍難免有錯，懇請方家不吝指教。子海編纂中心將及時總結經驗，吸取教訓，把工作做得更好，以實現課題設計的初衷。

雲谿友議校正

（唐）范　攄　著
王　寧　校正

目　録

整理説明

《雲谿友議》爲晚唐處士范攄所著。據其自序所言，是受何自然《續笑林》、韋絢《劉賓客嘉話録》影響，而將自己多年搜集的材料及友朋談資加以整理編撰而成。關於《劉賓客嘉話録》，唐蘭曾指出“韋絢此書，在當時實爲創作，蓋雜記之書，大抵述故事，陳怪異，而此書或討論經傳，評騭詩文，前所未有也”。[①] 范氏以此爲導引，故其書有綜合傳奇、史料和詩話之特色。由於内容偏重於文人軼事，故而對中晚唐之文學研究相當重要。正像周勛初所言“筆記小説的性質介於文史之間”，[②]其間的内容亦真亦假，有虚有實，要更好地利用發現其史料價值，必須對其進行相關的整理考辨。

一　范攄生平

《雲谿友議》的作者范攄，并非名門之後，亦非仕宦中人，個人記載寥寥可數，可謂是“浮生聚散雲相似，往事微冥夢一般”。可見到的資料，如《新唐書・藝文志》《宋史・藝文志》

---

① 唐蘭:《〈劉賓客嘉話録〉的校輯與辯僞》,《文史》第4輯，中華書局1965年版。

② 周勛初:《唐代筆記小説的整理心得》,《周勛初文集》第五册，江蘇古籍出版社 2000 年版，第 124 頁。

《郡齋讀書志》《直齋書録解題》《通志》《雲谿友議序》《雲谿友議》文本以及其好友李咸用所著《悼范攄處士》詩一首，均不過雪泥鴻爪略有記録。此後《四庫全書總目》、余嘉錫《四庫提要辯證》[①]及湯華泉《范攄二考》[②]曾對其進行了資料辨析。

（一）范攄的生卒界斷

《四庫全書總目》記載："攄，始末未詳。《唐書·藝文志》注稱爲'咸通時人'。而書中李涉贈盜詩一條，稱乾符己丑歲客於霅川，親見李博士手迹。考乾符元年爲甲午，六年爲己亥，次年庚子改元廣明。中間無己丑。己丑實爲咸通十年。疑書中或誤咸通爲乾符。否則誤己亥爲己丑。然總之，僖宗時人矣。"《四庫提要辯證》結合版本認爲"古今本即同作乾符，則其誤不在年號而在干支"。湯華泉據"江客仁"條中盜者八十餘歲時憶其"弱齡"遇李涉事，確定其時應爲乾符己亥年；而乾符後，黄巢入京、僖宗奔蜀、江淮兵亂之事則未入書中，據此推知此書成於廣明前，且范攄逝於成書後幾年間。

關於其生年，湯華泉云："《雲谿友議》'彰術士'條載大中五年浙東使府占卜事。所録事實甚多，條末作者自云：'自童騃之年知之，方敢備録。'童騃之年如同言少年，一般多指稱成年之前。據此句語氣，占卜事當其時聞知，非後來傳聞。設其時作者十七歲，逆推之，即爲大和九年(835)，范攄當出生在此年前後。"又舉其文載令狐楚、李德裕、白居易事，因其稱謂"見出這幾條記事當去諸人卒年不很久遠，八年或十數年的大中較爲得體。這證明作者於大中朝確已在廣泛地搜

---

① 余嘉錫：《四庫提要辨證》卷十七，中華書局 1980 年版，第 1027 頁。

② 湯泉華：《范攄二考》，《文獻》1996 年第 1 期，第 245～247 頁。

奇記逸了。此時作者年在弱冠上下，正是可遊、可訪、可聞、可記的年歲。若年齡偏低，則無上述可能；年齡偏高，又與上言'童騃之年'相左。”

關於范攄的家庭，可以知道的是他有個夭折的兒子。《詩話總龜》卷十三及三十四襲載了兩條。

（二）范攄籍貫

范攄之籍貫，余嘉錫與湯華泉各持一説，前者主“吴人”説，後者則申爲“越人”説。

《四庫提要辯證》引“《唐詩紀事》卷七十一云：'吴人范攄處士之子，七歲能詩。《贈隱者》云：'掃葉隨風便，澆花趁日陰。'方干曰：'此子他年必成名。'又吟《夏日》云：'閑雲生不雨，病葉落非秋。'干曰：'惜哉！必不享壽。'果十歲卒。《吴郡志》卷二十六載此事，采自《延賓佳話》[①]。《唐宋遺史》[②]文字略同，惟'范攄'作'范纑'。《紺珠集》卷五、《類説》卷二十七同引《唐宋遺史》。《紺珠》作'范攄'，《類説》則作'范據'，皆傳寫之誤也。《唐才子傳》卷七云：'方干隱居鏡湖，咸通末卒。'鏡湖、若耶谿，均在會稽。是干與攄生同時，居又同邑，固宜見其幼子。會稽於唐屬越州會稽郡，而攄實吴人。蓋僑寓也”。此説接受頗廣。《中國大百科全書・中國文學》“雲谿友議”條、《中國文學家大辭典・唐五代卷》“范攄”條、《〈唐語林〉校證》附《雲谿友議提要》皆主此説。

湯氏則以其署名之“五雲谿人范攄”，解爲若耶谿（會稽鏡湖上源）爲其里貫。另其友李咸用詩句“家在五雲谿畔

---

① 《宋史・藝文志》小説家，《延賓佳話》四卷，不知作者。

② 《宋志》别史類，詹玠《唐宋遺史》四卷。

住”,及《新唐書・藝文志》著録“五雲谿”亦爲里貫之據。此外湯氏驳余嘉錫“吴地説”另有四條理由:首先,余嘉錫引《唐詩紀事》爲證,本就是小説之言,不可爲確證;其次,方干居於越地,范攄子亦爲越人,也正好説明范攄应为越人;再次,序言中范攄自稱少遊吴地風景,則吴地必不爲其籍貫;最後,文中越地之傳載也遠多於吴地。

湯氏對“吴地説”的質疑有破有立,詰問之處相當有力。當然也有人認爲非吴即越之説,有不妥之處,[1]但此外并無他説。

二 《雲谿友議》版本略述

《雲谿友議》,《崇文總目》卷五著録爲三卷,《新唐書・藝文志》同,晁公武《郡齋讀書志》著録《雲谿友議》三卷并稱“唐范攄撰記開元以後事。攄五溪人,故以名其書”,鄭樵《通志・藝文略》以爲其爲三卷,尤袤《遂初堂書目》著録其名而未載其卷數,陳振孫《直齋書録解題》則載録《雲谿友議》十二卷,《宋史・藝文志》著録《雲谿友議》十一卷。

以上記載可知《雲谿友議》唐末成書時尚爲三卷本,自北宋初到南宋中葉,也只有《崇文總目》及《新唐書・藝文志》所録的三卷本。時至南宋後期,三卷本析爲十二卷本。現存三卷本共六十五條,卷上二十二條,卷中二十二條,卷下二十一條,每條有三字標題。十二卷本與三卷本條目次序相通,但也分兩種不同的形式:一是《稗海》本,没有標題,據内容分作了八十四條,將其中三卷本的“舞娥異”分作兩條,“金仙指”

① 曲琨:《〈雲谿友議〉考論》,2006年西北師範大學博士學位論文,第7頁。

分作三條，"雜嘲戲"則分作十七條(其中卷十一，八條；卷十二，九條)；二是王良棟的抄本和褚德彝重校本，條前有標題，與三卷本同，僅"雜嘲戲"條分爲兩部分，分屬卷十一及卷十二。(其詳細流變圖見下表。)

本書所用底本選自《四部叢刊續編》所影印的明刊三卷本，張元濟跋云："是爲明代刊版，范序及三字標題均全，即《四庫》所稱較爲完善之本。黄蕘圃嘗得桐鄉金氏舊藏明版，行款相同，亦云此刻最善也。"并取《叢書集成初編》之商濬《稗海》本爲對校本，另以景印文淵閣《四庫》本及《太平廣記》相關條目參校而成，又擇其出入較大者而記之，并加考訂，原書中異體俗字多不取，均改通行文字。

《雲谿友議》版本流變圖

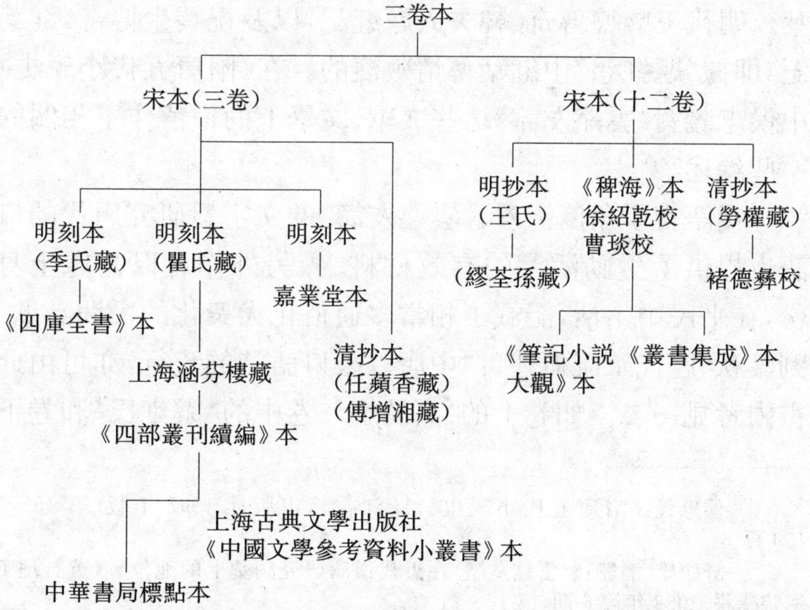

三 《雲谿友議》的内容及學術價值

《雲谿友議》在内容上對中晚唐文壇紀事詩話記載的偏重,使它成爲繼孟棨《本事詩》之後補闕文苑記載的重要歷史典籍,在歷代均受到了相當的關注。人們往往喜歡徵用其中史料,以證唐時社會的人情事故,添補詩人生活履歷與交往唱和,或據其中詩歌記載來校訂詩人作品與編年辯僞,以及由此延伸嬗變成爲其後戲劇或者傳奇之濫觴。

程毅中《唐代小説史》中提及《雲谿友議》時,便着重指出"玉簫化"是元人喬吉雜劇《玉簫女兩世姻緣》和話本《石點頭》中《玉簫女再世玉環緣》的題材源頭。類似的還有元代白樸雜劇《韓翠顰御水流紅葉》、李唐賓雜劇《李雲英風送梧桐葉》、明代王驥德傳奇《韓夫人題紅記》以及祝長生傳奇《紅葉記》即據"題紅怨"中紅葉傳情敷演的。在《隋唐五代小説史》中侯忠義對《雲谿友議》這些文獻、文學上的價值作了相關的一些綜述。①

從語言學角度上看,《雲谿友議》的文字對研究唐代的口語也提供了生動活潑的有效材料。② 另外作者以其處士身份,在平民中生活,記載了相當多通俗化大衆化的民間詩歌。劉葉秋《歷代筆記概述》:"中唐以來口語詩的流行,亦可由此書内考見一二。如卷上的'真詩解'、卷中的'辭雍氏'和卷下

① 侯忠義:《隋唐五代小説史》,浙江古籍出版社1997年版,第155～159頁。

② 舒紹雄、潘艷:《〈雲谿友議〉在近代漢語研究詞彙上的地位》,《黄石理工學院學報》2008年第6期,第17～21頁。

的‘蜀僧喻’等各條中,即都有這類的口語詩。《雲谿友議》可以算是研究唐詩的一種重要參考。”[①]但如程毅中指出的,“其實作爲唐詩的研究資料是不大可靠的,引用時必須謹慎地加以考證核實。”[②]其中敘述記事的錯訛虛構之處,早就爲不少研究者所點評批駁。

四　本書的整理意見

《云谿友議》是一部重要的唐代典籍,它是處士范攄遊歷半生記録的時代軼聞。其中的許多故事或可與其他筆記小説參雜互見,或者收入《新》《舊唐書》成爲官方認可的史料,在今天,更是成爲許多唐代文史研究者的參考依據。但是究其根源,多來自街談巷議,小説稗官者言。故對其逐條進行考證分析,辨定其真僞,是十分必要的。

本書在版本校對的基礎上,對全書作了相關的箋注,并對所敘述内容逐條進行了較爲詳細的考證。根據所掌握的相關資料,對内容錯誤、虛構之處,條分縷析,提出了自己的意見。同時對書中所出現的然而正史中没有記載的人物,也大致做了補充與介紹。學術需要集思方能廣益,希望這些微不足道的見解能爲今後的整體深入研究提供一些參考。

---

① 劉葉秋:《歷代筆記概述》,北京出版社 2003 年版,第 84 頁。
② 程毅中:《唐代小説史》,人民文學出版社 2003 年版,第 292 頁。

《雲谿友議》序

近代何自然續《笑林》,[①]劉夢得撰《嘉話録》,[②]或偶爲編次,論者稱美。余少游秦、吴、楚、宋有名山水者,無不弛駕躊躇,遂興長往之迹。每逢寒素之士,作清苦之吟,或樽酒和酬,稍蠲於遠思矣。諺云:街談巷議,倏有裨於王化。野老之言,聖人采擇。孔子聚萬國風謠,以成其《春秋》也。江海不却細流,故能爲之大。攄昔藉衆多,因所聞記,雖未近於丘墳,豈可昭於雅量。或以篇翰嘲謔,率爾成文,亦非盡取華麗,因事録焉。是曰《雲谿友議》。儻論交會友,庶希於一述乎! 五雲谿人范攄纂。

校正:

①《笑林》,爲我國最早的一部幽默故事集錦。《隋書·經籍志》載:"《笑林》三卷,後漢給事中邯鄲淳撰。"《新》《舊唐書》亦載,至宋代佚亡。其文散見於《太平廣記》《太平御覽》《藝文類聚》等書中,清代馬國翰《玉函山房輯佚書》輯録其中二十七則,其後魯迅《古小説鈎沉》補充三則。邯鄲淳,裴松之注《三國志·魏書》引《魏略》:"淳,一名竺,字子叔。博學有才章,又善《蒼》《雅》、蟲、篆、許氏字指。初平時從三輔客荆州,荆州内附,太祖素聞其名,召與相見,甚敬異之……及黄初初,以淳爲博士給事中,淳作《投壺賦》千餘言奏之,文帝以爲工,賜帛千匹。"何自然所撰,爲後續之本。然何之生平未詳。《新唐書·藝文志》、《崇文總目》卷六、《宋

史·藝文志》皆載:“何自然《笑林》三卷。”其後未見記載,疑此書散佚於元代。

②《嘉話録》,此書異名甚多,有《劉公嘉話録》《劉賓客嘉話録》《劉禹錫佳話》等等。所記即中唐劉禹錫之談話記録,爲韋絢所編録。韋絢,字文明,爲韋執誼第三子,元稹之婿。於穆宗長慶二年(822)問學於劉禹錫。宣宗大中十年(856),其五十六歲時任江陵少尹,開始撰寫本書。關於《嘉話録》之研究,唐蘭有《〈劉賓客嘉話録〉的校輯與辯僞》,羅聯添有《〈劉賓客嘉話録〉校補及考證》。關於作者韋絢,可參看周勛初《韋絢考》。

名儒對

王僕射起,[①]再主禮闈。[②]遠邇稱揚,皆以文德巍巍,聿興之也。[③]武宗皇帝詔至殿曰:"朕近見二字,一'歹'一'穴',莫能詳也,特詢於卿。"[④]王公對曰:"臣於三教經典,[⑤]竊常遍覽。向者二字,群書未之見也,未審天顔何文而得。[⑥]《周穆王傳》有'𧳧''𢿱'二字,[⑦]經百儒宗,但言古馬名,不敢分於飛兔、騕褭,[⑧]于今靡有詳之者也。"上笑曰:"知卿夙儒,學綜朝野,偶爲此二字相試,非於經籍而得之。"[⑨]遂賜金綵等。乃知王公三學之中無不通曉。[⑩]我唐之孔、鄭乎?[⑪]

校正:

① 王起,《舊唐書·王起傳》:"起字舉之,貞元十四年擢進士第,釋褐集賢校理,登制策直言極諫科,授藍田尉。宰相李吉甫鎮淮南,以監察充掌書記。入朝爲殿中,遷起居郎,司勛員外郎、直史館。元和十四年,以比部郎中知制誥。穆宗即位,拜中書舍人。"其僕射一職,就任於會昌四年。另見《新唐書》本傳。

② 禮闈,指禮部或禮部試進士之所。《通志》卷五九:"州郡以德行貢士,禮闈以文詞揀才,試官以帖問求學,銓曹以書判授吏。"

【按】王起前後四典貢部,所選皆辭藝之士,有名於時。其時分別是:長慶元年(821)"遷禮部侍郎。其年,錢徽掌貢士,爲朝臣請托,人以爲濫。詔起與同職白居易覆試,覆落者多。徽貶官,起遂代徽爲禮部侍郎,掌貢二年，得士尤精”(《舊唐書・王起傳》)。又“(會昌)三年(843)，權知禮部貢舉。明年，正拜左僕射，復知貢舉”(《舊唐書・王起傳》)。另《舊唐書・武宗紀》：“(會昌四年)十一月，幸雲陽。十二月……時左僕射王起頻年知貢舉，每貢院考試訖，上榜後，更呈宰相取可否。”可相資證。

③“皆以文德巍巍，聿興之也”，此句《稗海》本作“皆以文德聿興望之也”。

【按】王起爲五朝文臣，學富五車，文德彪炳。《舊唐書・王起傳》云：“文宗好文，尤尚古學。鄭覃長於經義，起長於博洽，俱引翰林，講論經史。起僻於嗜學，雖官位崇重，躭玩無斁，夙夜孜孜，殆忘寢食，書無不覽，經目靡遺。”《新唐書・許康佐傳》中有言：“以中書舍人爲侍講學士，與王起皆爲文宗寵禮。”又《陔餘叢考・别號》曰：“王起博學，人號‘當世仲尼’。”其據《新唐書・王起傳》：“文宗上文，好古學。是時鄭覃以經術進，起以敦博顯，帝數訪逮時政，因積雨，願寬逐臣過惡，又短鮑叔終身不忘人過，以解帝錮人意。俄兼太常卿、禮儀使。帝題詩太子笏以賜，詔畫像便殿，號‘當世仲尼’，其寵遇如此。”

④“詔至殿曰”，“曰”上《稗海》本有“陛”字；“莫能詳也”，“也”《稗海》本作“焉”。

⑤ 三教，《周書》卷五：“十二月癸巳，集群臣及沙門、道士等，帝升高座，辨釋三教先後，以儒教爲先，道教爲次，佛教爲後。”《舊唐書・德宗紀》下：“(貞元十二年四月)庚辰，上降誕日，命沙門、道士加文儒官討論三教，上大悦。”

⑥“未審天顔何文而得”，“何”上《稗海》本有“於”字。

⑦《周穆王傳》即《穆天子傳》。《四庫全書總目》：“《穆天子傳》六卷，晋郭璞注，前有荀勖序，案《束晳傳》云：‘太康二年，汲縣人不準盗發魏襄王墓，得竹書《穆天子傳》五篇，又《雜書》十九篇，周食田法、周書論楚事。’”然審今本《穆天子傳》文中，未見“砮”、“裔”二字。

⑧ 飛兔、騕褭，古馬名。《吕氏春秋・離俗覽》：“飛兔、要褭，古之駿馬也。”漢高誘注曰：“飛兔、要褭皆馬名也。日行萬里，馳若兔之飛，因以爲名也。”

⑨“非於經籍而得之”,“而”《稗海》本作“中”。

⑩“三學之中”,“學”《稗海》本、《四庫》本皆作“教”。前文稱“三教經典”,後文“三學”疑爲“三教”之誤。

⑪“我唐之孔、鄭乎”,“我”上《稗海》本、《四庫》本均有“其”字。孔、鄭即孔安國、鄭玄,漢代經學大家。《舊唐書・崔仁師傳》:“時校書郎王玄度注《尚書》、《毛詩》,毁孔、鄭舊義,上表請廢舊注。”

【按】王起著述頗豐,有“文集一百二十卷,《五緯圖》十卷,《寫宣》十卷。起侍講時,或僻字疑事,令中使口宣,即以膀子對,故名曰《寫宣》”(《舊唐書・王起傳》);《新唐書・藝文志》另載其《文場秀句》一卷及《大中新行詩格》一卷。范攄由此記載武宗以孔、鄭爲喻,贊揚王起之博學,并無非議。小説文字所據非可以爲確證,固存此疑點。《唐語林》卷六稱:“上(文宗)即位後,捧以随輦。及朝廷無事,覽書目,間取書便殿讀之。乃詔兵部尚書王起、禮部尚書許康佐爲侍講學士,中書舍人柳公權爲侍讀學士。每有疑義,即召學士入便殿,顧問討論,率以爲常,時謂‘三侍學士’”。宋代錢易《南部新書》卷三曰:“王起鴻博,文皇嘗撰字試之。起曰:‘臣中國書中所不識者,惟八駿圖中三五字而已。’”結合《新》、《舊唐書》所述王起於文宗朝大得聲名爲帝所重,當是文宗問事更爲可信。然范攄以起位至僕射,再主禮闈之時,以武宗問僻字亦非不可信,故存疑。

南陽[①]録

李筌郎中爲荆南節度判官，[②]集《閫外春秋》十卷。[③]既成，自鄙之，曰："常文也。"乃注黄帝《陰符經》，[④]兼成大義。至"禽獸之制在氣"，經年懵然不解。忽夢烏衣人引理而教之。其書遂行於世，僉謂鬼谷、留侯復生也。[⑤]所謂玄龜食蟒，黄腰服虎，[⑥]飛鼠斷猿，狼犺噬鶴，[⑦]以小服大，皆得烏衣之旨。筌遂通其義也。筌後爲鄧州刺史，常夜占星宿而坐。一夕，三更，東南隅忽見異氣；明旦，呼吏於郊市，如産男女者，不以貧富，悉取至焉。過十餘輩，筌視之曰："皆凡骨也。"重令於村落搜訪之。乃得牧羊胡婦一子，李君慘容曰："此假天子也。"座客勸殺之，筌以爲不可，曰："此胡鶵必爲國盜，古亦如然，[⑧]殺假恐生真矣。"則安禄山生於南陽，[⑨]異人先知之矣。梁代志公讖曰：[⑩]"兩角女子緑衣裳，端坐太行邀君王，一止之月自滅亡。"解曰："兩角女子，'安'字也；緑衣，'禄'字也；太行，'山'字也；一止，'正'字也。"禄山果於正月死也。後李遐周讖曰："樵市人將盡，函關馬不歸；道逢山下鬼，環上繫羅衣。"[⑪]又曰："此天下之事，不可卒去。"是以石勒致鹿奔之兆，[⑫]桓玄動星光之瑞，[⑬]王夷甫、宋高祖非不欲早害玄、勒，稱於太平，殺之不得矣。[⑭]梁武帝視太白之變，而下殿奔，後愧於夷狄之主。[⑮]凡爲大盜者，必有異也。[⑯]筌首知之，知之而不可禳也。

校正：

① 南陽，在歷史上有兩處，《通鑑地理通釋》："南陽有二，修武即晋魏之南陽也，南陽郡，今鄧州也。"據文所述，此南陽應屬鄧州所轄。《元和郡縣志》卷二三"襄州"："春秋時地屬楚。秦兼天下，自漢以北爲南陽郡，今鄧州南陽縣是也。漢以南爲南郡，今荆州是也。"

② 李筌，或曰李荃。兩《唐書》均無傳。約爲玄宗時人。《太平廣記》卷一四"神仙十四"："李筌號達觀子，居少室山。好神仙之道，常歷名山，博采方術。……筌有將略，作《太白陰符》十卷；有相業，著《中臺志》十卷。時爲李林甫所排，位不顯，竟入名山訪道，不知所終。（出《神仙感遇傳》）"

郎中，《新唐書・百官志》曰："吏部、户部、禮部，左丞總焉；兵部、刑部、工部，右丞總焉。郎中各一人，從五品上；員外郎各一人，從六品上。掌付諸司之務，舉稽違，署符目，知宿直，爲丞之貳。以都事受事發辰、察稽失、監印、給紙筆；以主事、令史、書令史署覆文案，出符目；以亭長啓閉、傳禁約；以掌固守當倉庫及陳設。諸司皆如之。"

③《閫外春秋》，《新唐書・藝文志》："李筌《閫外春秋》十卷。"此爲兵書。《新五代史・周本紀》曾記："威以通書算補爲軍吏，好讀《閫外春秋》，略知兵法。"又《舊五代史・太祖紀》："嘗省昭義李瓊。瓊方讀《閫外春秋》，即取視之，曰論兵也。"《通志》卷六八録此書并小字注曰："起周至唐，八代將帥。"

【按】《直齋書録解題》卷一二："《閫外春秋》十卷，唐少室山布衣李筌撰。起周武王勝殷，止唐太宗擒竇建德，明君良將、戰爭攻取之事。天寶二年上之。"《文獻通考》卷二一一襲之。巴黎圖書館藏敦煌本《閫外春秋》殘卷卷首《進書表》内有"伏惟開元天寶聖文神武皇帝陛下龍德在天之明……臣也書生，喜抱堯日"之句，末署"天寶二年六月十三日少室山布衣李筌上表"。（轉引自卿希泰《中國道教思想史綱》第二卷，四川人民出版社 1985 年版。）兩者時間相符，可爲互證。可知天寶二年(743)筌著《閫外春秋》時爲布衣。關於李筌官爵的記載除《雲谿友議》外，《四庫全書總目》卷九九載:“《太白陰經》八卷,唐李筌撰。筌里籍未詳,惟《集仙傳》稱其仕至荆南節度副使,仙州刺史。”《集仙傳》作者曾訹,字端伯,自號“至游子”,福建晋江人,南宋初道教學者。余嘉錫撰《四庫提要辨證·太白陰經》:“考《雲笈七籤》卷一一二引《感遇傳》‘筌有將略’上多‘開元中爲江陵節度副使,御史中丞’十四字。……然范攄究爲唐時人,其叙李筌官爵,應不至大誤。豈筌撰《閫外春秋》時尚爲布衣,後乃出仕,由節度判官歷任州郡,入爲郎中,而攄特誤記其著書之時歟?要之,筌之初仕荆南,後官刺史,唐人固有記載,不僅見於《集仙傳》也。”(余嘉錫《四庫提要辨證》,中華書局1980年版,第602～605頁。)《太平廣記》卷一四引杜光庭《神仙感遇傳》中謂筌“有相業,著《中臺志》十卷,時爲李林甫所排,位不顯,竟入名山訪道,不知所终”。又宋晁公武《郡齋讀書志》卷二下録《中臺志》謂“唐李筌撰。起殷周,迄隋唐,纂輔相邪正之迹,分皇、王、霸、亂、亡五類,以爲鑑戒。唐相以李林甫、陳希烈附皇道。筌上元中自表,天寶初,迫以綴名云”。高宗朝與肅宗朝均有上元年號,若於高宗朝上元年間(674～675)中自表,此時李林甫、陳希烈尚未出生,安得附皇道?且六十年後“天寶初迫以綴名云”頗令人費解。若於肅宗上元年(760～761)自表,則二十年前“天寶初迫以綴名云”亦難以理解。或者晁公武《郡齋讀書志》顛倒上元、天寶之時間,若解爲:“唐相以李林甫、陳希烈附皇道,筌天寶中自表。上元初,迫以綴名云。”或可通。另《寶刻叢編》卷六引《復齋碑録》:“《唐封北岳安天王碑銘》,唐李筌撰,戴千齡分書篆額,天寶七載五月二十五日建。”據韓成武,王麗敏所編《北岳廟碑刻選注》所録,此碑銘全稱“大唐博陵郡北岳恒山封安天王之銘并序”,碑刻於唐天寶七載(748),左羽林軍兵曹直翰林學士供奉上柱國李荃撰文,吴郡戴千齡書丹并篆額。碑額篆書“大唐北岳恒山封安天王之銘”十二字,碑文隸書二十三行,行四十五字。又據現存李筌所撰《太白陰經》序文落款云:“唐永泰四年秋,河東節度使都虞侯臣李筌撰。”而《進太白陰經表》前有“臣筌,少室書生,才非武職,敢越樽俎,輒迷兵書”,其後有“臣自風塵悖亂,牧□邊陲,兵行天機,戰伐常勝,雖坐偏裨之職,未展縱横之謀,挾經懷慚,辜負聖化,職守有限,不及蹈舞闕庭,謹附表并經以聞”。又“乾元二年(759),四月二十八日。正議大夫、持節幽州軍事幽州刺史并本州防禦史、上柱國臣李筌上表”。按循例,成書必定在上表之前。其序署永泰四年,然永泰并無四年,二年(766)十一月即改元大曆,則此經或爲記載有誤,或爲僞作。王重民引羅振玉《雪堂校刊群書叙録》卷下:“以其序表文辭鄙拙,當是僞托。……又自謂‘牧邊陲,戰伐常勝’,幽州去兩京密邇,并非荒裔,何以史家絶不一及其攻伐,且并其名氏而遺之?揆斯情實,誣僞可知。”(王重民:《敦煌古籍叙録·閫外春秋》,中華書局 1979 年,第 97 頁。)王重民據羅振玉跋考證,認爲“唐同時同地有兩李荃,一作筌、一作荃,爲同一人者,羅氏蓋混而一之耳。……《集仙傳》所稱著有《太白陰經》、《陰符經》、《封安天王銘》之李筌唯以是道家而言兵者。蓋取莊子‘得魚忘筌’之意以爲名,故又號‘達觀子’,居少室山,迭任内外諸軍職。著《閫外春秋》、《中臺志》之李荃則爲儒家言者,亦居少室山,終於布衣;著書擬於春秋,亦在分别邪正,褒貶善惡。……余以李筌、安禄山爲同時人,年齒相若”。此説或可解李筌身份撲朔迷離之處。然其中儒者李筌《中臺志》序言中自表之言則表示其時有官職在身,終於布衣似不可解;或其曾在朝爲官,後爲李林甫所迫,方雲游訪道不知所蹤。

④《陰符經》,《四庫全書總目》卷一四六注曰:“《陰符經解》一卷。舊本題黄帝撰,太公、范蠡、鬼谷子、張良、諸葛亮、李筌六家注。”按此經造自李筌,則筌註自爲真本,餘皆依托而已。然世傳《陰符經》註,以此本爲最古。

⑤鬼谷、留侯即鬼谷子、張良。張良封留侯事,見《史記·留侯列傳》:“漢六年正月,封功臣。良未嘗有戰鬬功,高帝曰:‘運籌策帷帳中,決勝千里外,子房功也。自擇齊三萬户。’良曰:‘始臣起下邳,與上會留,此天以臣授陛下。陛下用臣計,幸而時中,臣願封留足矣,不敢當三萬户。’乃封張良爲留侯,與蕭何等倶封。”

⑥“黄腰”,“腰”《稗海》本、《四庫》本作“騕”。《本草綱目》卷五一上:“黄腰,《蜀志》名‘黄腰獸’。鼬身貍首,長則食母,形雖小而能食虎及牛、鹿也。又孫愐云:豰(音斛),似豹而小,腰以上黄,以下黑,形類犬,食獼猴,名‘黄腰’。”

⑦ 狼犺,原本作“稂狇”,“狇”《稗海》本作“犴”,《四庫》本作“狼犺”。《集韻·上蕩》:“狼犺,獸名。似猴。”今從《四庫》本。

⑧“古亦如然”,“如”《稗海》本、《四庫》本均作“有”。胡鶵,對胡人的蔑稱。《晋書·石勒傳》云:“王衍見而異之,顧謂左右曰:‘向者胡雛,吾觀其聲視有奇志,恐將爲天下之患。’馳遣收之,會勒已去。”

⑨ 范氏叙李筌爲鄧州刺史,而卜知安禄山生南陽。

【按】姚汝能《安禄山事迹》卷下則記其生於營州阿軋犖山,又載禄山以天寶十四載(755)十一月反,至至德二載(757)正月被殺。膺竊三年,年五十五。由至德二載(757)上推,安禄山約生於長安三年(703)。姚汝能曾爲華陰尉,華陰地處京畿道,近潼關。新舊《安禄山傳》皆取姚汝能之説。《四庫全書提要》亦稱《雲谿》南陽録一條,記安禄山生於鄧州南陽,與姚汝能禄山事迹所不同,殆傳聞之誤記。另《舊唐書·地理志》“山南東道鄧州”條稱:“隋南陽郡。武德二年(619),改爲鄧州……天寶元年(742),改爲南陽郡。乾元元年(758),復爲鄧州。”若如文中所記前有荆南節度判官之任,後有鄧州之刺,則必爲肅宗朝之事。然此時卜知安禄山生南陽者,甚爲荒謬。且據史知筌卜安禄山,乃以范陽節度使張仁愿故事轉變而來。《新唐書·安禄山傳》:“安禄山,營州柳城胡也,本姓康。母阿史德,爲覡,居突厥中,禱子於軋犖山,虜所謂鬭戰神者,既而妊。及生,有光照穹廬,野獸盡鳴,望氣者言其祥,范陽節度使張仁愿遣搜廬帳,欲盡殺之,匿而免。”

⑩“梁代志公讖曰”,“志”《稗海》本、《四庫》本作“誌”。《南史·陶弘景傳》載:“時有沙門釋寶誌者,不知何許人,有於宋太始中見之,出入鍾山,往來都邑,年已五六十矣。齊、宋之交,稍顯靈迹……雖剃鬚髮而常冠帽,下裙納袍,故俗呼爲誌公。好爲讖記,所謂《誌公符》是也。”

【按】志公之語又見於《劉賓客嘉話録》:“逆胡之將亂中原,梁朝志公大師有語曰:‘兩角女子緑衣裳,却背太行邀君王,一止之月必消亡。’‘兩角女子’,‘安’字也;‘緑’者,‘禄’字也;‘一止’,正月也。果正月敗亡。聖矣,符志公之寓言也。”文字略有出入但解釋甚同。《雲谿友議》序云:“近代何自然續《笑林》,劉夢得撰《嘉話録》,或偶爲編次,論者稱美。”《劉賓客嘉話録》乃劉禹錫的談話記録，記録者韋絢，順宗、憲宗朝宰相韋執誼子，元稹之婿，爲劉氏後輩，其書撰寫於宣宗大中年間。由此可知，此讖或本自《劉賓客嘉話録》。

⑪ 李遐周，《新唐書》卷三五記此人："天寶中，有術士李遐周於玄都觀院廡間爲詩曰……而人皆不悟，近詩妖也。"《全唐詩》存其詩一首，小傳云："李遐周，有道術。開元中，召入禁中，後求出，住玄都觀。天寶末，安禄山跋扈，遐周一旦隱去，但於其所居壁上題詩，言禄山、哥舒翰及幸蜀之事，時人莫曉，後方驗。詩一首。"傳之所出應本自鄭處誨《明皇雜録》卷下："李遐周者，頗有道術，唐開元中，嘗召入禁中，後求出，住玄都觀。……天寶末，禄山豪横跋扈，遠近憂之，而上意未寤。一旦遐周既去，不知所之，但於其所居壁上題詩數章，言禄山僭竊及幸蜀之事。時人莫曉，後方驗之。"

⑫ 石勒致鹿奔之兆，《晋書・石勒傳》云："勒以能相馬自托於桑。嘗傭於武安臨水，爲游軍所囚。會有群鹿傍過，軍人競逐之，勒乃獲免。俄而又見一父老，謂勒曰：'向群鹿者我也，君應爲中州主，故相救爾。'勒拜而受命。"

⑬ 桓玄動星光之瑞，《晋書・桓玄傳》："桓玄，字敬道，一名靈寶，大司馬温之孽子也。其母馬氏嘗與同輩夜坐，於月下見流星墜銅盆水中，忽如二寸火珠，冏然明淨，競以瓢接取，馬氏得而吞之，若有感，遂有娠。及生玄，有光照室，占者奇之。"

⑭ "稱於太平，殺之不得矣"，"稱於太平"《稗海》本、《四庫》本均作"永稱太平"；"矣"《稗海》本作"耳"。晋王衍，字夷甫，位望隆重，有識鑑。石勒年十四，行販洛陽，倚嘯上東門。衍見而異之，謂將爲天下患。長而爲群盜，歸劉淵，屢將兵陷州郡。晋太興中，自稱趙王，旋殺劉曜稱帝，建立後趙政權，於十六國中，最爲強盛。事見《晋書・石勒傳》。《南史・宋高祖紀》："宋高祖武皇帝諱裕，字德輿，小字寄奴，彭城縣綏輿里人，姓劉氏，漢楚元王交之二十一世孫也。……十二月，桓玄篡位，遷晋帝於尋陽。桓修入朝，帝從至建鄴，玄見帝，謂司徒王謐曰：'昨見劉裕，風骨不恒，蓋人傑也。'每游集，贈賜甚厚。玄妻劉氏，尚書令耽之女也，聰明有

智鑒，嘗见帝，因謂玄曰：‘劉裕龍行虎步，視瞻不凡，恐必不爲人下，宜早爲其所。’玄曰：‘我方平蕩中原，非裕莫可，待關、隴平定，然後議之。’”

⑮ 據史料此次天象之變非爲太白，而是熒惑。《北史》卷五《魏本紀》第五：“（永熙三年，534）是歲二月，熒惑入南斗，衆星北流，群鼠浮河向鄴。梁武跣而下殿，以禳星變，及聞帝之西，慚曰：‘虜亦應天乎？’”熒惑，即火星。《吕氏春秋·制樂》：“熒惑在心。”高誘注曰：“熒惑，五星之一，火之精也。”

⑯ “必有異也”，“也”《稗海》本無。

苧蘿遇

王軒少爲詩，[①]寓物皆屬咏，頗聞《淇澳》之篇。[②]游西小江，[③]泊舟苧蘿山際，題西施石曰："嶺上千峰秀，江邊細草春。今逢浣紗石，不見浣紗人。"[④]題詩畢，[⑤]俄而見一女郎，振瓊璫、扶石笋，[⑥]低佪而謝曰："妾自吴宫還越國，素衣千載無人識。當時心比金石堅，今日爲君堅不得。"既爲鴛鸞之會，仍爲恨别之詞。後有蕭山郭凝素者，[⑦]聞王軒之遇，每適於浣谿，日夕長吟，屢題歌詩於其石，寂爾無人，乃鬱怏而返。進士朱澤嘲之，聞者莫不嗤笑。凝數内恥，無復斯游。澤詩曰："三春桃李本無言，苦被殘陽鳥雀喧。借問東鄰效西子，何如郭素擬王軒？"[⑧]

校正：

①"王軒少爲詩"，"王"上《太平廣記》卷二五七有"唐"字。王軒，《唐詩紀事》卷五〇"王軒"條録其詩《題西施石》，又言"軒，登大和進士第"。此語出自温庭筠《乾𦠆子》一書。

【按】《唐音統籤》卷九九八《壬籤》三"鬼詩"之二録《王軒題西施石》，其注："（温庭筠）《乾𦠆子》云："軒，字公遠，登大和進士第。少爲詩，頗有才思。嘗游西江，泊舟苧蘿山下，題此。"《唐音統籤》即據《乾𦠆子》録入王軒此詩及《西施謝王軒詩》。另外，《唐音統籤》卷九五七録《朱澤嘲郭凝素》詩，亦據《乾𦠆子》。對比《乾𦠆子》與《雲谿友議》，《雲谿》内容略有缺損;温庭筠卒於咸通年間,《雲谿》則成書於唐末,以此故知王軒遇西施事,《乾饌子》應爲其原本。惜今傳《乾饌子》已經殘闕,《太平廣記》、《紺珠集》、《類説》諸書引録者皆無此條。劉學鍇《温庭筠全集校註》中輯入了《乾饌子》三十三則,然亦未收此條。《雲谿友議》所載"苧蘿遇"之本事,經過宋人劉斧《翰府名談》的加工,又增和詩數首。《唐音統籤》録《西施謝王軒詩》後有按語云:"又《翰府名談》載軒與西施贈答詩更有數首,似宋人曰《乾饌子》僞增者,姑附記於後。軒詩:'佳人去千載,谿山久寂寞。野水浮白煙,巖花自開落。猿鳥舊清音,風月閑樓閣。無語立斜陽,幽情入天幕。'西施答詩:'高花巖外曉相鮮,幽鳥雨中啼不歇。紅雲飛過大江西,從此人間怨風月。'軒詩曰:'當時計拙笑將軍,何事安邦賴美人?一似仙葩入吴國,從兹越國更無春。'西施答詩:'雲霞出没群峰外,鷗鳥浮沉一水間。一自越兵齊振地,夢魂不到虎丘山。'"而《全唐詩》卷八六六《西施謝王軒》及《王軒題西施石》詩下,把《翰府名談》附會的四首詩全部收入,没有説明出處。由此,宋人僞托之詩便收録進了《全唐詩》中。

② "寓物"至"之篇"共十一字,《太平廣記》卷二五七作"頗有才思"。《詩經·衛風·淇澳》篇,有淇澳兩水。《詩序》曰:"《衛·淇澳》美武公之德也,有文章,又能聽其規諫,以禮自防。故能入相於周,美而作是詩也。"

③ 西小江,《浙江通志》卷一五:"西小江。《山陰縣志》:'在縣西北四十五里,其源在諸暨之浣江,分爲二派。初出天樂,徑流蕭山轉東北達于海。'"

④ "苧蘿山際","山際",《太平廣記》卷二五七作"川"。《浙江通志》卷一五:"苧蘿山。《太平御覽》:'諸暨縣,北界有羅山,越西施鄭旦所居。所在有方石,是西施曬紗處,今名苧蘿山。'"

⑤"題詩畢",《太平廣記》卷二五七無。

⑥ 瓊璫,玉製的耳飾。唐李賀《大堤曲》:"青雲教綰頭上髻,明月與作耳邊璫。"

⑦ 蕭山,《西湖志纂》卷六:"蕭山,在錢塘江東,亦名蕭然山。《名勝志》云:'晋許詢築室於此。有蕭然自適之樂,遂名。'唐天寶中改永興縣,

爲蕭山縣。倚山瀕江，江岸有西興關，舊名西陵，吴越時改曰固陵，後更名西興。”

⑧ 詩見《全唐詩》卷八七〇，題爲《謿郭凝素》，注曰：“王軒嘗泊舟苧蘿山，題浣紗石詩，感西施見形，與歡會。蕭山郭凝素聞軒之遇，每過浣紗谿口，日夕長吟，屢題詩於石，寂爾無人。進士朱澤嘲之，凝素内恥，無復斯游。”

魯公明

顏魯公爲臨川内史,①澆風莫競,文教大行。②康樂已來,用爲嘉譽也。③邑有楊志堅者,④嗜學而居貧,鄉人未之知也。山妻猒其饘饟不足,⑤索書求離,志堅以詩送之曰:"平生志業在琴詩,頭上如今有二絲。漁父尚知谿谷暗,山妻不信出身遲。荆釵任意撩新鬢,明鏡從他别畫眉。今日便同行路客,相逢即是下山時。"⑥其妻持詩詣州,請公牒,⑦以求别醮。顏公案其妻曰:⑧楊志堅素爲儒學,遍覽九經,篇咏之間,風騷可摭。⑨愚妻睹其未遇,遂有離心。⑩王歡之廩既虚,豈遵黄卷;朱叟之妻必去,寧見錦衣?⑪惡辱鄉閭,敗傷風俗。若無褒貶,僥倖者多。阿王決二十後,任改嫁。⑫楊志堅秀才,贈布絹各二十疋、禄米二十石,便署隨軍。仍令遠近知委。江左十數年來,莫有敢棄其夫者。⑬

校正:

① 顏魯公,顏真卿。《舊唐書》本傳云:"顏真卿字清臣,琅邪臨沂人也。五代祖之推,北齊黄門侍郎。真卿少勤學業,有詞藻,尤工書。開元中,舉進士,登甲科。事親以孝聞。四命爲監察御史,充河西隴右軍試覆屯交兵使。……又充河東朔方試覆屯交兵使。……遷殿中侍御史、東都畿采訪判官,轉侍御史、武部員外郎。楊國忠怒其不附己,出爲平原太

守。……旋改檢校刑部尚書知省事，累進封魯郡公。”故世稱顔魯公。德宗時李希烈叛，宰相盧杞銜恨，使真卿往勸諭，爲希烈所留，忠貞不屈，被縊殺。

【按】《雲谿友議》云其爲臨川内史，應是沿用晋代謝靈運之職稱，即唐撫州刺史。“後攝祭太廟，以祭器不修言於朝，載坐以誹謗，貶硤州别駕，撫州、湖州刺史”(《舊唐書》本傳)，《新唐書》本傳補“載以爲誹謗，貶峽州别駕。改吉州司馬，遷撫、湖二州刺史”。《全唐文》卷五一四殷亮《顔魯公行狀》：“大曆三年遷撫州刺史，在州四年……七年九月拜湖州刺史。”故知顔真卿大曆三年至六年(768～771)中在撫州任上。

② 顔魯公改遺俗，《江西通志》卷二六載吉安府《歐陽守道顔魯公祠記》：“此州之君子皆顔魯公之流風遺俗也。魯公事君，有犯無隱，愠於群小，之死不回。此州之君子立朝，不如此乎？魯公遠謫，所至安之，流落復歸，終不懲艾。此州之君子去國，不如此乎？魯公八十元老，殞於賊手，高風勁節，誰其儷之，乃有誓爲趙鬼者，天子聞而哀之，直以魯公爲比。”此州風俗雅化受魯公之賜多矣。

【按】魯公性情堅貞，剛正秉直，特重禮儀法典。《舊唐書》本傳中：“(至德)二年四月，朝於鳳翔，授憲部尚書，尋加御史大夫。中書舍人兼吏部侍郎崔漪帶酒容入朝，諫議大夫李何忌在班不肅，真卿劾之；……雖天子蒙塵，典法不廢。洎鑾輿將復宫闕，遣左司郎中李巽先行，陳告宗廟之禮，有司署祝文，稱‘嗣皇帝’。真卿謂禮儀使崔器曰：‘上皇在蜀，可乎？’器遽奏改之。中旨宣勞，以爲名儒深達禮體。時太廟爲賊所毁，真卿奏曰：‘春秋時，新宫災，魯成公三日哭。今太廟既爲盜毁，請築壇於野，皇帝東向哭，然後遣使。’竟不能從。”

③ 康樂，即謝靈運。宋文帝時，出爲臨川内史，元嘉十年誅。《南史・謝靈運傳》：“謝靈運，安西將軍奕之曾孫而方明從子也……文章之美，與顔延之爲江左第一。縱横俊發過於延之，深密則不如也。從叔祖混特加愛之。襲封康樂公，以國公例除員外散騎侍郎，不就。爲琅邪王大司馬行參軍。性豪侈，車服鮮麗，衣物多改舊形制，世共宗之，咸稱謝康樂也。……文帝知其見誣，不罪也。不欲復使東歸，以爲臨川内史，在

郡游放不異永嘉。”

④“邑有楊志堅者”,“有”上《太平廣記》卷四九五有“人”字。

⑤“山妻猒其饘䭇不足”,《太平廣記》卷四九五作“其妻以資給不充”。饘䭇,稀飯和羹湯,謂極簡單的飲食。

⑥“平生”至“路客”共二十一字,《太平廣記》卷四九五作“當年立志早從師,今日翻成鬢有絲。落托自知求事晚,蹉跎甘道出身遲。金釵任意撩新髮,鸞鏡從他别畫眉。此去便同行路客”。詩見《全唐詩》卷一五八,題作《送妻》,注脱於本文,但有增改:“志堅嗜學而貧,其妻告離,志堅以詩送之。時顔真卿爲内史,妻持詩詣州,請公牒求别醮。真卿判云:王歡之廩既虚,豈遵黄卷;朱叟之妻必去,寧見錦衣! 污辱鄉閭,敗傷風化。若無褒貶,僥倖者多。遂箠之。後遂無棄夫者。”

⑦“其妻持詩詣州請公牒,以求别醮”,《太平廣記》卷四九五“請”字無,“醮”作“適”;“醮”《稗海》本亦作“適”。公牒,唐韓愈《袁州申使狀》:“每奉公牒,牒尾故牒字,皆爲謹牒字,有異於常。”

⑧ 顔公案其妻,《太平廣記》卷四九五作“真卿判其牘”;“顔”,《稗海》本作“魯”。

⑨“楊志堅”至“可摭”共十九字,《太平廣記》卷四九五作“早親儒教,頗負詩名,心雖慕於高科,身未霑於寸禄”。九經,隋煬帝以明經科取士,唐承隋制,規定三禮(《周禮》、《儀禮》、《禮記》)、三傳(《左傳》、《公羊傳》、《穀梁傳》),連同《易》、《書》、《詩》,稱爲九經。

⑩ 遂有離心,《太平廣記》卷四九五作“曾不少留”。

⑪“王歡”至“錦衣”共二十字,《太平廣記》卷四九五作“靡追冀缺之妻,贊成好事;專學買臣之婦,厭棄良人”。王歡,《晋書·王歡傳》:“王歡,字君厚,樂陵人也。安貧樂道,專精耽學,不營産業,常丐食誦詩,雖家無斗儲,意怡如也。其妻患之,或焚毁其書而求改嫁,歡笑而謂之曰:‘卿不聞朱買臣妻邪?’時聞者多哂之。歡守志彌固,遂爲通儒。至慕容暐襲僞號,署爲國子博士,親就受經。遷祭酒。及暐爲苻堅所滅,歡死於長安。”朱叟,朱買臣。《漢書·朱買臣傳》:“朱買臣字翁子,吴人也。家貧,好讀書,不治産業,常刈薪樵,賣以給食,擔束薪,行且誦書。其妻亦

負戴相隨,數止買臣毋歌嘔道中。買臣愈益疾歌,妻羞之,求去。買臣笑曰:‘我年五十當富貴,今已四十餘矣。女苦日久,待我富貴報女功。’妻恚怒曰:‘如公等,終餓死溝中耳,何能富貴?’買臣不能留,即聽去。其後,買臣獨行歌道中,負薪墓間。故妻與夫家俱上冢,見買臣饑寒,呼飯飲之。後數歲,買臣隨上計吏爲卒,將重車至長安。……入吴界,見其故妻、妻夫治道。買臣駐車,呼令後車載其夫妻,到太守舍,置園中,給食之。居一月,妻自經死,買臣乞其夫錢,令葬。”

⑫“惡辱”至“改嫁”共二十五字,《太平廣記》卷四九五作“污辱鄉閭,傷敗風教。若無懲誡,孰遏浮囂。妻可笞二十,任自改嫁”。

⑬“楊志堅”至“夫者”共四十字,《太平廣記》卷四九五作“楊志堅秀才,餉粟帛,仍署隨軍。四遠聞之,無不悦服。自是江表婦人,無敢棄其夫者”。

真詩解

濠梁人南楚材者，①旅游陳潁。②歲久，潁守慕其儀範，將欲以子妻之。楚材家有妻，以受潁牧之眷，③忽不思義，而輒已諾之。遂遣家僕歸取琴書等，似無返舊之心也。④或謂求道青城，⑤訪僧衡岳，不親名宦，唯務玄虚。⑥其妻薛媛，善書畫，妙屬文，知楚材不念糟糠之情，⑦别倚絲蘿之勢，對鏡自圖，⑧并詩四韻以寄之。楚材得妻真及詩䇿，遽有雋不疑之讓，⑨夫婦遂偕老焉。里語曰："當時婦棄夫，今日夫離婦。若不逞丹青，空房應獨自。"薛媛《寫真寄夫》詩曰："欲下丹青筆，先拈寶鏡端。已驚顔索寞，漸覺鬢凋殘。淚眼描將易，愁腸寫出難。恐君渾忘卻，時展畫圖看。"⑩

校正：

① 濠梁，據郭慶藩《莊子集釋》："濠是水名，在淮南鍾離郡，今見莊子之墓，亦有莊惠遨游之所。石絶水爲梁，亦言是濠水之橋梁，莊惠清談在其上也。"

② 陳潁，《舊唐書·地理志》："隋潁川郡，武德四年，平王世充，改爲許州……十三年，改置都督府，管許、唐、陳、潁四州……天寶元年，改爲潁川郡。乾元元年，復爲許州。長慶三年，廢溵州爲郾城縣，屬許州。"

③ "以受潁牧之眷"，《太平廣記》卷二七一作"以受知於潁牧"。

④ "似無返舊之心也"，《太平廣記》卷二七一無"也"字。

⑤ 青城,在今四川都江堰市西南,山形如城,故名青城。山中有八大洞,七十二小洞,風景秀麗。《舊唐書·地理志》"劍南道"下"蜀州"有"青城":"漢江源縣地。南齊置齊基縣,後周改爲青城。山在西北三十二里。"此地爲道教之祖庭。相傳東漢張道陵曾在此修道。道教稱此爲第五洞天。明曹學佺《蜀中廣記》卷六引《名山記》曰:"益州西南青城山,一名青城都山,形似城,其上有崖舍赤壁,張天師所治處。……《玉匱經》曰:'青城山爲第五大洞寶仙九室之天,一名赤城山,對蜀郡之西北,在岷山之南。'"唐司馬承禎《天地宫府圖》與杜光庭《洞天福地岳瀆名山記》亦列其爲道教十大洞天之第五洞天,名寶仙九室之洞天。

⑥ "不親名宦,唯務玄虚",《太平廣記》卷二七一作"不復留心於名宦也"。

⑦ "知楚材不念糟糠之情",《太平廣記》卷二七一作"亦微知其意"。糟糠之情,《後漢書·宋弘傳》:"時帝姊湖陽公主新寡,帝與共論朝臣,微觀其意。主曰:'宋公威容德器,群臣莫及。'帝曰:'方且圖之。'後弦被引見,帝令主坐屏風後,因謂弦曰:'諺言貴易交,富易妻,人情乎?'弦曰:'臣聞貧賤之知不可忘,糟糠之妻不下堂。'帝顧謂主曰:'事不諧矣。'"

⑧ "别倚絲蘿之勢托,對鏡自圖","對"上《太平廣記》卷二七一有"乃"字,無"自"字。菟絲、女蘿均爲蔓生,纏繞於草木,不易分開,故詩文中常用以比喻結爲婚姻。《古詩十九首·冉冉孤生竹》:"與君爲新婚,菟絲附女蘿。"

⑨ "歉",《太平廣記》卷二七一作"甚慙"。

⑩ "鬢",《稗海》本作"髩"。《全唐詩》卷七九九録其詩,題亦作《寫真寄夫》,注云:"南楚材旅游陳,受潁牧之眷,欲以女妻之。楚材許諾,因托言有訪道行,不復返舊。薛媛善畫,妙屬文,微知其意。對鏡圖形,爲詩寄之。楚材大慙,遂歸偕老。里人爲語稱之。"《才調集》卷十、《唐詩紀事》卷七八亦録有此詩。然《詩話總龜》卷二六取《唐宋遺史》,故事略有删改:"五代末,濠梁人南楚材游陳潁間,潁守欲以女妻之。楚材已娶薛

氏，以受潁守之恩，遣人歸取琴書之屬，似無還意。薛氏善書畫，能屬文，自對鑑圖其形，并作詩寄之曰：'欲下丹青筆，先拈玉鑑端。已驚顔寂寞，漸覺鬢凋殘。淚眼描將易，愁腸寫出難。恐君渾忘却，時展畫圖看。'楚材見而慚焉，與之偕老。"

毗陵出

愼氏者，毗陵慶亭儒家之女。① 三史嚴灌夫，② 因游彼，遂結姻好，同載歸蘄春。③ 經十餘秋，無胤嗣。④ 灌夫乃拾其過而出妻，⑤ 令歸二浙。愼氏慨然登舟，親戚臨流相送，妻乃爲詩以訣灌夫。灌夫覽詩悽感，遂爲夫婦如初。⑥ 雲谿子曰：曹叔妻叙《東征》之賦，⑦ 劉伶室作《誡酒》之辭，⑧ 以女子之所能，寔其罕矣。爰書薛媛之事，⑨ 斯可附焉。愼氏詩曰："當時心事已相關，雨散雲飛一餉間。便是孤帆從此去，不堪重過望夫山。"⑩

校正：

①"愼氏者，毗陵慶亭儒家之女"，《太平廣記》卷二七一無"者"字，"毗陵慶亭"作"北陵虔亭"。毗陵，即常州。《元和郡縣志》卷二五："《禹貢》揚州之地。春秋時屬吴，延陵季子之采邑。漢改曰毘陵，晋東海王越謫於毘陵。元帝以避諱，改爲晋陵郡，宋、齊因之。隋開皇九年平陳，廢郡，於常熟縣置常州，因縣爲名。後割常熟縣入蘇州，移常州理于晋陵縣。隋亂，陷於寇境，武德七年平，仍舊置常州。"

② 三史，貢舉考試之科目。設置於長慶初年。

【按】《舊唐書·穆宗紀》："（長慶）三年……諫議大夫殷侑奏禮部貢舉請置三傳三史科，從之。"《唐會要》卷七六《貢舉》則載爲長慶二年二月，諫議大夫殷侑奏："歷代史書，皆記當時善惡，繫以褒貶，垂裕勸戒。

其司馬遷《史記》,班固、范曄兩《漢書》,音義詳明,懲惡勸善,亞於六經,堪爲世教。伏惟國朝故事,國子學有文史直者,弘文館弘文生,并試以《史記》、兩《漢書》、《三國志》,又有一史科。近日以來,史學都廢。至於有身處班列,朝廷舊章,昧而莫知,況乎前代之載,焉能知之?伏請置前件史科,每史問大義一百條,策三道。義通七,策通二以上,爲及第。能通一史者,請同五經、三傳例處分。其有出身及前資官應者,請同學究一經例處分。有出身及前資官,優稍與處分。其三史皆通者請録奏聞,特加獎擢。仍請頒下兩都國子監,任生徒習讀。"

③ 蘄州,今湖北蘄春。《舊唐書·地理志》淮南道下"蘄州"中,"隋蘄春郡。武德四年,平朱粲,改爲蘄州,領蘄春、蘄水、羅田、黄梅、浠水五縣。……天寶元年,改爲蘄春郡。乾元元年,復爲蘄州。"

④ "經十餘秋,無胤嗣","秋"《太平廣記》卷二七一作"年","胤嗣"作"嗣息"。

⑤ 出妻,《五禮通考》卷一五三:"婦有七出、三不去。七出者:不順父母者,無子者,淫僻者,嫉妒者,惡疾,多口舌者,竊盗者。三不去者,謂有所取無所歸,與共更三年之喪,先貧賤後富貴。凡此,聖人順男女之際,重昏姻之始也。"

⑥ "夫婦",《太平廣記》卷二七一作"婦道"。

⑦ 曹氏妻,即班昭。《後漢書》卷一一四:"扶風曹世叔妻者,同郡班彪之女也,名昭,字惠班,一名姬。博學高才。世叔早卒,有節行法度。兄固著《漢書》,其八表及《天文志》未及竟而卒。和帝詔昭就東觀藏書閣踵而成之。帝數召入宫,令皇后諸貴人師事焉,號曰'大家'。"昭有賦《東征》。

⑧ 劉伶室,即劉伶妻。《晋書·劉伶傳》:"(伶)初不以家産有無介意。常乘鹿車,攜一壺酒,使人荷鍤而隨之,謂曰:'死便埋我。'其遺形骸如此。嘗渴甚,求酒於其妻。妻捐酒毁器,涕泣諫曰:'君酒太過,非攝生之道,必宜斷之。'伶曰:'善!吾不能自禁,惟當祝鬼神自誓耳。便可具酒肉。'妻從之。伶跪祝曰:'天生劉伶,以酒爲名,一飲一斛,五斗解酲。婦兒之言,慎不可聽。'仍引酒御肉,隗然復醉……"

⑨ 薛媛事,見《雲谿友議》"真詩解"條。

⑩《全唐詩》卷七九九録慎氏詩,題作《感夫詩》(小註一作《與夫訣》,一作《留别》)。《詩話總龜》録《唐宋遺史》:"天祐中,毗陵有慎氏,本儒家女,三史嚴灌夫娶之。數年無子,因拾其過而出焉。慎氏慨然登舟,留詩一章爲别曰:'當時心事已相關,雨散雲飛一餉間。便掛孤帆從此去,不堪重過望夫山。'灌夫覽而愧,乃留之。"

巫咏難

秭歸縣繁知一,① 聞白樂天將過巫山,② 先於神女祠粉壁大署之曰:“蘇州刺史今才子,行到巫山必有詩。爲報高唐神女道,速排雲雨候清詞。”③ 白公睹題處悵然,邀知一至,曰:“歷陽劉郎中禹錫,三年理白帝,④ 欲作一詩於此,怯而不爲。罷郡經過,悉去千餘首詩,但留四章而已;此四章者,乃古今之絶唱也。而人造次不合爲之。”沈佺期詩曰:“巫山高不極,合沓奇狀新。闇谷疑風雨,幽崖若鬼神。月明三峽曙,潮滿九江春。爲問陽臺客,應知入夢人。”⑤ 王無競詩曰:“神女向高唐,巫山下夕陽。徘徊作行雨,婉孌逐荆王。電影江前落,雷聲峽外長。霽雲無處所,臺館曉蒼蒼。”⑥ 李端詩曰:“巫山十二重,皆在碧虚中。迴合雲藏日,霏微雨帶風。猿聲寒渡水,樹色暮連空。愁向高唐去,千秋見楚宫。”⑦ 皇甫冉詩曰:“巫峽見巴東,迢迢出半空。雲藏神女館,雨到楚王宫。朝暮泉聲落,寒暄樹色同。清猿不可聽,偏在九秋中。”⑧ 白公但吟四篇,與繁生同濟,竟而不爲。故太尉李德裕鎮渚宫,⑨ 嘗謂賓侶曰:“余偶欲遥賦《巫山神女》一詩,下句云‘自從一夢高唐後,可是無人勝楚王’。⑩ 晝夢宵征巫山,似欲降者,如何?”段記室成式曰:⑪“屈平流放湘沅,椒蘭友而不爭,卒葬江魚之腹,爲曠代之悲。宋玉則招屈之魂,明君之失,恐禍及身，遂假高唐之夢以惑襄王，非真夢也。我公作神女之詩，思神女之會，唯慮成夢，亦恐非真。”李公退慚，其文不編集於卷也。

校正：

① 秭歸，今湖北秭歸。《舊唐書・地理志》：“秭歸，漢縣，屬南郡。魏改爲臨江郡，吴、晋爲建平郡。隋屬巴東郡。武德二年，置歸州。巴東，漢巫縣地，屬南郡。周置樂鄉縣，隋改爲巴東縣。興山，武德三年，分秭歸縣置。舊治高陽城，貞觀十七年，移治大清鎮，天授二年，移治古夔子城。”

② “樂天”，《太平廣記》卷一九八作“居易”，無“白”字。

【按】朱金城《白居易年譜》(下稱朱氏白譜)，元和十三年(818)白居易自江州司馬遷忠州刺史，元和十五年(820)“夏，自忠州召還。經三峽……除尚書司門員外郎”。其詩如《發白狗峽次黄牛峽登高寺却望忠州》(《白氏長慶集》卷一八)：“巴曲春全盡，巫陽雨半收。”則其過巫山應在此時。

③ 此詩不録於他處。然所謂詩稱“蘇州刺史”之言，不確。

【按】朱氏白譜，白居易寶曆元年(825)三月自太子左庶子分司東都除蘇州刺史。此後，白氏自蘇返，或在京爲官，或分司東都，并無巫山之行。

④ 白帝，古城名。故址在今重慶市奉節縣東瞿塘峽口。北魏酈道元《水經注・江水一》：“江水又東徑魚復縣故城南，故魚國也……公孫述名之爲白帝，取其王色。”此白帝應代指劉所任之夔州。

【按】卞孝萱《劉禹錫年譜》據劉禹錫《夔州刺史謝上表》(朱刻本《劉禹錫文集》卷一四)文末題“長慶二年正月五日”及《竹枝詞九首》(《全唐詩》卷三六五)“歲正月，余來建平”，將劉爲夔州刺史之年繫於長慶元年(821)。又劉禹錫《謝中使送上表》：“伏以發自巴峽，至於南荒。涉水陸湍險之途，當炎夏鬱蒸之候。”記其長慶三年(823)夏由夔州刺史轉爲和州刺史。且離夔州時，於巫山女神廟，遍覽古今題詩，從一千多首中，選出四首絶唱。《雲谿》中白稱劉禹錫爲歷陽劉郎中，則應在其"大和二年(828)，自和州刺史徵還，拜主客郎中"(《舊唐書·劉禹錫傳》)之時。劉禹錫《舉姜補闕倫自代狀》曰："東都尚書省：前左補闕姜倫。右臣蒙恩授尚書主客郎中分司東都，伏準建中元年正月五日敕，常參官上後三日舉一人自代者。臣伏詳詔旨，欲達聰旁求，發揚幽遠。故人得言所知，不當循其階次也。臣伏以前諫官有儒學士行，蒙以諫官徵。會其年老被疾，不堪上道。有司按視如狀，不復逼迫。至今家居，而篤志無倦。臣謹舉爲郎吏，分司别都。冀優賢振滯，兩得其道。大和元年六月十四日。"《元和郡縣志·闕卷逸文》卷二："和州，《禹貢》揚州之域。春秋及戰國時爲楚地。秦爲歷陽縣，屬九江郡，漢爲淮南國。後漢揚州移理於此。吴、魏交爭之所。晋平吴，立淮南郡，後改歷陽郡。後齊立和州。"隋唐時歷陽即和州。朱金城《白居易年譜》：白居易自大和二年(828)春，自洛陽使還，返長安；三年以太子賓客分司東都；大和四年任河南尹，至七年因頭風卸職，再授太子賓客分司東都。其後寓居洛陽直至會昌六年(846)卒。几近二十年内未有蜀地之游。綜上所述，所謂繁知一邀樂天題詩之事，應爲子虚烏有。而文中劉禹錫離夔州之時，於千首詩歌選其四首之事亦可存疑。

⑤《巫山高》，爲樂府詩題名。《樂府詩集》卷一七《巫山高》樂府解題曰："古詞言，江淮水深，無梁可度，臨水遠望，思歸而已。若齊王融'想像巫山高'，梁范雲'巫山高不極'，雜以陽臺神女之事，無復遠望思歸之意也。又有《演巫山高》，不詳所起。"又録張循之《巫山高》："巫山高不極，沓沓奇狀新。暗谷疑風雨，幽巖若鬼神。月明三峽曙，潮滿二江春。爲問陽臺夕，應知入夢人。"《全唐詩》卷一七、《文苑英華》卷二百一皆作張循之詩，唯《雲谿友議》稱此詩爲沈佺期所作，未知何據。

⑥ 此詩《樂府詩集》卷一七題爲《巫山高》，但作者非王無競，而歸之於沈佺期。《舊唐書·王無競傳》："王無競者，字仲烈。其先瑯琊人，因官徙居東萊。宋太尉弘之十一代孫。父侃，棣州司馬。無競有文學，初應下筆成章舉及第，解褐授趙州欒城縣尉，歷秘書省正字，轉右武衛倉

曹、洛陽縣尉，遷監察御史，轉殿中。舊例，每日更直於殿前正班。時宰相宗楚客、楊再思常離班偶語，無競前曰：‘朝禮至敬，公等大臣，不宜輕易以慢恒典。’楚客等大怒，轉無競爲太子舍人。神龍初，坐訶詆權倖，出爲蘇州司馬。及張易之等敗，以嘗交往，再貶嶺外。卒於廣州，年五十四。”《新唐書・王無競傳》則稱其終於“仇家矯制搒殺之”。

⑦ 李端此詩不見於别處，唯《雲谿》所載。李端，趙州人，大曆十才子之一，《新唐書・藝文志》載“李端集三卷”。大曆五年登進士第，授秘書省校書郎。建中中移疾江南，授杭州司馬。卒於貞元二年前。其事迹見《舊唐書・李虞仲傳》(虞仲爲李端子)，《新唐書・盧綸傳》及《極玄録》卷上。

⑧ 皇甫冉，此詩題作《巫山高》，又見《中興間氣集》卷上。高仲武贊：“冉詩巧於文字，發調新奇，遠出情外……又巫山詩，終篇奇麗。自晋宋齊梁陳隋以來，采掇十三首者無數，而補闕獨獲驪珠，使前賢失步，後輩却立，自非天假，何以逮斯？長轡未騁，芳蘭早凋，悲夫。”皇甫冉，《舊唐書》無傳，《新唐書》附見於卷二〇二《蕭穎士傳》後。又《新唐書・藝文志》著録其詩集，略記其事：“字茂政，潤州丹陽人。”孤獨及《唐故左補闕安定皇甫公集序》(《毗陵集》卷一三)所記最爲詳細：“補闕諱冉，字茂政，元晏先生之後……銀青光禄大夫澤州刺史諱敬德之曾孫，朝散大夫饒州樂平縣令諱價之孫，中散大夫潭州刺史諱顗之子。……舉進士第一，歷無錫縣尉、左金吾兵曹。今相國太原公之推轂河南也，辟爲書記。大曆二年遷左拾遺，轉右補闕。奉使江表，因省家至丹陽。朝廷虚三署郎位以待君之復，不幸短命，年方五十四而没。”

⑨ 渚宫，《元和郡縣志・闕卷逸文卷》卷一：“山南道江陵縣下，渚宫，楚别宫。《左傳》曰：‘王在楚宫。’《水經註》云：‘今城，楚船宫地也，春秋之渚宫矣。’”

【按】此處渚宫代指江陵。唐劉禹錫《元和癸巳歲仲秋詔發江陵，凱旋之辰，卒爾成咏，寄荆南嚴司空》：“蠻水阻朝宗，兵符下渚宫。”故太尉李德裕鎮渚宫，《舊唐書・李德裕傳》：“(會昌)五年(845)，武宗上徽號後，累表乞骸，不許。德裕病月餘，堅請解機務，乃以本官平章事兼江陵尹、荆南節度使。數月追還，復知政事。宣宗即位，罷相，出爲東都留守、東畿汝都防禦使。”德裕於會昌五年累表求退，但直至宣宗即位，方始出鎮江陵。

⑩ 此詩不見它集所載，獨爲《雲谿友議》所述。

⑪ 段成式，《新唐書·段成式傳》：“子成式，字柯古，推蔭爲校書郎。博學彊記，多奇篇秘籍。侍父於蜀，以畋獵自放，文昌遣吏自其意諫止。明日以雉兔遍遺幕府，人爲書，因所獲儷前世事，無復用者，衆大驚。擢累尚書郎，爲吉州刺史，終太常少卿。著《酉陽書》數十篇。”《舊唐書·段文昌傳》附《段成式傳》中則稱其咸通初出爲江州刺史，解印後寓居襄陽。

【按】段成式入李德裕幕，僅限大和元年(827)。《酉陽雜俎》續集《貶誤》八〇條記“予大和初，從事浙西贊皇公幕中，嘗因與曲宴……予後偶得《虞翻集》，果如公言。開成初，予職在集賢，頗獲所未見”。又《酉陽雜俎》前集《物異》四一四條記“壁影。高郵縣有一寺，不記名，講堂西壁枕道。每日晚，人馬車輿影悉透壁上，衣紅紫者影中鹵莽可辨。……成式大和初，揚州見寄客及僧説”。另《酉陽雜俎》續集《金剛經鴻異》二一〇條記“大和二年，於揚州僧栖簡處聽《平消御注》一遍”。故知成式曾往依李德裕於浙西，不久即赴揚州。段成式《酉陽雜俎》續集卷五《寺塔記》載：“武宗癸亥三年(843)夏……後三年，予職於京洛。及刺安成，至大中七年(853)歸京，在外六甲子，所留書籍揃壞居半。”據段文意，可知自武宗會昌四年至六年均職於京洛，未嘗遠赴荆南。其後刺安成。《太平寰宇記》卷一百九“吉州”條下：“按《地理志》吴分豫章之新喻、宜春、廬陵之平都、永新、長沙之安成、萍鄉六縣爲安成郡，即今安福縣理也。”《舊唐書·地理志》中“吉州”條下載“隋廬陵郡。武德五年，討平林士弘，置吉州，領廬陵、新淦二縣。七年，廢潁州，以安福縣來屬。……天寶元年，改爲廬陵郡，乾元元年，復爲吉州”。故段氏在《寺塔記》中提到的“安成”疑爲是以古地名稱吉州。則大中七年之前其曾官吉州刺史。《新唐書·段成式傳》所述與此同。故《雲谿友議》所謂段成式於荆南勸李德裕泯詩之事，應爲范氏耳食臆造，未可爲真。

靈丘誤

麻姑山，①山谷之秀，草木多奇。②鄧仙客至延康，四五代爲國道師，而錫紫服。③洎死，自京輦歸，葬是山，是謂"尸解"也。④然悉爲丘壟，松柏相望。詞人經過，必當興咏幾千首矣。⑤忽有一少年，偶題一絶句，不言姓字，但云"天嶠游人"耳。後來觀其所刺，無復爲文，且鄧氏之名，因斯稍減矣。詩曰："鶴老芝田雞在籠，上清那與俗塵同。既言白日升仙去，何事人間有殯宫？"⑥

校正：

① 麻姑山，《江西通志》卷十"建昌府"條下："麻姑山在府城西南十里，建之鎮山也。唐隷撫州，故顔真卿有《撫州南城縣麻姑仙壇記》，小楷精妙，久爲好事者竊去……稍上夷行數百步，至仙都觀壇，魯公祠及何氏書房在焉，觀後有唐鄧紫陽冢。相傳紫陽尸解，棺亦飛去，獨遺爐簡瘞壇外。"

② "多"，原作"所"，據《太平廣記》卷一九九、《稗海》本及《四庫》本改。

③ 鄧延康，唐代道士，寵盛於文宗、武宗朝，"尸解"於宣宗末年。

【按】《全唐文》卷七六七鄭畋《唐故上都龍興觀三洞經籙賜紫法師鄧先生墓誌銘》云："鄧氏得姓在春秋，兩漢魏晋，繼有賢傑。洪源演派，或仕或隱，自累世咸居撫州麻姑山。……洪嗣道高於世，開元中詔贈臨川太守，生福唐尊師諱紫陽。……福唐生華封尊師諱德誠。……先生即華封之從子也，諱延康。……昭肅皇帝（武宗）幸興唐觀，訪先生修真之道，宸旨嘉豫，錫以紫服。……以（大中）十三年十二月三日，葬於撫州南城縣故鄉諲潭里湖頭村靈山硤，祔曾祖父塋。"《雲谿友議》所謂鄧氏"四五代爲國道師"，即指洪嗣、紫陽、德誠、延康四代而約略言之。其中紫陽頗有名聲。《顔魯公文集》卷一三《撫州南城縣麻姑山仙壇記》："開元中道士鄧紫陽於此習道，蒙召入大同殿修功德，二十七年忽見虎駕龍車，二人執節在庭中。顧謂其友竹務猷曰：'此迎我也，可爲吾奏願。'欲歸葬本山，仍請立廟於壇側，玄宗從之。"《江西通志》卷四〇："鄧紫陽石槨，《府志》：'紫陽隱麻姑山，赴唐玄宗召。奄忽而化，遣中使還葬麻姑山。及改葬，石槨惟存爐簡而已。'"

④"自京輦歸葬是山，是謂'尸解'也"，《太平廣記》卷一九九"輦"字無，"是"作"云"。尸解，謂道徒遺其形骸而仙去。漢代王充《論衡·道虚》："所謂尸解者，何等也？謂身死精神去乎，謂身不死得免去皮膚也……如謂不死免去皮膚乎，諸學道死者骨肉俱在，與恒死之尸無以異也。"《晋書·葛洪傳》："而洪坐至日中，兀然若睡而卒……視其顔色如生，體亦柔軟，舉尸入棺，甚輕，如空衣，世以爲尸解得仙云。"唐施肩吾《謝自然升仙詩》："分明得道謝自然，古來漫説尸解仙。"

⑤"興"，《稗海》本作"題"。

⑥芝田，傳説中仙人種靈芝的地方。魏曹植《洛神賦》："爾迺税駕乎蘅皋，秣駟乎芝田。"王嘉《拾遺記·昆侖山》："第九層山形漸小狹，下有芝田蕙圃，皆數百頃，群仙種耨焉。"《全唐書》卷七八四録此詩題作《題鄧仙客墓》。

襄陽傑

鄭太穆郎中爲金州刺史,①致書於襄陽于司空頔。②鄭書傲睨自若,似無郡吏之禮。③書曰:"閤下爲南溟之大鵬,④作中天之一柱。騫騰則日月暗,搖動則山岳頽。真天子之爪牙,諸侯之龜鏡也。⑤太穆孤幼二百餘口,⑥飢凍兩京。小郡俸薄,尚爲衣食之憂,溝壑之期,斯須至矣。伏惟賢公,息雷霆之威,垂特達之節,賜錢一千貫、絹一千疋、器物一千事、米一千石、奴婢各十人。"且曰:"分千樹一葉之影,即是濃陰;減四海數滴之泉,便爲膏澤。"于公覽書,亦不嗟訝,曰:"鄭使君所須,各依來數一半;以戎旅之際,不全副其本望也。"又有匡廬符載山人遣三尺童子齎數幅之書,⑦乞買山錢百萬,公遂與之,仍加紙墨衣服等。又有崔郊秀才者,⑧寓居於漢上,藴積文藝,而物産罄懸。無何,與姑婢通,每有阮咸之從。⑨其婢端麗,饒彼音律之能,漢南之最也。⑩姑貧,鬻婢於連帥。連帥愛之,⑪以類無雙,無雙,即薛太保愛妾,至今圖畫觀之。⑫給錢四十萬,寵眄彌深。郊思慕無已,即强親府署,願一見焉。其婢因寒食來從事家,⑬值郊立於柳陰,馬上連泣,誓若山河。崔生贈之以詩曰:"公子王孫逐後塵,緑珠垂淚滴羅巾。侯門一入深如海,從此蕭郎是路人。"⑭或有嫉郊者,寫其詩於于座,公睹詩,令召崔生,左右莫之測也。郊則憂悔而已無處潛遁也。及見郊,握手曰:"'侯門一入深如海,從此蕭郎是路人。'便是公製作也。四百千,小哉!何靳一書,不早相示!"遂命婢同歸,至於幃幌奩匣,⑮悉爲增飾之,小阜崔生矣。初,有客自零陵來,稱戎昱使君席上有善歌者,⑯襄陽公遽命召焉。戎使君豈敢違命,逾月而至。及至,令唱歌,乃戎使君送妓之什也。公曰:"丈夫不能立功立業,爲異代之所稱,豈有奪人姬愛,爲己之嬉娱?⑰以此觀之,誠可竄身於無人之地。"⑱遂多以繒帛賷行,手書遜謝於零陵之守也。雲谿子曰:王敦驅女樂以給軍士,⑲楊素歸徐德言妻,⑳臨財莫貪,於色不恡者,罕矣!時人用爲雅譚。歷觀國朝挺特英椎,未有如襄陽公者也。戎使君詩曰:"寶鈿香蛾翡翠裙,粧成掩泣欲行雲。殷勤好取襄王意,莫向陽臺夢使君。"㉑

校正:

① 鄭太穆,《唐刺史考全編》録鄭太穆,爲貞元中金州刺史,并疑其或與貞元十二前後之金州刺史鄭賈爲一人。《册府元龜》卷六七三:"鄭賈爲金州刺史。貞元十二年,以賈有能政,加檢校司勛郎中。"金州,今陝西金州。《新唐書・地理志》:"金州,漢陰郡,上。本西城郡,天寶元年曰安康郡,至德二載更名。"

② 襄陽,今湖北襄樊。《元和郡縣志》卷第二一下"襄州","襄陽節度使理所。襄陽縣,本漢舊縣也,屬南郡,在襄水之陽,故以爲名。魏武帝平荆州,分南郡置襄陽郡,縣屬焉。後遂不改"。于頔,《舊唐書・于頔傳》:"于頔字允先,河南人也,周太師燕文公謹之後也。……貞元十四年(798),爲襄州刺史。……頔累遷至左僕射、平章事、燕國公。俄而不奉詔旨,擅總兵據南陽,朝廷幾爲之旰食。及憲宗即位,威肅四方,頔稍戒懼。以第四子季友求尚主,憲宗以長女永昌公主降焉。其第二子方屢諷其父歸朝,入覲,册拜司空、平章事。……(元和)十三年(818)頔表求致

仕,宰臣擬授太子少保,御筆改爲太子賓客。其年八月卒,贈太保。”

【按】于頔刺漢南事起於貞元十四年,《舊唐書·德宗紀》:“九月丙辰,以陝虢觀察使于頔爲襄州刺史、山南東道節度使。”終於元和三年。《舊唐書·憲宗紀》:“九月庚寅,以右僕射裴均檢校左僕射、同平章事、襄州長史,充山南東道節度使。”

③“鄭書傲睨自若,似無郡吏之禮”,“睨”原作“倪”,據《稗海》本改;《太平廣記》卷一七七“吏”作“使”。

④南溟亦作南冥,南方大海。《莊子·逍遥游》:“是鳥也,海運則將徙於南冥。南冥者,天池也。”《莊子集釋》中郭慶藩據慧琳《一切經音義》三一《大乘入楞伽經》卷二引司馬云:“溟,謂南北極也。去日月遠,故以溟爲名。”而“鵬即古鳳字,非來儀之鳳也”。

⑤“鏡”,《稗海》本作“鑑”。爪牙,即得力的官員。《詩·小雅·祈父》:“祈父!予王之爪牙。”龜鏡,《佩文韻府》卷八三:“龜鏡,《北史·長孫紹遠傳》:‘此數事者,照爛典章揚搉而言,足爲龜鏡。’”

⑥“孤幼”,《稗海》本作“幼孤”。

⑦符載,岑仲勉《跋唐摭言》(《歷史語言研究所集刊》第九本甲《事實疑誤》之“苻載楊衡栖隱匡廬事”)謂當做苻載,字厚之,自稱廬山山人。

【按】《新唐書·藝文志》載《符載集》十四卷。其《荆州與楊衡説舊因送游南越序》(岑仲勉謂此序作於貞元七年):“載弱年與北海王簡言、隴西李元象、洎中師高明,會和於蜀……無幾何,共欲張聞見之路,方乘扁舟,沿三峽,造潯陽廬山,復營蓬居,遂我遁栖。……居五六年,載出盧岳,歸蜀問起居。”又有崔群《送盧岳處士苻(符)載歸蜀覲省序》(《全唐文》卷六一二):“建中初,有峨眉客苻(符)君,發六籍,棹三湘,深入匡廬,絶迹半紀。”《白氏長慶集》卷四三《代書》亦言:“貞元初,有符載、楊衡輩隱焉,亦出爲聞人。”則可知,苻載廬山之隱約在建中初至貞元初年。貞元十四年(798)至元和三年(808),于頔鎮襄漢時。苻載初在洪州刺史李巽幕下。李巽,據《唐方鎮年表》卷五爲貞元十三年至永貞元年江西觀察使。《文苑英華》卷六七九有李巽《請符載書》:“拜足下辟太常寺奉禮郎充南昌軍副使。”李巽數請,後符載授命。《全唐文》卷六八八載符之《新廣雙城門頌(并序)》文曰:“貞元十四年,我常侍鍾陵之政成,繇賦均調,法令修理,男女大小,祗承教化,土地千里,蚩蚩浩浩……”其後至鄂州依鄂岳觀察使何士幹。《全唐文》卷六九〇苻載《中和節陪何大人宴集序》:“今日之會,我鄂岳連帥、御史大夫何公,蓋所以祗承明詔……今天子…… 居位垂二十載。”《唐方鎮年表》卷六録此注於貞元十五年(799)何士幹下。載又有《蘄州新城門頌(并序)》:“……大唐庚辰(800)歲秋九月,鄂岳觀察使御史中丞鄭公前牧於蘄春,始佩銅虎符。”(《全唐文》卷六八八)鄭公即鄭紳,《舊唐書・德宗紀》:“貞元十八年(802)三月己巳,以蘄州刺史鄭紳爲鄂州刺史、鄂岳蘄沔觀察使。”十八年後,自潯陽赴淮南節度使杜佑幕。載有《爲杜相公賀恩賜淮西粟帛表》(《全唐文》卷六八八)及《淮南節度使灞陵公杜佑寫真贊》(《文苑英華》卷七八三)。此後歸蜀,依西川節度使韋皋,《文苑英華》卷六七〇有其《上西川韋令公書》。皋卒後劉闢總留務,苻載亦在幕中。按《舊唐書・劉闢傳》:“永貞元年(805)八月,韋皋卒,闢自爲西川節度留後,率成都將校上表請降節鉞。”《唐國史補》卷中載:“元和初,陰陽家言五福太一在蜀,故劉闢造五福樓,符載爲之記。”《南部新書》卷八所載亦同。又《唐語林》卷一:“韋皋參佐房式、韋乾度、獨孤密、符載、郄士美皆即論薦,館驛巡官沈衍、段文昌,闢迫令刺按,禮同上介,亦接諸公後謁。”元和元年(806)劉闢誅後,符載似返於匡盧間,《全唐文》卷六八八載符載《寄贈于尚書書》:“某一凡夫也,棲遁匡盧垂二十年,讀書不及竪儒,把筆纔過於常談……今如特差祗舍人吕及自潯陽專往奉狀,塵獻鈴閣,伏惟鑒察愚樸,不責狂瞽,幸甚幸甚。候問起居之禮,僅俟異日,此無多談。”符載隱匡盧時在建中貞元初年,至元和初返匡盧時几近二十年時間。若有符載乞買山錢之事應在元和二年至元和四年間。元和四年(809)後,符載被荆南節度使趙宗儒辟爲記事。《柳河東集》卷三五有《賀趙江陵宗儒辟符載啓》。《五百家注昌黎文集》卷二九中《唐故尚書虞部張府君墓誌銘》載:“(元和四年)故相趙宗儒鎮荆南。”《舊唐書・憲宗紀》:“(元和六年四月)乙卯,以前荆南節度使趙宗儒爲刑部尚書。”其後似患病而歸江西,《文苑英華》卷五九八有符載《謝手詔書》二篇,文曰:“臣某言,中使某至,伏蒙詔旨,褒臣政事,慰臣疾病,并示除改廬州刺史路應等。……臣伏見自淮而南,天下重鎮臣叨受旄鉞僅二十年”。路應,《唐方鎮年表》卷五録其爲元和元年至元和五年宣歙觀察使。則符載歸江西之時應在元和六年自荊南幕府出。

⑧ 秀才,最初是唐代考試科目中最高的一種。《舊唐書》卷四三:“凡舉試之制,每歲仲冬,率與計偕。其科有六:一曰秀才(試方略策五條,此科取人稍峻,貞觀已後遂絶)。”《唐摭言》卷一“述進士下篇”:“元和中,中書舍人李肇撰《國史補》,其略曰:進士爲時所尚久矣,是故俊乂實在其中。由此而出者,終身爲文人,故爭名常爲時所弊。其都會謂之‘舉場’,通稱謂之‘秀才’。”故此秀才實指參加科考的文士而已。

⑨ 阮咸之從,《晋書·阮咸傳》:“咸字仲容。父熙,武都太守。咸任達不拘……而居母喪,縱情越禮。素幸姑之婢,姑當歸於夫家,初云留婢,既而自從去。時方有客,咸聞之,遽借客馬追婢,既及,與婢累騎而還,論者甚非之。”

⑩ 漢南,即荊州。《爾雅·釋地》:“漢南曰荊州。”

⑪ 連帥,泛稱地方高級長官。唐代多指觀察使、按察使。北周庾信《周隴右總管長史贈太子少保豆盧公神道碑》:“尋加侍中,外總連帥,威振百城。”(《庾子山集》卷一四)

⑫ 無雙,即薛太保愛妾,至今圖畫觀之,《太平廣記》卷一七七此注無。

【按】無雙,《太平廣記》卷四八六載薛調有《無雙傳》,言建中朝劉震女無雙與震甥王仙客之悲歡離合故事。薛調,唐代河中寶鼎(今山西萬榮)人,婺州刺史薛膺之子,河東郡公薛蘋之孫。魯迅《唐宋傳奇集·稗邊小綴》:“然則無雙不但實有,且當時已極豔傳。疑其事之前半,或與崔郊姑婢相類;調特改薛太尉家爲禁中,以隱約其辭。後半則頗有增飾,稍乖事理矣。明陸采嘗拈以作《明珠記》(明代吕天成《曲品》稱其‘本《無雙》而作記,借明珠以聯情’)。”①

⑬ 寒食,《唐會要》卷二三“寒食拜掃”條下:“開元二十年四月二十

---

① 魯迅校録:《唐宋傳奇集》,北新書局 1941 年版,第 319～320 頁。

四日敕：‘寒食上墓，禮經無文，近世相傳，浸以成俗，士庶既不合廟享，何以用展孝思？宜許上墓，用拜掃禮，於塋南門外奠祭徹饌訖，泣辭食餘于他所，不得作樂。’仍編入禮典，永爲常式。”

⑭《全唐詩》卷五五〇題作《贈去婢》。

⑮ 幃幌奩匣，泛指衣物飾品箱包。

⑯ 戎昱，兩《唐書》無傳。初事顔真卿，有“聞説征南没，那堪故吏聞”(《聞顔尚書陷賊中》，見《全唐詩》卷二七〇)可證。《新唐書·藝文志》著録戎昱詩五卷，注中略記其事迹：“衛伯玉鎮荆南從事，後爲辰州、虔州二刺史。”《舊唐書·衛伯玉傳》：“廣德元年(763)冬，吐蕃寇京師，乘輿幸陝。以伯玉有幹略，可當重寄，乃拜江陵尹、兼御史大夫，充荆南節度觀察等使。尋加檢校工部尚書，封城陽郡王。……大曆十一年(776)二月入覲，以疾卒於京師。”大曆中又曾爲李昌巙幕下，戎昱有詩《再赴桂州先寄李大夫》。《本事詩·情感第一》載：“韓晋公鎮浙西，戎昱爲部内刺史。”按《資治通鑑》卷二二六：(大曆十四年，779)十一月丁丑，以晋州刺史韓滉爲蘇州刺史、浙江東西觀察使。”又卷二三二載貞元三年(787)：“戊寅，鎮海節度使同平章事充江淮轉運使韓滉薨。”戎昱任虔州刺史在貞元七年，其時“閻寀爲吉州刺史，表請入道，賜名遺榮，隸桃源觀，朝端盛賦詩以贈之。戎昱詩云：‘廬陵太守近隳官，月帔初朝五帝壇’”(《唐國史補》卷上)。《宣和畫譜》卷四：“戎昱，不知何許人也，建中間爲虔州刺史。”此説不確，詳參《唐才子傳校箋》卷三“戎昱”條。云自零陵，據《新唐書·地理志》，江南西道有永州零陵郡。則戎昱似晚年猶任使於永州，其後於貞元十四年(798)九月“丙辰，以陝虢觀察使于頔爲襄州刺史、山南東道節度使”(《舊唐書·德宗紀》)。

⑰“立功”至“愛姬”共十五字，“立功立業”《太平廣記》卷一七七及《稗海》本此句均作“立功業”；“愛姬”原作“姬愛”，據《稗海》本、《四庫》本改。

⑱“以此觀之，誠可竄身於無人之地”，《太平廣記》卷一七七無此句。

⑲ 王敦驅女樂以給軍士事，見《晋書》卷九八：“于時天下大亂，敦悉

以公主時侍婢百餘人配給將士,金銀寶物散之於衆,單車還洛。”

⑳ 楊素歸徐德言妻,出《本事詩·情感第一》:“陳太子舍人徐德言之妻,後主叔寶之妹,封樂昌公主,才色冠絶。時陳政方亂,德言知不相保,謂其妻曰:‘以君之才容,國亡必入權豪之家,斯永絶矣。儻情緣未斷,猶冀相見,宜有以信之。’乃破一鏡,人執其半,約曰:‘他日必以正月望日賣於都市,我當在,即以是日訪之。’及陳亡,其妻果入越公楊素之家,寵嬖殊厚。德言流離辛苦,僅能至京,遂以正月望日訪於都市。有蒼頭賣半鏡者,大高其價,人皆笑之。德言直引至其居,設食,具言其故,出半鏡以合之,仍題詩曰:‘鏡與人俱去,鏡歸人不歸。無復嫦娥影,空留明月輝。’陳氏得詩涕泣不食。素知之,愴然改容。即召德言,還其妻,仍厚遺之。聞者無不感歎。仍與德言陳氏偕飲,令陳氏爲詩。曰:‘今日何遷次,新官對舊官。笑啼俱不敢,方驗作人難。’遂與德言歸江南,竟以終老。”

㉑ “戎使君詩曰”,《稗海》本“戎使君”三字無。《全唐詩》卷二七〇題作《送零陵妓》,一作《送妓赴于公召》。

馮生佞

雍陶員外，蜀川人也。① 上第後，稍薄於親黨。② 其舅雲安劉敬之，罷舉歸三峽，③ 素事篇章，讓陶不寄書曰："山近衡陽雖少雁，水連巴蜀豈無魚？"④ 陶得詩悸赧，方有狐首之思歟。⑤ 後爲簡州牧，⑥ 自比之謝宣城、柳吴興也。⑦ 賓至則折挫之，閽者亦怠，投贄者稀得見焉。有馮道明下第，⑧ 請謁，云："與員外故舊。"閽者以道明言啓之。及引進，陶訶曰："與公昧平生，何方相識矣！"⑨ 道明曰："誦員外之言，仰員外之德；詩集中日得相見，何隔平生也？"遂吟曰："立當青草人先見，行近白蓮魚未知。"⑩ 又曰："江聲秋入寺，雨氣夜侵樓。"又曰："閉門客到常疑病，滿院花開不似貧。"陶聞吟，欣狎，待道明如曩昔之友。⑪ 君子以雍君矜誇而好媚，馮子匪藝而求知，其兩違之，文園豈尚也？⑫

校正：

① "雍陶員外"，"陶"下、"蜀"上，《太平廣記》卷二三九無"員外"二字。雍陶，《新唐書·藝文志》著録《雍陶詩集》十卷。《唐才子傳校箋》卷七"戎昱"條中據陶《再經天涯地角山》"每憶雲山養短才，悔緣名利入塵埃"等詩句，疑其籍貫應從其舅，亦爲雲安。

② "上第後"，《太平廣記》卷二三九作"以進士登第"。《郡齋讀書

志》卷一八:“雍陶……大和八年(834)進士。”

③ 雲安,據《元和郡縣志》屬夔州,地處長江之濱,瞿塘峽西。雲安在三峽之上,故云。

④ 陶上第後,游於湘中。劉敬之詩便指湘中之地,地接衡陽,水連巴蜀。

⑤ “方有狐首之思歟”,《太平廣記》卷二三九及《稗海》本均無“歟”字。傳説狐狸將死時,頭必朝向出生的山丘。比喻不忘故鄉。屈原《九章・涉江》:“鳥飛反故鄉兮,狐死必首丘。”《禮記・檀弓上》:“狐死正丘首,仁也。”

⑥ 簡州,今四川簡陽。《元和郡縣志》卷三一:“簡州,《禹貢》梁州之域。秦爲蜀郡地,漢武帝分置犍爲郡……隋仁壽三年於此置簡州,因境有賴簡池爲名。大業二年省,武德三年復置。……管縣三:陽安、金水、平泉。”《新唐書・藝文志》四謂陶,“大中八年自國子毛詩博士出爲簡州刺史。”

⑦ 謝宣城,謝朓,字玄暉。陳郡陽夏(今河南太康)人。柳吴興即柳惲,據《梁書・柳惲傳》記其曾兩任吴興(今浙江省湖州市)太守,“爲政清静,民吏懷之”,時人以所轄之地呼之。

⑧ “有馮道明”,“有”上《太平廣記》卷二三九及《稗海》本均有“忽”。

⑨ “與公昧平生,何方相識矣”,《太平廣記》卷二三九作“與君昧平生,何妨相識”;《四庫》本“矣”作“乎”。

⑩《才調集》卷五、《唐百家詩選》卷一七録雍陶《咏雙白鷺》作“立當青草人先見,行傍白蓮魚未知”。《全唐詩》卷五八亦題《咏雙白鷺》,一作《崔少府池鷺》,全詩爲:“雙鷺應憐水滿池,風飄不動頂絲垂。立當青草人先見,行傍白蓮魚未知。一足獨拳寒雨里,數聲相叫早秋時。林塘得爾須增價,況與詩家物色宜。”

⑪ “欣狎”至“之友”共十字,“狎”《太平廣記》卷二三九作“然”,“友”作“交”。

⑫ “文園豈尚也”,《太平廣記》卷二三九無此句,“也”《稗海》本作“耶”。文園,指司馬相如,以其曾任文園令,故由此稱。唐杜牧有《爲人詩》:“文園終病渴,休咏《白頭吟》。”

江都[1]事

李相公紳督大梁日，[2]聞鎮海軍進健卒四人，[3]一曰富蒼龍，二曰沈萬石，三曰馮五千，四曰錢子濤，悉能拔橛角觝之戲。[4]既至，果然趫徑也。翌日，於毬場内犒勞，以駕車老牛筋皮爲炙瘤魁之欑。魁，酒罇也，盛一斗二升，多以栖槐榴爲之，或銅鑄也。坐四輩於地茵，大柈，令食之。萬石等三人，視炙堅粗，莫敢就食。獨五千瞋目張口，兩手捧炙，如虎啖肉。丞相曰："真壯士也！可以撲殺西域健胡。"[5]又令試於觝戲，蒼龍等亦不利，獨五千勝之。十萬之衆，爲之披靡。於是獨進五千，蒼龍等退還本道，語曰："壯兒過大梁，如上龍門也。"[6]大梁城北門，常扃鎖不開，開必有事。公命開之，騾子營騷動，軍府乃悉誅之，自此平泰也。[7]李公既治淮南，決吴湘之獄，[8]而持法清峻，犯者無宥，有嚴、張之風也。[9]狡吏奸豪，潛形疊迹。然出於獨見，寮佐莫敢言之。李元將評事及弟仲將，僑寓江都。李公羈旅之年，每止於元將之館，而叔呼焉。榮達之後，元將稱弟稱姪，皆不悦也；及爲孫子，方似相容。又有崔巡官者，昔居鄭圃也，與丞相同年之舊，[10]特遠來謁，纔到客舍，不意家僕與市人有競，詰其所以，僕人曰："宣州館驛崔巡官。"下其僕與市人皆抵極法。令捕崔至，曰："昔嘗識君，到此何不相見也？"崔生叩頭謝曰："適憩旅舍，日已遲晚。相公尊重，⑪非時不敢具陳卑禮，伏希哀憐，獲歸鄉里。”遂縻留服罪，笞股二十，送過秣陵，⑫貌若死灰，莫敢慟哭。時人相謂曰：“李公宗叔翻爲孫子，故人忽作流囚。”邑客黎人，懼罹不測之禍，渡江過淮者衆矣。主吏啓曰：“户口逃亡不少。”丞相曰：“汝不見淘麥乎？秀者在下，糠粃隨流。隨流者，不必報來。”自此一言，竟無逾境者也。又忽有少年，勢似疏簡，自云：“辛氏郎君來謁。”丞相於晤對之間，未甚周至。懸車白尚書先寄元相公詩曰：“悶勸迂辛酒，閒吟短李詩。”⑬且曰：“辛大丘度，性迂嗜酒；李二十紳，短而能詩。”⑭辛氏郎君，即丘度之子也，謂李公曰：“小子每憶白廿二丈詩曰：‘悶勸疇昔酒，閑吟廿丈詩。’”李公笑曰：“辛大有此狂兒，吾敢不存舊矣。”凡是官族，相快辛氏子之能忤誕，丞相之受侮，剛腸暫屈乎。有一曹官到任，儀質頗似府公。府公見而惡之，書其狀曰：“著青把笏，也請料錢。睹此形骸，足可傷歎。”左右皆竊笑焉。又有宿將有過，請罰，且云：“臭老兵，倚恃年老，而刑不加；若在軍門，一百也決。”竟不免其檟楚。凡所書判，或是卒然，故趨事皆驚神破膽矣。初，李公赴薦，常以古風求知，吕光化温謂齊員外煦及弟恭曰：“吾觀李二十秀才之文，斯人必爲卿相。”⑮果如其言。詩曰：“春種一粒粟，秋收萬顆子。四海無閒田，農夫猶餓死。”“鋤禾日當午，汗滴禾中土。誰知盤中餐，粒粒皆辛苦！”先是，元相公廉察江東之日，⑯修龜山寺魚池，以爲放生之銘，戒其僧曰：“勸汝諸僧好護持，不須垂釣引青絲。雲山莫猒看經坐，便是浮生得道時。”李公到鎮，⑰游于野寺，睹元公之詩而笑曰：“僧有漁罟之事，必投於鏡湖。”後有犯者，堅而不恕焉。復爲二絶而示之，云：“剃髮多緣是代耕，好聞人死惡人生。祇園説法無高下，爾輩何勞尚世情。""汲水添池活白蓮，十千鬐鬣盡生天。凡庸不識慈悲意，自葬江魚入九泉。"忽有老僧詣謁，願以因果喻之。丞相問："阿師從何處來？"答云："貧道從來處來。"遂決二十，曰："任從去處去。"至如浮薄賓客，莫敢候門。三教所來，俱有區别。海内服其才俊，終於相者也。初貧，游無錫惠山寺，累以佛經爲文稿，致主藏僧毆打，終身所憾焉。後之剡川天宫精舍，憑笈而晝寢。有老僧齋罷，見一大蛇上刹前李樹，食其子焉。恐其遺毒而人誤食之，徐徐驅下。蛇乃望東序而去，遂入李秀才懷中，倏而不見矣。公乃驚覺。老僧曰："秀才睡中有所睹否？"李公曰："夢中上李樹食李，甚美。似有一僧相逼。及寤，乃見上人。"老僧知此客非常，延歸本院，經數年而辭赴舉。將行，贈以衣鉢之資，因諭之曰："郎君身必貴矣。然勿以僧之尤過，貽於禍難。"⑱及領會稽，僧有犯者，事無巨細，皆至極刑。唯憶無錫之時也，遂更剡川爲龍宫寺額。嗟老僧之已逝，爲其營塔立碑。平生之修建，只於龍宫一寺矣。⑲雲谿子曰：蕭相國立殊勛，方明昴宿；《前漢史》謂：酇侯，昴星之精爾。⑳杜元凱因醉吐，始見蛇形。㉑則李公食李於龍宫，其不謬矣。

校正：

① 江都，今江蘇江都。《舊唐書·地理志》："江都，漢縣，屬廣陵國。隋爲江都郡。武德三年，改爲兗州，七年改爲邗州，九年改爲揚州都督府，皆以江都爲治所。"

② 李紳，傳見《舊唐書》卷一七三、《新唐書》卷一八一。字公垂，潤州無錫人。元和初，登進士第，釋褐國子助教，非其好也。而東歸。錡誅，朝廷嘉之，召拜右拾遺。歲餘，穆宗召爲翰林學士，與李德裕、元稹同

在禁署,時稱‘三俊’。紳爲江西觀察使,後貶端州司馬,又移爲江州長史,再遷太子賓客分司東都。開成元年,鄭覃輔政,起德裕爲浙西觀察使,紳爲河南尹。六月,檢校户部尚書、汴州刺史。大梁,故邑名,在今河南開封市西北,後通稱開封爲大梁,當時爲宣武節度使治所。《元和郡縣志》卷七:“開封縣,本漢舊縣,屬河南郡。……武德四年,重置汴州,開封又屬焉。貞觀元年廢。延和元年,於城内别置開封縣。”鎮大梁日,即李紳任河南尹、汴州刺史之時。其時爲開成元年至開成五年間,詳參郁賢皓《唐刺史考》“河南道汴州”條下。

③ 鎮海軍,唐方鎮名。即浙西。

【按】《資治通鑑》卷二二七:“建中二年六月庚寅,以浙江東西道觀察使、蘇州刺史韓滉爲潤州刺史、浙江東西節度使,名其軍曰鎮海。”《浙江通志》卷五:“建中元年分浙江東西道觀察使爲二道,二年合浙江東西二道觀察,置節度使治潤州,尋賜號‘鎮海軍’。貞元三年,分浙江東西爲二道,復置浙江西道觀察使,領潤、江、常、蘇、杭、湖、睦七州,治蘇州。四年,江州隸江西觀察使。元和二年,陞浙江西道觀察使爲鎮海軍節度使。四年,廢浙江西道節度使,復置觀察使領鎮海軍使。六年,浙西觀察罷領鎮海軍使。大中十二年,復置鎮海軍節度使。十三年,廢鎮海軍節度使,置觀察使。咸通三年,置鎮海軍節度使。八年罷鎮海軍,十一年置鎮海軍節度使。文德元年,置忠國軍節度使,治湖州。龍紀元年,置杭州防禦使。景福元年,賜杭州防禦使,號‘武勝軍’。二年,升武勝軍防禦使爲蘇杭等州觀察使,尋廢,徙鎮海軍節度使,治杭州。”

④ 角觝,類似於摔跤之類的表演。《通志》卷一:“蚩尤者,耳鬢如劍戟,頭有角。與軒轅鬬,以角抵人,人不能向。今冀州有樂名蚩尤戲,其民三三兩兩頭戴牛角而相觝。漢造角觝戲,蓋其遺制也。”吴自牧《夢粱録》卷二〇“角觝”條:“角觝者,相撲之異名也。又謂之‘爭交’。”

⑤ “西域健胡”,《稗海》本作“西胡醜夷”。

【按】中唐及西域諸地多爲吐蕃所侵,對峙時久。西域健胡應指吐蕃。然經過憲宗時一系列勝戰,吐蕃與唐關係有所好轉。《舊唐書·吐蕃傳》:“(長慶)三年正月,遣使論答熱來朝賀。四年九月,遣使求《五臺山圖》。十月，貢犛牛及銀鑄成犀牛、羊、鹿各一。寶曆元年三月，遣使尚綺立熱來朝，且請和好。九月，遣光禄卿李鋭爲使以答之。大和五年至八年，遣使朝貢不絶，我亦時遣使報之。開成元年、二年，皆遣使來。"故此語蓋指兵士之健堪比西域壯卒。

⑥ 龍門，即禹門口。在山西省河津縣西北和陝西省韓城市東北。黄河至此，兩岸峭壁對峙，形如門闕，故名。《書・禹貢》："導河積石，至於龍門。"《藝文類聚》卷九六引辛氏《三秦記》："河津一名龍門，大魚集龍門下數千，不得上。上者爲龍，不上者魚，故云曝鰓龍門。"以此引申爲得到機遇，前程似錦。此兩句，意指李紳重選健士。

⑦ 吴少誠，唐方鎮軍閥。《新唐書・吴少誠傳》："自希烈以來，申、蔡人劫於苛法而忘所歸，及耆長既物故，則壯者習見暴掠，恬於搏鬥。地少馬，乘騾以戰，號'騾子軍'，尤悍鋭。甲皆畫雷公星文以厭勝，詛詈王師。其屬鄭常、楊冀欲劫少誠，逐之以聽命，不克，常、冀被害。少誠盡宥諸將，以結衆心。"此騾子軍，爲吴少誠、吴元濟事，《舊唐書・吴少誠傳》記其覆滅爲："及黜高霞寓、李遜、袁滋，諸軍始進。又得陰山府沙陁驍騎、邯鄲勇卒，光顔、重胤之奮命，及丞相臨統，破諸將首尾之計，方擒元惡。"與李紳無關。

⑧ 李紳守淮南之事在開成五年至會昌二年間。《舊唐書・文宗紀》："(開成元年)六月戊戌朔癸亥，以河南尹李紳檢校禮部尚書、汴州刺史，充宣武軍節度使。"武宗即位，徙淮南節度使。《舊唐書・武宗紀》："(開成五年)九月，以宣武軍節度使、檢校吏部尚書、汴州刺史李紳代德裕鎮淮南。"會昌二年(842)入朝爲中書侍郎、同平章事，見吴廷燮《唐方鎮年表》卷五。吴湘之獄即武宗會昌四年，江都縣尉吴湘以逼嫁民女、受贓等罪名被李紳處死。宣宗大中二年復按此案，以爲吴湘罪不至死，乃追究李紳、李德裕以下諸官之責。《舊唐書・宣宗紀》："(大中元年)九月，前永寧縣尉吴汝納詣闕稱冤，言'弟湘會昌四年任揚州江都縣尉，被節度使李紳誣奏湘贓罪，宰相李德裕曲情附紳，斷臣弟湘致死'。詔下御史臺鞫按。"

⑨ 嚴張者，指漢代酷吏嚴延年、張湯，此處代指執法嚴峻。

⑩ 同年，《唐摭言》卷一："元和中，中書舍人李肇撰《國史補》，其略曰：'進士爲時所尚久矣，是故俊乂實在其中。由此而出者，終身爲文人，

故爭名常爲時所弊。其都會謂之“舉場”，通稱謂之“秀才”，投刺謂之“鄉貢”，得第謂之“前進士”，互相推敬謂之“先輩”，俱捷謂之“同年”。’”《登科記考》載：“紳爲元和元年進士，所同年之崔巡官疑爲崔公信者，然俟考。”

⑪ 相公，李紳居相三年，以足緩不任朝謁，辭位，復爲淮南節度使，後卒於任上。崔君者，稱紳爲相公，寓居江南蓋此時。

⑫ 秣陵，即今江蘇南京，唐時上元。《舊唐書》卷四〇“上元”條下：“楚金陵邑，秦爲秣陵。吴名建業，宋爲建康。晋分秣陵置臨江縣，晋武改爲江寧。武德三年，於縣置揚州，仍置東南道行臺，改江寧爲歸化。……至德二年二月，置江寧郡。乾元元年，於江寧置升州，割潤州之句容江寧、宣州之當塗溧水四縣，置浙西節度使。上元二年，復爲上元縣，還潤州、當塗等三縣，各依舊屬。”

⑬ 白相公寄元相公詩，出自白居易《代書詩一百韻寄微之》。

⑭ “李二十紳短而能詩”，“二十”《稗海》本作“十二”。據白居易謂“李二十嘗自負歌行”（《編集拙詩成一十五卷因題卷末》自注），《稗海》本誤。《舊唐書·李紳傳》云：“紳形狀眇小而精悍，能爲歌詩。鄉賦之年，諷誦多在人口。”辛丘度，兩《唐書》無傳。《白氏長慶集》卷四八載《辛丘度可工部員外郎李石可左補闕李仍叔可右補闕三人同制》：“敕：朝散大夫、右補闕、内供奉、飛騎尉辛丘度等……又言：丘度介潔静專，不交勢利，宜加推奬，以勸其徒。”

⑮ “吕光化温”，《太平廣記》卷一七〇無“光化”二字。

【按】“吕光化”當作“吕化光”，《新唐書》卷一六〇《吕温傳》：“温，字和叔，一字化光”。吕温，河中府河東縣（今河南永濟）人，居洛陽。貞元十四年登進士第，又登宏詞科，授集賢殿校書郎，擢爲左拾遺。永貞元年自吐蕃還，拜尚書户部員外郎，轉司封，遷刑部郎中、兼侍御史等，左遷道州刺史，以政聞，改衡州，年四十而没。其生平另見《舊唐書》卷一三七，柳宗元《衡州刺史東平吕君誄》、《祭吕衡州温文》，劉禹錫《唐故衡州刺史吕君集紀》。

齊煦，兩《唐書》無傳。《文苑英華》卷四〇五《授齊煦崔諷等鄭縣剡縣令制》：“敕：前横海軍節度判官監察御史裹行齊煦，前衢州須江縣令崔諷等……各勉厥誠以臻於理,煦可華州鄭縣令,諷可越州剡縣令。"

⑯ 元相公,即元稹。《舊唐書·元稹傳》:"長慶二年(822),拜平章事。……不久出爲同州刺史……在郡二年,改授越州刺史、兼御史大夫、浙東觀察使。在越八年,大和初,就加檢校禮部尚書。"《舊唐書·文宗紀》:"(大和元年八月)丁丑,浙西觀察使李德裕、浙東觀察使元稹就加檢校禮部尚書。"若在越八年,則其浙東之使始於元和十五年(820),故所謂在越八年乃爲誇詞。據史推算,其赴江東之時實應爲長慶三年(823)。

⑰ 李公到鎮,《舊唐書·武宗紀》:"(開成五年)九月,以宣武軍節度使、檢校吏部尚書、汴州刺史李紳代德裕鎮淮南。"

⑱ "贈以衣鉢之資,因諭之曰",原作"減以衣鉢之資,酷喻之曰",今據《稗海》本改。

⑲ 李紳夢中化蛇一事固爲虛誕,然老僧則實有其人。《全唐文》卷六九四李紳《龍宫寺碑》云:"寺曰龍宫,在剡之界靈芝鄉嵊亭裏。……老釋修真,持誡兹寺,護念常啓,願與伽藍。……貞元十八年(802),余以進士客於江浙,時適天台,與修真會於剡之陽,師言老禪有念,今兹果矣,後當領鎮此道,幸願建龍宫,以資福履。余以爲孟浪之詞,笑而不答。……太和癸丑歲,余自分命洛陽承詔,以檢校左騎省廉察於兹。歲逾再紀,而修真已爲異物。……因追昔言,遂以頭陀僧會真部領工人,將以蕆事。……刻石記言,於寺之刹。"《金石録》卷一〇、《寶刻叢編》卷一三皆著録此碑,且李紳另有《龍宫寺》詩,見《追昔游集》卷中。詩序中所云與碑文略同。小説中僧言其身必貴的話,在碑文中亦可找到綫索。范攄身居越地,或曾親睹其文。

⑳ 昴星,宿名。二十八宿之一。白虎七宿的第四宿。又名髦頭、旄頭。有亮星七顆(古代以爲五顆,故有昴宿之精轉化爲五老的傳説)。傳説漢相蕭何爲昴星精轉世,後因借爲頌人之辭。

㉑ 杜元凱,即杜預,字元凱,京兆杜陵(今陝西西安東南)人,西晉時著名的政治家、軍事家和學者,被譽爲"杜武庫"。有《春秋經傳集解》及《春秋釋例》等。《晋書·杜預傳》:"預初在荆州,因宴集,醉卧齋中。外人聞嘔吐聲,竊窺於户,止見一大蛇垂頭而吐。聞者異之。"

南海非[①]

房千里博士初上第，[②]游嶺徼，[③]詩序云："有進士韋滂者，[④]自南海邀趙氏而來。十九夕，[⑤]爲余妾。余以鬢髮蒼黄，倦於游從，將爲天水之别。止素秋之期，[⑥]縱京洛風塵，亦其志也。趙屢對余潸然恨恨者，未得偕行。即泛輕舟，暫爲南北之夢。歌陳所契，詩以寄情。"曰："鸞鳳分飛海樹秋，忍聽鐘鼓越王樓。[⑦]只應霜月明君意，緩撫瑤琴送我愁。山遠莫教雙淚盡，雁來空寄八行幽。相如若返臨邛市，[⑧]畫舸朱軒萬里游。"萬里橋在蜀川。[⑨]房君至襄州，逢許渾侍御赴弘農公番禺之命，[⑩]千里以情意相托，[⑪]許具諾焉。纔到府邸，遣人訪之，擬持薪粟給之，曰："趙氏却從韋秀才矣。"[⑫]許與房、韋，俱有布衣之分，欲陳之，慮傷韋義；不述之，似負房言。素款難名，爲詩代報。房君既聞，幾有歐陽四門詹太原之喪。歐陽太原亡姬之事，孟簡尚書已有序詩述之矣。[⑬]渾寄房秀才詩曰："春風白馬紫絲韁，正值蠶眠未采桑。五夜有心隨暮雨，百年無節待秋霜。重尋綉帶朱藤合，却認羅裙碧草長。爲報西游減離恨，阮郎纔去嫁劉郎。"[⑭]

校正：

① 南海，約今廣東省大部分地區。《元和郡縣志》卷三四"嶺南道"

下廣州(南海):"《禹貢》梁州之域。春秋時百越之地,秦并天下置南海郡……遂定越地,以爲南海、蒼梧、郁林、交趾、九真、日南、珠崖、儋耳郡。按漢南海郡即秦南海故郡也,屬交趾刺史……隋開皇九年平陳,於廣州置總管府。仁壽元年改廣州爲番州。大業三年罷番州爲南海郡。隋末陷賊,武德四年討平蕭銑,復爲廣州。開元二十一年,又於邊境置節度經略使,式遏四夷。廣州爲嶺南五府經略使理所,以綏靜夷獠,統經略軍、清海軍、桂管經略使、容管經略使、鎮南經略使、邕管經略使。天寶元年改成南海郡。乾元元年復爲廣州。南海縣,本漢番禺縣之地也,屬南海郡,隋開皇十年以其地置南海縣,屬廣州。"

② 房千里,兩《唐書》均無傳。《新唐書·宰相世系表下》河南房氏有房千里之名,字鵠舉,父爲房夷則,祖爲房説。《新唐書·藝文志》:"房千里《投荒雜録》一卷。(字鵠舉,大和初進士第,高州刺史。)"徐松《登科記考》録其爲大和元年進士。《文獻通考》卷二五〇:"《南行録》一卷,陳氏曰:'唐房千里撰。大和中謫高州,既北歸,編山川物産之奇、人民風俗之異爲此書,一名《投荒雜録》。'"《廣東通志》卷三八敘:"房千里,字鵠舉,河南人,大和中進士。幼有才學,善爲詩文,既登上第,已遷端州別駕,留心政治,大得民情,遷高州刺史。"

③ 嶺徼,即嶺南,指五嶺山脈以南地區,今廣東地區。皮日休《文藪》卷九《移元徵君書》:"今天下雖無事,河湟有黠虜之患,嶺徼有逋蠻之虞。"《新唐書·天文志》:"自豫章迄會稽,南逾嶺徼,爲越分。"

④ 韋滂,《廣東通志》卷三一載爲"會昌中,韋滂,南海人,象州刺史"。

⑤ "十九夕","夕"《稗海》本、《四庫》本均作"歲"。據文意,爲"歲"之誤。

⑥ "止素秋之期"《稗海》本作"尚有數秋之期";"止",《四庫》本作"尚有"。

⑦ 越王樓在廣州,亦稱尉佗樓。

⑧ 臨邛,今四川邛崍市。據《史記·司馬相如列傳》所言,漢司馬相如客游臨邛,悦臨邛富商卓王孫之女文君,以琴心挑之。此詩《全唐詩》

卷五一六載，題爲《寄妾趙氏》(一作趙氏詩)。

⑨“萬里橋在蜀川”，“在”上《稗海》本有“名”字。

【按】《四川通志》卷二二下：“萬里橋，在華陽縣南門外。《寰宇記》孔明於此餞費禕聘吴，曰：‘萬里之行始於此矣。’又唐明皇幸蜀過此，問橋名，左右對以‘萬里’。明皇嘆曰：‘開元末，僧一行謂更二十年，朕當遠游萬里外。此其驗也。’橋高三丈，寬半之，長十餘丈，兵燹後頽圮，康熙五年重修。”

⑩ 許渾，兩《唐書》無傳。《新唐書·藝文志》載許渾《丁卯集》二卷(字用晦，圉師之後。大中時歷睦州、郢州二刺史)。祖籍安州安陸，寓居潤州丹陽(今江蘇鎮江)。所居近丁卯橋，後以命其集。大和六年進士，後授當塗令，移攝太平縣令，以病免歸。《郡齋讀書志》另述許渾“以病免”，“起潤州司馬”，“大中三年，爲監察御史，歷虞部員外、睦、郢二州刺史”。其生平另見胡宗愈《唐許用晦先生傳》、《唐詩紀事》卷五六及《唐才子傳校箋》卷七。弘農公番禺之命，意爲應辟召入嶺南五府節度使幕府。

【按】弘農公，謂楊姓，但據《唐刺史考全編》，總文宗、武宗兩朝，任嶺南節度使者并無一楊姓者；時近者，唯《舊唐書·宣宗紀》大中十二年(858)正月，“以太中大夫、福州刺史、御史中丞、上柱國、賜紫金魚袋楊發檢校右散騎常侍、廣州刺史、御史大夫，充嶺南東道節度觀察處置等使”，但此時許渾已故；或此楊氏者，即爲盧鈞開成元年至五年(836～840)嶺南節度使之後任、高翬會昌三年(843)廣州刺史之前任所未知名者，則時間可與許渾赴嶺南之時大可吻合。然譚優學《許渾行年考》繫其《别表兄軍倅詩序》於會昌四年，序云：“余祗命南海，至廬陵，逢表兄軍倅奉使淮海，别後却寄是詩。”番禺即廣州。

⑪“千里以情意相托”，《稗海》本無“意”字。

⑫“擬持薪粟給之”，“給之”《稗海》本、《四庫》本皆作“之給”。

⑬“孟簡尚書已有序詩述之矣”，《稗海》本無“詩”字。

【按】《新唐書》卷二〇三《歐陽詹傳》云：“歐陽詹字行周，泉州晋江人。……(貞元八年)與韓愈、李觀、李絳、崔群、王涯、馮宿、庾承宣聯第，皆天下選，時稱‘龍虎榜’。閩人第進士，自詹始。……詹先爲國子監四門助教，率其徒伏闕下，舉愈博士。卒，年四十餘。”韓愈《歐陽生哀辭》：“故余與詹相知爲深。詹事父母盡孝道，仁於妻子，於朋友義以誠。氣醇以方，容貌嶷嶷然。其燕私善謔以和，其文章切深，喜往復，善自道。讀其書，知其於慈孝最隆也。”歐陽詹爲太原妓而亡之事，爲孟簡《咏歐陽行周事并序》所述，然孟簡詩文唐後散佚，現存所見出於《全唐詩》卷五七三及《太平廣記》所引的黄璞《閩川名士傳》。事謂歐陽生於太原悦一妓，約期而娶，後不往，妓憂而終，留詩及髻贈。後詹睹物悲慟而亡。

⑭“眠”，《稗海》本作“娘”，“合”作“會”。録於《才調集》卷十，無名氏之詩，題作《客有新豐館題怨别之詞因詰傳吏盡得其實偶作四韻嘲之》，又見《全唐詩》卷八百“趙氏”下《寄情》(一作《許渾代作》)。

四背篇

劉長卿郎中，皆謂前有沈、宋、王、杜，[1] 後有錢、郎、劉、李。[2] 劉君曰："李嘉佑、郎士元，焉得與予齊稱也！"[3] 每題詩，不言其姓，但"長卿"而已，以海内合知之乎？士林或之譏也。[4] 宋雍初無令譽，及嬰瞽疾，其詩名始彰。[5] 盧員外綸作擬僧之詩，[6] 僧清江作七夕之咏，[7] 劉隨州有眼作無眼之句，[8] 宋雍無眼作有眼之詩。詩流以爲四背，[9] 或云四倒，然辭意悉爲佳致乎？盧公詩曰："願得遠公知姓字，焚香洗鉢過餘生。"[10] 清江上人詩曰："唯愁更漏促，離别在明朝。"[11] 劉隨州詩曰："細雨濕衣看不見，閒花落地聽無聲。"[12] 宋君詩曰："黄鳥不堪愁裏聽，緑楊宜向雨中看。"[13]

校正：

① 劉長卿，兩《唐書》無傳。《新唐書・藝文志》著録其集，并略叙其簡歷："字文房。至德監察御史，以檢校祠部員外郎爲轉運使判官，知淮西鄂岳轉運留後、鄂岳觀察使。吴仲孺誣奏，貶潘州南巴尉。會有爲辯之者，除睦州司馬，終隨州刺史。"《唐才子傳校箋》卷二有相關補正數條。如其籍貫，有河間、宣州兩説；高仲武《中興間氣集》卷下李季蘭名下評，稱"河間劉長卿"，《元和姓纂》卷五諸郡劉氏條，有云："考功郎中劉慶約，宣州人；孫長卿，隨州刺史。"姚合《極玄集》卷下亦稱其宣城人。然長卿集中未有念及故里、本貫之作。《河間縣志》載："劉長卿故里，在縣城内

後街南側，久已無存。”或其宣城人，生於洛陽，郡望河間。李肇《國史補》卷下載其天寶中與袁咸用分爲棚頭。

② “謂”上，《稗海》本、《四庫》本有“因人”二字，無“皆”字。沈、宋、王、杜即沈佺期、宋之問、王勃、杜審言；錢、郎、劉、李則指錢起、郎士元、劉長卿、李嘉祐。此説不見他處，約略由兩處拼湊而來。“沈宋”出自《新唐書・宋之問傳》：“魏建安後迄江左，詩律屢變，至沈約、庾信，以音韻相婉附，屬對精密。及之問、沈佺期，又加靡麗，回忌聲病，約句准篇，如錦綉成文。學者宗之，號爲‘沈宋’。”錢、郎并稱則見於高仲武《中興間氣集》：“前有沈宋，後有錢郎。”《新唐書・盧綸傳》又將盧綸、吉中孚、韓翃、錢起、司空曙、苗發、崔峒、耿緯、夏侯審、李端列於一起，稱爲“大曆十才子”。

③ 長卿與李嘉祐情交甚深，其貶南巴，途徑鄱陽時，與嘉祐頗多唱和。如《劉隨州集》卷六《初貶南巴至鄱陽題李嘉祐江亭》所説：“沙鷗驚小吏，湖月上高枝。稚子能吴語，新文怨楚辭。憐君不得意，川谷自逶迤。”其後嘉祐刺台州，長卿從貶所放還，亦有詩歌贈之。今存長卿詩歌，未涉及郎士元者，恐此説多爲虚搆，但表劉氏自視甚高之意。

④ “士林或之譏也”，“士”上《稗海》本有“然”字，“之”作“見”。

【按】唐人對劉長卿之作看法不一。中唐高仲武《中興間氣集》主要選唐肅、代兩朝詩歌。其中選劉長卿詩歌九首，將他與錢起、李嘉祐、戴叔倫、皇甫冉、韓翃、郎士元等并列。但高氏評語對其不甚推舉：“詩體雖不新奇，甚能煉飾，大抵十首以上語意稍同，於落句尤甚，思鋭才窄也。如‘草色加湖緑，松聲小雪寒’，又‘沙鷗驚小吏，湖色上高枝”，又‘細雨濕衣看不見，閒花落地聽無聲’。裁長補短，蓋絲之類歟。”又有吴興之僧皎然在《詩式》卷四“齊梁詩”批評劉長卿，將其與皇甫冉、嚴維、朱放、李嘉祐并提。説他們“竊占青山、白雲、春風、芳草，以爲己有。吾知詩道初喪，正在於此。何得推過齊梁作者？迄今餘波尚寢，後生相效，没溺者多”。

⑤ 宋雍，據《全唐詩》卷七一一小傳又作宋邕，約爲大曆、貞元人。

⑥ 盧綸，字允言，河中蒲人。避天寶亂，客鄱陽。大曆初數舉進士

不第。元載取綸文以進,補閿鄉尉,累遷監察御史,輒稱疾去。坐與王縉善,久不調。渾瑊鎮河中,辟元帥判官。累遷檢校户部郎中。大曆十才子之一。生平可詳見《舊唐書·盧簡辭傳》附傳,又《新唐書》本傳及《金石録》卷一〇。

⑦ 清江,《宋僧傳》卷一五有《唐襄州辨覺寺清江傳》:“釋清江,會稽人也,不詳氏族。……於浙陽天竺戒壇求法,與同學清源從守直和尚下爲弟子。”此守直應作守真,皎然《唐杭州靈隱山天竺寺故大和和尚塔銘并序》(《文苑英華》卷七八六)云:大師生緣錢塘范氏,諱守真,字堅道。”《宋僧傳》解云:“江嘗爲七夕詩,或謂之四背中一背也。通曰:詩人興咏,用意不倫。……豈爲色邪?皆當時寓言興類而已。若然者,言火則焚口,説食則療饑也矣。江之舍師,後乃揚師之美,反權合道也。實爲此詩警世無常,引令入佛智焉。”

⑧ 劉隨州即劉長卿,《新唐書·藝文志》謂:“除睦州司馬,終隨州刺史。”《極玄集》卷下言長卿“終隨州刺史”,故稱其爲劉隨州。

⑨ “詩”上,《稗海》本有“故”字。

⑩ 遠公,晋僧慧遠也,居廬山東林寺。按此詩《文苑英華》卷二二〇題作《夜投終南豐德寺謁海上人》,《唐百家詩選》卷八、《唐詩鼓吹》卷五題作《夜投豐德寺謁液上人》,《全唐詩》卷二八六題爲《夜投豐德寺謁海上人》。

⑪ “唯”,《稗海》本作“惟”。此詩見《全唐詩》第八一二卷,題爲《七夕》:“七夕景迢迢,相逢只一宵。月爲開帳燭,雲作渡河橋。映水金冠動,當風玉珮搖。惟愁更漏促,離别在明朝。”

⑫《劉隨州集》卷九題作《别(一作送)嚴士元》:“春風倚棹闔閭城,水國春寒(一作殘雲)陰復晴。細雨濕衣看不見,閒花落地聽無聲。日斜江上孤帆影,草緑湖南萬里情。東道若逢相識問,青袍今日(一作已)誤儒生。”此詩又見《全唐詩》卷一五一《别嚴士元》。

⑬ 此詩見《全唐詩》卷七一一,亦見《才調集》卷四,皆題作《春日》。《全唐詩》注:“一作邕,詩二首。”以下爵里世次俱無考。《才調集》亦作宋邕。《雲谿》之所載爲後半句,前句爲“輕花細葉滿林端,昨夜春風曉色寒”。

嚴黄門[①]

武后朝嚴安之、挺之,[②]昆弟也。安之爲長安戎曹,權過京尹,至今爲寮者,願得安之之術焉。挺之則登歷臺省,亦有時名,娶裴卿之女,[③]纔三夕,其妻夢一人佩服金紫,美鬚鬢,[④]曰:"諸葛亮也,來爲夫人兒。"既妊而産嬰孩,其狀端偉,頗異常流,挺之薄其妻而愛其子。嚴武年八歲,詢母曰:"大人常厚玄英,[⑤]玄英,挺之妾也。未常慰省阿母,何至於斯乎?"母曰:"吾與汝,母子也。以汝尚幼,未之知也。汝父薄幸,[⑥]嫌吾寢陋,枕席數宵,遂即懷汝。自後相棄如離婦焉。"其母悽咽,武亦憤惋難處。[⑦]候父既出,玄英方睡,武持小鐵鎚,擊碎其首。及挺之歸,驚愕視之,乃斃矣。左右曰:"小郎君戲運鐵鎚而致之。"挺之呼武至,曰:"汝何戲之甚矣!"武曰:"焉有天朝人士,[⑧]厚其侍妾,困辱兒之母乎?故須擊殺,非戲之也。"父曰:"真嚴挺之之子。"而每抑遏,恐其非器。[⑨]武年二十三,爲給事、黄門侍郎,明年擁旄西蜀,累於飲筵,對客騁其筆札。[⑩]杜甫拾遺乘醉而言曰:"不謂嚴挺之有此兒也。"武恚目久之,曰:"杜審言孫子,擬捋虎鬚?"[⑪]合座皆笑,以彌縫之。武曰:"與公等飲饌謀歡,何至於祖考矣?"[⑫]房太尉綰亦微有所忤,[⑬]憂怖成疾。武母恐害賢良,[⑭]遂以小舟送甫下峽。母則可謂賢也,然二公幾不免於虎口矣。李太白爲

《蜀道難》,乃爲房、杜之危也,⑮略曰:"劍閣崢嶸而崔嵬。一夫當關,⑯萬夫莫開。所守或非人,化爲狼與豺。此謂武之酷暴矣。⑰朝避猛虎,夕避長蛇。磨牙吮血,殺人如麻。錦城雖云樂,不如早還家。蜀道之難,難於上青天,側身西望長咨嗟。"杜初自作《閬中行》:"豺狼當路,無地游從。"或謂章仇大夫兼瓊爲陳拾遺雪獄,陳晃字子昂。⑱高適侍御與王江寧昌齡申冤,當時同爲義士也。⑲李翰林作此歌,朝右聞之,疑嚴武有劉焉之志。⑳支屬刺史章彝,因小瑕,武遂棒殺;㉑後爲彝外家報怨,嚴氏遂微焉。㉒

校正:

① 嚴黄門即嚴武,《新》、《舊唐書》有傳。《舊唐書·嚴武傳》:"嚴武,中書侍郎挺之之子也。神氣雋爽,敏於聞見,幼有成人之風,讀書不究精義,涉獵而已。弱冠以門蔭策名,隴右節度使哥舒翰奏充判官,遷侍御史。至德初,肅宗興師靖難,大收才傑,武杖節赴行在。宰相房琯以武名臣之子,素重之,及是,首薦才略可稱,累遷給事中。既收長安,以武爲京兆少尹、兼御史中丞,時年三十二。以史思明阻兵,不之官,優游京師,頗自矜大。出爲綿州刺史,遷劍南東川節度使;入爲太子賓客、兼御史中丞。上皇誥以劍南兩川合爲一道,拜武成都尹、兼御史大夫,充劍南節度使;入爲太子賓客,遷京兆尹、兼御史大夫。"《新唐書·嚴武傳》取《雲谿友議》嚴武殺父妾之事,進行了相關增補。

② "挺",原作"定",據《稗海》本、《四庫》本改。嚴安之,兩《唐書》無傳。《舊唐書·吉温傳》:"初,開元九年,有王鈞爲洛陽尉,十八年,有嚴安之爲河南丞,皆性毒虐,笞罰人畏其不死,皆杖訖不放起,須其腫憒,徐乃重杖之,懊血流地,苦楚欲死,鈞與安之始眉目喜暢。"《陝西通志》卷一百録《咸寧志》:"天寶初,嚴安之爲萬年縣尉。"《封氏見聞録》卷九"淩壓"亦有其執法酷烈的記載。嚴定之,《舊唐書·嚴武傳》、《舊唐書·嚴挺之傳》、《新唐書·杜甫傳》、《全唐文》卷二八〇嚴挺之《自撰墓誌》中均作

“嚴挺之”,并無“定之”之説。《舊唐書》卷九九《嚴挺之傳》:“嚴挺之,華州華陰人。……挺之少好學,舉進士。神龍元年,制舉擢第,授義興尉。遇姚崇爲常州刺史,見其體質昂藏,雅有吏幹,深器異之。及崇再入爲中書令,引挺之爲右拾遺。……開元中,爲考功員外郎。典舉二年,大稱平允,登科者頓減二分之一。遷考功郎中,特敕又令知考功貢舉事,稍遷給事中。……九齡入相,用挺之爲尚書左丞,知吏部選……九齡罷相,挺之出爲洺州刺史。二十九年,移絳郡太守。……林甫奏授員外詹事,便令東京養疾。”

③ 裴卿之女,嚴挺之妻裴氏,不詳。

【按】《舊唐書·李林甫傳》:“九齡與中書侍郎嚴挺之善。挺之初娶妻出之,妻乃嫁蔚州刺史王元琰。時元琰坐贓,詔三司使推之,挺之救免其罪。玄宗察之,謂九齡曰:‘王元琰不無贓罪,嚴挺之囑托所由輩有顔面。’九齡曰:‘此挺之前妻,今已婚崔氏,不合有情。’”疑此裴氏爲嚴挺之前妻。

④ “鬟”,《稗海》本作“髩”。

⑤ “常”,《稗海》本作“嘗”。

⑥ “幸”,《稗海》本作“行”。

⑦ “其母”,《稗海》本作“言既”;“憤惋”後無“難處”二字。

⑧ “天”,原作“大”,據《稗海》本改。

⑨ “恐其非器”,《稗海》本作“恐小其器耳”。

⑩ “武年二十三,爲給事、黄門侍郎”,據《新唐書·百官志二》,給事、黄門侍郎同屬門下省,“給事中四人,正五品上”,《唐會要》卷五四“省號上”:門下侍郎“乾元元年,改爲黄門侍郎”,《舊唐書·職官志二》:“武德定令,中書門下侍郎,同尚書侍郎,正四品上。”《舊唐書》嚴武本傳謂:“永泰元年(765)四月,以疾終,時年四十。”推知嚴武生於開元十四年(726)。《新唐書》嚴武本傳云“至德初,赴肅宗行在,房琯以其名臣子,薦爲給事中”,《舊唐書》本傳同,則嚴武任給事中時年三十一歲;《舊唐書·代宗紀》:“(寶應二年十月)壬辰……京兆尹兼吏部侍郎嚴武爲黄門侍郎”,任黄門侍郎時年三十八歲,均與“年二十三”不符。按《舊唐書》嚴武

本傳："弱冠以門蔭策名，隴右節度使哥舒翰奏充判官。"吴廷燮《唐方鎮年表》載隴右節度使，天寶六載至十四載(747～755)哥舒翰在任，可知嚴武年二十三時，尚在隴右節度幕中。《唐詩紀事》卷二〇"嚴武"條改爲"武年二十三爲給事黄門侍郎"，亦顯誤。《雲谿友議》又云："明年擁旄西蜀，累於飲筵，對客騁其筆札，杜甫拾遺乘醉而言曰：'不謂嚴挺之有此兒也。'""明年"，武年二十四，即天寶八載(749)，《唐方鎮年表》此年鎮西川者爲郭虚己、鮮于仲通，無嚴武；又據《新唐書·杜甫傳》"至德二載，亡走鳳翔上謁，拜右拾遺"，則杜甫任拾遺時，嚴武已三十一歲。年二十四鎮西蜀之説殊悖史實。

⑪ "杜甫拾遺乘醉而言曰"，《稗海》本無"而"字。

【按】嚴武與杜甫睚眦之説，最早見於《唐國史補》卷上："嚴武少以強俊知名，蜀中坐衙，杜甫袒跣登其机桉。武愛其才終不害。然與章彝素善，再入蜀，談笑殺之。及卒，母喜曰："而今而後，吾知免官婢矣！"《雲谿》取其説加以闡述，後爲史書所采，見《舊唐書》卷一九〇下："武與甫世舊，待遇甚隆。甫性偏躁，無器度，恃恩放恣，嘗憑醉登武之牀，瞪視武曰：'嚴挺之乃有此兒！'武雖急暴，不以爲忤。"《新唐書》卷二〇一考證："按《舊書》武雖急暴，不以爲意。今閲甫集無論兩人贈答劇見交誼，至武没後甫《哭歸櫬》云：'一哀三峡暮，遺後見君情。'《八哀》中云：'空餘老賓客，身上媿簪纓。'欲殺甫事，恐好事者爲之。《新書》喜聞其説而采之也，當從《舊書》。"

⑫ "矣"，《稗海》本、《四庫》本均作"耶"。

⑬ "忤"，原作"誤"，據《稗海》本、《四庫》本改。

【按】嚴武早年爲房琯所舉，薦爲給事中。收長安後拜京兆少尹。後坐琯事，貶巴州刺史，久之遷東川節度使。然《舊唐書》嚴武本傳并無房琯懼武之説，唯記："舊相房琯出爲管内刺史，琯於武有薦導之恩，武驕倨，見琯略無朝禮，甚爲時議所貶。"

⑭ "賢"上，《稗海》本有"損"字。

⑮ "爲"，《稗海》本作"作"。關於《蜀道難》的主旨，衆説紛紜，據羅聯添《李白蜀道難寓意探討》一文的概括，除了"爲房杜之危"説外，尚有

“諷章仇兼瓊”、“諷玄宗幸蜀”、“言險著戒不專指一時人事”、“即事名篇別無寓意”、“送友人入蜀”、“寄托作者功業難成仕途坎坷”諸説。然言《蜀道難》“爲房、杜之危”實不自《雲谿友議》始，李綽《尚書故實》已云：“《蜀道難》，李白罪嚴武也。”范攄推衍其説；《新唐書》又取《雲谿友議》記載略加改易，幾成史實，對後世影響甚著，成了詩壇上一樁公案。

⑯“闕”，原作“門”，據《稗海》本改。

⑰“此謂武之酷暴矣”，“酷”下《稗海》本無“暴矣”二字。

⑱“晃”，《稗海》本、《四庫》本作“冕”。

【按】俞樾《茶香室四鈔》卷三“陳冕”條，引明代徐𤊹《徐氏筆精》語云：“陳子昂，字伯玉，見盧藏用序并《唐書》，獨《雲谿友議》載陳拾遺名冕，字子昂……當必有據。”俞樾據《周禮》“冕則俛也”辨云：“名冕，字子昂，猶名俛而字仰，正取相反之義。而冕必飾以玉，則名冕，字伯玉，義亦有取。”其説備參。《四庫全書總目》：“陳子昂爲射洪令段簡所殺在武后時，章仇兼瓊判梓州事在天寶以後，時代迥不相及。……陳拾遺句下注曰‘陳冕，字子昂’，亦與史不符。”余嘉錫在《四庫提要辯證》“雲谿友議”中考章仇兼瓊之仕履，知其開元二十七年十二月以益州司馬權劍南節度等使。提要所謂其判梓州，在天寶後，殆以意爲之耳。

⑲《新唐書·王昌齡傳》：“昌齡，字少伯，江寧人。第進士，補秘書郎。又中宏辭，遷汜水尉。不護細行，貶龍標尉。以世亂還鄉里，爲刺史閭丘曉所殺。張鎬按軍河南，兵大集，曉最後期，將戮之，辭曰：‘有親，乞貸餘命。’鎬曰：‘王昌齡之親欲與誰養？’曉默然。”故殺王昌齡者閭邱曉，殺閭邱曉者乃張鎬。

【按】《舊唐書·張鎬傳》云：“時方興軍戎，帝注意將帥，以鎬有文武才，尋命兼河南節度使，持節都統淮南等道諸軍事。鎬既發，會張巡宋州圍急，倍道兼進，傳檄濠州刺史閭丘曉引兵出救。曉素愎戾，馭下少恩，好獨任已。及鎬信至，略無稟命，又慮兵敗，禍及於己，遂逗留不進。鎬至淮口，宋州已陷，鎬怒曉，即杖殺之。”故張鎬殺曉本意皆爲國事，非爲私慮。余嘉錫《四庫提要辯證》，對其中縱橫捭闔之關節所考甚詳，茲不贅述。然書中亦以爲張鎬與高適有舊，而高適因旗亭畫壁與王昌齡有故，或以昌齡事言於張鎬，張鎬以此關曉之口。但旗亭畫壁之事，亦爲筆記小説家之言，以此爲證，不免理偏。

⑳ 劉焉，東漢末年，江夏竟陵人。《後漢書·劉焉傳》："乃建議改置牧伯，鎮安方夏，清選重臣，以居其任。焉乃陰求爲交阯，以避時難。……出焉爲監軍使者，領益州牧。……州任之重，自此而始。"劉焉之牧益州，使蜀地成半獨立地方政權。

㉑ "武遂棒殺"，《稗海》本作"武一杖殺之"。

【按】此説應本自《國史補》所言"然與章彝素善，再入蜀，談笑殺之"。據聞一多《少陵先生年譜會箋》，廣德二年(764)二月嚴武再鎮蜀，章彝罷梓州刺史、東川留後，將入朝，嚴武因事殺之。然浦起龍在《讀杜心解》注《奉寄章十侍御》云："詩題原注：'時初罷梓州刺史、東川留後，將赴朝廷。'……由閬寄梓也。公在閬，尚屬春中，嚴武且未復鎮，而《舊書》云：'武再鎮蜀，章彝爲武判官，武杖殺之。'《新書》亦云爲武所殺。以詩斷之，直是史誤也。彝奉朝命在春初。武至，宜必不值。彝即遲行，武安得違命而留之？即留……職在副貳，安得輒降爲判官？且無故而殺之一方面，朝廷竟不問耶？不足信矣。"洪邁《容齋隨筆》卷六也以爲"嚴武欲殺杜甫"，"而《新書》以爲然"。王應麟《困學記聞》卷十對此亦有辨證。

㉒《新中國出土墓誌·河南》下册二〇九有僧清江撰《唐故安國寺清源律師墓誌(并序)》，誌云："律師諱清源，俗姓嚴氏，其先河南人。易葉冠蓋，遠代不紀。祖挺之，唐中書侍郎。父武，黄門侍郎。本家清貴，外戚盧氏。……大曆十一年十月廿七日，右肋累足，終於本院，春秋廿八，僧臘有九。慈母主喪，垂白祭子。"由此可知，嚴門遂微確爲事實，然云"爲彝外家報怨"則未可知是非。

哀貧誡

余以曾子迴車不入勝母之間，① 吕不韋有桐輪之媢，② 是乃曾參立孝行之名，不韋抱淫邪之責。邇之進退者，豈以二子而隳是非乎？渚宫有李令者，③ 自宰延安，④ 本狡猾之徒也，強爲篇章，而干謁時貴。⑤ 有歸評事任江陵醝院，⑥ 常懷衈士之心。李令既識歸君，累求救貸，而悉皆允諾。又云："某欲尋親湖外，輒假舍而安家族。"⑦ 歸君亦憫諾之。⑧ 李且乘舟而去。不二旬，其妻遣僕使告丐餱糧，主人拯其乏絶。⑨ 李忽寄書於醝院，情況款密，且異尋常，書中有贈家室等詩一首，意欲組織歸君。歸君怏恨，悔而不能明，⑩ 與率武陵渠江之務，以糊其口焉。⑪ 舉士沈擢，既違名路，從知長沙，⑫ 每述於同院衆賓，用兹戒慎也。李令寄妻詩曰："有人教我向衡陽，一度思歸欲斷腸。爲報豔妻兼少女，與吾覓取朗州場。"⑬

校正：

① "迴"，《稗海》本作"回"。勝母之間，《淮南鴻烈解・説山訓》："曾子立孝，不過勝母之間。墨子非樂，不入朝歌之邑。"《史記》卷八十三："臣聞盛飾入朝者不以利汙義，砥礪名號者不以欲傷行，故縣名勝母而曾子不入。"《淮南子》及《鹽鐵論》云里名勝母，曾子不入，蓋以名不順也。尸子以爲孔子至勝母縣，暮而不宿，则不同也。

②“桐”,《稗海》本作“銅”。《史記》卷八五《吕不韋傳》:“始皇帝益壯,太后淫不止。吕不韋恐覺禍及己,乃私求大陰人嫪毐以爲舍人,時縱倡樂,使毐以其陰關桐輪而行,令太后聞之,以啗太后。太后聞,果欲私得之。吕不韋乃進嫪毐。”

③渚宫,見《雲谿友議》“巫咏難”注。李令,不詳。《全唐詩》卷八七〇有鄭愚《擬權龍褒體贈鄠縣李令及寄朝右》(李令因之休官)。其詩曰:“鄠縣李長官,横琴膝上弄。不聞有政聲,但見手子動。”未知是否爲同一人。

④“自”,《稗海》本作“日”。延安,《舊唐書·地理志》“延州中都督府”條下:“隋延安郡。武德元年,改爲延州總管府……貞觀元年,罷都督府。開元二年,復置都督府,領丹、綏、渾等州,天寶元年,改爲延安郡。乾元元年,復爲延州。”

⑤“時貴”,《太平廣記》卷二六四及《稗海》本均無“時貴”二字。篇章干謁之風,其説可見於趙彦衛《雲麓漫鈔》卷八:“唐之舉人,多先藉當世顯人以姓名達之主司,然後以所業投獻,逾數日又投,謂之温卷。如《幽怪録》、《傳奇》等皆是也。蓋此等文備衆體,可以見史才、詩筆、議論。”初時爲科考之用,其後,不少舉子亦用此來向時貴求取資費。

⑥“有歸評事任江陵醝院”,“有”上《太平廣記》卷二六四有“時”字。江陵,今湖北荆州。《舊唐書·地理志》“荆州江陵府”下:“天寶元年,改爲江陵郡。乾元元年三月,復爲荆州大都督府。自至德後,中原多故,襄、鄧百姓,兩京衣冠,盡投江、湘,故荆南井邑,十倍其初,乃置荆南節度使。上元元年九月,置南都,以荆州爲江陵府,長史爲尹。”

【按】醝院即鹽院,掌管鹽務的機構。唐代中葉對鹽業實行專賣,在産鹽區設置鹽官鹽院。《新唐書·食貨志》:“乾元元年,鹽鐵、鑄錢使第五琦初變鹽法,就山海井竈近利之地置鹽院。游民業鹽者爲亭户,免雜傜。盗鬻者論以法。及琦爲諸州榷鹽鐵使,榷天下鹽。”故此,江陵府下之醝院,應即肅宗朝始置。

⑦“又云:某欲尋親湖外,輒假舍而安家族”,“云”,《太平廣記》卷二六四作“曰”,無“欲”字;“又”,《稗海》本作“忽”。

⑧“歸君亦憫諸之”,“憫”原作“敏”,據《太平廣記》卷二六四《稗海》本、《四庫》本改。

⑨“主人拯其乏絶”,“主”《太平廣記》卷二六四作“歸”;“人”作“矣”。

⑩“歸君怏恨,悔而不能明”,“怏”《太平廣記》卷二六四作“悔”;《稗海》本“怏”上有“見之”二字。

⑪“與率武陵渠江之務,以糊其口焉”,《太平廣記》卷二六四無“率”字,《稗海》本無“焉”字。

⑫“既違名路,從知長沙”,《太平廣記》卷二六四無此二句。

⑬《稗海》本“組織歸君”下徑接“其詩曰”云云,詩下則接“歸君見之怏恨”直至“戒慎焉”止。此詩可見《全唐詩》卷八七〇,題爲《寄女》。

古製興

文宗元年秋，①詔禮部高侍郎鍇復司貢籍，②曰："夫宗子維城，本枝百代，封爵便宜，無令廢絶。常年宗正寺解送人，③恐有浮薄，以忝科名。在卿精揀藝能，勿妨賢路。其所試，賦則准常規，詩則依齊梁體格。"④乃試《琴瑟合奏賦》、《霓裳羽衣曲詩》。⑤主司先進五人詩，其最佳者，其李肱乎？⑥次則王收《日斜見賦》，⑦則《文選》中《雪賦》、《月賦》也。⑧況肱宗室，德行素明，人才俱美，敢不公心，以辜聖教？乃以牓元及第，《霓裳羽衣曲詩》，任用韻。⑨李肱："開元太平時，萬國賀豐歲。梨園獻舊曲，玉座流新製。鳳管勢参差，霞衣競搖曳。醼罷水殿空，輦餘春草細。蓬壺事已久，仙樂功無替。詎肯聽遺音，聖明知善繼。"⑩上披文曰："近屬如肱者，其不忝乎！有劉安之識，可令著書；⑪執馬孚之正，可以爲傳。⑫秦嬴統天下，子弟同匹夫；根本之不深固，曹冏曷不非也？"⑬評曰："李君文章精練，行義昭詳。策名於睿哲之朝，得路於韋蕭之室。然止於岳、齊二牧，未登大任，其有命焉！"

校正：

①"文宗元年秋"，《太平廣記》卷一八一作"開成秋"，下直接"高鍇"二字。

【按】文宗元年，即大和元年。唐制，主司秋冬簡任，次年正月入闈。倘如《雲谿》"文宗元年秋"之説，則高鍇再知貢舉時應爲大和二年。然據徐松《登科記考》，大和元年及二年知貢舉皆爲禮部侍郎崔郾，高鍇司貢籍在開成元年及二、三年。由此可知《雲谿》之"文宗元年秋"爲"文宗開成元年秋'之誤。

② 高鍇，見《舊唐書·高鍇傳》："鍇，元和九年登進士第，陞宏辭科，累遷吏部員外。大和三年，準敕試别頭進士明經鄭齊之等十八人。牓出之後，語辭紛競，監察御史姚中立以聞，詔鍇審定，乃陞李景、王淑等，人以爲公。六年二月，自司勛郎中轉諫議大夫。七年，遷中書舍人。九年十月，以本官權知禮部貢舉。開成元年春，試畢，進呈及第人名。……乃以鍇爲禮部侍郎。凡掌貢部三年，每歲登第者四十人。"

③ 宗子維城，出自《詩經·大雅·板》："大邦維屏，大宗維翰。懷德維寧，宗子維城。"宗正寺，《唐六典》卷一六："宗正卿之職，掌皇九族、六親之屬籍，以别昭穆之序，紀親踈之列，并領崇玄署，少卿爲之貳。……崇玄署令掌京、都諸觀之名數，道士之帳籍，與其齋醮之事；丞爲之貳。"

④《舊唐書》高鍇本傳載："文宗謂侍臣曰：'從前文格非佳，昨出進士題目，是朕出之，所試似勝去年。'鄭覃曰：'陛下改詩賦格調，以正頽俗，然高鍇亦能勵精選士，仰副聖旨。'"

⑤《霓裳羽衣曲》，唐代最富盛名的一種樂曲，傳説玄宗夢游月宫，見仙女歌舞，醒後按其聲調譜成。實則爲開元年間涼州都督楊敬述進獻的一種包括十八支曲調的大套舞曲，原名《婆羅門曲》，經玄宗潤色爲《霓裳羽衣曲》。《唐闕史》卷下："開成初，文宗皇帝耽玩經典，好古博雅，常欲黜鄭衛之樂，復正始之音。有太常寺樂官尉遲璋者，善習古樂，爲法曲。簫磬琴瑟，戛擊鏗拊，咸得其妙。遂成《霓裳羽衣曲》以獻。詔中書門下及諸司三品以上具常朝服班坐，以聽金奏。相顧曰：'不知天上也，瀛洲也！'因以曲名宣賜貢院，充試進士賦題。"

⑥"其最佳者，其李肱乎"，《稗海》本此句作"最佳者，則李肱也"。

⑦"《日斜見賦》"，《太平廣記》卷一八一"日"上有"上"字。

⑧"則《文選》中《雪賦》、《月賦》也"，《太平廣記》卷一八一及《稗海》

本“雪”下“月”上均無“賦”字。

【按】《登科記考》開成二年(837)下引《唐詩紀事》,所叙與《雲谿》者殊異:“李肱《霓裳羽衣曲詩》一首,最爲迴出,更無其比。詞韻既好,人才俱美,臣前後吟咏近三五十遍,雖使何遜復生,亦不能過。兼是宗枝,臣與狀頭第一人,以獎其能。次張棠詩一首,亦絶好,亞次李肱,臣與第二人。其次沈黄中,《琴瑟合奏賦》,又似《文選》中《雪》、《月賦》體格,臣與第三人。其次王牧賦,自立意緒,言語不凡,臣與第四人。”其中《紀事》將王收改作“王牧”;并將其由第四名陞至第二名;而本年所試詩賦,《登科記考》及《雲谿》均記爲“《琴瑟合奏賦》、《霓裳羽衣曲詩》”,王收應無作《日斜見賦》之理,或爲范攄所誤記。

⑨ “任用韻”,《太平廣記》卷一八一無此注,《稗海》本作大字。

⑩ “李肱”,“肱”下《太平廣記》卷一八一有“詩曰”二字。

【按】李肱,兩《唐書》無傳。但《新唐書·宰相世系表上》記其高祖李紳。曾祖開,水部員外郎。父復圭。祖無逸,算曹博士。是故,文中言“兼是宗枝”。與李商隱有交,商隱有《李肱所遺畫松詩書兩紙四十韻》詩。據《唐刺史考全編》載其咸通四年(863)前曾爲邢州刺史,《千唐誌·前邢州刺史李肱兒母大儀墓誌》(咸通四年六月五日):“前邢州刺史賜緋魚袋李肱撰。”大儀咸通四年四月十二日卒。故《雲谿》所謂:“然止於岳、齊二牧,未登大任”未爲確。此詩可見《全唐詩》五四二卷,題爲《省試霓裳羽衣曲》。《文苑英華》卷一八四題爲《霓裳羽衣曲》。

⑪ “上披文曰”,《太平廣記》卷一八一作“上覽之曰”。劉安,西漢沛郡豐(今江蘇省豐縣)人,劉邦之孫,劉長之子,淮南王,招賓客撰《鴻烈》(後世稱《淮南子》)。《漢書》卷四四《淮南衡山濟北王傳》:“淮南王安爲人好書,鼓琴,不喜弋獵狗馬馳騁,亦欲以行陰德,拊循百姓,流名譽。招致賓客方術之士數千人,作爲内書二十一篇,外書甚衆,又有中篇八卷,言神仙黄白之術,亦二十餘萬言。”

⑫ 馬孚,即司馬孚。《資治通鑑》卷一七一:“故吏梁驃騎倉曹參軍朱瑒致書徐陵求其首,曰:‘竊以典午將滅,徐廣爲晋家遺老;當塗已謝,馬孚稱魏室忠臣。’”《晋書·司馬孚傳》:“安平獻王孚字叔達,宣帝次弟

也。……孚雖見尊寵，不以爲榮，常有憂色。臨終，遺令曰：'有魏貞士河内温縣司馬孚，字叔達，不伊不周，不夷不惠，立身行道，終始若一。當以素棺單椁，斂以時服。'泰始八年薨，時年九十三。"

⑬ 曹冏，三國魏人。所作有《六代論》存於《文選》中，其文論夏、殷、周、秦、漢、魏之興衰之由。《資治通鑑》卷七四："宗室曹冏上書曰：古之王者，必建同姓以明親親，必樹異姓以明賢賢。親親之道專用，則其漸也微弱；賢賢之道偏任，則其敝也劫奪。先聖知其然也，故博求親疏而并用之，故能保其社稷，歷紀長久。"

夷君誚

登州賈者馬行餘，① 轉海擬取昆山路，② 適桐廬時，③ 遇西風而吹到新羅國。④ 新羅國君聞行餘中國而至，⑤ 接以賓禮。乃曰："吾雖夷狄之邦，歲有習儒者，舉於天闕，⑥ 登第榮歸，吾必禄之且厚。⑦ 乃知孔子之道，被於華夏乎！"⑧ 因與行餘論及經籍，行餘避位曰：⑨"庸陋賈豎，長養雖在中華，但聞土地所宜，不識詩書之義。⑩ 熟詩書、明禮律者，其唯士大夫乎！ 非小人之事也。"遂乃言辭，⑪ 揚舲背扶桑而去。⑫ 新羅君訝曰："吾以中國之人，盡閑典教，不謂尚有無知之俗歟！"行餘還至鄉井，自以貪悋百味好衣，⑬ 愚昧不知學道，爲夷狄所咄，⑭ 況於英哲也。

校正：

① 登州，今屬山東。《元和郡縣志》卷一一"河南道"條下："《禹貢》青州之域。古萊子之國……至漢，爲東萊郡之地。……隋開皇三年改置牟州，大業三年廢。武德初又置，因文登縣人不從賊黨，遂於縣理置登州。"

② "海擬取昆山路"，"昆"《稗海》本作"崑"。昆山，《舊唐書・地理志》："昆山，漢婁縣，屬會稽郡。梁分婁縣置信義縣。又分信義置昆山，取縣界山名。"

③ 桐廬，《舊唐書・地理志》："桐廬，吴分富春縣置。武德四年，於

縣置嚴州，領桐廬、分水、建德三縣。七年，廢州及分水、建德二縣。以桐廬屬睦州，舊治桐溪，開元二十六年，移治鍾山。”

④“遇西風而吹到新羅國”，《稗海》本無“而”字。新羅國本弁韓苗裔也。居漢樂浪地，横千里縱三千里，東距長人，東南日本，西百濟，南瀕海，北高麗而王。（《新》《舊唐書・新羅傳》）

⑤“新羅國君聞行餘中國而至”，“新羅”《稗海》本、《四庫》本皆作“其”，“中”字上有“自”字，“國”字下無“而”字。

⑥新羅派留學生至唐者，甚衆。《新唐書・新羅傳》：“玄宗開元中數入朝……又遣子弟入太學學經術……‘新羅號君子國，知詩書。以卿惇儒，故持節往，宜演經誼，使知大國之盛。’又以國人善棋，詔率府兵曹參軍楊季鷹爲副。國高奕皆出其下。”又《舊唐書・新羅傳》所記甚詳：“開元十六年，遣使來獻方物，又上表請令人就中國學問經教，上許之。……‘新羅號爲君子之國，頗知書記，有類中華。以卿學術，善與講論，故選使充此。到彼宜闡揚經典，使知大國儒教之盛。’又聞其人多善奕碁，因令善碁人率府兵曹楊季鷹爲璹之副。璹等至彼，大爲蕃人所敬。其國碁者皆在季鷹之下，於是厚賂璹等金寶及藥物等。……（開成）五年四月，鴻臚寺奏新羅國告哀，質子及年滿合歸國學生等共一百五人，并放還。”

⑦“且”，《太平廣記》卷四八一作“甚”。

⑧“華”，《稗海》本、《四庫》本皆作“夷”。

⑨避位，離位起立，表示敬意。漢趙曄《吴越春秋》上卷《夫差内傳第五》：“子貢曰：‘夫吴王爲人，貪功名而不知利害。’越王慥然避位。子貢曰：‘臣觀吴王，爲數戰伐，士卒不恩。’”

⑩“但聞土地所宜，不識詩書之義”，“識”《太平廣記》卷四八一作“讀”；“所”上，《稗海》本有“之”字。唐時，商賈地位低下。《舊唐書・食貨志》規定：“食禄之家，不得與下人爭利。工商雜類，不得預於士伍。”《唐會要》卷三一載：“乾封二年二月，禁工商不得乘馬。”

⑪“遂乃言辭”，“乃”上《太平廣記》卷四八一無“遂”字；“言辭”，作“辭之”。

⑫ 舲，船。扶桑，《通志》卷一九四“扶桑”條下：“扶桑，南齊時聞焉。廢帝永元初，其國有沙門慧深來至荆州説云：‘扶桑在大漢國東二萬餘里地。在中國之東，其土多扶桑木，故以爲名。’”

⑬ “自以貪悋百味好衣”，《太平廣記》卷四八一作“自慙以貪吝衣食”；“以”上，《稗海》本有“慚”，“百味好衣”作“衣食”。

⑭ “爲夷狄所咄”，“咄”《稗海》本、《四庫》本作“嗤”。

餞歌序

李尚書訥夜登越城樓，①聞歌曰："雁門山上雁初飛。"其聲激切。召至，曰："去籍之妓盛小蘗也"。②曰："汝歌何善乎？"曰："小蘗是梨園供奉南不嫌女甥也。③所唱之音，乃不嫌之授也。今色將衰，歌當廢矣！"時察院崔侍御元範，④自府幕而拜，即赴闕庭，⑤李公連夕餞崔君於鏡湖光候亭。⑥屢命小蘗歌餞，在座各爲一絶句贈送之。⑦亞相爲首唱矣，⑧崔下句云："獨向柏臺爲老吏。"皆曰："侍御鳳閣中書，即其程也，何以老於柏臺？"⑨衆請改之。崔讓曰："某但止於此任，寧望九遷乎？"是年秋，崔君鞫獄於譙中，⑩乃終於柏臺之任矣。楊、封、盧、高數篇，亦其次也。⑪《聽盛小叢歌送崔侍御》，浙東廉使李訥："綉衣奔命去情多，南國佳人斂翠蛾。曾向教坊聽國樂，爲君重唱盛叢歌。"⑫《奉和亞臺》，御史崔元範："楊公留宴峴山亭，洛浦高歌五夜情。獨向柏臺爲老吏，可憐林木響餘聲。"⑬團練判官楊知至："燕趙能歌有幾人，落花迴雪似含嚬。聲隨御史西歸去，誰伴文翁怨九春？"⑭觀察判官封彦沖："蓮府纔爲緑水賓，庾杲之在王儉府，似芙蓉泛緑水，故有此句。忽乘駿馬入咸秦。爲君唱作西河調，日暮偏傷去住人。"⑮觀察支使盧鄴：⑯"何郎戴豸别賢侯，更吐歌珠宴庾樓。⑰莫道江南不同醉，即陪舟楫千里游。"前進士高湘：⑱"謝安春渚餞袁宏,[19]千里仁風一扇清。歌黛慘時方酩酊,不知公子重飛觥。”處士盧溵:[20]“烏臺上客紫髯公,共捧天書靜鏡中。桃葉不須歌白苧,耶谿暮雨起樵風。”

校正:

① 李訥,《新》《舊唐書》無傳。

【按】《唐詩紀事》卷五九録李訥餞歌事,後補曰:“訥,故侍郎建字杓直之子,字敦正。大中時爲浙東觀察使,卒於兵部尚書。”《元氏長慶集》卷五四有《唐故中大夫尚書刑部侍郎上柱國隴西縣開國男贈工部尚書李公墓誌銘》:“生五男,長曰訥,始二十,朴、恪、慤、碩次第焉”,可證李訥爲李建長子。其中白居易碑文載建“長慶元年二月二十三日夜無疾即世”,亦可推知李訥生於貞元十七年(801)。

訥除浙東,《新唐書》卷八:“(大中九年七月)浙西東道軍亂,逐觀察使李訥。”然《舊唐書・宣宗紀》:“十年(856)春正月乙巳,以正議大夫、華州刺史、潼關防禦、鎮國軍等使、上柱國、隴西縣開國男、食邑三百户、賜紫金魚袋李納(即訥)檢校左散騎常侍,兼越州刺史、御史大夫、浙江東道都團練觀察等使。”兩書之記載,互相抵牾。杜牧《樊川文集》卷一五載《李訥除浙東觀察使兼御史大夫制》,然杜牧大中六年已卒,則草訥之制必在此前。又《紹興志》:“唐浙東觀察使李訥,大中六年在任。”其由華州除浙東,舊紀與杜牧文同。《嘉泰會稽志》:“大中六年八月,自華州刺史授,九年九月貶潮州。”然《嘉泰會稽志》言其後貶潮州不確。按《會稽掇英總集》卷一八:“大中六年八月自華州防禦使授,九年九月敕貶朗州刺史。”又《东觀奏記》卷下:“浙東觀察使、兼御史中丞李訥爲軍士噪逐,坐貶朗州刺史,馳驛赴任。訥性褊狷,遇軍士不以禮,人皆怨之,遂及於難。監軍使王景宗責撫循無狀,杖四十,流恭陵。自此,戒臣失律,監軍皆從坐。”此記後録入《唐語林》卷二。以此故知其大中九年并非貶潮州刺史,而是貶朗州刺史,《新唐書》所記爲是。

② “去”,《稗海》本、《四庫》本皆作“在”。籍,指樂籍。以罪民親屬

歸入樂户之制度發源於北魏,《魏書・刑法志》:“有司奏立嚴制:‘諸強盜殺人者,首從皆斬,妻子同籍,配爲樂户;其不殺人,及贓不滿五匹,魁首斬,從者死,妻子亦爲樂户。’”《唐六典》卷第十四云:“凡樂人及音聲人應教習,皆著簿籍,覆其名數二分番上下,皆教習検察,以供其事。”唐代有數次去籍之旨,《新唐書》卷八:“(寶曆二年)庚申,出宫人三千省教坊樂工、翰林伎術冗員千二百七十人,縱五坊鷹犬,停貢纂組雕鏤、金筐寶飾牀榻。”又“(大和七年)閏月乙卯,以旱避正殿,減膳,徹樂,出宫女千人,縱五坊鷹犬”。

③ 梨園,原係西内苑种梨之園,因教樂府而稱爲梨園。梨園供奉,唐朝樂官。《新唐書・禮樂志》:“代宗繇廣平王復二京,梨園供奉官劉日進制《寶應長寧樂》十八曲以獻。”岸邊成雄《唐代音樂史的研究》:“梨園似亦設有監督及教授樂令樂官……梨園之使當與教坊之使相同均非宦官出身……樂官中除使外,都知、博士等樂官亦當有相當人數,此外梨園中一部分教習工作,係在太常寺別教院實施,故‘供奉官’亦係其樂官之一種者。”

④ 崔元範,《唐詩紀事》卷五九下有“崔元範”條:“元範詩云:‘羊公留宴峴山亭,洛浦高歌五夜情。獨向栢臺爲老吏,可憐林木響餘聲。’元範以監察御史,爲浙東幕府。”所本即《雲谿友議》。詩又見於《全唐詩》卷五六三,題爲《李尚書命妓歌餞有作奉酬》。

⑤ 闕庭即朝廷,中央政府機關。

⑥“公”,《稗海》本作“君”。

【按】鏡湖,《元和郡縣志》卷第二六“江南道二”下“越州”載:“鏡湖,後漢永和五年太守馬臻創立,在會稽、山陰兩縣界築塘蓄水,水高丈餘,田又高丈餘,若水少則洩湖灌田,如水多則閉湖洩田中水入海,所以無凶年。隄塘周迴三百一十里,溉田九千頃。”

⑦“在座各爲一絶句贈送之”,《稗海》本“送”字無。

⑧“亞相爲首唱矣”,“唱”《稗海》本作“倡”,無“矣”字;《四庫》本亦無“矣”字。

⑨ 鳳閣,即中書省。《通志》卷五二:“中書省,自魏晋始焉,梁陳時

凡國之政事并由中書省。有中書舍人五人領之,主書十人,書吏二百人。分掌二十一局事,各當尚書諸曹并爲上司總國内機要,而尚書唯聽受而已,被委此官多擅威勢……光宅元年,改爲鳳閣,神龍初復舊,開元元年,改爲紫薇省,五年復舊。"柏臺,御史臺之别稱。漢御史府中列植柏樹,常有野烏數千栖其上。事見《漢書·朱博傳》:"是時御史府吏舍百餘區井水皆竭;又其府中列柏樹,常有野烏數千栖宿其上,晨去暮來,號曰'朝夕烏'。烏去不來者數月,長老異之。"

⑩ 譙中,譙即譙郡。今安徽亳州。《舊唐書》卷三九:"亳州望,隋譙郡,武德四年,平王世充,改爲亳州,領譙、城父、谷陽、鹿邑、酇五縣。五年,置總管府,管譙、亳、宋、北荆、潁、沈六州。七年,改爲都督府。貞觀元年,罷都督府,亳州不改。十七年,廢譙州,以臨涣、永城、山桑三縣來屬。天寶元年,改爲譙郡,乾元元年,復爲亳州也。"

⑪ "亦其次也",《四庫》本"其"字上衹一"佳"字,徑接"李訥"二字。

⑫ "《聽盛小叢歌送崔侍御浙東廉使》李訥",《四庫》本無"廉使"二字;《稗海》本"訥"下有"詩曰"二字,《四庫》本"訥"下亦有"詩云"二字。

⑬ "崔元範","範"下《稗海》本有"詩曰"二字。

⑭ "團練判官楊知至","至"下《稗海》本有"詩曰"二字。詩見《全唐詩》卷五六三,題作《和李尚書命妓歌餞崔侍御》。

【按】團練判官楊知至,字幾之,楊汝士之子。登進士第,累官至比部郎中知制誥,坐故府劉瞻罷相貶官,知至亦貶瓊州司馬(咸通十一年),入爲諫議大夫,累遷京兆尹(《舊唐書·楊虞卿傳》)。乾符三年九月,爲工部侍郎(《舊唐書·僖宗紀》)。楊知至,本會昌四年登進士第。《舊唐書·楊嚴傳》:"嚴字凜之,會昌四年進士擢第。是歲僕射王起典貢部,選士三十人,嚴與楊知至、竇緘、源重、鄭朴五人試文合格,物議以子弟非之,起覆奏。武宗敕曰:'楊嚴一人可及第,餘四人落下。'"

⑮ "沖"下,《稗海》本有"詩曰"二字。封彦沖,《舊唐書·宣宗紀》、《唐詩紀事》卷五九、《全唐詩》卷五六六皆作"封彦卿"。

【按】《舊唐書·宣宗紀》:"(大中元年)三月丁酉,禮部侍郎魏扶奏:'臣今年所放進士三十三人,其封彦卿、崔琢、鄭延休等三人,實有詞藝,爲時所稱，皆以父兄見居重位，不得令中選。'詔令翰林學士承旨、户部侍郎韋琮重考覆，敕曰：'彦卿等所試文字，并合度程，可放及第。有司考試，祇在至公，如涉請托，自有朝典。今後但依常例放榜，不得别有奏聞。'……（大中十三年五月）前中書舍人封彦卿貶湖州司户。"懿宗咸通時任台州刺史（《浙江通志》卷一一二）。"封彦沖"之名僅見於《雲谿友議》此條，《唐詩紀事》據《雲谿友議》録入其詩而改題封彦卿作。詩見《全唐詩》卷五六六，題爲《和李尚書命妓餞崔侍御》。

⑯"觀察支使盧鄴"，《稗海》本無"支"字，"鄴"下有"詩曰"二字。盧鄴，《全唐詩》卷五六六襲《唐詩紀事》卷五九稱："盧鄴，盧鄴大中四年登第，爲浙東觀察副使。詩一首。"徐松《登科記考》即據此記其爲大中四年進士。

⑰"庾"，《稗海》本作"玉"。何郎即何遜，字仲言，東海郯人也。天監中，起家奉朝請，遷中衛建安王水曹行參軍，兼記室。王愛文學之士，日與游宴，及遷江州，遜猶掌書記。（《梁書·何遜傳》）戴豸，指任御史職。《舊唐書·肅宗紀》："御史臺欲彈事，不須進狀，仍服豸冠。"庾樓，《江西通志》卷一二："庾樓磯在府治後城外臨江，晋庾亮始構樓其上，歷代數有興壞。"詩見《全唐詩》卷五六六，題爲《和李尚書命妓餞崔侍御》。

⑱"湘"下，《稗海》本有"詩曰"。

【按】高湘，兩《唐書》無傳。其仕履略大體如下：高湘，字濬之。懿宗咸通七年，爲吏部員外郎，試拔萃選人。九年，由右諫議大夫轉爲高州刺史（《舊唐書·懿宗紀》）。僖宗乾符元年，又復爲諫議大夫。乾符三年九月爲中書舍人，權知禮部侍郎（《舊唐書·僖宗紀》）。同年高湘爲潞州大都督府長史，充昭義節度潞澤觀察等使（《山西通志》卷七四），其後又任江西觀察使。乾符五年，因王仙芝餘黨王重隱陷洪州，高湘奔湖口（《資治通鑑》卷二五三）。

⑲ 謝安春渚餞袁宏，《晋書·袁宏傳》："袁宏，字彦伯……少孤貧，以運租自業。謝尚時鎮牛渚，秋夜乘月，率爾與左右微服泛江。會宏在舫中諷咏，聲既清會，辭又藻拔，遂駐聽久之，遣問焉。答云：'是袁臨汝郎誦詩。'即其咏史之作也。尚頃率有勝致，即迎升舟，與之譚論，申旦不

瘵,自此名譽日茂。”詩見《全唐詩》卷五九七,題爲《和李尚書命妓餞崔侍御》。

⑳ 處士盧溵,“溵”《稗海》本作“激”,下加“詩曰”二字。盧溵,生平不詳。“桃葉不須歌白苧”,桃葉,樂府清商曲辭,吴聲歌曲名。《樂府詩集·清商曲辭二·桃葉歌》郭茂倩解題引《古今樂録》:“《桃葉歌》者,晋王子敬所作也。桃葉,子敬妾名,緣於篤愛,所以歌之。”《隋書·五行志》曰:“陳時,江南盛歌王獻之《桃葉》之詞曰:‘桃葉復桃葉,渡江不用楫,但渡無所苦,我自迎接汝。’”白苧,又稱白紵,樂府吴舞曲名。南朝宋鮑照《白紵歌》之五:“古稱《渌水》今《白紵》,催弦急管爲君舞。”《新唐書·禮樂志下》:“清樂三十二曲中有《白紵》,吴舞也。”詩見《全唐詩》卷五六三,題爲《和李尚書命妓餞崔侍御》。

宗兄悼

滕倪苦心爲詩，嘉聲早播。① 遠之吉州，② 謁宗人邁郎中。③ 吉守以“吾家鮮士，此弟則千里之駒也”。④ 每吟其“白髮不知容相國，也同閒客滿頭生”。⑤ 又《題鷺鷥障子》云：“映水有深意，見人無懼心。”⑥ 且曰：“魏文酷陳思之學，潘岳褒正叔之文；貴集一家之芳，安以宗從疏遠矣。”⑦ 倪既秋試，捧笈告游，及留詩一首爲别。滕君得之悵然，曰：“此生必不與此子再相見也。”乃祖於大皋之閣，别異常情。倪至秋深，逝於商於之館舍，⑧ 聞者莫不傷悼焉。倪詩曰：“秋初江上别旌旗，故國無家淚欲垂。千里未知投足處，前程便是聽猿時。誤攻文字身空老，却返樵漁計已遲。羽翼凋零飛不得，丹霄無路接差池。”⑨

校正：

①“嘉聲早播”，《太平廣記》卷四九七無此句。滕倪，《全唐詩》卷四九一：“滕倪，元和時人，詩一首。”

② 吉州，今江西吉安。《元和郡縣志》卷二八“江南道四”下：“吉州，本秦廬陵，屬九江郡。獻帝興平二年，分豫章於此置廬陵郡，晋太康中移郡於石陽縣，今舊州東北故城是也。隋開皇中改廬陵爲吉州，有吉水，因爲名焉。”

③“謁宗人邁郎中”,《太平廣記》卷四九七無“郎中”二字。滕邁,《全唐詩》卷四九一載:“滕邁,元和登進士第,官吉州太守,詩二首。”

【按】滕邁,於文宗時任台州刺史,文宗末年轉爲睦州刺史(《浙江通志》卷一一二)。趙嘏曾有詩贈邁《淮信賀滕邁台州》:“凋瘵民思太古風,上賢綏輯副宸衷。舟移清鏡禹祠北,路轉翠屏天姥東。旌旆影前横竹馬,咏歌聲裏樂樵童。遥知到郡滄波晏,三島離離一望中。”(《全唐詩》卷五四九)又有《送滕邁郎中赴睦州》,其中“郡齋秋盡一江横,頻命郎官地更清”可證其調令之急。

④“吉守以吾家鮮士,此弟則千里之駒也”,“吉守”《太平廣記》卷四九七作“邁”,《稗海》本、《四庫》本“以”皆作“曰”。

⑤“每吟其白髮不知容相國,也同閒客滿頭生”,“白”上《太平廣記》卷四九七及《稗海》本均有“詩曰”二字,惟《廣記》“知”作“能”。《全唐詩》卷四九一收此句。

⑥“《題鷺鷥障子》云:映水有深意,見人無懼心”,《太平廣記》卷四九七無“鷥”字。《全唐詩》卷四九一收此句。

⑦“且曰:魏文酷陳思之學”,“且”上《太平廣記》卷四九七有“邁”字。正叔,潘岳從子潘尼,滎陽中牟人。歷著作郎、秘書監、中書令、太常卿。《晋書·潘尼傳》:“尼,字正叔。祖勖,漢東海相。父滿,平原内史。并以學行稱。尼少有清才,與岳俱以文章見知。性靜退不競,唯以勤學著述爲事。著《安身論》以明所守。”

⑧“倪至秋深逝於商於之館舍”,“之”上《稗海》本無“於”字。

⑨詩見《全唐詩》卷四九一,題爲《留別吉州太守宗人邁》。

夢神姥

盧著作肇爲華州紇干公泉防禦判官,①游仙掌諸峰,歇馬於巨靈廟。②忽寐,夢在數間空舍中,見一老嫗於大釜中燃火。盧君詢其所由,曰:"老人是華岳神母也。"又問:"釜中煑者何物?"母曰:"橡子也。""用此奚爲?"③母愀然曰:"食之也。"盧曰:"且兒爲五岳神主,厭於禱祠;④母食樹子,豈無奉養之志乎?"母曰:"以神鬼之道,⑤雖有君臣父子,禍福本不相及矣。祈祭之所,不呼名字者,⑥不得饗焉。"盧夢畢,召岳廟祝,别置神母位,⑦常饌出生一分,公宴則闕。在家,忽遺忘之,噦咽而體中不快也。雲谿子曰:親聞范陽所述,⑧故書之。

校正:

①"干",《稗海》本作"于"。盧肇,《新唐書·藝文志》載:"盧肇《海潮賦》一卷,又《通屈賦》一卷,注林絢《大統賦》二卷(字子發,袁州人,咸通歙州刺史。又有説其爲望蔡人)。"徐松《登科記考》會昌三年(843)於其名下録《永樂大典》引《瑞陽志》:"盧肇,字子發,望蔡上鄉人,會昌三年進士第一。"據《舊唐書》卷四〇"高安"條下:"屬豫章郡。武德五年,改爲高安,仍置靖州,領高安、望蔡、華陽三縣;……華陽、望蔡二縣,以高安屬洪州。"

【按】《全唐詩》卷五五一載盧肇詩有《將歸宜春留題新安館》及《競渡

詩》(一作《及第後江寧觀競渡寄袁州刺史成應元》),韓國高麗時期唐詩總集《十抄詩》中有雍陶《送盧肇及第歸袁州》詩,由此可知其應爲袁州,即宜春人。《新唐書》所書爲確。文宗時,李德裕貶袁州長史,盧肇以文投,由此見知。會昌三年,李德裕爲宰相,薦於主司王起,遂以狀元登進士第。大中元年,爲鄂岳節度使盧商辟爲從事。後江陵節度裴休、太原節度盧簡求相繼屬爲幕僚。入爲秘書省著作郎,遷倉部員外郎,充集賢院直學士。咸通時,歷任歙、宣、池、吉四州刺史。《盧氏族譜》稱其生於唐憲宗元和十三年(818),歿於唐僖宗中和二年(882),可聊備一説。生平另見《進海潮賦狀》,《唐摭言》卷二、卷三,《北夢瑣言》卷三,《郡齋讀書志》卷五下。

紇干公泉,周勛初《唐人筆記小説考索·盧肇考》:"咸通二年(861),任潼關防禦判官。"判官,隋使府始置判官。唐制,特派擔任臨時職務的大臣可自選中級官員奏請充任判官,以資佐理。睿宗以後,節度、觀察、防禦、團練等使皆有判官輔助處理事務,亦由本使選充,非正官而爲僚佐。紇干泉者,《雲谿友議》"羨門遠"又有:"紇干尚書泉苦求龍虎之丹十五餘稔。及鎮江右,乃大延方術之士。乃作《劉弘傳》,雕印數千本,以寄中朝及四海精心洗煉之者。"《舊唐書》有其相關記載,如《舊唐書·刑法志》:"會昌元年(841)九月,庫部郎中、知制誥紇干泉等奏:'準刑部奏,犯贓官五品已上,合抵死刑,請準獄官令賜死於家者,伏請永爲定格。'從之。"又《舊唐書·裴休傳》:"休尤深於釋典。……與尚書紇干臮皆以法號相字。時人重其高潔而鄙其太過,多以詞語嘲之,休不以爲忤。"然此紇干泉應爲紇干臮之誤。沈詢《授紇干臮嶺南節度使制》"惟爾元和中,以文學德行升爲甲科"(《文苑英華》卷四五六),《登科記考》記其爲元和十年(815)進士。而崔嘏又有《授紇干臮江西觀察使制》(《文苑英華》卷四〇八),《樊川文集》卷一二《謝許受江西送綵絹等狀》自言其撰《唐故江西觀察使武陽公韋公遺愛碑》爲聖旨所令,紇干臮所托。故《雲谿》及《舊唐書》皆誤。

且《新唐書》"泉"均作"臮"。如《新唐書·藝文志》:"紇干臮《序通解録》一卷,字咸一,大中江西觀察使。"《新唐書·韋丹傳》:"周墀對:'臣嘗守江西，韋丹有大功，德被八州，歿四十年，老幼思之不忘。'乃詔觀察使紇干臮上丹功狀，命刻功於碑。"及《新唐書·裴休傳》："與紇干臮素善，至爲桑門號以相字。當世嘲薄之，而所好不衰。"另因"臮"字較僻，又有誤作"紇干衆"、"紇干皋"、"紇干俞"者，參見岑仲勉《元和姓纂四校記》。

② "歇馬於巨靈廟"，"廟"《稗海》本作"府"。巨靈廟又作鉅靈廟，《山西通志》卷一六六："鉅靈祠，《九域志》河中府有鉅靈祠。《遁甲開山圖》云：'鉅靈與元氣齊生爲九元真母。'《路史》：'鉅靈氏出於汾脽，注云汾水之脽上也。其地隆起若尻脽然，今成慶軍是。'《廣韻》云：'鉅靈坐於汾脽，今華陰縣北一百二里有鉅靈廟。'"

③ "奚"，《稗海》本作"何"。

④ 華嶽，爲五岳神主。見《舊唐書·禮儀志》："玄宗乙酉歲生，以華岳當本命。先天二年七月正位，八月癸丑，封華岳神爲金天王。開元十年，因幸東都，又於華岳祠前立碑，高五十餘尺。又於岳上置道士觀，修功德。至天寶九載，又將封禪於華岳，命御史大夫王鉷開鑿險路以設壇場，會祠堂災而止。"

⑤ "以神鬼之道"，《稗海》本"神鬼"二字互易。

⑥ "不呼名字者"，《稗海》本"名字"二字互易。

⑦ "召岳廟祝，别置神母位"，《稗海》本無"岳"字，《稗海》本"别"上有"令"字。

⑧ "雲谿子曰親聞范陽所述"，《稗海》本無"曰"字。盧肇爲袁州人，然范陽爲盧氏郡望，故有此稱。《舊唐書·地理志》："范陽，漢涿郡之涿縣也，郡所治。曹魏文帝改爲范陽郡。晋爲范陽國，後魏爲范陽郡，隋爲涿縣。武德七年，改爲范陽縣。大曆四年，復於縣置涿州。"

玉泉祠

余以鬼神之道難明也，視之不見，聽之不聞。①朝賢后於盟津，②報受禪於晉壤，③禱祀名山大川，則其兆應也。蜀前將軍關羽守荆州，夢豬嚙足，自知不祥，語其子曰："吾衰暮矣。是若征吴，必不還爾。"④果爲吴將吕蒙麾下所殛，蜀遂亡荆州。⑤今吴楚之俗，夢半豬者，乃書其屋柱而禳之。⑥玉泉祠，⑦天下謂四絶之境。或言此祠，鬼興土木之功而樹，⑧祠曰"三郎神"。三郎，即關三郎也。⑨允敬者，則髣髴似睹之。緇俗居者，⑩外户不閉，財帛縱横，莫敢盜者。厨中或先嘗食者，頃刻大掌痕出其面，歷旬愈明。侮慢者，則長蛇毒獸隨其後。所以懼神之靈，如履冰谷，非齋戒護淨，莫得居之。

校正：

① 鬼神之道以難明，《論語·述而》曰："子不語怪、力、亂、神。"又《論語·雍也》："樊遲問知。子曰：'務民之義，敬鬼神而遠之，可謂知矣。'"

② 盟津，武王伐紂与諸侯會盟地。《史記·殷本紀》："西伯既卒，周武王之東伐，至盟津，諸侯叛殷會周者八百。諸侯皆曰：'紂可伐矣。'武王曰：'爾未知天命。'乃復歸。"

③ 禪於晉壤，即曹魏禪位於西晉。《晉書·武宗紀》："於是天子知歷數有在，乃使太保鄭沖奉策曰：'咨爾晉王，我皇祖有虞氏誕膺靈運，受

終於陶唐,亦以命于有夏。惟三后陟配于天,而咸用光敷聖德。自兹厥後,天又輯大命于漢。火德既衰,乃眷命我高祖。方軌虞夏四代之明顯,我不敢知。惟王乃祖乃父,服膺明哲,輔亮我皇家,勛德光於四海。格爾上下神祇,罔不克順,地平天成,萬邦以乂。應受上帝之命,協皇極之中。肆予一人,祗承天序,以敬授爾位,曆數實在爾躬。允執其中,天禄永終。於戲!王其欽順天命。率循訓典,底綏四國,用保天休,無替我二皇之弘烈。'帝初以禮讓,魏朝公卿何曾、王沉等固請,乃從之。"

④"必不還爾","還"《稗海》本作"返"。《三國志·蜀書·關羽傳》:"權遣將逆擊羽,斬羽及子平於臨沮。追謚羽曰壯繆侯。"裴松之注引《蜀記》:"羽初出軍圍樊,夢豬嚙其足,語子平曰:'吾今年衰矣。然不得還!'《江表傳》曰:羽好《左氏傳》,諷誦略皆上口。"

⑤《三國志·吴書·吕蒙傳》:"蒙入據城,盡得羽及將士家屬,皆撫慰,约令軍中不得干歷人家,有所求取。……羽還,在道路,數使人與蒙相聞,蒙輒厚遇其使,周游城中,家家致問,或手書示信。羽人還,私相参訊,咸知家門無恙,見待過於平時,故羽吏士無鬭心。會權尋至,羽自知孤窮,乃走麥城,西至漳鄉,衆皆委羽而降。權使朱然、潘璋斷其徑路,即父子俱獲,荆州遂定。以蒙爲南郡太守,封孱陵侯……"

⑥"今吴楚之俗,夢半豬者,乃書其屋柱而禳之",《稗海》本此句無。

⑦《舊唐書·王方慶傳》:"則天嘗幸萬安山玉泉寺,以山徑危懸,欲御腰輿而上,方慶諫曰……"《舊唐書·神秀傳》:"普寂姓馮氏,蒲州河東人也。年少時遍尋高僧,以學經律。時神秀在荆州玉泉寺,普寂乃往師事,凡六年,神秀奇之,盡以其道授焉。"據前文所述關羽失荆州之事,此玉泉祠應爲荆州玉泉寺。唐時荆州玉泉寺爲北宗神秀一脈之祖庭,其寺供曰"三郎神",所爲者亦不過是借其忠勇保安之意,"生爲英賢,殁爲神靈,所寄此山之下,邦之興廢,歲之豐荒,於是乎繫。昔陸法和假神以虞任約,梁宣帝資神以拒王琳,聆其故實,安可誣也?至今緇黄入寺,若嚴官在傍,無敢褻瀆"(《全唐文》卷六八四《荆南節度使江陵尹裴公重修玉泉關廟記》)。

⑧"或言此祠,鬼興土木之功而樹","興",《稗海》本、《四庫》本均作

“助”;“樹”,均作“成”。

⑨ 周紹良《關索考》,認爲關索這一人物可能從唐代迷信方面轉變過來,所列舉資料其一便是唐范攄《雲谿友議》卷上“玉泉祠”條,“這裏的關三郎,很可能就是指的關羽之子關索,也正和《三國演義》上説他是‘關公第三子’行次相符”。關於這點,焦傑在《關索并非關三郎》舉《古今圖書集成·神異典》卷三七引宋張商英《重建關聖帝記》認爲:“先生此説不妥,因爲關三郎并不是關索而是關羽本人。”劉占召《説三郎——與焦傑先生商榷》又作了相關批駁,“同意周先生的觀點,認爲關索故事是由唐代鬼神迷信中的關三郎演變而來”。然《全唐文》卷六八四董侹(侹,字庶中,元和中爲荆南從事)《荆南節度使江陵尹裴公重修玉泉關廟記》所記甚爲清晰,此關三郎即關羽,無甚别解。文載:“玉泉寺覆船山,東去當陽三十里,疊障回擁,飛泉迤邐,信途人之淨界,域中之絶景也。寺西北三百步,有蜀將軍都督荆州事關公遺廟存焉。將軍姓關名羽,河東解梁人,公族功績,詳於國史。先是陳光大中智顗禪師者,至自天台,宴坐喬木之下,夜分忽與神遇,云願捨此地爲僧坊,請師出山,以觀其用。……惟將軍當三國之時,負萬人之敵,孟德且避其鋒,孔明謂之絶倫。其於殉義感恩,死生一致,斬良擒禁,此其效也。嗚呼!生爲英賢,殁爲神靈,所寄此山之下,邦之興廢,歲之豐荒,於是乎繫。昔陸法和假神以虞任約,梁宣帝資神以拒王琳,聆其故實,安可誣也?至今緇黄入寺,若嚴官在傍,無敢褻瀆。荆南節度工部尚書江陵尹裴均曰:‘政成事舉,典從禮順。’以爲神道之教……貞元十八年記。”

⑩“緇俗居者”,“俗”《稗海》本作“侣”。

舞娥異

李八座翺，①潭州席上有舞柘枝者，②匪疾而顏色憂悴。殷堯藩侍御當筵而贈詩曰：③“姑蘇太守青蛾女，流落長沙舞柘枝。滿座綉衣皆不識，可憐紅臉淚雙垂。”④明府詰其事，乃姑蘇臺韋中丞愛姬所生之女也。⑤夏卿之胤，正卿之姪。⑥曰：“妾以昆弟夭喪，無以從人，委身於樂部，⑦恥辱先人。”言訖涕咽，情不能堪。亞相爲之吁歎，⑧且曰：“吾與韋族，其姻舊矣。”⑨速命更其舞服，飾以袿襦，延與韓夫人相見。夫人，吏部之子。⑩顧其言語清楚，宛有冠蓋風儀，撫念如其所媵，遂於賓榻中選士而嫁之也。⑪舒元輿侍郎聞之，⑫自京馳詩贈李公曰：“湘江舞罷忽成悲，便脱蠻靴出絳幃。誰是蔡邕琴酒客，魏公懷舊嫁文姬。”⑬李尚書初守廬江，⑭有重繫者合當大辟。⑮引讞之時，⑯啓嗚曰：“某偶黷典章，即從誅戮。然昔於群山，⑰專習一藝，願於貴人之前試之。”乃曰：“長嘯也。死而無恨歟！”⑱乃命緩繫而聽之，⑲清聲上徹雲漢。公曰：“不謂蘇門之風，出於赭衣之下。可命鸞鶴同游，可與孫阮齊躅。去其械梏，蠲其罪乎！”⑳後鎮山南，夜聞長笛之音，而瀏亮不絕。問是何人吹之也，㉑具云：“府獄重囚。”令明日引來。官吏遞相尤怨，夜使囚徒爲樂，罪累必深。㉒及至，發龍吟之韻，奏出塞之悲，閨思鄉情，莫不淒切。公曰：“汝之吹竹已得其能。不事農業,㉓可爲伶人爾。”卒歲而憐愍之,㉔便令奔去也。㉕夫徐晃持刑,而行陣齊整;㉖慕容貸法,而兵士傾心。㉗寬猛相濟,故無不均。前聞于襄陽鵰鶚高舉,㉘後有李漢南文學推能。㉙于、李之雙名,真亞匹也;㉚雖楊、杜之齊勛,未比二侯之奇特者矣。

校正:

① 李翺,字習之。陳留人。貞元十四年中進士第,授校書郎,元和初,爲國子博士、史館修撰。元和十五年再遷考功員外郎。長慶三年召爲禮部郎中。翺性峭鯁,論議無所屈,仕不得顯官,怫郁無所發。見宰相李逢吉,面斥其過失。其後翺恚懼,即移病,滿百日,有司白免官,逢吉更表爲廬州刺史。大和初爲諫議大夫、知制誥,改中書舍人,稍後左遷少府少監,後歷遷桂管、湖南觀察使。開成元年山南東道節度使任上卒。其生平可詳見《舊唐書·李翺傳》、《新唐書·李翺傳》。八座,《通典·職官·歷代尚書》:“八座,後漢以六曹尚書并令、僕二人,謂之八座。魏以五曹尚書、二僕射、一令爲八座。宋齊八座與魏同。隋以六尚書、左右僕射及令爲八座,大唐與隋同。”

② 潭州,《元和郡縣志》卷二九“江南道五”下,潭州(今湖南長沙):“《禹貢》荊州之域。春秋爲黔中地,楚之南境。秦并天下,分黔中以南之沙鄉爲長沙郡,以統湘川。按東方朔記‘南郡有萬里沙祠,自湘川至東萊’地可萬里,故曰長沙。……隋開皇九年平陳,改爲潭州,取昭潭爲名也,又置總管府。大業中罷牧,置都尉府,三年罷長沙郡。武德四年,又置潭州總管府,七年改爲都督府。”

柘枝,也作“拓枝”。“拓枝舞”也是源於西域石國的一種樂舞。據向達考證,“拓枝舞”是從西域石國傳入中原的。唐代拓枝舞屬“健舞”類,屈拓枝則屬“軟舞”類。《樂書》卷一八四“柘枝舞”條下:“柘枝舞,童衣五色,綉羅、寬袍、胡帽、銀帶。案《唐雜説》:‘羽調有柘枝曲,商調有掘柘枝,角調有五天柘枝,用二童舞,衣帽施金鈴,抃轉有聲,始爲二蓮。華童藏其中，華拆而後見，對舞相占，實舞中之雅妙者也，然與今制不同矣。亦因時損益然邪？唐明皇時，那胡柘枝，衆人莫不稱善。’”

③ 殷堯藩，兩《唐書》無傳。《新唐書·藝文志》載：“殷堯藩詩一卷（元和進士第）。”《浙江通志》卷一二三《選舉》載憲宗元和時，嘉興人殷堯藩及第。《唐摭言》卷八“已落重收”條云：“元和九年韋貫之榜，殷堯藩雜文落矣；楊漢公尚書，乃貫之前榜門生，盛言堯藩之屈，貫之爲之重收。”堯藩從事長沙，在大和七八年間(833～834)李翺任湖南觀察使時，詳參吴廷燮《唐方鎮年表》卷六。堯藩有詩《夜過洞庭》、《潭州獨步》(《全唐詩》卷四九二)作於此時。

④ 此詩見《全唐詩》卷六九，取自《雲谿友議》，題爲《潭州席上贈舞柘枝妓》。

⑤ “乃姑蘇臺韋中丞愛姬所生之女也”，“姑”，原作“故”，據《稗海》本改。

⑥ “夏卿之胤，正卿之侄”，“夏”《稗海》本作“亞”。

【按】故蘇臺韋中丞愛姬所生之女，書下注“夏卿之胤，正卿之侄”。《唐才子傳校箋·殷堯藩》以此韋中丞爲韋應物：“按，韋應物卒於貞元七八年間，以殷堯藩元和九年及第時三十歲計，則韋、殷已不相及，‘分契莫逆’云云，實不可信。南宋沈作喆《韋應物補傳》將韋應物卒年推遲至大和中，後人多所駁議……《才子傳》此處所述，出自《雲谿友議》，亦受沈《傳》影響。”《全唐文》卷六三〇吕温撰《故太子少保贈尚書左僕射京兆韋府君神道碑》云：“（韋夏卿）聲聞天朝，考績連最，轉蘇州刺史……無何，彭沛喪師，兵驕地逼，安危所繫，朝論難之，乃以公檢校秘書監兼御史中丞，賜紫金魚袋，充徐泗節度行軍司馬，重其威望，將委旄鉞。”考韋應物自玄宗天寶十載(758)，以門資恩蔭入宫，爲三衛郎，至貞元六年(790)罷蘇州刺史，寓居蘇州城外永定寺，直至辭世，終身未爲御史中丞。韋夏卿則在韋應物卸任蘇州刺史後數年亦刺蘇，去職蘇州後，曾有任職御史中丞的經歷。另《雲谿》固明言其爲韋夏卿之女，與韋應物無關。然陳寅恪《讀鶯鶯傳》言此女非爲韋夏卿之女，且爲倡伎謬托高門之辭。陳云：“寅恪案，微之妻父韋夏卿事迹，可參《吕和叔文集》陸《韋公神道碑》，而兩

《唐書》韋夏卿本傳俱不甚詳也。考韋夏卿卒於元和元年,李翱之爲湖南觀察使在大和八年,相去二十八九年,即使此人真爲韋夏卿之遺腹女,其年當近三十矣。豈唐代亦多如是之老大舞女耶?可發一笑。”

⑦“委身於樂部”,《稗海》本無“於”字。

⑧亞相,官别名。在漢代,御史大夫爲丞相之副,若缺丞相,常以御史大夫遞升。唐以後常稱御史大夫爲亞相。

⑨“吾與韋族,其姻舊矣”,“與”上《稗海》本有“輩”字。李翱以己爲“涼武昭王之後”,京兆韋氏與皇家聯姻者甚衆。唐有俗語“城南韋杜,去天尺五”。唐朝京兆韋氏出宰相者即有十七人。

⑩夫人,吏部之子。

【按】李翱娶韓愈從兄弇之女。《韓昌黎文集》卷四《送李翱》詩注曰:“孫曰翱,字習之,隴西人。貞元十六年娶公兄弇之女,元和三年四月乙亥,户部侍郎楊於陵出爲廣州刺史、嶺南節度使,表翱佐其府。四年正月己酉,翱自東都旌善坊,以妻子上船於漕,乙未去東都,公與石洪假舟送之。丁酉同登高山,題姓名紀别,故有此詩。”

⑪“遂於賓榻中選士而嫁之也”,《稗海》本無“也”字。

⑫舒元輿,《舊唐書·舒元輿傳》稱其爲江州人,《新唐書·舒元輿傳》則云其爲婺州東陽人。舒元輿元和八年登進士第,釋褐諸府從事。大和初入朝爲監察,轉侍御史,尋轉刑部員外郎。元輿自負奇才,鋭於進取,乃進所業文章,乞試效用。宰執謂其躁競。五年八月,改授著作郎,分司東都……九年以右司郎中知臺雜,七月權知中丞事,九年拜御史中丞兼判刑部侍郎。是月以本官同平章事與訓同知政事。與李訓謀誅宦官,十一月死於“甘露之變”。李翱大和七年始爲湖南觀察使,舒元與爲尚書郎,故有自京寄書。

⑬《全唐詩》卷四八九自《雲谿》録此詩,題作《贈李翱》。

【按】黄大宏《〈全唐詩〉收詩擬題署名并誤且重出一則考辨》:《全唐詩》卷八〇二收舞柘枝女《獻李觀察》一首,并附李觀察翱答詩,二首題署并誤,且屬重出。按:二詩均出自《雲谿友議》卷上《舞娥異》,據此,所謂李翱答詩乃殷堯藩所作,而舞柘枝女《獻李觀察》等則是舒元輿贈李翱詩。二詩歸屬及成詩緣由極爲清楚，可知卷八〇二署名全誤，而此二詩實已録前卷，却均不誤。考《全唐詩》卷四八九收舒元輿《贈李翺》，即《舞娥異》所載舒氏贈李公詩，也即卷八〇二之《獻李觀察》。詩前小序截取自《舞娥異》，并指"姑蘇太守青蛾女"一詩爲殷堯藩作，故知卷八〇二所録，擬題不誤，然署名大差。而《全唐詩》卷四九二所收殷堯藩《潭州席上贈柘枝妓》，亦即上附李氏答詩，錯誤與前者并同。據《舊唐書・李翺傳》，翺於文宗大和七年（833）自桂管都防禦使改授潭州刺史、湖南觀察使；又《舊唐書・文宗本紀》載，大和八年（834）十二月"己亥……以宗正卿李仍叔爲湖南觀察使，代李翺"，則李翺在湖南一年有餘。又據《全唐詩》小傳，殷氏曾辟李翺長沙幕府，加監察御史銜，故詩當作於此間，而舒詩則當稍後完成。品舒詩，乃以李翺比曹操，以韋應物方之蔡邕，以韋女擬於文姬，即以曹操改嫁文姬之典擬李翺代嫁韋女之事，出之舒氏之口，比擬可稱允切，若謂舞柘枝女自稱，略覺不遜。總上諸證，卷八〇二所收二詩當徑删。

⑭"李尚書初守廬江"，《四庫》本無"初"字；"江"下，《稗海》本有"時"字。

⑮"有重繫者合當大辟"，《四庫》本無"重"字及"合"字。

⑯"引讞之時"，原作"引慮之時"，據《稗海》本、《四庫》本改。

⑰"然昔於群山"，"山"《稗海》本、《四庫》本作"小"。

⑱"長嘯也，死而無恨歟"，《稗海》本此句作"死而無恨乃長嘯也"。

⑲"乃命緩繫而聽之"，"乃"《稗海》本作"公"。

⑳"不謂蘇門之風……蠲其罪乎"，"謂"《稗海》本作"意"，"可"作"當"，"乎"作"戾"；《四庫》本"乎"亦作"戾"。孫阮，即孫登、阮籍。《晋書・阮籍傳》："籍嘗於蘇門山遇孫登，與商略終古及栖神道氣之術，登皆不應，籍因長嘯而退。至半嶺，聞有聲若鸞鳳之音，響乎巖谷，乃登之嘯也。遂歸著《大人先生傳》。"

㉑"問是何人吹之也"，《稗海》本"吹之"二字互易，無"也"字。

㉒"罪累必深"，"累"《稗海》本作"戾"。

㉓"不事農業"，"業"《稗海》本作"桑"。

㉔“卒歲而憐愍之”,“愍”《稗海》本作“憫”。

㉕“便令奔去也”,《稗海》本此句作“遂令奔去”。

㉖“而行陣齊整”,“陣”《稗海》本作“伍”。《三國志・魏書・徐晃傳》:“徐晃,字公明,河東楊人也。爲郡吏,從車騎將軍……時諸軍皆集,太祖案行諸營,士卒咸離陣觀,而晃軍營整齊,將士駐陣不動。太祖歎曰:‘徐將軍可謂有周亞夫之風矣。’”

㉗慕容,即慕容恪。《晋書・慕容恪傳》:“恪爲將不尚威嚴,專以恩信御物,務於大略,不以小令勞衆。軍士有犯法,密縱舍之,捕斬賊首以令軍。營内不整似可犯,而防禦甚嚴,終無喪敗。”

㉘于襄陽,即于頔。見《雲谿友議》“襄陽傑”注。

㉙“後有李漢南文學推能”,“能”《稗海》本作“名”。

㉚“真亞匹也”,“真”《稗海》本作“并”。

葬書生

劉侍郎軻者,①韶右人也。②幼之羅浮、九疑,③讀黄老之書,欲輕舉之便。④又於曹谿探釋氏關戒,遂披僧服焉。僧名"溢納"。⑤北之筠川方等寺,⑥廬岳東林,習《南山鈔》及《百法論》,⑦咸得宗旨焉。獨處一室,數夢一人衣短褐,曰:"我書生也。頃因游學,逝此一室。⑧以主寺僧不聞郡邑,乃瘞於牖下,而尸骸跼促,死者從直,⑨何以安也。君能遷葬,必有酬謝。"乃訪於緇屬,果其然也。⑩尋改窆於虎溪之上,求得一柏函,劉君解所著之衣覆其骸骼。⑪是夜,夢書生來謝,持三雞子,⑫勸軻立食之,食訖明爽,雖冥寞之道,其不妄言。⑬軻嚼一卵而吞,⑭二者猶豫未食,手握之而覺。⑮後乃精於儒學,而隸文章,⑯因策名第,⑰歷任史館。欲書夢中之事,不可身爲傳記。⑱吏部尚書退之,⑲素知焉,曰:"待余餘暇,當爲一文贊焉。"⑳韓公左遷,其文竟不成也。㉑劉君之修史時,宰輔得人,藩鎮有事,㉒朝廷凡有瑕績,悉欲書之,冀人惕勵。㉓擬縱董狐之筆,尤謗必生,匿其功過,又非史職。常暮則沉湎而出。韓公曰:"史官,國之樞機也。其如海納之醉乎?"雲谿子以劉公之居史館而爲兩端,㉔夫杜微之聾也,推蜀賢於葛亮;㉕阮籍之醉也,托魏史於王沉。㉖恐危難之逼,假聾醉而混時;遇物從機,即其尚也。昔文王葬枯骨,德王岐周;㉗鄒湛瘞甄舒,而名魁峴首;[28]劉君因夢寐而解衣,遂通三學,可謂古人乎!前者有鄭廣文虔者,明皇時爲文館,[29]故以廣文號焉。編集之外,唯日嗜酒。睹嬪妃之貴,必致邦家之禍乎?[30]杜工部遺之歌,[31]略曰:"廣文到官舍,置馬堂階下。醉則乘馬歸,頗遭官長罵。""諸公衮衮登臺省,廣文先生官獨冷;諸公往往厭粱肉,廣文先生飯不足。""才名四十年,座客寒無氊。近者蘇司業環,時時與酒錢。"[32]予以劉磁州之醉,與廣文所同,避嫌遠害,未爲非也。[33]

校正:

① "劉侍郎軻者",《太平廣記》卷一一七作"唐侍御劉軻"。

【按】劉軻,兩《唐書》無傳。《新唐書·藝文志》録劉軻《帝王歷數歌》一卷(字希仁,元和末進士第,洛州刺史),又《牛羊日曆》一卷(牛僧孺、楊虞卿事,檀欒子皇甫松序)。《唐摭言》卷一一"反初及第"條下:"劉軻,慕孟軻爲文,故以名焉。少爲僧,止於豫章高安縣南果園;復求黄老之術,隱於廬山;既而進士登第。文章與韓、柳齊名。"事又見《唐詩紀事》。《文苑英華》又載其《玉聲如樂詩》爲十三年之試題。《登科記考》據此將其記爲元和十三年登第。《江西通志》卷九六引《豫章書》:"劉軻,徐之沛縣人。天寶之亂隱居廬山萬杉寺,與隱士茅君游。元和末登進士,官殿中侍御史、史館修撰,終洺州刺史,著有《翼孟豢龍雜文》等書。又録其《上座主書》,自云:'軻本沛上耕人,代業儒爲農家。天寶末流離於邊,徙貫南鄙。邊之人嗜習玩味異乎沛,然亦未嘗輟耕捨學,與邊俗齒,故處邊如沛焉。貞元中,軻僅能執經從師。元和初,方結廬於廬山之陽……餘隙積書牕下,日與古人磨礲前心,歲月悠久,寖成書。'"言其結廬廬山於元和初,其《廬山黄石巖禪院記》又記"庚辰歲(800),山客劉軻,采拾怪異,自麓至頂,却下半里餘,次於黄石巖,巖中有栖"。《全唐文》卷六七七載白居易《代書》:"廬山自陶、謝洎十八賢已還,儒風綿綿,相續不絶。貞元初,有符載、楊衡輩隱焉,亦出爲文人。今其讀書屬文,結草廬於巖谷間者，猶一二十人。即其中秀出者，有彭城人劉軻。……予佐潯陽郡三年，軻每著文，輒來示予。……且曰：子到長安……去矣，持此代書。三月三日，樂天白。"樂天江州之貶始任於元和十年冬。《代書》作於元和十二年三月二日。《登科記考》卷一八載劉軻元和十三年進士登第。由此可知劉軻隱居廬山有十年之久。

② "韶右人也"，"右"《稗海》本作空格。韶右，今廣東曲江縣。《水經註》卷三八"溱水"："出縣之韶石北山，南流徑韶石下，其高百仞，廣圓五里，兩石對峙，相去一里，大小略鈞似雙闕。……古老言：'昔有二仙，分而憩之，自爾年豐，彌歷一紀。'"

③ 羅浮，今屬廣東惠州。《舊唐書・地理志》"嶺南道"下"南海郡歸善"條："秦漢龍川縣地，屬南海郡。宋置歸善縣，縣界羅浮山。貞觀元年，省龍川縣併入。"九疑，《舊唐書・地理志》"藍山"條下："藍山，漢南平縣，屬桂陽郡。隋廢。咸亨二年，復置南平縣。天寶元年，改爲藍山。九疑山，在縣西五十里。"

④ "讀黄老之書，欲輕舉之便"，"欲"下"輕"上《太平廣記》卷一一七有"學"字，"便"作"道"。

⑤ "僧名'溢納'"，《太平廣記》卷一一七此句不作小註，"僧"作"釋"，"釋"上有"故"字，"溢"作"海"；《稗海》本"僧"亦作"釋"。曹谿，水名。在廣東省曲江縣東南雙峰山下。《廣東通志》卷十："在城東南五十里，源出狗耳嶺，西流三十里合正水。昔西僧智藥經谿口，掬飲香美異之。曰：此水與西天之水無異，溪源必有勝地，開山立石曰：'後百七十年，當有無上法師在此演法。'今六祖南華寺是也。"

⑥ "北之筠川方等寺"，"方"下、"等"上，《太平廣記》卷一一七、《稗海》本皆有"山"字。

【按】方山(今山西方山縣)，《舊唐書・地理志》："方山，隋縣。武德二年，置方州，三年，州廢，縣屬石州。"方山與劉軻活動地區相距甚遠，疑誤。筠川，疑爲筠州，據《新唐書・地理志》，江南西道洪州豫章郡高安"本建城，武德五年更名，以縣置靖州，又置望蔡、華陽、宜豐、陽樂四縣。七年曰米州，又更名筠州"。

⑦“廬岳東林”,《太平廣記》卷一一七、《稗海》本“廬”上皆有“又居”二字,“林”下有“寺”字。《南山鈔》,即南山三大部,唐僧人道宣所著《四分律行事鈔》、《四分律戒本疏》、《四分律羯摩疏》合稱,是律宗成立後,最正宗的律疏,亦稱《南山律》。《百法論》,《郡齋讀書志》後志卷二:“《百法論》一卷,右唐僧玄奘譯。西域僧天親所造。所謂一切法者,其略有語:一心法,二心所有法,三色法,四心不相應行法,五無爲法。心法八種,心所有法五十一種,色法十一種,心不相應行法二十四種,無爲法六種,故曰‘百法’。”

⑧“逝此一室”,“此”《太平廣記》卷一一七作“於”,“一”作“此”。

⑨“死者從直”,“直”《太平廣記》卷一一七作“真”。

⑩“果其然也”,《太平廣記》卷一一七及《稗海》本此句均作“果然”。

⑪“尋改”至“骸骼”共二十四字,《太平廣記》卷一一七作“劉解所著之衣,覆其骸骼,具棺改窆於虎谿之上,是夜夢書生來谢”;《稗海》本“窆”作“遷”。

⑫“持三雞子”,“持”《太平廣記》卷一一七作“將”。

⑬“食訖明爽,雖冥寞之道,其不妄言”,《太平廣記》卷一一七無此數語,《稗海》本“明”上有“當”字,“其”作“某”。

⑭“輌嚼一卵而吞”,《太平廣記》卷一一七此句作“嚼一而吞其二焉”。

⑮“二者猶豫未食,手握之而覺”,《太平廣記》卷一一七無。

⑯“而隸文章”,“隸”《太平廣記》卷一一七作“善”,“善”下“文”上有“屬”字;《稗海》本“隸”作“肄”。

⑰“因策名第”,原作“因榮名第”,據《太平廣記》卷一一七及《稗海》本改。

⑱“不可身爲傳記”,“身”《太平廣記》卷一一七及《稗海》本作“自”。

⑲“吏部尚書退之”,“尚書退之”《太平廣記》卷一一七作“侍郎韓愈”;《稗海》本無“尚書”,有“韓”字。

⑳“當爲一文贊焉”,“焉”《稗海》本作“後”。

㉑“韓公左遷,其文竟不成也”,《太平廣記》卷一一七作“愈左遷,其

文不就也”。

㉒“藩鎮有事”“鎮”原作“條”,據《稗海》本改。

㉓劉軻之史才,亦見於《舊唐書·吴汝納傳》:“吴汝納者,澧州人。故韶州刺史武陵兄之子。武陵進士登第,有史學,與劉軻并以史才直史館。”二者可相資證。

㉔“雲谿子以劉公之居史館而爲兩端”,“以”上《稗海》本有“曰”字。

㉕杜微推賢於諸葛,《三國志·蜀書·杜微傳》:“杜微,字國輔,梓潼涪人也。少受學於廣漢任安。劉璋辟爲從事,以疾去官。及先主定蜀,微常稱聾,閉門不出。建興二年,丞相亮領益州牧,選迎皆妙簡舊德,以秦宓爲别駕,五梁爲功曹,微爲主簿。微固辭,轝而致之。既致,亮引見微,微自陳謝。亮以微不聞人語,於坐上與書……其敬微如此。拜爲諫議大夫。以從其志。”

㉖阮籍醉托魏史,《晋書·阮籍傳》:“會帝讓九錫,公卿將勸進,使籍爲其辭。籍沈醉忘作,臨詣府,使取之,見籍方據案醉眠。使者以告,籍便書案,使寫之,無所改竄。辭甚清壯,爲時所重。”

㉗“德王歧周”,“德”上,《稗海》本有“而”字;“歧”,作“岐”。文王葬枯骨,事見《吕氏春秋》卷十:“周文王使人抇池,得死人之骸。吏以聞於文王,文王曰:‘更葬之。’吏曰:‘此無主矣。’文王曰:‘有天下者,天下之主也;有一國者,一國之主也。今我非其主也?遂令吏以衣棺更葬之。天下聞之曰:‘文王賢矣!澤及髊骨,又況於人乎?’”

㉘騶湛埋甄舒,事見《晋書·鄒湛傳》:“鄒湛,字潤甫,南陽新野人也。父軌,魏左將軍。湛少以才學知名,仕魏……初,湛嘗夢見一人,自稱甄舒仲,餘無所言,如此非一。久之,乃悟曰:‘吾宅西有積土敗瓦,其中必有死人。甄舒仲者,予舍西土瓦中人也。’檢之,果然,厚加斂葬。葬畢,遂夢此人來謝。”

㉙“前者有鄭廣文虔者,明皇時爲文館”,“有”字,《稗海》本無;“爲”,作“立”。

【按】鄭虔,字若奇,一字弱齊。鄭州滎陽人(今河南滎陽),開元中,任左監門録事參軍(《千唐誌齋藏誌·大唐故汾州崇儒府折衝滎陽鄭府君墓誌銘》)。《唐會要》卷六六"廣文館"下:"天寶九年七月十三日置,領國子監進士業者,博士、助教各一人,品秩同太學。以鄭虔爲博士,至今呼鄭虔爲鄭廣文。"然《新唐書》卷二百二《鄭虔傳》:"天寶初,爲協律郎,集綴當世事,著書八十餘篇。有窺其稿者,上書告虔私撰國史,虔蒼黄焚之,坐謫十年。還京師,玄宗愛其才,欲置左右,以不事事,更爲置廣文館,以虔爲博士。"則所謂天寶初爲協律郎者誤矣,其時應爲開元末。亂後以其僞署有職,貶台州司户參軍,後卒於貶所。其事可另見杜甫《八哀詩・滎陽鄭公虔》、封演《封氏見聞録》卷一〇、《唐才子傳校箋》卷二,今人王晚霞有《鄭虔研究》。

㉚ "必致邦家之禍乎",《稗海》本無"乎"字。

㉛ "杜工部遺之歌","杜"上《稗海》本有"故"字。

㉜《唐摭言》卷四、《文苑英華》卷三三六、諸家注杜詩者及《全唐詩》卷二一六亦載此杜工部贈鄭廣文詩。

㉝ 劉磁州,即劉軻。磁州疑爲慈州之誤。劉軻曾爲洺州刺史。《舊唐書・地理志》"洺州"條下:"隋武安郡。武德元年,改爲洺州,領永平、洺水、平恩、清漳四縣。貞觀元年,又以廢慈州之邯鄲來屬。天寶元年,改爲廣平郡。乾元元年,復爲洺州。永泰之後,復以武安、邯鄲屬慈州。會昌元年,省清漳、洺水二縣入肥鄉、平恩、曲周等縣。……復以武安邯鄲屬磁州。"

玉簫化

西川韋相公皋，①昔游江夏，②止於姜使君之館。姜輔，相國之從兄也。③姜氏孺子曰荆寶，已習二經，雖兄呼於韋，恭事之禮，如父叔也。④荆寶有小青衣曰玉簫，⑤年纔十歲，常令祗候，侍於韋兄，⑥玉簫亦勤於應奉。後二載，姜使君入關求官，而家累不行。韋乃易居，止頭陁寺，⑦荆寶亦時遣玉簫往彼應奉。玉簫年稍長大，因而有情。時廉使陳常侍得韋君季父書云：⑧"姪皋久客貴州，切望發遣歸覲。"廉察啓緘，遺以舟楫服用。仍恐淹留，請不相見。泊舟江渚，俾篙工促行。昏暝拭淚，乃書以别荆寶。⑨寶頃刻與玉簫俱來，既悲且喜。寶命青衣從往，韋以違覲日久，⑩不敢俱行，乃固辭之。遂爲言約，少則五載，多則七年，取玉簫。因留玉指環一枚，并詩一首。五年既不至，玉簫乃静禱於鸚鵡洲。⑪又逾二年，暨八年春。玉簫歎曰："韋家郎君，一别七年，是不來耳！"遂絶食而殞。姜氏愍其節操，以玉環著於中指，而同殯焉。後韋公鎮蜀，到府三日，詢鞫獄情，滌其冤濫輕重之繫，近三百餘人。其中一輩，五器所拘，偷視廳事，私語云："僕射是當時韋兄也。"乃厲聲曰："僕射僕射，憶得姜家荆寶否？"⑫韋公曰："深憶之。""即某是也。"公曰："犯何罪而重羈縲？"⑬答曰："某辭違之後，尋以明經及第，再選清城縣令。家人誤爇廨舍庫牌印等。”[14]韋曰:“家人之犯,固非己尤。”便與雪冤,仍歸墨綬,[15]乃奏眉州牧。[16]敕下,未令赴任,遣人監守,朱紱其榮,留連賓幕。屬大軍之後,草創事繁,經蓂莢數凋,[17]方謂:“玉簫何在?”姜牧曰:“僕射維舟之夕,與伊留約,七載是期。逾時不至,乃絶食而殞。”因吟留贈玉環詩云:“黄雀銜來已數春,别時難解贈佳人。長吟不見魚書至,爲遣相思夢入秦。”[18]韋公聞之,益增悽歎,廣修經像,以報夙心。且想念之懷,無由再會。時有祖山人者,有少翁之術,能令逝者相親。[19]但令府公齋戒七日。清夜,玉簫乃至,謝曰:“承僕射寫經,僧佛之力,[20]旬日便當托生。却後十二年,[21]再爲侍妾,以謝鴻恩。”臨訣微笑曰:“丈夫薄情,令人死生隔矣!”後韋公隴右之功,終德宗之代,理蜀不替。是故年深,累遷中書令同平章事。[22]天下嚮附,瀘僰歸心。[23]因作生日,節鎮所賀,皆貢珍奇。獨東川盧八座,[24]送一歌姬,未當破瓜之年,[25]亦以“玉簫”爲號。觀之,乃真姜氏之玉簫也,而中指有肉環隱出,不異留别之玉環也。京兆公曰:[26]“吾乃知存殁之分,一往一來;玉簫之言,斯可驗矣!”[27]議者以韋中書脱布衣不五秋,而擁旌鉞,皇朝之盛,罕有其倫;然鎮蜀近二紀,[28]雲南諸蕃部落,悉遣儒生教其禮樂,易衽歸仁,彼我以鹽鏟貨賂,悉無怨焉。後司空林公,弛其規准,别誘言化,復通其鹽運而不贍金帛,遂令部落懷二,猾悍邦君,蝨蠆爲群,侵逼城壘,俘掠士庶妻子,其萬人乎![29]雍陶先輩感亂後詩曰:“錦城南面遥聞哭,盡是離家别國聲。”[30]或謂黜韋帥之功,削成都之爵。且淮陰叛國,名居定難之始;[31]竇融要君,迹踐諸侯之列;[32]蓋録其勛,而不廢其名乎?所讓不合教戎濮詩書,致閑兵法,考其銜怨有以,而莫敢斥言,故乃削爵黜功,是爲大謬矣。

校正：

① “西川韋相公皋”，《太平廣記》卷二七四作“唐西川節度使韋皋”。韋皋，字城武，京兆萬年（今西安）人。廣德元年始仕爲建陵挽郎。建中三年，爲張鎰鳳翔麾下，署營田判官。德宗狩奉天，授隴州刺史。四年，置奉義軍，拜節度使。興元元年召爲左金吾衛將軍，遷大將軍。貞元元年，出爲劍南西川節度使，在蜀二十一年，封南康郡王。謚曰忠武。卒年六十一。傳見《舊唐書》卷一四〇、《新唐書》卷一五八。

② 江夏，今武漢市武昌區。《元和郡縣志》卷二七“鄂州”條下：“江夏縣，本漢沙羨縣地，屬江夏郡。東晋以汝南流人僑立汝南郡，後改爲汝南縣。隋開皇九年改爲江夏縣，屬鄂州。”

③ “姜輔相國之從兄也”，“國”《稗海》本作“公”。

【按】此姜輔相國，言即姜公輔。《舊唐書·姜公輔傳》稱其不知何許人，《新唐書》本傳則記其爲愛州日南人。登進士第，爲校書郎。應制策科高等，授左拾遺，召入翰林爲學士。歲滿當改官，公輔上書自陳，以母老家貧，以府掾俸給稍優，乃求兼京兆尹户曹參軍……建中四年十月，涇師犯闕……從幸至奉天，拜諫議大夫，俄以本官同中書門下平章事。後貶爲泉州别駕。順宗即位，起爲吉州刺史，尋卒。憲宗朝贈禮部尚書（《舊唐書》本傳）。然檢《唐方鎮年表》鄂岳觀察使者未有姜姓者。

④“雖兄呼於韋，恭事之禮，如父叔也”，“恭”下、“事”上，《太平廣記》卷二七四有“而”字，無“叔”字；“韋”下、“恭”上，《稗海》本有“公而”二字。

⑤ 青衣，婢女，古時以青衣爲賤者所服，後來就以青衣稱呼婢女。

⑥ “常令祇候，侍於韋兄”，《太平廣記》卷二七四、《稗海》本“候”字皆無。

⑦ 頭陁寺，《元和郡縣志》卷第二七“江南道三”“鄂州”條下：“頭陁寺，在縣東南二里。”

⑧ 廉使，唐觀察使。凡執掌觀察之使之所稱。陳常侍，生平不詳，應即姜使君之後任。

⑨“乃書以別荆寶”,“乃”下《太平廣記》卷二七四及《稗海》本均有“裁”字。

⑩“韋以違覲日久”,“違”《稗海》本作“曠”。

⑪鸚鵡洲,《元和郡縣志》卷第二七“鄂州”條下:“鸚鵡洲。在縣西南二里。”

⑫姜寶稱韋皋僕射之語有誤。

【按】《舊唐書·韋皋傳》云:“貞元元年,拜檢校户部尚書,兼成都尹、御史大夫、劍南西川節度使。”《舊唐書·德宗紀》同。可知韋皋始鎮西川時,尚未帶僕射職。《舊唐書·德宗紀》:“(貞元九年五月)甲寅,加韋皋檢校右僕射。”知韋爲僕射是貞元九年之事,《雲谿友議》誤。又《舊唐書》本傳:“(貞元)十二年二月。就加同中書門下平章事。”《舊唐書·德宗紀》:“(貞元十七年)冬十月,加韋皋檢校司徒、中書令。”

⑬“犯何罪而重羇縲”,“羇”《太平廣記》卷二七四作“繫”,無“縲”字;《稗海》本“羇”作“羈”。

⑭“家人誤爇廨舍庫牌印等”,《稗海》本“庫牌”二字互易。

⑮“仍歸墨綬”,“墨”《稗海》本作“璽”。墨綬,即結在印鈕上的黑色絲帶。《漢書·百官公卿表上》:“縣令、長,皆秦官。掌治其縣。萬户以上爲令,秩千石至六百石。減萬户爲長,秩五百石至三百石……秩比六百石以上,皆銅印黑綬。”《後漢書·蔡邕傳》:“墨綬長吏,職典理人。”後以墨綬作爲縣官及其職權的象徵。

⑯“乃奏眉州牧”,“奏”下、“眉”上,《稗海》本有“授”字。眉州,《舊唐書·地理志》“眉州上”:“隋眉山郡之通義縣。武德二年,割嘉州之通義、丹稜、洪雅、青神、南安五縣置眉州,五年,省南安。貞觀二年置隆山縣。天寶元年,改爲通義郡。乾元元年,復爲眉州也。”

⑰“經蓂莢數凋”,《太平廣記》卷二七四此句作“凡經數月”。

⑱《全唐詩》卷三一四題作《憶(一作寄)玉簫》。

⑲少翁之術,《漢書·外戚傳上》:“上思念李夫人不已,方士齊人少翁言能致其神。廼夜張燈燭,設帳帷,陳酒肉,而令上居他帳,遙望見好女如李夫人之貌,還幄坐而步。”

⑳“僧佛之力”,“僧”《太平廣記》卷二七四作“造”,“佛”作“像”;《稗海》本、《四庫》本“僧”皆作“供”。

㉑“却後十二年”,“二”《太平廣記》卷二七四及《稗海》本均作“三”。

㉒平章事,唐代宰相的代稱。唐制原以尚書、中書、門下三省的長官尚書令、侍中、中書令爲宰相綜理國務。太宗以後,尚書令一般不設,侍中、中書令亦不常設,而有些非中書、門下的官員却被委任宰相職務,便稱爲同中書門下平章事。平章即商量研究之意。

㉓僰指西南少數民族。《舊唐書》韋皋本傳載:“南蠻自嶲州陷没,臣屬吐蕃,絶朝貢者二十餘年,至是復通。五年,皋遣大將王有道簡習精卒以入蕃界,與東蠻於故嶲州臺登北谷大破吐蕃……九年朝廷築鹽州城,慮爲吐蕃掩襲,詔皋出兵牽維之……皋又招撫西山、羌女、訶陵、白狗、逋租、弱水、南王等八國酋長,入貢闕廷。十一年九月,加統押近界諸蠻、西山八國,兼雲南安撫等使。十二年二月,就加同中書門下平章事。十三年,收復嶲州城。十六年,皋命將出軍,累破吐蕃於黎、嶲二州。”可相資證。

㉔“東川盧八座”,“東川”《太平廣記》卷二七四作“山東”。八座,見《雲谿友議》“舞娥異”注。檢《唐方鎮年表》劍南東川,貞元十二年至十八年王叔邕在任,十八年至永貞元年李康在任,均無盧姓節度。《雲谿友議》誤。

㉕破瓜之年,指女子十六歲爲“破瓜”。“瓜”字拆開爲兩個八字,即二八之年,故稱。晋孫綽《情人碧玉歌》之二:“碧玉破瓜時,郎爲情顛倒。”

㉖“京兆公曰”,“京兆”,《太平廣記》卷二七四作“韋”;“公”,作“歎”。

㉗“玉簫之言,斯可驗矣”,《太平廣記》卷二七四至此四句止。

㉘二紀,古代太歲紀年,歲星十二年運行一周天,爲一紀。

㉙此鎮蜀之司空林公,查新舊紀均無載,疑爲穆宗朝宰相杜元穎。

【按】《舊唐書·杜元穎傳》:“穆宗即位,召對思政殿,賜金紫,超拜中書舍人。其年冬,拜户部侍郎承旨。長慶元年三月,以本官同平章事,加上柱國、建安男。元穎自穆宗登極,自補闕至侍郎,不周歲居輔相之地。辭臣速達,未有如元穎之比也。”

文中所述“復通其鹽運而不贍金帛,遂令部落懷二,猾悍邦君,蟊蠆爲群,侵逼城壘,俘掠士庶妻子”之事,亦可見於《舊唐書·杜元穎傳》“三年(823)冬,帶平章事出鎮蜀州,穆宗御安福門臨餞。昭愍即位,童心多僻,務爲奢侈,而元穎求蜀中珍異玩好之具,貢奉相繼,以固恩寵。以故箕斂刻削,工作無虚日,軍民嗟怨,流聞於朝。大和三年,南詔蠻攻陷戎、嶲等州,徑犯成都。兵及城下,一無備擬,方率左右固牙城而已。蠻兵大掠蜀城玉帛、子女、工巧之具而去。是時蠻三道而來,東道攻梓州,郭釗禦之而退。時元穎幾陷,賴郭釗擊敗其衆,方還。蠻驅蜀人至大渡河,謂之曰:‘此南吾境,放爾哭别鄉國。’數萬士女,一時慟哭,風日爲之慘悽。哭已,赴水而死者千餘。怨毒之聲,累年不息。”

㉚《全唐詩》卷五一八録此詩題爲《哀蜀人爲南蠻俘虜五章·初出成都聞哭聲》,但詞語稍異於《雲谿》本:“錦江南度遥聞哭,盡是離家别國聲。”前句爲“但見城池還漢將,豈知佳麗屬蠻兵”。

㉛ 淮陰侯,即韓信。《漢書》本傳:“上曰:‘人告公反。’遂械信。至雒陽,赦以爲淮陰侯。信知漢王畏惡其能,稱疾不朝從。由此日怨望,居常鞅鞅,羞與絳、灌等列。嘗過樊將軍噲,噲趨拜送迎,言稱臣,曰:‘大王乃肯臨臣。’信出門,笑曰:‘生乃與噲等爲伍!’”

㉜ 竇融,東漢初大臣。《後漢書·竇融傳》:“竇融字周公,扶風平陵人也。……竇氏一公,兩侯,三公主,四二千石,皆相與并時。自祖及孫,官府邸第相望京邑,奴婢以千數,於親戚、功臣中莫與爲比。永平二年,林以罪誅,事在《西羌傳》。帝由是數下詔切責融,戒以竇嬰、田蚡禍敗之事。融惶恐乞骸骨,詔令歸第養病。”

苗夫人

張延賞相公，累代台鉉。① 每宴賓客，選子婿莫有入意者。其妻苗氏，太宰苗公晋卿之女也。② 夫人有才鑑，甚別英鋭，特選韋皋秀才，③ 曰："此人之貴，無與比儔。"④ 既以女妻之，不二三歲，以韋郎性度高廓，不拘小節，張公稍悔之，至不齒禮。一門婢僕漸見輕怠，惟苗氏待之常厚矣。⑤ 其於衆多視之悒快，而不能制遏也。⑥ 皋妻張氏，⑦ 垂泣而言曰："韋郎七尺之軀，學兼文武，豈有沉滯兒家，爲尊卑見誚；良時勝境，何忍虚擲乎？"韋乃遂辭東游，妻罄粧奩贈送。清河公喜其往也，⑧ 盡以七驢馱物。每之一驛，則附遞一馱而還；行經七驛，所送之物盡歸之也。其所有者，清河氏所贈粧奩及布囊書册而已。⑨ 清河公睹之，莫可測也。⑩ 後權隴右軍事，會德宗行幸奉天，在西面之功，獨居其上也。聖駕旋復之日，自金吾持節西川，替妻父清河公。⑪ 乃改易姓名，以"韋"作"韓"，以"皋"作"翱"，莫敢言之也。至天回驛，去府城三十里，上皇發駕日以爲名。⑫ 有人特報相公曰："替相公者，金吾韋皋將軍，非韓翱也。"苗夫人曰："若是韋皋，必韋郎也。"張公笑曰："天下同姓名者何限，彼韋生應已委棄溝壑，豈能乘吾位乎？婦女之言，不足云爾。"初有昝嫗巫者，每述禍祟，其言多中。乃云："相公當直之神漸減，韋郎擁從之神日增。"⑬ 皆以妖妄之言，不復再召也。苗夫人又曰："韋郎比雖貧賤，氣淩霄漢。每以相公所誚，未嘗一言屈媚，因而見尤。成事立功，必此人也！"來早入州，方知不誤。張公憂惕，莫敢瞻視，曰："吾不識人。"西門而出。凡是舊時婢僕曾無禮者，悉遭韋公棒殺，⑭投於蜀江，展男子平生之志也。⑮獨苗氏夫人，無愧於韋郎，賢哉，賢哉！韋公侍奉外姑，過於布素之時。海内貴門，不敢忽於貧賤東牀者乎！⑯所以郭泗濱圓詩曰："宣父從周又適秦，昔賢多少出風塵。當時甚訝張延賞，不識韋皋是貴人。"⑰

校正：

① 張延賞，中書令嘉貞之子。幼孤，本名寶符，開元末，玄宗召見，賜名延賞，取'賞延於世'之義，特授左司御率府兵曹參軍。建中末，駕在山南，延賞貢奉供億，頗竭忠力焉。駕在梁州，倚劍南蜀州爲根本。貞元元年，以宰相劉從一有疾，詔徵延賞爲中書侍郎、同中書門下平章事。至興元，改授左僕射。其後請晟表薦爲相，於是復加同中書門下平章事。貞元三年(787)七月薨，年六十一。傳見《舊唐書》卷一二九及《新唐書》卷一二七《張嘉貞傳》附。台鉉，鉉爲鼎之兩耳，用以舉鼎者，轉爲輔助舉事之意。台，爲三台星名，供奉北辰，以喻尚書、門下、中書三省之供奉天子治國，遂以統稱其職位。《唐國史補》卷中："張氏嘉貞生延賞，延賞生弘靖。國朝已來，祖孫三代爲相，唯此一家。"

② 苗夫人，苗晉卿之女。《舊唐書》張延賞本傳稱："(延賞)博涉經史，達於政事，侍中、韓國公苗晋卿見而奇之，以女妻焉。"苗晋卿歷事玄宗、肅宗、代宗三朝，而攝冢宰，故稱太宰。苗晋卿傳見《舊唐書》卷一一三、《新唐書》卷一四〇。《唐國史補》卷中："苗夫人，其父太師也，其舅張河東也，其夫延賞也，其子宏靖也，其子婿韋太尉也，近代衣冠婦人之貴，無如此者。"《南部新書》卷二乃襲之。

③ 韋皋，見《雲谿友議》"玉簫化"注。

④ "此人之貴，無與比儔"，"與"《稗海》本作"以"。

⑤ “惟苗氏待之常厚矣”,《太平廣記》卷一七〇無“矣”字;《稗海》本此句作“夫人待之極厚”。

⑥ “其於衆多視之悒怏”,“多”《稗海》本作“侍”,“也”字無。

⑦ “皋妻張氏”,《太平廣記》卷一七〇無“皋妻”二字;《稗海》本無“張氏”二字。

⑧《全唐文》卷五二六趙贊《唐故贈太保張公神道碑》載延賞爲“河東猗氏人,漢□部尚書中書令,贈□□都督,謚曰恭肅”,清河公之號,由郡望而得。

⑨ “清河氏所贈粧奩及布囊書册而已”,“清河氏”,《稗海》本僅一“妻”字;“粧匳”,作“匳資”。

⑩ “清河公睹之,莫可測也”,《太平廣記》卷一七〇此句作“延賞莫之測也”。

⑪ “替妻父清河公”,“替妻父”,《太平廣記》卷一七〇及《稗海》本均作“以代”;《太平廣記》“清河公”作“延賞”。

【按】此説可與《新唐書・韋皋傳》相證:“帝聞,乃授皋隴州刺史,置奉義軍,拜節度使,寵其功。皋遣兄平及弇繼至奉天,士氣益壯。乃築壇血牲,與士盟曰:‘協力一心,以誅元惡,有渝此盟,神其殛之。’又馳使吐蕃,與連和,隴坻遂安。帝自梁、洋還,召爲左金吾衛將軍,遷大將軍。貞元初,代張延賞爲劍南西川節度使。”

⑫ “上皇發駕日以爲名”,“發”《太平廣記》卷一七〇作“旋”,“日”作“因”;《稗海》本“上皇”上有“天回驛”三字亦作小註,“日以爲名”作“因以名焉”。此句言至德二載(757)肅宗命韋見素至成都迎玄宗,玄宗發駕至此驛,改名爲“天回”。

⑬ “初有昝嫗巫者”,“昝嫗巫”《太平廣記》卷一七〇作“巫昝嫗”。

⑭ “悉遭韋公棒殺”,“棒”《稗海》本作“杖”,“殺”作“煞”。

⑮ “展男子平生之志也”,《太平廣記》卷一七〇無。

⑯ “不敢忽於貧賤東牀者乎”,“東牀”,《太平廣記》卷一七〇作“之婿”無“者乎”二字;“乎”,《稗海》本作“矣”。東牀,女婿之代稱。

⑰ “所以郭泗濱圓詩曰”,《太平廣記》卷一七〇無“泗濱”二字;《稗

海》本無“圓”字。《全唐詩》卷五四七録此詩題爲《咏韋皋》，注郭園事略，取《唐詩紀事》：“郭圓，會昌中，檢校司門員外郎，爲劍南節度使李固言從事。詩一首。”又《蜀中廣記》卷一百五載：“《胡氏亭畫記》，檢校尚書司空員外郎賜緋魚袋郭圓撰……會昌五年五月三日記，今畫無舊迹，唯存石記在三學山廨院東北。此院是胡璩宅。”《寶刻類編》卷五記：“郭圓（書）《復石幢記》（李方元撰，大和七年四月一日立，洪），《豫章冠蓋盛集記》（獨孤及撰，李寓篆額，大和七年四月二十一日建）。”

思歸隱

江西韋大夫丹,①與東林靈轍上人,騖忘形之契。②篇詩唱和,月唯四五焉。③序曰:“澈公近以《匡廬七咏》見寄,及吟咏之,皆麗絶於文圃也。即蓮花峰、石鏡、虎跑泉、聰明水、白鹿洞、鐵船、康王廟爲七咏也。④此七篇者,俾予益起‘歸歟’之興。且芳時勝侣上游於三二道人,必當攀躋千仞之峰,觀九江之水。是時也,飄然而去,不希京口之顧;⑤默爾而游,不假東門之送。⑥天地爲一朝,萬物任陶鑄。夫二林羽翼,⑦松徑幽邃,則何必措足於丹霄,馳心於太古矣! 偶爲思歸絶句詩一首,⑧以寄上人。法友譚玄,幸先達其深趣矣!⑨予謂韋亞台歸意未堅,果爲高僧所誚。歷覽前代散髮海隅者,其幾人乎?”寄廬山上人轍公詩曰:亞相丹:“王事紛紛無暇日,浮生冉冉只如雲。已爲平子歸休計,五老巖前必共君。”澈奉酬詩曰:“年老身閑無外事,麻衣草座亦容身。相逢盡道休官去,林下何曾見一人!”⑩

校正:

①“江西韋大夫丹”,“江”上《太平廣記》卷二五六有“唐”字,“西”下“韋”上有“帥”字,而無“大夫”二字。韋丹,《新唐書》卷一九七有傳,另見韓愈《唐故江西觀察使韋公墓誌銘》(《昌黎先生集》卷二五)及杜牧《唐故

江西觀察使武陽公韋公遺愛碑》(《全唐文》卷七五四),杜文曰:"公字文明,以明五經登科,授校書郎、咸陽尉,以監察御史、殿中侍御史,佐張獻甫於邠寧府。徵爲太子舍人,遷起居郎檢校吏部員外郎、侍御史河陽行軍司馬,未行,改駕部員外郎。會新羅國以喪來告,且請立君,拜司封郎中兼御史中丞,章服金紫,弔册其嗣。新羅再以喪告,不果行,改容州經略使……遂召拜晋、慈、隰三州觀察使。不半歲,元和二年二月拜洪州觀察使……元和五年薨,年五十八。"

② "與東林靈轍上人,篤忘形之契","林"下、"靈"上,《太平廣記》卷二五六有"僧"字,"上人篤"三字無。

【按】"靈轍",應爲靈澈之誤。《澈上人文集紀》(《劉賓客文集》卷一九):"上人生於會稽,本湯氏子。聰察嗜學,不肯爲凡夫。因辭父兄出家,號靈澈,字源澄。雖受經論,一心好篇章,從越客嚴維學爲詩,遂籍籍有聞。維卒,乃抵吴興,與長老侍僧皎然游,講藝益至。"皎然薦於包佶、李紓,"貞元中,西游京師,名振輦下。緇流疾之,造飛語激動中貴人,因侵誣得罪,徙汀州,會赦歸東越。時吴、楚間諸侯多賓禮招延之。元和十一年,終於宣州開元寺,年七十有一"。

③ "篇詩唱和,月唯四五焉","詩"《太平廣記》卷二五六及《稗海》本均作"什",且均無"唯"字。

【按】李肇《國史補》卷中:"越僧靈澈,得蓮花漏於廬山,傳江西觀察使韋丹。"又李肇《東林寺經藏碑銘并序》(《全唐文》卷七二一):"廬山山岳之神秀,而東、西林爲海内名刹,有惠遠、道安之遺風,四百餘年,鐘磬之音不絶。然而三藏經論,闕而無補。元和四年,雲門僧靈澈,流竄而歸,栖泊此山。將去,言於廉問武陽韋公,公應之如響。……五年,韋公薨。"

④ "即蓮花峰、石鏡、虎跑泉、聰明水、白鹿洞、鐵船、康王廟爲七咏也",《太平廣記》卷二五六、《稗海》本"咏"均作"味","鐵船"作"鐵船橋"。

⑤ "不希京口之顧","希"《稗海》本作"求"。

⑥ 靈澈頗好游歷,皎然《贈包中丞書》薦靈澈,則提及其所著之雲游詩歌《石帆山》、《題(茅山)李尊師堂》、《題曹谿能大師蔣山居》、《登天姥

岑望天台山作》、《福建還登梨嶺望越中作》、《宿延平津懷古》、《歸湖南》等。

⑦“夫二林羽翼”,《稗海》本無“夫”字,“二林”作“青山”。

⑧“偶爲思歸絶句詩一首”,“歸”下、“絶”上,《稗海》本有“題”字,“詩”字無。

⑨“法友譚玄,幸先達其深趣矣”,《太平廣記》卷二五六無“譚玄”二字;《稗海》本“譚”作“談”。此序及詩又録於《江西通志》卷一五七、《全唐詩》卷一五八。

【按】韋丹好道,小説頗有記載。《太平廣記》卷三五録《會昌解頤録》:“韋丹大夫及第後,歷任西臺御史。每常好道,未曾有遇。京國有道者,與丹交游歲久,忽一日謂丹曰:‘大抵骨格不成,某不能盡知其事,可自往徐州問黑老耳。’丹乃求假出,往徐州。”又有薛漁思《河東記》言其遇仙之繆語。首句言“唐江西觀察使韋丹,年近四十,舉五經未得”即爲不實,按其終於元和五年(810),年五十八。而貞元四年(788)七月,以張獻甫爲邠寧節度使,獻甫表丹佐其府,丹即三十六歲,則其五經登科則應於而立之年左右,非四十。

⑩《太平廣記》卷二五六“幸先達其深趣”下徑接“詩云:王事紛紛至,何曾見一人”,無“寄廬山上人輸公及亞相丹”數字;《稗海》本“同惟余謂韋亞台至其幾人乎”一段移在篇末,“乎”作“哉”。《全唐詩》卷八一〇録入此詩,題曰《東林寺酬韋丹刺史》。宋《集古録》卷九“唐僧靈澈詩(元和四年)”條下:“右靈澈詩云:‘相逢盡道休官去,林下何曾見一人。’世俗相傳以爲俚諺,慶曆中天章閣待制許元爲江淮發運使,因修江岸,得斯石於池陽江水中,始知爲靈澈詩也。”

買山讖

邕州蔡大夫京者,①故令狐相公楚鎮滑臺之日,②因道場見僧中令京挈於瓶缽。彭陽公曰:"此童眉目疏秀,進退不慴,惜其單幼,③可以勸學乎?"師從之,乃得陪相國子弟。青州尚書緒、丞相綯、綸也。後以進士舉上第,乃彭陽令狐公之舉也。尋又學究登科,而作尉畿服。④既爲御史,覆獄淮南,李相公紳憂悸而已。頗得綉衣之稱。吴汝納詣闕申冤,蔡君先牓之曰:"是主上憂國之時,乃臣下無私之日。"⑤謫居澧州,爲員外玄所辱。⑥稍遷撫州刺史,⑦常稱宇内無人。對僧徒,則非大品之談;遇道流,則五千言之義;⑧接儒士,自比端木之賢於仲尼;次論《周易》,則評先聖之謬。⑨來者縱得相許,有始而無卒焉。謂丁遐秀才等。郡有汝水,爲放生池,不與漁罟之事。忽一人乘小舟釣於此,蔡君張眦,遣吏捕之。⑩釣者乃爲詩曰:"抛却長竿卷却絲,手攜蓑笠獻新詩。臨川太守清如鏡,不是漁人下釣時。"京覽詩,乃召之,已去,竟不言其姓字。或有識者,曰:"野人張頂也。"頂字不惑,本姓王氏,隱而不言。蔡牧益自驕矜,作詩以責商山四老,曰:"秦末家家思逐鹿,商山四皓獨忘機。如何鬢髮霜相似,更出深山定是非?"⑪及假節邕交,道經湘口,⑫零陵鄭太守史,⑬與京同年,遠以酒樂相遲。座有瓊枝者,鄭君之所愛,而席之最姝,蔡強奪之行,鄭莫之競也。邕交所爲,多如此類,德義者見鄙,終其不佺也。行泊中興頌所,僶勉不前。⑭地名,在浯谿也。⑮題篇久之,似有悵悵之意。纔到邕南,制禦失律,伏法湘川,權厝於此。二子延、近,號訴蒼天,未終喪而俱逝。論者以妄責四皓,而欲買山,則浯谿之間,不徒言哉!詩曰:"停橈積水中,舉目孤煙外。借問浯谿人,誰家有山賣?"

校正:

① 邕州,今廣西南寧。《元和郡縣志》卷三八"嶺南道五"下:"古越地也,秦併南越,爲桂林縣地。……晋於此置晋興郡。隋開皇十四年廢晋興郡爲晋興縣,屬簡州,大業三年州廢,以縣屬鬱林郡。武德四年,於此置南晋州,貞觀六年改爲邕州,因州西南邕谿水爲名。"邕州刺史曾爲蔡京所歷之職官。故以此稱。蔡京,兩《唐書》無傳。

【按】《全唐詩》卷四七二録其詩三首,"蔡京,初爲僧,令狐楚鎮滑臺,勸之學,後以進士舉上第,官御史,謫澧州刺史,遷撫州。詩三首。"其二首本自《雲谿》。《唐詩紀事》卷四九:"劉夢得有《送前進士蔡京赴學究科詩》……京以進士舉登學究科,時爲好及第惡科名,有錦上披簑之誚焉。令狐文公在天平後堂宴樂,京時在坐,故義山詩云:'白足禪僧思敗道,青袍御史擬休官。'謂京曾爲僧也。或云:咸通中爲廣西節度,褊忮貪克,峻條令,爲炮熏刳斮法,御下慘毒,爲軍中所逐,後貶死。"

② 滑臺,治所爲滑州,今河南滑縣東之滑縣城,《元和郡縣志》卷第八"河南道西"條下:"《禹貢》兗州之城。春秋時爲衛國……始皇五年,拔魏二十城,初置東郡。漢因之……隋開皇九年,又於今州理置杞州,十六年改杞州爲滑州。大業三年又改爲東郡。武德元年罷郡置滑州,二年陷寇,四年討平王世充,依舊置滑州。"

令狐楚,兩《唐書》有傳。其事又詳見於劉禹錫《唐故相國贈司空令狐公集紀》(《劉賓客文集》卷一九):"公名楚,字殼士,燉煌人。……至是拱自虞部正郎領桂州,鋭於辟賢以酬不次之遇。先拜章而後告公。既而授試弘文館校書郎。公爲人子，重難遠行，禀命而去。居一歲，竟迫方寸而歸。家在并、汾間，急於禄養，捧從事檄於并州。凡更三牧，官至監察御史。元和初，憲宗聞其名，徵拜右拾遺，歷太常博士，入尚書爲禮部員外郎……開成二年十一月十二日，薨於漢中官舍，享年七十。”

【按】令狐楚鎮滑臺一事，不見於兩《唐書》，疑此滑臺爲華州之誤，劉禹錫《唐故相国贈司空令狐公集紀》：“乃牧華州，兼御史中丞，錫以金紫。居鎮七月，遷大夫，充河陽三城懷州節度使。又七月，急召抵京師，拜中書侍郎、同中書門下平章事。天下然後知上心倚以爲相，非一朝也。

③“惜其單幼”，“單”《稗海》本作“卑”。

④ 蔡京得令狐楚推薦中進士及登制科事見《全唐文》朱閲《歸解書彭陽公碑陰》：“予感公之知，獨來弔，作歸解。或曰：‘子不識彭陽公而云知，豈誣也哉？’曰：‘公尹洛禮陳商，爲鄆薦蔡京，蒞京辟李商隱。’”李商隱有詩《天平公座中呈令狐令公，時蔡京在坐，京曾爲僧徒，故有第五句》：“罷執霓旌上醮壇，慢妝嬌樹水晶盤。更深欲訴蛾眉斂，衣薄臨醒玉豔寒。白足禪僧思敗道，青袍御史擬休官。雖然同是將軍客，不敢公然子細看。”劉禹錫有詩歌贈蔡京《送前進士蔡京赴學究科（時崔相公、楊尚書掌選）》（《全唐詩》卷三五九），詩云：“耳聞戰鼓帶經鋤，振發聲名自里閭。已是世間能賦客，更攻窗下絶編書。朱門達者誰能識，絳帳書生盡不如。幸遇天官舊丞相，知君無翼上空虚。”從末句觀之可知令狐楚推舉之力矣。

⑤“吴汝納詣闕申冤，蔡君先牓之曰”，“吴汝納”原作“吴汝南”，據《稗海》本改；“牓”，《稗海》本作“謗”。

【按】御史一職，《全唐文》卷二七六有《授蔡京趙滂等御史等制敕》：“監察御史蔡京、忠武軍節度副使趙滂、桂管副使鄭魯洎陳許、觀察判官薛蒙等。……而京再覆大獄，吏不敢欺，滿歲當遷，吾何所悋。京可殿中，滂可殿中，魯洎蒙并可監察。”覆獄淮南，李紳憂悸事，見《舊唐書・宣宗紀》：“（大中元年）九月，前永寧縣尉吴汝納詣闕稱冤，言：‘弟湘會昌四年任揚州江都縣尉，被節度使李紳誣奏湘贓罪，宰相李德裕曲情附紳，斷臣弟湘致死。’詔下御史臺鞫按。”然李紳歿於會昌六年淮南使上，吴汝納大中元年方才稱冤覆獄。憂悸之事恐爲莫須有，如《唐詩紀事》所説憂悸而亡則更爲虚妄。

⑥“謫居澧州，厲員外玄所辱”，“厲”上《稗海》本有“爲”字。

【按】《舊唐書·宣宗紀》：“（大中二年）殿中侍御史蔡京貶澧州司馬。”澧州，今屬湖南。《舊唐書》卷四〇“澧州下”：“隋澧陽郡。武德四年，平蕭銑，置澧州，領孱陵、安鄉、澧陽、石門、慈利、崇義六縣。貞觀元年，省孱陵縣。天寶元年，改爲澧陽郡。乾元元年，復爲澧州。天寶初，割屬山南東道。”厲玄員外，兩《唐書》無傳，大和二年登進士第，開成、會昌中，歷監察御史、員外郎。出爲萬年令。大中六年，爲睦州刺史。生平可參見《唐詩紀事》卷五一、《嚴州圖經》卷一。蔡京爲厲玄所侮事不詳。

⑦撫州之使，始於大中中至大中末。

【按】貫休《杜侯行并序》曰：“愚自江東兵荒之後，受杜氏兄弟深知。往曾見陳陶與撫州蔡京使君雜言，曰《蔡氏行》。今亦擬之，曰《杜侯行》云耳。”陳陶有《贈江西周大夫》（《全唐詩》卷七四五），周大夫即周墀。杜牧《樊川文集》卷七《周公墓誌銘》：“遷公江西觀察使兼御史大夫。……遷禮部尚書、鄭滑節度使。”據《唐方鎮年表》考證，周墀於會昌四年至六年任江西觀察使，會昌六年遷鄭滑節度使。陳陶作《送江西周尚書赴滑臺》（同上卷七四六）“多病無因酬一顧，鄢陵千騎去翩翩”，而未隨周墀滑臺行。陳陶後入容管韋廑幕府。有詩《贈容南韋中丞》、《賀容府韋中丞大府賢兄新除黔南經略》、《和容南韋中丞題瑞亭白燕、白鼠、六眸龜、嘉蓮》（同上卷七四六），韋中丞即韋廑。《唐方鎮年表》據李商隱文考訂韋氏會昌六年至大中二年爲容管經略使，陳陶即此時入幕。此後陶隱西山，蔡京大中二年始貶三地。故在大中年間，有和陳陶雜言《蔡氏行》。《全唐文》卷八一九張保和《新移撫州子城記》：“大中中，刺史蔡公京，審於三地，思事再革。”《廬山記》卷五：“《東林寺經藏碑陰記》，朝議郎、檢校尚書上部郎中、使持節撫州諸軍事、守撫州刺史、兼侍御史、柱國、賜緋魚袋蔡京撰，大中十四年五月二十九日建。”《寶刻叢編》卷一五引《復齋碑録》同。《全唐詩》卷四七二張頂《獻蔡京》注：“蔡京刺撫州。”蔡京饒州之使應在咸通初年蔡京使邕州之前。《新唐書·陸龜蒙傳》：“舉進士，一不中，往從湖州刺史張摶游，摶歷湖、蘇二州，辟以自佐。嘗至饒州，三日無所詣。刺史蔡京率官屬就見之。”《新唐書·懿宗紀》：“（咸通三年）九月，嶺南西道軍亂，逐其節度使蔡京。”

⑧“遇道流，則五千言之義”，“言”《稗海》本在“則”下“五”上。

⑨“則評先聖之謬”，“先”，原作“九”，據《稗海》本改。

⑩“蔡君張眦，遣吏捕之”，《稗海》本無“張眦”，“遣”作“隨”。此詩録入《全唐詩》卷四七二。題作《獻蔡京》。

⑪商山四皓，秦末漢初的四位德高望重的隱士。《漢書·留侯列傳》：“四人年老矣，皆以上嫚婣士，故逃匿山中，義不爲漢臣。”其注“師古曰顧，念也。四人，謂園公、綺里季、夏黄公、甪里先生，所謂商山四皓也。”蔡京此詩録入《全唐詩》卷四七二，題作《責商山四皓》。

⑫“及假節邕交，道經湘口”，《太平廣記》卷二七三作“過永州”。蔡京有詩《假節邕交道由浯谿》，録於《全唐詩》四七卷。詩曰：“停橈積水中，舉目孤煙外。借問浯谿人，誰家有山賣？”

⑬“零陵鄭太守史”，《太平廣記》卷二七三作“永州刺史鄭氏”。鄭史，徐松《登科記考》載《永樂大典》引《宜春志》：“鄭史，字維直，宜春人，登開成元年進士第。”《唐詩紀事》：“鄭史，終國子博士。”若如文中所述，鄭史爲其同年，則蔡京爲開成元年進士。由其詩《秋日零陵與幕下諸賓游河夜（宴）飲》，可證鄭史曾歷零陵太守一職。奪伎之説則未能詳知。

⑭《新唐書·南蠻傳》：“會詔左庶子蔡京經制嶺南，忌襲功，有所欲，沮壞之……京還奏，得意甚，復詔爲宣慰安撫使。即建析廣州爲嶺南東道，邕州爲西道，以龔、象、藤、巖爲隸州。乃拜京西道節度使。京褊忮貪克，峻條令，爲炮熏刳斮法，下愁毒，爲軍中所逐，走藤州，矯制作攻討使印，召鄉兵比道軍攻邕州，不克，衆潰，貶死崖州。以桂管觀察使鄭愚代節度。”《全唐文》卷八三《授蔡京嶺南西道節度使制》：“朝散大夫、權知太僕卿充荊襄巴南宣慰安撫使、上柱國、賜紫金魚袋蔡京……可檢校左散騎常侍、兼邕州刺史、御史大夫、充嶺南西道節度觀察處置等使，散官勛封如故。”

⑮“地名，在浯谿也”，《稗海》本此注在“所”字下。

吴門秀

昔張茂先謂陸機曰：①"君家兄弟，龍躍雲津。顧彦先鳳鳴朝陽。②謂東南之寶已盡，不意又見褚生。言褚陶也。"③故知吴門之德不孤，川瀆之珍不匱矣。予以宋、齊已降，朱、張、顧、陸，時有奇藻者歟。④陸郎中暢，早耀才名，輦轂不改於鄉音。⑤自賀秘書知章、賈相耽、顧著作况，⑥譏調秦人，至於陸君者矣。貢舉之年，和群公對雪詩，落句云："天人寧底巧，剪水作花飛。"⑦又《山齋玩月》詩曰："野性平生唯好月，新晴半夜睹嬋娟。起來自擘書窗破，恰漏清光落枕前。"又《經崔諫議玄亮林亭》曰："蟬噪入雲樹，風開無主花。"在越，每經游蘭亭，高步禹迹、石帆之絶境，如不繫之舟焉。⑧初，爲西江王大夫仲舒從事，⑨終日長吟，不親公牘。府公微言，拂衣而去。辭曰："不可偶爲大夫參佐，而妨志業耶！"王乃固留不已，請舉自代，然後登舟，曰："洿子姪得耳，⑩渠曾數辟不就，暢召必來。"陸洿，員外暢之姪也。而乃采藥西山，飲泉潞水。⑪建昌之南也，今新吴。昔許真君銘曰："有水曰潞，有漁曰魧，天地昏冥，何以伏藏。"⑫又謂真君淬劍之水，鑄鍜者多於此水砥礪也。⑬朝客聞之，以爲仕隱也，美譽益彰。及登蘭省，⑭遇雲陽公主下降劉都尉，百僚舉爲儐相。⑮詩題之者，頃刻而成，其詩亦麗也。《咏簾》詩曰："勞將素手卷蝦鬚，瓊室流光更綴珠。玉漏報來過夜半，可憐潘岳立踟躕。”《咏行障》詩曰：“碧玉爲竿丁字成，鴛鴦綉帶短長馨。強遮天上花顔色，不隔雲中語笑聲。”詔作《催粧》五言詩一首曰：得“花”字。“雲陽公主貴，出嫁五侯家，天母看調粉，日兄憐賜花。催鋪柏子帳，待障七香車。借問粧成未，東方欲曉霞。”⑯內人以陸君吴音，才思敏捷，凡所調戲，應對如流，復以詩嘲之，陸亦酬和，六宫大咍，⑰凡十餘篇，嬪娥皆諷誦之。例物之外，别賜宫錦五十段、楞伽瓶及唾盂各一枚，以賞吻翰之端也。⑱內人詩云：“十二層樓倚翠空，鳳鸞相對立梧桐。雙成走報監門衛，莫使吴歈入漢宫。”此篇或謂内學宋若蘭、若昭姊妹所作也，宋考功之孫也。⑲陸君酬曰：“粉面仙郎選聖朝，偶逢秦女學吹簫。須教翡翠聞王母，不奈烏鳶噪鵲橋。”

校正：

① “昔張茂先”，“昔”《稗海》本作“晋”。張茂先，西晋大臣张華。陸機，字士衡，吴郡人也。祖遜，吴丞相。少有異才，文章冠世，伏膺儒術。年二十而吴滅，退居舊里，閉門勤學，積有十年。至太康末，與弟雲俱入洛，被稱爲“二陸”，其後死於八王之亂，時年四十三。曾歷任平原内史、祭酒、著作郎等職，世稱“陸平原”。見《晋書・陸機傳》。

② 君家兄弟，即陸機、陸雲兄弟。《晋書・陸機傳》：“至太康末，與弟雲俱入洛，造太常張華。華素重其名，如舊相識，曰：‘伐吴之役，利獲二俊。’又嘗詣侍中王濟，濟指羊酪謂機曰：‘卿吴中何以敵此？’答云：‘千里蓴羹，未下鹽豉。’時人稱爲名對。”

③ 褚陶，字季雅，吴郡錢塘人。年十三，即作《鷗鳥》、《水碓》二賦，見者奇之。《晋書》卷九二有傳：“張華見之，謂陸機曰：‘君兄弟龍躍雲津，顧彦先鳳鳴朝陽，謂東南之寶已盡，不意復見褚生。’機曰：‘公但未睹不鳴不躍者耳。’華曰：‘故知延州之德不孤，川嶽之寶不匱矣。’遷九真太

守，轉中尉。年五十五卒。”

④ 朱、張、顧、陸，是三國以來吴郡的四大家族。《新唐書・柳沖傳》：“于時有司選舉，必稽譜籍，而考其真僞。故官有世胄，譜有世官，賈氏、王氏譜學出焉。由是有譜局，令史職皆具。過江則爲‘僑姓’，王、謝、袁、蕭爲大；東南則爲‘吴姓’，朱、張、顧、陸爲大……”《唐會要》卷三六“氏族”下亦載此説。

⑤ 陸暢，兩《唐書》無傳。《新唐書・韋皋傳》：“故劉闢階其厲，卒以叛。朝廷欲追繩其咎，而不與皋者詆所進兵皆鏤‘定秦’字，有陸暢者上言：‘臣向在蜀，知‘定秦’者，匠名也。’繇是議息。暢字達夫，皋雅所厚禮。始，天寶時，李白爲《蜀道難》篇以斥嚴武，暢更爲《蜀道易》以美皋焉。”

【按】張籍《贈陸暢》詩云：“共蹋長安街裏塵，吴州獨作未歸身。昔年舊宅今誰住，君過西塘與問人。”及孟郊詩《送陸暢歸湖州，因憑題故人皎然塔、陸羽墳》，即可知陸暢爲吴人。又韓愈有《送陸暢歸江南》（《别本韓文考異》卷五），可知其早歲得志之事：“舉舉江南子，名以能詩聞。一來取高第，官佐東宫軍。迎婦丞相府，誇映秀士群。（洪注：‘暢，字達夫，娶董谿女，谿，丞相董晋第二子，貶死湘中，事見墓誌。公嘗爲董晋從事。’）鸞鳴桂樹間，觀者何繽紛。人事喜顛倒，旦夕異所云。蕭蕭青雲干，遂逐荆棘焚。歲晚鴻雁過，鄉思見新文。踐此秦關雪，家彼吴洲雲。悲啼上車女，骨肉不可分。感慨都門别，丈夫酒方醺。我實門下士，力薄蚋與蚊。受恩不即報，永負湘中墳。”另韓愈《唐故朝散大夫商州刺史除名徙封州董府君墓誌》云：“丞相隴西公第二子……遷商州刺史，除名，徙封州。死湘中……明年，許歸葬，元和八年十一月葬河南。……長女嫁吴郡陸暢。”

⑥ 賀知章，字季真，自號“四明狂客”。會稽永興（今浙江蕭山）人。少以文詞知名，證聖元年舉進士。初授國子四門博士，又遷太常博士。開元十年，兵部尚書張説爲麗正殿修書使，奏請知章及秘書員外監徐堅、監察御史趙冬曦皆入書院，同撰《六典》及《文纂》等。後轉太常少卿。十三年，遷禮部侍郎，加集賢院學士，又充皇太子侍讀。後改授工部侍郎，

兼秘書監同正員,依舊充集咸院學士。俄遷太子賓客、銀青光禄大夫兼正授秘書監,世稱“賀監”。天寶三載,知章因病恍惚,乃上疏請度爲道士,求還鄉里,仍舍本鄉宅爲觀。至鄉無幾壽終,年八十六。其生平詳見《舊唐書》卷一九〇、《新唐書》卷一九六,或唐竇皋《述書賦》(《全唐文》卷四四七)。賈耽,字敦詩,滄州南皮人。天寶十載以兩經登第,調授貝州臨清縣尉。建中三年十一月,檢校工部尚書兼御史大夫、山南東道節度使。貞元二年,改檢校右僕射兼滑州刺史、義成軍節度使。九年拜相。十七年封魏國公,世稱賈魏公。永貞元年十月卒,時年七十六,册贈太傅,謚曰元靖。工書,且頗愛地理學。生平詳見鄭餘慶《左僕射賈公神道碑》、權德輿《魏國公賈公墓誌銘》、《舊唐書》卷一三八、《新唐書》卷一六六。顧況,字逋翁,自號“華陽山人”,蘇州人。至德二載,於江東采訪使李希言下登進士第。後柳渾輔政,以校書郎徵。貞元四年,遷爲秘書省著作佐郎。五年三月爲憲司所劾,貶饒州司户。九年,去官,隱居茅山。有文集二十卷。生平可參見皇甫湜《唐故著作佐郎顧況集序》、《舊唐書》卷一三〇《李泌傳》附傳。

⑦“剪水作花飛”,《稗海》本“花飛”二字互易。

【按】《唐詩品彙·姓氏爵里詳節》:“陸暢,字達夫。江東人,爲盩厔尉,遷侍御,諸竇同時人。韓愈有《送陸暢序》。”徐松《登科記考》載元和元年進士陸暢(《永樂大典》引《蘇州府志》:陸暢,元和元年登第),又云《文苑英華》載《山出雲時》,是此年試題。《石倉歷代詩選》卷一一八載:“陸暢《山出雲》。詩曰:‘靈山蓄雲彩,紛郁出清晨。望樹繁花白,看峰小雪新。映松張蓋影,依澗布魚鱗。高似從龍處,低如觸石頻。濃光藏半岫,淺色類飄塵。玉葉開天際,遙憐占早春。’”

⑧ 陸暢在越時期,應是其入段文昌淮南幕下(大和元年至四年,即827～830)。

【按】《劉禹錫集》卷二八《送陸侍御歸淮南使府五韻》:“江左重詩篇,陸生名久傳。鳳城來已熟,羊酪不嫌羶。歸路芙蓉府,離堂瑇瑁筵。秦山呈臘雪,隋柳布新年。曾忝揚州薦,因君達短牋”(原注:時段丞相鎮揚州,嘗辱表薦)。章孝標有《贈陸暢浙西進詩除官》(全唐詩》卷七一):“帝城雲物得陽春,水國煙花失主人。昨日天風吹樂府,六宫絲管一時新。"又《全唐文》卷七六〇張次宗《薦觀察判官陸暢請章服狀》。

⑨ 王仲舒,《舊唐書》卷一九〇下本傳曰:"王仲舒,字弘中,太原人。少孤貧,事母以孝聞。嗜學工文,不就鄉舉。凡與結交,必知名之士,與楊頊、梁肅、裴樞爲忘形之契。貞元十年,策試賢良方正能直言極諫等科,仲舒登乙第,超拜右拾遺。裴延齡領度支,矯誕大言,中傷良善,仲舒上疏極論之。累轉尚書郎。元和五年,自職方郎中知制誥。仲舒文思温雅,制誥所出,人皆傳寫。京兆尹楊憑爲中丞李夷簡所劾,貶臨賀尉。仲舒與憑善,宣言於朝,言夷簡掎摭憑罪,仲舒坐貶硤州刺史。遷蘇州。穆宗即位,復召爲中書舍人。(長慶元年)其年出爲洪州刺史、御史中丞、江南西道觀察使。江西前例榷酒私釀法深,仲舒至鎮,奏罷之。又出官錢二萬貫,代貧户輸税。長慶三年冬,卒于鎮。"

【按】陳景雲《韓集點勘》卷二《送暢歸江南》下注曰:"暢,長慶初入江西廉使王仲舒幕府,至大和末,以前鳳翔少尹預誅鄭注。事見唐史。"故文中所謂西江大夫,應爲江西大夫之誤。

⑩ "洿子姪得耳","子"《稗海》本作"予"。陸洿,《新唐書·歐陽秬傳》:"從子秬,字絳之,亦工爲文。陸洿自右拾遺除司勛郎中,棄官隱吴中,詔召之,既在道,秬遺書讓出處之遽,洿不至,還。秬名益聞。"

⑪ "而乃采藥西山,飲泉滫水","而"《稗海》本作"暢"。

⑫ "有水曰滫,有漁曰魭",《稗海》本此句作"滫有魚曰鱿"。

⑬ "鑄鍜者多於此水砥礪也","鑄鍜"《稗海》本作"鑄鍛"許真君,即晋許遜。《朝野僉載》卷三:"西晋末有旌陽縣令許遜者,得道於豫章西山。江中有蛟爲患,旌陽没水,劍斬之。後不知所在。頃漁人網得一石甚鳴,擊之聲聞數十里。唐朝趙王爲洪州刺史,破之得劍一雙,視其銘一有'許旌陽'字,一有'萬仞'字。遂有萬仞師出焉。"

⑭《全唐文》卷七六〇《薦觀察判官陸暢請章服狀》:"今陸暢前任秘書丞,已是登朝五品,即頗與格文相當。又職事修舉,合當甄奬。臣先已有狀,未蒙允許。今輒敢再具論奏。伏望天恩,特賜章服。"

⑮ "百僚舉爲儐相","百僚"《太平廣記》卷二五六作"朝士"。

【按】雲陽公主，唐史無雲陽公主。《全唐詩》卷四七八《雲安公主下降奉詔作催粧詩》注云："順宗女下嫁劉士涇，百僚舉暢爲儐相。"《舊唐書・公主列傳》載順宗十一女下：雲安公主，亦漢陽同生。下嫁劉士涇。《舊唐書・穆宗紀》："己酉，以前檢校大理少卿、駙馬都尉劉士涇爲太僕卿。給事中韋弘景、薛存慶封還詔書，上諭之曰："士涇父昌有邊功，久爲少列十餘年，又以尚雲安公主，朕欲加恩，制官敕下。制命始行。"故此雲陽公主應爲雲安公主之誤。

⑯ 其詩均録入《全唐詩》卷四七八陸暢條下。

⑰"六宫大咍"，"咍"《太平廣記》卷二五六作"喜"。

⑱"例物之外……以賞吻翰之端也"，《太平廣記》卷二五六此數句作"例外，别賜宫錦五十段以賞之"，《稗海》本"吻"作"詞"。

⑲ 宋考功，即宋之問也。此孫應指裔孫。

【按】《内人嘲陸暢詩》云"此篇或爲内學宋若蘭、若昭姊妹所作也"。《唐詩紀事》卷三五"陸暢"條引《雲谿友議》，注云："或曰宋若華姊妹作。"《全唐詩》卷七亦作"宋若華"。《舊唐書・后妃傳》："女學士、尚宫宋氏者，名若昭，貝州清陽人。父庭芬，世爲儒學，至庭芬有詞藻。生五女，皆聰慧。……長曰若莘，次曰若昭、若倫、若憲、若荀。"《新唐書》卷七七與之略同，皆無"宋若蘭"、"宋若華"之名，"蘭"、"華"似皆因與"莘"形似而誤。然《元氏長慶集》卷五〇有《追封宋若華河南郡君制》，云"若華等伯姊季妹，三英粲兮，皆在選中，參掌宥密"。《舊唐書・穆宗紀》亦有"召故女學士宋若華、妹若昭入宫掌文奏"之語。《全唐詩》卷七録此詩爲《嘲陸暢》注云："雲安公主下降，暢爲儐相，才思敏捷，應對如流，六宫大異之，暢吴音，以詩嘲焉。一云若昭作。"

錢塘論

致仕尚書白舍人，初到錢塘，① 令訪牡丹花，獨開元寺僧惠澄，② 近於京師得此花栽，始植於庭，欄圈甚密，③ 他處未之有也。時春景方深，惠澄設油幕以覆其上。牡丹自此東越分而種之也。會徐凝自富春來，未識白公，④ 先題詩曰："此花南地知難種，慚媿僧閑用意栽。海燕解憐頻睥睨，胡蜂未識更徘徊。虛生芍藥徒勞妒，羞殺玫瑰不敢開。唯有數苞紅幞在，含芳只待舍人來。"⑤ 白尋到寺看花，乃命徐生同醉而歸。時張祜榜舟而至，甚若疏誕。⑥ 然張、徐二生，未之習稔，⑦ 各希首薦焉。中舍曰："二君論文，若廉、白之鬥鼠穴，⑧ 勝負在於一戰也。"遂試《長劍倚天外賦》、《餘霞散成綺詩》。試訖解送，以凝爲元，祜其次耳。⑨ 張曰："祜詩有'地勢遥尊岳，河流側讓關'。⑩ 多士以陳後主'日月光天德，山河壯帝居'。⑪ 此徒有前名矣。又祜《題金山寺》詩曰：此寺大江之中。⑫ '樹影中流見，鐘聲兩岸聞。'雖綦毋潛云：'塔影掛青漢，鐘聲和白雲。'此句未爲佳也。"⑬ 祜《觀獵》四句及《宫詞》，⑭ 白公曰："張三作獵詩，以較王右丞，予則未敢優劣也。"王維詩曰："風勁角弓鳴，將軍獵渭城。草枯鷹眼疾，雪盡馬蹄輕。忽過新豐戍，還歸細柳營。回看失雁處，千里暮雲平。"⑮ 張祜詩曰："曉出禁城東，分圍淺草中。紅旗開向日，白馬驟臨風。背手抽金鏃,翻身控角弓。萬人齊指處,一雁落寒空。"⑯白公又以《宫詞》四句之中,皆數對,何足爲奇?然無徐生云:"今古長如白練飛,一條界破青山色。"⑰徐凝賦曰:"譙周室里,定游夏於立虔;⑱馬守帷中,分《易》《禮》於盧鄭。⑲如我明公薦,豈唯偏黨乎?"⑳張祜曰:"《虞韶》九奏,非瑞馬之至音;㉑荆玉三投,佇良工之必鑑。㉒且鴻鍾運擊,㉓瓦缶雷鳴;榮辱糺繩,㉔復何定分?"㉕祜遂行歌而邁,㉖凝亦鼓枻而歸。二生終身偃仰,不隨鄉試者乎。㉗先是,李補闕林宗、杜殿中牧,與白公輦下較文,具言元、白詩體舛雜,而爲清苦者見嗤,因兹有恨也。白爲河南尹,李爲河南令。㉘道上相遇,尹乃乘馬,令則肩輿,似乖趍事之禮。嘗謂樂天爲"囁嚅公",聞者皆笑,樂天之名稍減矣。㉙白尹曰:"李直木,林宗字也。㉚吾之獮子也,其鋒不可當。"㉛後杜舍人之守秋浦,㉜與張生爲詩酒之交,酷吟祜《宫詞》,亦知錢塘之歲,自有非之論,懷不平之色,㉝爲詩二首以高。則曰:"誰人得似張公子,千首詩輕萬户侯。"又云:"如何故國三千里,虚唱歌詞滿六宫。"㉞張君詩曰:"故國三千里,深宫二十年。一聲《何滿子》,雙淚落君前。"㉟此歌宫娥諷念思鄉,而起長門之思也。㊱祜復游甘露寺,觀前盧肇先輩題處曰:"不謂三吴,經此詩人也。"㊲祜曰:"日月光先到,山川勢盡來。"㊳盧曰:"地從京口斷,山到海門迴。"㊴因而仰伏,願交於此士矣。

校正:

①"致仕尚書白舍人,初到錢塘",《太平廣記》卷一九九此句作"唐白居易初爲杭州刺史"。

【按】尚書白舍人,即白居易。《舊唐書·穆宗紀》:"(長慶二年七月)

壬寅(十四日),出中書舍人白居易爲杭州刺史。"陳振孫《白文公年譜》長慶二年:"十月一日到任,有謝上表。"白居易《杭州刺史謝上表》(《白氏長慶集》卷六一):"臣某言:去年七月十四日蒙恩除授杭州刺史。屬汴路未通,取襄、漢路赴任。水陸七千餘里,晝夜奔馳,今月一日到本州,當日上任訖。"有詩《長慶二年七月自中書舍人出守杭州路次藍谿作》(卷八)、《初罷中書舍人》(卷二〇)等詩,亦可相證。

② 開元寺,《唐會要》卷五〇:"二十六年六月一日,敕每州各以郭下定形勝觀寺,改以'開元'爲額。至天寶元年四月八日,開元觀主李昭宗奏:'本觀先是清都觀,敕改爲開元觀,屬玄元降符,陛下加號。往年改額,題'開元'文字,今日崇號,合兼'天寶'之名。其額望請改爲'大唐開元天寶之觀',敕:'依,其天下諸州開元觀,并加天寶'字。"《武林梵志》卷一:"開元寺,在鳳山山門内,唐玄宗時建,宋建炎間徙建於西湖,元季兵燹,復徙故址。"惠澄,《新唐書・藝文志》:"《議化胡經狀》一卷。"小注:"萬歲通天元年,僧惠澄上言乞毀《老子化胡經》,敕秋官侍郎劉如璿等議狀。"然此惠澄若爲武后時僧,至長慶年間則已有百餘年,故此二惠澄恐非一人。

③ "欄圈甚密","圈"《稗海》本作"圍"。

④ "未識白公",《太平廣記》卷一九九"識"作"知",無"公"字。徐凝,兩《唐書》無傳。然言徐自富春而來并不確切。

【按】富春,縣名。秦王政二十六年(前221)置縣,屬會稽郡。轄境含今富陽(西部萬市鎮一帶除外)、桐廬(原分水縣境除外)、建德、壽昌等地。唐時此三縣,與遂安、分水、清谿同歸於睦州境下(《舊唐書・地理志》)。而白居易《憑李睦州訪徐凝山人》(《白居易集》卷三四):"郡守輕詩客,鄉人薄釣翁。解憐徐處士,唯有李郎中。"題下原注:"凝即睦州之民也。"

⑤ 此詩題名《題開元寺牡丹》,載《全唐詩》卷四七四。然徐凝此時未識白公之説,未是,《寄白司馬》(《全唐詩》卷四七四)詩云:"三條九陌花時節,萬户千車看牡丹。爭遣江州白司馬,五年風景憶長安。"此爲徐凝元和年間白居易江州任上已識之據。

⑥ 張祜，兩《唐書》無傳。《新唐書・藝文志》録《張祜詩》一卷。小注云："字承吉，爲處士，大中中卒。"其名有"祜"、"祐"之異。胡應麟《詩藪》内編卷四："張祜字承吉，刻本大半作祐，覽者莫辨。緣承吉字，祐祜俱通耳。一日偶閲雜説，張子小名冬瓜，或以譏之，答云：'冬瓜合出瓠子。'則張之名祜審矣。"胡震亨《唐音癸籤》卷二九《談叢》亦辨："張祜之祜，人多作祐字者。小説，張子小名冬瓜，或以譏之，答云：'冬瓜合出瓠子。'則張之名祜不名祐，可知矣。"

⑦ "未之習稔"，原作"未之習隱"，據《稗海》本改。

⑧ 廉白之鬥，言廉頗、白起。然史實上并未言此二將有正面戰事。《史記》卷八一："趙括既代廉頗，悉更約束，易置軍吏。秦將白起聞之，縱奇兵，詳敗走，而絶其糧道，分斷其軍爲二，士卒離心。四十餘日，軍餓，趙括出鋭卒自搏戰，秦軍射殺趙括。括軍敗，數十萬之衆遂降秦，秦悉阬之。"

⑨ "以凝爲元，祜其次耳"，"元"《稗海》本作"先"。

【按】此故事另載於《唐摭言》卷二"爭解元"條，所叙稍有不同："白樂天典杭州，江東進士多奔杭取解。時張祜自負詩名，以首冠爲已任。既而徐凝後至。會郡中有宴，樂天諷二子矛盾。祜曰：'僕爲解元，宜矣。'凝曰：'君有何嘉句？'祜曰：'甘露寺詩有"日月光先到，山河勢盡來"。又《金山寺》詩有"樹影中流見，鐘聲兩岸聞"。'凝曰：'善則善矣，奈無野人句云"千古長如白練飛，一條界破青山色"。'祜愕然不對。於是一座盡傾。凝奪之矣。"皮日休《論白居易薦徐凝屈張祜》文，論其緣起："祜元和中作宫體小詩，辞曲豔發，當時輕薄之流重其才，合譟得譽。及老大，稍窺建安風格，誦樂府録，知作者本意。……講諷怨譎，時與六義相左右。……此爲才之最也。祜初得名，乃作樂府豔發之詞，其不羈之狀，往往間見。凝之操履，不見於史，然方干學詩於凝，贈之詩曰：'吟得新詩草裹論'，戲反其詞謂'村里老'也。方干，世所謂簡古者，且能譏凝，則凝之樸略椎魯從可知矣。樂天方以實行求才，薦凝而抑祜，其在當時，理其然也。令狐楚以祜詩三百篇上之，元稹曰：'雕蟲小技，或奬激之，恐害風教。'祜在元白時，其譽不甚持重。"

⑩ 此詩題作《入潼關》,見《全唐詩》卷五一〇;又題作《入關》,見《樂府詩集》卷二一。

⑪ 詩見《南史》卷十:"(叔寶)及從東巡,登芒山,侍飲,賦詩曰:'日月光天德,山川壯帝居。'"

⑫ "此寺大江之中",《太平廣記》卷一九九無此注,《稗海》本"寺"下、"大"上有"在"字,"江"下、"中"上無"之"字。《唐音》卷一三《題金山寺》小注:"金山寺,在鎮江揚子江中,去城七里。唐李錡鎮潤州,表石,因裴頭陀開山得金,故名。宋真宗夢游此寺,後改名龍游寺,今仍舊也。"《文苑英華》題此詩爲《金山寺》,全詩云:"一宿金山頂,微茫水國分。僧歸夜船月,龍出曉堂雲。樹影中流見,鍾聲兩岸聞。因悲在朝市,終日醉醺醺。"

⑬ "此句未爲佳也","句"上《稗海》本有"二"字。此二句《詩人玉屑》卷四録,題爲《雁陣驚寒》,後句爲"晴虹橋影出,秋雁櫓聲來"。

⑭ "祜《觀獵》四句及《宫詞》","祜"下、"觀"上《稗海》本有"有又"二字,"句"作"韻"。

⑮ "回看失雁處","失"《稗海》本、《四庫》本皆作"落"。此詩見《全唐詩》卷一二六,題爲《觀獵》。

⑯ "白馬驟臨風","臨"《稗海》本作"迎"。

此詩見《全唐詩》卷五一〇,題爲《觀徐州李司空獵》。首句有别,曰:"曉出郡城東,分圍淺草中。"唐人韋莊《又玄集》另題爲《觀魏博何相公獵》。

⑰ "皆數對,何足爲奇",《稗海》本此句作"皆偶對,何足爲奇,不如徐生云"。

此詩題作《廬山瀑布》,見《全唐詩》卷四七四。

⑱ "譙周室里,定游夏於立虔","立"《稗海》本、《四庫》本作"丘"。

【按】"立"指文立,"虔"指李虔,《晋書·文立傳》:"師事譙周,門人以立爲顔回,陳壽、李虔爲游、夏,羅憲爲子貢。"《晋書》以陳壽、李虔爲游、夏,徐凝賦以文立、李虔爲游、夏。《唐語林》卷三引《雲谿友議》此文,周勛初《〈唐語林〉校證》以《唐語林》原文"立、虔"爲誤,校改作"丘、虔",

非是。

⑲ 馬守,即馬融。《後漢書·馬融傳》:"融才高博洽,爲世通儒,教養諸生,常有千數。……嘗欲訓《左氏春秋》,及見賈逵、鄭衆注,乃曰:'賈君精而不博,鄭君博而不精。既精既博,吾何加焉!'但著《三傳異同說》,注《孝經》、《論語》、《詩》、《易》、三禮、《尚書》、《列女傳》、《老子》、《淮南子》、《離騷》,所著賦、頌、碑、誄、書、記、表、奏、七言、琴歌、對策、遺令,凡二十一篇。"

⑳ "如我明公薦,豈唯偏黨乎","薦"下《稗海》本有"拔"字,"唯"作"獨",無"黨"字。

㉑ "非瑞馬之至音","至"《稗海》本作"空"。《漢書》:"虞韶美而儀鳳兮,孔忘味於千載(師古曰:韶,舜樂名也。《虞書·舜典》曰:簫韶九成,鳳凰來儀)。"

㉒ 荆山之玉。曹植《與楊德祖書》:"人人自謂握靈蛇之珠,家家自謂抱荆山之玉。"傳説即和氏璧。《韓非子·和氏》:"楚人和氏得玉璞楚山中……王乃使玉人理其璞而得寶焉,遂命曰'和氏之璧'。"荆楚互通,故有此説。

㉓ "且鴻鍾運擊","運"《稗海》本作"韻"。

㉔ "榮辱糺繩","繩"《太平廣記》卷一九九作"紛"。

㉕ "復何定分",《太平廣記》卷一九九作"亦何常也"。

㉖ "祜遂行歌而邁",《太平廣記》卷一九九無"祜"字;"邁",《稗海》本作"返"。

㉗ "二生終身偃仰,不隨鄉試者乎","二生"上《稗海》本有"自是"二字。

㉘ "李爲河南令","南"《稗海》本作"陽"。

【按】《册府元龜》卷七百七:"李林宗爲河南縣令,爲縣未數月,賤買市人縑帛。文宗大和七年三月,坐贓貶。"據朱金城《白居易年譜》,白居易河南尹之職,始於文宗大和四年(830)十二月二十八日,代韋弘景之職。七年四月以頭風病免河南尹。肩輿,一種轎子。《資治通鑑》卷八四:"會睿出觀禊,導使睿乘肩輿,具威儀。"胡三省注曰:"平肩輿也,人以肩舉之而行。”

㉙“嘗謂樂天爲囁嚅公”,“嘗”上,《太平廣記》卷一九九有“李”字,“樂天”爲“白”字;“公”,《稗海》本作“翁”。

【按】囁嚅翁(公)之説,恐有誤傳。囁嚅翁,出自《舊唐書·竇群傳》:“性温雅,多不能持論,士友言議之際,吻動而不發,白居易等目爲‘囁嚅翁’。”爲白居易戲竇群之語,然於《雲谿友議》中白居易未有此“吻動而不發”之舉,李笑白之説,空口無憑,頗有致疑處。

㉚“李直木,林宗字也”,原作“李直水”,據《稗海》本改。

【按】《新唐書·宗室世系表上》有“(李)林宗,字直木”。《稗海》本誤,李直木曾任太常少卿、太僕卿。《文苑英華》卷三九八《授李林宗太常少卿制》:“門下:朝議大夫守衛尉少卿上柱國李林宗……則由中俾佐奉常之職可守太常少卿。”又卷三九七《授李林宗太僕卿制》:“門下:中大夫守太常少卿上柱國李林宗……宜正位於名卿,俾欽承於密命,可太僕卿,散官勛如故。”

㉛“吾之猘子也”,原作“吾之猶子也”,據《太平廣記》卷一九九及《稗海》改。

【按】猘,即小瘋狗,然亦常代指勇猛的少年。如《三國志》卷四六裴松之注:“《吴曆》曰:曹公聞策平定江南,意甚難之,常呼‘猘兒難與爭鋒也’。”《资治通鑑》卷二七六中:“希聲固請罷其兵柄,乃左遷郁行軍司馬。郁謂所親曰:‘亟營西山,吾將歸老。猘子漸大,能咋人矣。希聲聞之,益怒,明日矯以殷命殺郁於府舍。”

㉜“後杜舍人之守秋浦”,“舍人”《太平廣記》卷一九九作“牧”,無“之”字。秋浦,《元和郡縣志》卷二八“池州”條下有“秋浦縣,隋開皇十九年,於石頭故城置,屬宣州。永泰二年,李勉奏置池州,縣屬焉”。

【按】杜牧《登池州九峰樓寄張祜》:“百感中來不自由,角聲孤起夕陽樓。碧山終日思無盡,芳草何年恨即休。睫在眼前長不見,道非身外更何求?誰人得似張公子,千首詩輕萬户侯。”是詩作於杜牧爲池州刺史,時爲武宗會昌五年(845)間。晁氏《郡齋讀書志》、《唐才子傳》均言張祜客淮南,杜牧爲度支使時,杜贈此詩,誤矣。

㉝“自有非之論，懷不平之色”，《太平廣記》卷一九九此句作“白有非祜之論，嘗不平之”；“有”下、“非”上，《稗海》本有“是”字。

㉞ 此詩見於《全唐詩》卷五二三，題爲《酬張祜處士千里長句四韻》。

㉟“一聲《何滿子》”，原作“河满子”，據《稗海》本改。

㊱“此歌宫娥諷念思鄉，而起長門之思也”，《太平廣記》卷一九九此句作“此爲祜得意之語也”。

【按】《學林》卷八“張祜宫詞”條下有釋：“當時人頗稱賞此詩，然後人讀之，多不曉其句意。唐人小説云：‘宣宗時孟才人者，本東南人。入宫二十年，以善歌得寵。宣宗不豫，才人侍，帝使歌。才人歌《何滿子》，一聲而泣下。故祜宫詞專爲此發。當時人知其事者，無不以爲切當也。’白樂天詩注云：‘明皇時，有姓何名滿者，因事對獄，而案牘奏上，猶不免死，人憐爲作曲，名《何滿子》。’故白樂天詩曰：人言何滿是人名，乃爲此也。”

㊲“經此詩人也”，“經”《稗海》本作“有”。盧肇袁州人，并非爲吴人。經字爲確。詳見《雲谿友議》“夢神姥”注。

㊳ 張祜伏願交盧肇事，《太平廣記》卷一九九無此記載，僅言“李杜以下，盛言其美者，欲以苟異於白而曲成於張也。故牧又著論，言近有元白者，喜爲淫言媟語，鼓扇浮囂，吾恨方在下位，未能以法治之，斯亦敷佐於祜耳。”

【按】祜詩，見《文苑英華》卷二三八、《全唐詩録》卷七〇，題名爲《潤州甘露寺》，全詩爲：“千重構横險，高步出塵埃。日月光先到，江山勢盡來。冷雲虚水石，清露滴樓臺。況是東溟上，平生憶一開。”據本文意，張祜曾以此詩在白居易前與徐凝比詩，故應爲白居易長慶二年(822)杭州刺史前之作。

㊴ 盧肇詩，見《全唐詩》卷五五一，題爲《題甘露寺》。此詩爲其會昌三年(843)中進士第後漫游江南所作。

【按】周勛初《唐人筆記小説考索・盧肇考》：“會昌四年至會昌六年(844～846)，曾至江南漫游(盧肇及第後，曾赴江南漫游，《全唐詩》卷五五一録《及第後江寧觀競渡寄袁州刺史成應元》、《題甘露寺》等詩)。”而張祜復游甘露寺，約在五十知天命之時。此時有《奉和浙西盧大夫題假山》,此盧大夫即盧簡辭。據《唐方鎮年表》卷五,其浙西任期爲會昌元年至五年間,所駐即潤州。次任爲李景讓。《資治通鑑》卷二四八:"(六年)九月,以右常侍李景讓爲浙西節度使。"據此推算張祜潤州甘露寺之重游在會昌五年至會昌六年初。或於此時,見新進進士盧肇之題詩大爲贊賞,於是稱其先輩。先輩之稱,《唐摭言》卷一"述進士下篇"解曰:元和中,中書舍人李肇撰《國史補》,其略曰:'進士爲時所尚久矣。是故俊乂實在其中,由此而出者,終身爲文人,故爭名常爲時所弊。其都會謂之'舉場',通稱謂之'秀才',投刺謂之'鄉貢',得第謂之'前進士',互相推敬謂之'先輩'。"

辭雍氏

崔涯者，吴楚之狂生也，與張祜齊名。[①]每題一詩於倡肆，[②]無不誦之於衢路。譽之，則車馬繼來；毁之，則杯盤失錯。[③]嘲妓曰："誰得蘇方木，[④]猶貪玳瑁皮。[⑤]懷胎十個月，生下昆侖兒。"[⑥]又："布袍披襖火燒氊，紙補箜篌麻接絃。更著一雙皮屐了，紇梯紇榻出門前。"[⑦]又嘲李端端："黄昏不語不知行，鼻似煙窗耳似鐺。獨把象牙梳插鬢，昆侖山上月初生。"[⑧]端端得此詩，憂心如病，使院飲迴，遥見二子躡屐而行，乃道傍再拜競灼曰：[⑨]"端端祗候三郎、六郎，[⑩]伏望哀之。"又重贈一絶句粉飾之，[⑪]於是大賈居豪，競臻其户。或戲之曰："李家娘子，纔出墨池，便登雪嶺。何期一日，黑白不均？"紅樓以爲倡樂，[⑫]無不畏其嘲謔也。祜、涯久在維揚，天下晏清，篇詞縱逸，貴達欽憚，呼吸風生，暢此時之意也。[⑬]贈詩曰："覓得黄騮被綉鞍，善和坊裏取端端。揚州近日渾成差，一朵能行白牡丹。"[⑭]《雜嘲》二首："二年不到宋家東，阿母深居僻巷中。含淚向人羞不語，琵琶絃斷倚屏風。""日暮迎來畫閣中，百年心事一宵同。寒雞鼓翼紗窗外，已覺恩情逐曉風。"[⑮]又《悼妓》詩曰："赤板橋西小竹籬，槿花還似去年時。淡黄衫子都無也，腸斷丁香畫雀兒。"[⑯]崔生之妻，雍氏者，乃揚州摠效之女也，[⑰]儀質閒雅，夫婦甚睦。雍族以崔郎甚有詩名，[18]資贍每厚。崔生常於飲食之處，略無憚敬之顔，[19]但呼妻父"雍老"而已。雍久之而不能容，勃然仗劍，呼女而出崔秀才曰："某河朔之人，唯習弓馬。[20]養女合嫁軍門，徒慕士流之德。小女違公，不可别醮，便令出家。汝若不從，吾當揮劍！"[21]立令涯妻剃髮爲尼，[22]涯方悲泣悔過，雍亦不聽分疏，[23]親戚揮慟，别易會難。涯不得已，裁詩留贈。至今江浦離愁，莫不吟諷是詩，而惜别也。詩曰："隴上流泉隴下分，斷腸嗚咽不堪聞。姮娥一日宫中去，巫峽千秋空白雲。"[24]

校正：

①"崔涯者，吴楚之狂生也，與張祜齊名"，"崔"上，《太平廣記》卷二五六有"唐"字，無"者之"二字，"生"作"士"。

【按】崔涯，兩《唐書》無傳，亦無知其字及籍貫。《新唐書·宰相世系表》有"崔涯，汜水令"。其祖"表，嶺南節度副使、殿中侍御史"。其父"道紀字玄風，處州刺史"，弟"淘，青州平盧節度掌書記"。其祖崔表，清河人，曾爲嶺南節度使(《廣東縣志》卷二六及《廣西通志》卷五〇)。其父崔道紀曾爲括州刺史(《浙江通志》卷一一二)。唐天寶元年(742)至乾元元年(758)，縉雲屬之的括州曾改名縉雲郡，後復爲括州(浙江麗水)。其後大曆十四年(779)改括州爲處州(《舊唐書·地理志》)。崔涯或隨父往駐江東，《雲谿》故稱涯爲吴楚人。馮翊子《桂苑叢談·崔張自稱俠》："進士崔涯、張祜下第後，多游江淮，常嗜酒，侮謔時輩，或乘飲興，即自稱俠。二子好尚既同，相與甚洽。崔因醉作俠士詩云：'太行嶺上三尺雪，崔涯袖中三尺鐵。一朝若遇有心人，出門便與妻兒别。'由是往往播在人口：'崔、張真俠士也。'以此人多設酒饌待之，得以互相推許。"又《鑑誡録》卷七"釣巨鼇"條下："會昌四年，李相公伸節鎮淮南日，所爲尊貴，薄於布衣，若非皇族卿相囑致，無有面者。張祜與崔涯同寄府下……"《唐方鎮年表》卷五，李紳會昌四年恰罷相鎮淮南，然祜早歲便與李紳交誼甚篤，《鑑誡録》所記若確有其事，時應於大和七年，且在江東而非淮南。張祜有詩記此:“鷲嶺因支訪,龍門詣李登”,“憶作江東客,倡狂事頗曾。”且其時,李紳尚未入相。詳參《唐才子傳校箋·張祜》。

② “每題一詩於倡肆”,《太平廣記》卷二五六無“一”字。

【按】張祜歌伎之詩甚多,諸如《觀杭州柘枝》、《周員外席上觀柘枝》、《觀楊瑗柘枝》、《壽州裴中丞出柘枝》、《贈柘枝》、《李家柘枝》、《感王將軍柘枝妓歿》等詩。

③ “毀之,則杯盤失錯”,“錯”《太平廣記》卷二五六作“措”。

④ “嘲妓曰:誰得蘇方木”,“嘲”上,《太平廣記》卷二五六有“嘗”字;“嘲”下、“曰”上,《稗海》本均有“一妓”二字。蘇方木,《欽定續通志》卷一七六:“蘇方木,一名蘇木樹。似庵羅,其木,人用以染絳色。《博物要覽》云:‘煎汁用鐵器則色黯,其木蠹屑名曰紫納,亦可用。’”

⑤ 玳瑁,即瑇瑁。一種形如龜的爬行動物,甲殼黄褐色,光滑有黑斑,多做裝飾品。《爾雅翼》卷三一:“瑇瑁,龜類也。出廣南,身似龜首,觜如鸚鵡,腹背甲皆有紅點斑,文大者如盤,又有鼂鼊,其形如笠,四足縵胡,無指,其甲有黑珠。文采如瑇瑁,可以飾物,今人謂之鼊皮,又鼅鼄與點鼊相似。”

⑥ 崑崙兒,《舊唐書·林邑傳》記載:“自林邑以南,卷髮黑身,通號爲‘昆侖’。”唐釋慧琳《一切經音義》卷六一解釋説:“(昆侖)上音昆,下音論,時俗語便,亦曰骨論。南海州島中夷人也,甚黑,裸形,能馴伏猛獸犀象等,種類數般,即有僧只,突彌,骨堂,合蔑等,皆鄙贱人也。國無禮義,抄劫爲活,愛啖食人,如羅刹、惡鬼之類也,言語不正,異於諸蕃,善入水,竟日不死。”

⑦ “更著一雙皮屐了,紇梯紇榻出門前”,“了”《太平廣記》卷二五六作“子”。

詩録於《全唐詩》卷八七〇,題爲《嘲妓》。《唐音癸籤》卷二四“紇梯紇榻”條下:“崔涯嘲妓詩,用‘紇梯紇榻’四字,寫其著屐聲,此俗語至今有之,然亦有所本。《楚辭·卜居》:‘將突梯滑稽,如脂如韋,以絜楹乎?’晦庵注:‘突梯’滑澾貌。紇梯,蓋即突梯。紇榻,亦即紇澾也。自屈原來已有此方言矣。”

⑧ 詩録於《全唐詩》卷八〇七，題作《嘲李端端》。

⑨ “乃道傍再拜兢灼曰”，“灼”《太平廣記》卷二五六作“惕”；“乃”，《稗海》本作“於”，“兢灼”作“戰惕”。

⑩ 三郎、六郎，疑爲崔、張之行第。

⑪ “又重贈一絶句粉飾之”，“又”《太平廣記》卷二五六作“乃”，“粉”作“以”，“之”下有“云”字。

⑫ “紅樓以爲倡樂”，“倡”《稗海》本作“娼”。

⑬ “暢此時之意也”，“暢”上《稗海》本有“頗”字。

⑭ “揚州近日渾成差，一朵能行白牡丹”，按《太平廣記》卷二五六“於是大賈居豪”至“贈詩曰”止移在“一朵能行白牡丹”下，“大賈居豪”作“豪富之士”，“競臻其户”作“復臻漆門”，“何期一日”作“爲至呼吸風生”。詩録於《全唐詩》卷八〇七，題作《嘲李端端》。

⑮ 詩録於《全唐詩》卷八〇七，題作《雜嘲》二首。

⑯ 詩録於《全唐诗》卷五〇五，題作《悼妓》。

⑰ 總效一職不詳。《雲谿》中，雍總效自言“某河朔之人”，然《元和姓纂》卷一“雍”姓下唯有“唐主客郎中雍惟良，信都棗強人，檢校郎中兼朝邑令雍寧。河陽三城使、懷州刺史兼御史大夫雍希顒”。

⑱ “雍族以崔郎甚有詩名”，“詩”《稗海》本作“才”。

⑲ “略無憚敬之顔”，“憚”原作“禪”，據《稗海》本改。

⑳ “呼女而出崔秀才曰：某河朔之人，唯習弓馬”，原作“唯襲弓馬”，《稗海》本“崔”上有“謂”字，“襲”作“習”，今據改。

㉑ “汝若不從，吾當揮劍”，“汝”《稗海》本作“女”。

㉒ “立令涯妻剃髪爲尼”，《稗海》本此句在“便令出家下”，而“汝若不從吾黨揮劍”八字轉在此句之下。

㉓ “雍亦不聽分疏”，“疏”《稗海》本、《四庫》本均作“訴”。

㉔ “姮娥一日宫中去，巫峽千秋空白雲”，“日”《稗海》本作“入”，“宫”作“雲”。《全唐诗》卷五〇五載此诗，題作《别妻》。

李右座

李相公林甫，當開元之際，與巷陌交通，權等人主。[1]天下之能名，須出其門也。如不稱意者，必遭竄逐之禍。雖楊國忠之盛，未得侔焉。[2]其姬愛之衆，皆不勝其珠翠。嘗賜宫娥二人，一者潛歸私家，[3]經旬方還，相公亦乃不知。[4]其榮顯謂之右座相公。軒蓋諸侯，見者如履冰谷。舉子尉遲匡，幽并耿概之士也，以頻年不第，投書于右座，皆擊刺之説。[5]匡有《暮行潼關》之作，云："明月飛出海，黄河流上天。"又《觀内人樓上踏歌》曰："芙蓉初出水，桃李忽無言。"又《塞上曲》云："夜夜月爲青冢鏡，年年雪作黑山花。"相公鑑此句曰："得非才子乎？[6]若使匡伏恨銜冤，不假陶鑄之力，則從四夷八蠻，分爲左衽矣！豈爲進人乎？豈爲賢相乎？"及得相見，右座曰："有一蕭穎士，[7]既叨科第，輕時縱酒，不遵名教。嘗忤吏部王尚書丘，然以文識該通，孰爲其敵，[8]君子不遺其言，幾至鞭撲。子之詩篇，幸未方於穎士，且吾之名，復異於王公，言王吏部。重欲相干，三思可矣。"[9]匡知右座見怒，惶怖而趨出。恓屑無依，[10]退歸林墅。罷寧戚之高歌，效約成之獨樂。登山臨水，勞灼灼之音焉。且李君之爲輔翊，妒賢害能，太平之基，因而覆餗也。昔重華登用，進二八於明君；[11]姬旦爲相，述四人於少主。[12]故行流殛之刑，成吐握之美，乃帝子之股肱，萬方之軌度也。⑬若李丞相，恣行殘賊，不慕姚姬，非唯其殃，乃其宜矣。⑭

校正：

①“與巷陌交通，權等人主”，“陌”《稗海》本作“伯”，誤。李林甫，《舊唐書·李林甫傳》：“李林甫，高祖從父弟長平王叔良之曾孫。……十四年，宇文融爲御史中丞，引之同列，因拜御史中丞，歷刑、吏二侍郎。……二十三年，以黄門侍郎平章事裴耀卿爲侍中，中書侍郎平章事張九齡爲中書令，林甫爲禮部尚書、同中書門下三品，并加銀青光禄大夫。……尋歷户、兵二尚書，知政事如故。……林甫既秉樞衡，兼領隴右、河西節度，又加吏部尚書。天寶改易官名。爲右相，停知節度事，加光禄大夫，遷尚書左僕射。六載，加開府儀同三司，賜實封三百户，而恩渥彌深。……上在位多載，倦於萬機，恒以大臣接對拘檢，難徇私欲，自得林甫，一以委成。故杜絶逆耳之言，恣行宴樂，衽席無别，不以爲恥，由林甫之贊成也。”又見《新唐書》本傳。

② 李林甫玩弄權術，排除異己，《新唐書》本傳載曰：“性陰密，忍誅殺，不見喜怒。面柔令，初若可親，既崖阱深阻，卒不可得也。公卿不由其門而進，必被罪徙；附離者，雖小人且爲引重。同時相若九齡、李適之皆遭逐；至楊慎矜、張瑄、盧幼臨、柳升等緣坐數百人，并相繼誅。以王鉷、吉温、羅希奭爲爪牙，數興大獄，衣冠爲累息。適之子霅嘗盛具召賓客，畏林甫，乃終日無一人往者。”然謂楊國忠未能相侔者，与史載稍不符。《舊唐書·李林甫傳》：“初，楊國忠登朝，林甫以微才不之忌；及位至中司，權傾朝列，林甫始惡之。時國忠兼領劍南節度，會南蠻寇邊，林甫請國忠赴鎮。帝雖依奏，然待國忠方渥，有詩送行，句末言入相之意。又曰：‘卿止到蜀郡處置軍事，屈指待卿。’林甫心尤不悦。林甫時已寢疾。……翌日，國忠自蜀還，謁林甫，拜於牀下，林甫垂涕托以後事。”其後國忠方代林甫相職。且“國忠素憾林甫，既得志，誣奏林甫與蕃將阿布思同構逆謀，誘林甫親族間素不悦者爲之證。詔奪林甫官爵，廢爲庶人，

岫、崿諸子并謫於嶺表”。

③“一者潛歸私家”,“歸”《稗海》本作“回”。

④“相公亦乃不知”,《稗海》本無“乃”字,疑原本“乃”爲衍字。

⑤ 尉遲匡,兩《唐書》無傳。《全唐詩》卷七九五録此三詩之句。注云:“尉遲匡,幽并人。開元進士。”

⑥“相公鑑此句”,“鑑”《稗海》本作“覽”。

⑦ 蕭穎士,《新唐書·藝文志》:蕭穎士《梁蕭史譜》二十卷,蕭穎士《游梁新集》三卷。《舊唐書》本傳:“蕭穎士者,聰雋過人,富詞學,有名於時,賈曾、席豫、張垍及述皆引爲談客。開元二十三年登進士第,考功員外郎孫逖稱之於朝。褊躁無威儀,與時不偶,前後五授官,旋即駁落。乾元初,終於揚府功曹。”另見《新唐書·蕭穎士傳》,李華有《祭蕭穎士文》。

李林甫對尉遲匡提及蕭穎士,頗有威脅之意。《新唐書》蕭穎士本傳云:“天寶初,穎士補秘書正字。……於是尹徵、王恒、盧異、盧士式、賈邕、趙匡、閻士和、柳并等皆執弟子禮,以次授業,號‘蕭夫子’。召爲集賢校理。宰相李林甫欲見之,穎士方父喪,不詣。林甫嘗至故人舍邀穎士,穎士前往,哭門内以待,林甫不得已,前弔乃去。怒其不下己,調廣陵參軍事,穎士急中不能堪,作《伐櫻桃樹賦》曰:‘擢無庸之瑣質,蒙本枝以自庇。雖先寢而或薦,非和羹之正味。’以譏林甫云。君子恨其褊。會母喪免,流播吴、越。”

⑧“孰爲其敵”,《稗海》本此句作“堪爲敵手”。

⑨ 蕭穎士遇王丘事。《明皇雜録》卷上、《唐摭言》卷三、《太平廣記》卷一七九皆載,其中以《明皇雜録》記載最早:“蕭穎士,開元二十三年及第,恃才傲物,曼無與比,常自攜一壺,逐勝郊野。偶憩於逆旅,獨酌獨吟,會有風雨暴至,有紫衣老人領一小童避雨於此。穎士見之散冗,頗肆陵侮。逡巡風定雨霽,車馬卒至,老人上馬,呵殿而去。穎士倉忙覘之,左右曰:‘吏部王尚書,名丘。’初,蕭穎士常造門,未之面,極驚愕。明日,具長箋造門謝,丘命引至廡下,坐責之,且曰:‘所恨與子非親屬,當庭訓之耳。’頃曰:‘子負文學之名,踞忽如此,止於一第乎。’穎士終揚州功曹。”

【按】王丘應爲開元末禮部尚書，而非爲文中及《明皇雜録》所謂吏部尚書。《舊唐書·王丘傳》云："開元初，累遷考功員外郎。先是，考功舉人，請托大行，取士頗濫，每年至數百人，丘一切覈其實材，登科者僅滿百人。……二十一年，侍中裴光庭病卒，中書令蕭嵩與丘有舊，將薦丘知政事，丘知而固辭，且盛推尚書右丞韓休，嵩因而奏之。及休作相，遂薦丘代崔琳爲御史大夫。丘既訥於言詞，敷奏多不稱旨。俄轉太子賓客，襲父爵宿預男，尋以疾拜禮部尚書，仍聽致仕。"另《舊唐書·玄宗紀》："（天寶二年）七月癸丑，致仕禮部尚書王丘卒。"

⑩"恓屑無依"，"屑"《稗海》本作"遲"。

⑪重華，即舜。進二八於明君，事見《史記·五帝本紀》："昔高陽氏有才子八人，世得其利，謂之'八愷'。高辛氏有才子八人，世謂之'八元'。此十六族者，世濟其美，不隕其名。至於堯，堯未能舉，舜舉八愷，使主后土，以揆百事，莫不時序。舉八元，使布五教於四方，父義，母慈，兄友，弟恭，子孝，内平外成。"

⑫姬旦，周公。述四人於少主，事見《史記·周本紀》："成王少，周初定天下，周公恐諸侯畔周，公乃攝行政當國。管叔、蔡叔群弟疑周公，與武庚作亂，畔周。周公奉成王命，伐誅武庚、管叔，放蔡叔。以微子開代殷後，國於宋。"

⑬"乃帝子之股肱，萬方之軌度也"，《稗海》本脱"肱萬方之"。

⑭"非唯其殃，乃其宜矣"，"非"《稗海》本作"卒"，"唯"作"罹"。

衡陽遁

徐侍郎安貞，久居中書省。① 常參李右丞議，恐其罪累，乃逃隱衡山岳寺，爲東林掇蔬行者，而喑啞不言者數年。② 後值修建佛殿，僧中選善書者題其梁，已二三人矣，而徐行者跨過。掌事怒，以杖連擊其背。行者乃畫地曰：③ “某口雖不言，昔年曾學大書也，乞試之。”及試，乃題數行，群僧皆悦服，因遣盡書之。時李北海邕，④ 游岳過寺，⑤ 觀其題處，曰：“不知徐公在此。”乃召至，握手而言曰：“朝列於公，已息論矣。”遂解其布褐，飾以簪裳。僧嘗杖擊者，潛匿無地。徐謂邕曰：“吾恐逢非罪，遁迹深山。凡庸僧輩，安能識我？汝無疑也。”江夏公因戲之云：“徐郎曾吟：‘峴山思駐馬，漢水憶迴舟。’⑥ 又：‘暮雨夜猶濕，春風帆正開。’”徐曰：“喑啞之日，時亦默而誦之。”⑦ 二聯乃安貞佳句也。⑧ 因同載北歸，至潭州，⑨ 察使水亭相迓。徐侍郎指李北海呼曰：“行者瀟湘逢故人，得隨歸客，止乎汀洲之娱，若幽谷之睹太陽者矣。不然委頓巖谷，卒於寺隸也。”

校正：

① “徐侍郎安貞，久居中書省”，《稗海》本“安貞”偏右作小字。徐安貞，又名徐楚璧。《舊唐書》本傳中：“徐安貞者，信安龍丘人。尤善五言

詩。嘗應制舉，一歲三擢甲科，人士稱之。開元中爲中書舍人、集賢院學士。上每屬文及作手詔，多命安貞視草，甚承恩顧。累遷中書侍郎。天寶初卒。"另見《新唐書》卷二〇〇《褚無量傳》附傳。《新唐書·藝文志》載："《御刊定禮記月令》一卷（集賢院學士李林甫、陳希烈、徐安貞、直學士劉光謙、齊光乂、陸善經，修撰官史玄晏，待制官梁令瓚等注解。）"

② "而喑啞不言者數年"，"而"《稗海》本作"詐"，疑"而"下脱"詐爲"二字。

李右丞，即右相李林甫。二十四年爲中書令，天寶元年改爲右相。《新唐書·玄宗紀》："（二十四年）十一月壬寅，裴耀卿、張九齡罷。李林甫兼中書令。……（天寶元年）改侍中爲左相，中書令爲右相。"

【按】《新唐書·褚無量傳》所附《徐安貞傳》所述安貞與李林甫關係甚洽："在中書省久，是時李林甫用事，或言計議多所參助。後更名安貞。"而非文中所言"常參李右丞議，恐其罪累"。

③ "行者乃畫地曰"，《稗海》本此句作"徐乃劃地"。行者，佛教語，即"頭陀"。行腳乞食的苦行僧人；又指方丈的侍者及在寺院服雜役尚未剃髮的出家者。

④ 李北海，即李邕。《舊唐書·李邕傳》："李邕，廣陵江都（今江蘇揚州）人。……邕少知名。長安初，内史李嶠及監察御史張廷珪，并薦邕詞高行直，堪爲諫諍之官，由是召拜左拾遺。……十三年，俄而陳州贓汙事發，下獄鞫訊，罪當死……貶爲欽州遵化縣尉。邕後於嶺南從中官楊思勗討賊有功，又累轉括、淄、滑三州刺史，上計京師。……天寶初，爲汲郡、北海二太守。邕性豪侈，不拘細行，所在縱求財貨，馳獵自恣。五載，姦贓事發。又嘗與左驍衛兵曹柳勣馬一匹，及勣下獄，吉温令勣引邕議及休咎，厚相賂遺，詞狀連引，敕刑部員外郎祁順之、監察御史羅希奭馳往就郡決殺之，時年七十餘。"又《舊唐書·玄宗紀》："（天寶）六載正月辛巳朔，北海太守李邕、淄川太守裴敦復并以事連王曾、柳勣，遣使就殺之。"

⑤ "游岳過寺"，"過"《稗海》本作"寓"。

⑥ "徐郎"，"徐"下、"郎"上《稗海》本有"侍"字。"峴山思駐馬，漢水

憶迴舟”,“水”《稗海》本作“夜”。江夏公,即李邕。唐代李善、李邕父子的籍貫,一直存有異説。兩《唐書》的李善、李邕傳均稱其爲江都人。後人多依此説。然唐人稱李善父子,多稱之爲江夏人。如杜甫《八哀詩》謂“江夏李公邕”,顔真卿《孫逖文公集序》亦稱“江夏李邕”。詳參李婭《李善李邕父子是江夏人而非江都人》。

【按】徐安貞衡岳遇李邕之事,頗有疑點。李邕天寶初,爲汲郡、北海二太守。兩地與衡岳相距千里,以李邕七十之高齡游衡岳令人難以置信。且徐安貞天寶三載七月尚於京中持節禮册。如《册信王盧妃文》:“維天寶三年,歲次癸未七月戊戌朔二十一日戊午……今遣使尚書右僕射兼右相晋國公李林甫、副使銀青光禄大夫行中書侍郎徐安貞持節禮册爾”(《唐大詔令》卷四〇)。若如文中所説,遁衡陽數年。而天寶五載,姦贓事發。李邕六載終於貶所,則二人更無由相見於衡陽山寺間。史實或應如徐安貞《舊唐書》本傳所言,安貞天寶初即卒,所謂避李林甫與衡山爲李邕所救護應爲范氏不實之聞。

⑦“喑啞之日,時亦默而誦之”,《稗海》本無“日”字,“誦”作“咏”。

⑧“二聯乃安貞佳句也”,《稗海》本無此註。

⑨“至潭州”,原作“止潭州”,據《稗海》本改。

三鄉略

雲谿子素聞"三鄉"之咏,① 悵然未明其所自也。洎得吴郡陸君貞洞,② 或紀其年代而不知者矣。③ 用序乎,然群書有無名氏,樂府集無名氏詩。今檢陸君之意,④ 詩序亦云姓字隱而不書。⑤ 夫序者,述作之本意,編其舊序,⑥ 是詩繼和者,多不能遍録,略舉十餘篇以次之。無名序曰:"余本若耶谿東,與同志者二三,紉蘭佩蕙,每貪幽閒之境,玩花光於松月之亭,竟晝綿宵,往往忘倦。洎乎初笄,至於五换星霜矣。自後不得已,從良人西入函關,⑦ 寓居晋昌里第。⑧ 其居也,門絶囂塵,花木叢翠。東西鄰二佛宫,皆上國勝游之最。伺其閒寂,因游覽焉,亦不辜一時之風月也。不意良人已矣,邈然無依,帝里芳春,弔影東邁。涉滻水,⑨ 歷渭川,背終南,陟太華,⑩ 經虢略,⑪ 抵陝郊,挹嘉祥之清流,面女几之蒼翠。⑫ 凡經過之所,皆曩昔讌笑之地,綢繆之所。銜寃加歎,⑬ 舉目魂銷。雖殘骸尚存,而精爽都失。假使潘岳復生,無以悼其幽思也。遂命筆聊題,終不能滌其懷抱,絶筆慟哭而去。以翰墨非婦人女子之事,名字是故隱而不書。時會昌壬戌歲仲春十九日。"又賦詩曰:"昔逐良人西入關,良人身殁妾空還。謝娘衛女不相待,爲雨爲雲過此山。"⑭ 和詩十一首。進士陸貞洞:⑮"惆悵殘花怨暮春,孤鸞舞鏡倍傷神。清詞好個干人事，疑是文姬第二身。"同前，王祝：[16]"女几山前嵐氣低，佳人留恨此中題。不知雲雨歸何處，空使王孫見即迷。"劉谷："蘭蕙芬芳見玉姿，路傍花笑景遲遲。苧蘿山下無窮意，併在三鄉惜别時。"[17]王條：[18]"浣沙游女出關東，舊迹新詞一夢中。槐陌柳亭何限事，年年迴首向春風。"李昌鄴："紅粉蕭娘手自題，分明幽怨發雲閨。不應更學文君去，泣向殘花歸剡谿。"王碩："無姓無名越水濱，芳詞空怨路傍人。莫教才子偏惆悵，宋玉東家是舊鄰。"李縞："會稽王謝兩風流，王子沉淪謝女愁。歸思若隨文字在，路傍空爲感千秋。"張綺："洛川依舊好風光，蓮帳無因見女郎。雲雨散來音信斷，此生遺恨寄三鄉。"高衢："南北千山與萬山，軒車誰不思鄉關。獨留芳翰悲前迹，陌上恐傷桃李顔。"韋冰："來時歡笑去時哀，家國迢迢向越臺。待寫百年幽思盡，故宫流水莫相催。"[19]五言復睹三鄉題處，留贈賈馳："壁古字未滅，[20]聲長響不絶。蕙質本如雲，松心應耐雪。耿耿離幽谷，悠悠望歐越。杞婦哭夫時，城崩無此説。"

校正：

①"雲谿子素聞三鄉之咏"，"泳"《稗海》本作"味"。三鄉，即三鄉驛，舊在宜陽（今河南省宜陽縣）西南洛河北岸三鄉鎮，地處古長安至東都洛陽道上。爲交通要道，相關詩歌甚多，如唐代詩人劉禹錫《三鄉驛樓伏睹玄宗望女几山詩小臣斐然有感》等等。

②"洎得吴郡陸君貞洞"，《稗海》本人名偏右作小字，餘同此。

③"或紀其年代而不知者矣"，"或"《稗海》本作"僅"。

④"今檢陸君之意"，"檢"原作"簡"，據《稗海》本、《四庫》本改；且《稗海》本無"意"字，《四庫》本"意"作"詩"。

⑤"詩序亦云姓字隱而不書"，"詩"《四庫》本作"其"。

⑥“編其舊序”,“編”《稗海》本作“繹”。

⑦“自後不得已,從良人西入函關”,《稗海》本無“自”字。

函關,今陝西函谷關。《元和郡縣志》卷六“新安縣”條下:“函谷故關,在縣東一里。漢武帝元鼎三年,爲楊僕徙關於新安。按:秦函谷關在今陝州靈寶縣西南十二里,以其道險隘,其形如函,故曰‘函谷’。項羽坑秦降卒於新安,即此地。今縣城之東有南北塞垣,楊僕所築。”

⑧ 晋昌里,《唐兩京城坊考》卷之三:“西京,朱雀門街東諸坊”,有“次南晋昌坊,半以東,大慈恩寺,寺西院,浮圖六級,崇三百尺。西南隅,楚國寺”。

⑨ 滻水,今稱滻河,發源於秦嶺北麓,北流在西安東北注入灞河。《陝西縣志》卷九:“滻水在縣東十五里,自藍田界流來,合灞水長水,亦謂之荆谿。……自白鹿原西北流左合狗枷川水,又北入霸縣,有温泉入焉。水發自原下入荆谿水亂流注於霸。”

⑩ “陟太華”,“太”《稗海》本作“泰”。太華,山名。《元和郡縣志》卷二“鄭縣”條下,“太華山在縣南八里。”鄭縣“本秦舊縣,漢屬京兆。後魏置東雍州,其縣移在州西七里。隋大業二年,州廢移入州城,隸屬雍州。至三年,以州城屋宇壯麗,置太華宫,縣即權移城東。四年宫廢,又移入城”。

⑪ “經虢略”,“略”《稗海》本作“路”。虢略即虢州,今河南靈寶縣,《元和郡縣志》卷七:“《禹貢》雍及豫二州之境。周初爲虢國。虢有三:北虢,今陝州平陸縣;東虢,今滎陽縣;西虢,在今鳳翔扶風縣也……隋開皇三年廢郡,以縣屬陝州,大業二年又改屬豫州。三年,又於弘農縣置弘農郡,義寧元年改爲鳳林郡。其年,於盧氏縣置虢郡。武德元年改爲虢州。其年,改鳳林郡爲鼎州,因鼎湖以爲名。貞觀八年,廢遂移虢州於今理所。”

⑫ 女几,山名。《元和郡縣志》卷五“福昌縣”條下,“女几山,在縣西南三十四里。”福昌縣,“畿。東至府一百五十里。古宜陽地,春秋時屬晋,七國時屬韓。漢以爲縣,屬弘農郡。……隋義寧二年,於此置宜陽郡。武德元年改爲熊州,改宜陽縣爲福昌縣。”

⑬“銜冤加歎”,“加”《稗海》本、《四庫》本均作“茹”。

⑭ 此詩見《全唐詩》卷八〇一,題爲《若耶谿女》詩,下引酈琥《彤管遺編》云:“若耶谿女。隱名不書,後李舒解之曰:‘二九十八,十加八木字。子爲父後,木下子,李字也。玉無瑕,去其點也,弁無首,存其廾也,王下廾,弄字也。荆山石,往往有者,荆山多玉,當是姓李名弄玉也。’”

【按】明酈琥《彤管遺編》此解,當出宋張君房《麗情集》。《麗情集》今已佚亡。然《類説》卷二九輯録其中五十餘條,其中《三卿題》叙若耶谿女事與《雲谿友議》大致相同,又有增加:“姓二九,下父後,玉無瑕,弁無首,荆山石,往往有。……李舒解曰:‘二九十八也,十加八,木字,子爲父後,木下子,李字。玉無瑕,去其點也。弁無首,存其廾也。玉下廾,弄字也。荆山石,往往有者,荆山多韞玉,當是姓李名弄玉也。’”清《御定月令輯要》卷六“三鄉題壁”條小注:“原《彤管遺編》,若耶谿女題三鄉詩序,時會昌壬戌仲春十九日,二九子爲父後,玉無瑕,弁無首,荆山石往往有題隱名不書。後李舒解之曰:‘當是姓李名弄玉也。’”《全唐詩録》卷九九將此詩歸於“李弄玉”條下,且注:“弄玉,會稽人,近體詩《哀憤詩》并序。”《石倉歷代詩選》卷一一三録此詩,亦同此説。

⑮“進士陸貞洞”,《稗海》本“貞洞”靠右作小字。此詩見《全唐詩》卷七八六,題作《和三鄉詩》(會昌時有女子題詩三鄉驛,和者十人)。

⑯ 王柷,《唐詩紀事》卷六七:“柷,字不耀,名家子。唐末爲給事中。巢寇前,典常州;既亂,寄江湖,甚有時望。及詔召,經陝,時王拱爲帥兇暴,以厚禮降接,願居子姪之末,柷堅不許。拱怒罷宴,命將吏速請離舘,害於途,悉投其家於黄河。時朝廷多故,捨而不問,柷一子,行至襄州,亦無故投井而卒。”

【按】王仲鏞《唐詩紀事校箋》引《新唐書·宰相世系表》,云當作“王柷”。《唐詩紀事》所從者,本自《新唐書·王重榮傳》附《王珙傳》:“珙殺給事中王柷等十餘人,幕府遭戮辱甚衆,人有罪輒刳斮以逞。柷者,故爲常州刺史,避難江湖,帝聞剛鯁,以給事中召,道出陝,珙謂且柄任,厚禮之。柷鄙其武暴,不降意。既宴,盛列珍器音樂,珙請於柷曰:‘僕今日得在子弟列,大賜也。’三請,柷不答。珙勃然曰:‘天子召公,公不可留此。’

遂罷，遣吏就道殺之，族其家，投諸河，以溺死聞。帝不能詰。”

⑰ 此詩見《全唐詩》卷七八六，題爲《和三鄉詩》。作者劉谷，生平不詳。注云：“劉谷，與李郢同時。詩一首。”

⑱ 王條，王仲鏞《唐詩紀事校箋》引《新唐書・宰相世系表》，云當作“王滌”。詩見《全唐詩》卷七八六，題作《和三鄉詩》（王滌，字用霖，琅琊人。景福中擢第，累官中書舍人，後終於閩。詩一首）。

⑲ 以上詩均可見《全唐詩》卷七八六，題作《和三鄉詩》。

⑳“五言復睹三鄉題處留贈賈馳”，“五言”《稗海》本作“序云”，“題處留”作“留題處”，均雙行小註於“賈馳詩曰”下。

狂巫訕

太僕卿韋覲，[1]欲求夏州節度使。有巫者知其所希，忽詣韋門曰：[2]"某善禱祝星神。凡求官職者，必能應之。"韋卿不知其誑詐，[3]令擇日。夜深，於中庭備酒果香燈等，巫者乘醉而至，請韋卿自書官階一道，虔啓於醮席。既得手書官銜，仰天大叫曰："韋覲有異志，令我祭天！"韋公合族拜乞之：[4]"山人無以此言，百口之幸也。"凡所玩用財物，悉與之。時湖上崔大夫偘，[5]充京尹，府囚叛獄，謂巫者是其一輩。里胥詰其衣裝忽異，巫情窘，乃云："太僕卿韋覲，曾令我祭天。[6]我欲陳告，而以家財求我，非竊盜也。"既當申奏，宣宗皇帝召覲至其殿前，獲明冤狀，復召宰臣，詔曰："韋覲，[7]城南上族，軒蓋承家。昨爲求官，遂招誣謗，無令酷吏加之罪。"其師誣誑，[8]便付京兆處死訖申。韋則量事受責，門下議貶潘州司馬。[9]雲谿子曰：昔晉獻因孋姬之譖，申生不終孝道；[10]漢武信江充之佞，太子以至捐軀。[11]事莫爭於當時，仁必傷於舊史。我宣宗文武光孝皇帝，親綜萬機，恩覃九裔，可以農軒比德，舜禹同規。測韋氏之深冤，獲全家之盛族；雖之嶺隅，亦其幸也。察院李公明遠：[12]"北鳥飛不到，南人誰去游。天涯浮瘴水，嶺外向潘州。草木春秋暮，猿猱日夜愁。定知遷客淚，應只對君流。"[13]

校正：

① “太僕卿韋覲”，“卿韋”原誤倒，據《太平廣記》卷二八三乙正。

【按】韋覲，兩《唐書》無傳。《廣東通志》卷二六載韋覲爲“羅州別駕”，卷三八“肇慶府”條下又稱：“韋覲，京兆人，舉進士，累官太僕卿。宣宗時，覲家人因禱醮，故爲女巫告下獄，論死。帝知其冤，誅巫，謫覲潘州司馬。至則訪求民瘼，安輯撫恤，南宕洞落悉服焉，御史李明遠贈之以詩有‘北鳥飛不到，南人誰共游’之句，蓋惜其才也。”《中天記》卷四〇、《太平廣記》卷二八三、《唐詩紀事》卷五九均載此説。“狂巫詘”所記太僕卿韋覲爲術士所蠱惑，遭其詘謗貶潘州司馬事，又見於裴庭裕《東觀奏記》，然二者所記人名、官職、貶地均有不同。《東觀奏記》中卷上云：“司農卿韋廑，夜令術士爲厭勝之術，御史臺劾奏，貶永州司馬。”范攄《雲谿友議》言太僕卿韋覲欲求夏州節度使，貶潘州司馬。《資治通鑑》合二爲一，據《雲谿友議》略易其文，而人名、官職、貶地却采用了《東觀奏記》的説法。《資治通鑑》卷二四九下：“（宣宗大中十年）六月戊寅，以中書侍郎、同平章事裴休同平章事，充宣武節度使。司農卿韋廑欲求夏州節度使，有術士知之，詣廑門曰：‘吾善醮星辰，求官無不如意。’廑信之，夜，設醮具於庭。術士曰：‘請公自書官階一通。’既得之，仰天大呼曰：‘韋廑有異志，令我祭天。’廑舉家拜泣曰：‘願山人賜百口之命！’家之貨財珍玩盡與之。邏者怪術士服鮮衣，執以爲盜。術士急，乃曰：‘韋廑令我祭天，我欲告之，彼以家財求我耳。’事上聞。秋，九月，上召廑面詰之，具知其冤，謂宰相曰：‘韋廑城南甲族，爲姦人所誣，勿使獄吏辱之。’立以術士付京兆，杖死，貶廑永州司馬。”《資治通鑑考異》卷二二“九月韋廑貶永州司馬”條：“《東觀奏記》實録貶司農卿韋廑爲永州司馬，廑夜令術士爲厭勝之術，御史臺劾奏故也。范攄《雲谿友議》曰‘太僕卿韋廑欲求夏州節度使云云，貶潘州司馬’。今官名從《東觀奏記》及實録，事取《雲谿友議》。”其中，“邏者怪術士服鮮衣，執以爲盜，術士急”數句，《雲谿友議》原文作：“時湖上崔大夫偘，充京尹，有府囚叛獄，謂巫者是其一輩，里胥詰其衣裝忽異，巫情窘。”《資治通鑑》卷二四九又載：“（宣宗大中十年）上以京兆久不理，夏,五月,丁卯,以翰林學士、工部侍郎韋澳爲京兆尹。”一月之差,京兆尹一爲崔倨,一爲韋澳,互相牴牾,故《資治通鑑》略此“崔倨”。裴庭裕,《唐會要》卷六三載:“大順二年二月,敕吏部侍郎柳玭等修宣宗、懿宗、僖宗實録。始,丞相、監修國史杜讓能,三朝實録未修,乃奏吏部侍郎柳玭、右補闕裴庭裕、左拾遺孫泰、駕部員外郎李允、太常博士鄭光庭等五人修之。逾年,竟不能編録一字。惟庭裕采宣宗朝耳目聞睹,撰成三卷,目曰《東觀奏紀》。納於史館。”《資治通鑑》取《東觀奏記》人名、官名、地名之記,是較《雲谿》之小説家言,更爲可信者。

② “忽詣韋門曰”,《太平廣記》卷二八三無“門”字。

③ “韋卿不知其誑詐”,《太平廣記》卷二八三及《稗海》本均無“卿”字;“誑詐”,《稗海》作“詐僞”。

④ “韋公合族拜乞之”,“乞之”《太平廣記》卷二八三及《稗海》本均作“曰乞”。

⑤ “時湖上崔大夫倨”,《太平廣記》卷二八三無“湖上”及“大夫”字。崔倨,兩《唐書》無傳,《唐會要》卷七六載:“開元元年,直言極諫科,梁升卿、袁楚客及第;哲人奇士逸倫屠釣科,孫逖及第;良才異等科,邵閏之、崔翹及第;文儒異等科,崔倨、褚庭晦及第;文史兼優科,李升期、康子元、達奚珣及第。”《文獻通考》卷三三所載與此同。

⑥ “太僕卿韋覲,曾令我祭天”,“卿”原脱,據《太平廣記》卷二八三補;《稗海》本此句作“韋太僕令我祭天”。

⑦ “詔曰”,“詔”《太平廣記》卷二八三作“論”,《稗海》本作“諭”。

⑧ “無令酷吏加之罪;其師誣誑”,“罪”下、“其”上,《太平廣記》卷二八三及《稗海》本有“僣”字;“誣”《太平廣記》作“巫”,無“誑”字。

⑨ 潘州,今廣東高州。《舊唐書》卷四一“潘州”條下:“隋合浦郡之定川縣。武德四年,置南宕州,領南昌、定川、鄰川、思城、温水、宕川六縣,治南昌縣。貞觀六年移治定川。八年,改爲潘州,仍廢思城縣。天寶元年,改爲南潘郡。乾元元年,復爲潘州也。”

⑩ 孋姬(孋應爲驪之誤)之譖,申生不終孝道事,參《禮記集説》:“晋獻公將殺其世子申生。公子重耳謂之曰:‘子蓋言子之志於公乎?’世子

曰：‘不可。君安驪姬，是我傷公之心也。’曰：‘然則蓋行乎？’世子曰：‘不可，君謂我欲弑君也，天下豈有無父之國哉？吾何行如之？’使人辭於狐突曰：‘申生有罪，不念伯氏之言也，以至於死，申生不敢愛其死。雖然，吾君老矣，子少，國家多難，伯氏不出而圖吾君。伯氏苟出，而圖吾君，申生受賜而死。’再拜稽首，乃卒。是以爲恭世子也。”

⑪ 江充之佞，太子捐軀事，見《漢書・五行志》：“太初元年十一月乙酉，未央宫柏梁臺災。先是，大風發其屋，夏侯始昌先言其災日。後有江充巫蠱衛太子事……丞相公孫賀、子太僕敬聲、平陽侯曹宗等皆下獄死。七月，使者江充掘蠱太子宫，太子與母皇后議，恐不能自明，乃殺充，舉兵與丞相劉屈氂戰，死者數萬人，太子敗走，至湖自殺。”

⑫ “察院李公明遠”，《稗海》本無“察院”二字，“明遠”下有“詩曰”二字。

⑬《全唐詩》卷五六三載此詩，題爲《送韋覲謫潘州》。李明遠，大中中監察御史。詩一首。

彰術士

昔許負謂薄姬必貴，[①]何顒謂曹瞞必傑，是挾天子而號令諸侯。[②]其言所驗，編於簡牘。夫藝術於時者，不可不申揚贊。淛東李尚書褒，[③]聞婺女二人有異術，曰婁千寶、吕元芳。[④]發使召至，既到，李公便令止從事家。[⑤]從事問曰："府主八座，更作何官？"元芳對曰："適見尚書，但前浙東觀察使，恐無别拜。"千寶所述亦爾。從事默然罷問。及再見李公，李公曰："僕他日何如？"二術士曰：[⑥]"稽山竦翠，湘柳垂陰。尚書畫鷁百艘，[⑦]正堪游觀。昔人所謂：人生一世，若輕塵之著草，何論異日之榮悴？榮悴定分，莫敢面陳。"因問幕下諸公，元芳曰："崔副使芻言、李推官正範，[⑧]器度相似，但作省郎，止於郡。[⑨]團練李判官服古，自此大醉不過數場，何論官矣。觀察判官任轂，止於小諫，不换朱衣。楊損支使評事，[⑩]雖骨體清瘦，幕中諸賓福壽皆不如。盧判官纁，雖即狀貌光澤，若比團練李判官，在世日月稍久，壽亦不如副使，與楊、李三人禄秩區分矣。"二術士所言咸未之信，無以證焉。[⑪]是後李服古不過五日而逝，誠大醉不過數場也。李尚書及諸從事驗其所説，敬之如神。時羅郎中紹權赴任明州，[⑫]竇弘餘少卿常之子也。[⑬]赴台州，[⑭]李公於席上問台、明二使君如何，婁千寶曰："竇使君必當再醉望海庭，羅使君此去便應求道四明山，不游塵世矣。”竇少卿罷郡，再之府庭，是重醉也。羅郎中遷於海島，⑮故以學道爲名，知其不還也。李尚書歸義興，未幾薨變，⑯是無他拜。盧纁判官校理，明年逝於宛陵使幕。李服古判官稍久矣，⑰爲少年也。任轂判官纔爲補闕，休官歸圃，⑱是不至朱紫也。崔芻言郎中止於吴興郡，李正範郎中止於九江，⑲二侯皆自南宫，止於名郡，⑳是乃禄秩相参。獨楊損尚書，三十年來，兩爲給事，再任京尹、防禦三峰、青州節使，年逾耳順，官歷藩垣，浙東同院諸公，福壽悉不如也。㉑皆依婁、吕二生所説焉。又杜勝給事在杭州之日，問婁千寶曰："勝爲宰相之事何如?"㉒曰："如筮得《震》卦，有聲而無形也。《周易》卜得《震》卦，如聞雷不見其形，凡事皆不成遂也。㉓當此之時，或陰人之所譖也。若領大鎮，必憂悒成疾，可以修禳乎!"後杜公爲度支侍郎，有直上之望，草麻待宣，府吏已上，於杜公門搆板屋，將布沙堤，忽有東門驃騎，奏以小疵，而承旨以蔣伸侍郎拜相，㉔杜出鎮天平，㉕憂悒不樂，失其大望也。乃歎曰："金華婁山人之言，果應矣!"欲令招千寶、元芳，又曰："婁、吕二生，孤雲野鶴，不知栖宿何處。"杜尚書尋亦薨於鄆州。鍾離侑少詹，昔歲閒居東越，睹斯異術，每求之二生，不可得也。雲谿子曰：自童騃之年知之，方敢備録。

校正：

① 許負，《漢書·周亞夫傳》云："亞夫爲河内守時，許負相之：君後三歲而侯。侯八歲，爲將相，持國秉，貴重矣，於人臣無二。後九年而餓死。"有注："許負，河内温人，老嫗也。"許負言薄姬事，見《漢書·外戚列傳》："高祖薄姬，文帝母也。……及諸侯畔秦，魏豹立爲王，而魏媪内其女於魏宫。許負相薄姬，當生天子。是時項羽方與漢王相距滎陽，天下

未有所定。豹初與漢擊楚，及聞許負言，心喜，因背漢而中立，與楚連和。漢使曹參等虜魏王豹，以其國爲郡，而薄姬輸織室。豹已死，漢王入織室，見薄姬，有詔内後宫，歲餘不得幸。”

② 何顒嘆曹操事，見《後漢書·何顒傳》：“何顒，字伯求，南陽襄鄉人也……及黨錮解，顒辟司空府。每三府會議，莫不推顒之長。累遷。及董卓秉政，逼顒以爲長史，托疾不就，乃與司空荀爽、司徒王允等共謀卓。會爽薨，顒以它事爲卓所繫，憂憤而卒。初，顒見曹操，歎曰：‘漢家將亡，安天下者必此人也。’操以是嘉之。”

③ “淛東李尚書褒”，《太平廣記》卷二二三無“尚書”二字；“褒”，《稗海》本作“襃”，偏右作小字。

【按】李褒，兩《唐書》無傳。早年曾爲儒林郎，試太子通事舍人，及泗州判官。《白氏長慶集》卷五二有《柳經李褒并泗州判官制》：“敕：徵事郎、前河南縣尉柳經，儒林郎、試太子通事舍人李褒等：……褒，可試太常寺協律郎、充武寧軍節度泗州兵馬留後判官，仍改名銜，散官、勛如故。”文宗時，曾爲起居舍人，開成元年免。《舊唐書·李讓夷傳》載：“開成元年，以本官兼知起居舍人事。時起居舍人李褒有痼疾，請罷官。”《翰苑群書》：“褒，開成五年三月二十日，自考功員外郎、集賢院直學士充，其年六月轉庫部郎中、知制誥……會昌元年五月拜中書舍人，十二月加承旨，二年五月十九日出守本官。”武宗會昌年間，李褒爲鄭州刺史。《全唐文補遺》第一輯載李褒《唐故綿州刺史江夏李公(正卿)墓誌銘》，文中稱“有唐會昌四年四月十一日，左綿守李公歿於位”。李褒撰此誌署朝散大夫、使持節鄭州諸軍事、守鄭州刺史、上柱國、賜紫金魚袋。宣宗大中三年爲禮部侍郎知貢舉，試《堯仁如天賦》(《唐語林》卷七)。《登科記考》卷二二即據《唐語林》所記，繫李褒於大中三年以禮部侍郎知舉。同年出任浙東觀察使。《浙江通志》卷二三一“雲門廣孝寺”條下：“萬曆《紹興府志》在雲門山，晋義熙三年建。《紹興府志》：‘唐會昌廢，大中六年觀察使李褒奏再建，號大中拯迷寺。’”又《會稽掇英總集》卷一八下“唐太守題名記”下載“李褒(大中三年，自前禮部侍郎除禮部尚書授，六年八月追赴闕)”。此後不詳。

④“聞婺女二人有異術，曰婁千寶、吕元芳”，“婁千寶、吕元芳”，《太平廣記》卷二二三在“婺女”下、“二人”上。

⑤“發使召至，既到，李公便令止從事家”，“至”《太平廣記》卷二二三及《稗海》本均作“之”；“家”，《太平廣記》作“廳”。

⑥“二術士”，“術”《稗海》本作“人”，無“士”字。

⑦“尚書畫鷁百艘”，“百”《稗海》本作“千”。

⑧“崔副使芻言”，《稗海》本人名均偏右做小字，下同。

【按】崔芻言，兩《唐書》無傳。《山西通志》卷七五載其曾爲昭義節度判。大中末爲庫部員外郎。《册府元龜》卷六五一：“（大中）十四年中書舍人裴坦知貢舉，奏放進士三十人。考試官、庫部員外郎崔芻言放宏詞登科一人。時舉子尤盛，進士過千人，然中第者皆衣冠士子。”懿宗時曾任湖州刺史（《浙江通志》卷一一二）。

⑨“止於郡”，“郡”下《太平廣記》卷二二三及《稗海》本均有“守”字。

⑩ 楊損，字子默。《舊唐書》卷一七六有《楊損傳》：“以蔭受官，爲藍田尉。三遷京兆府司録參軍，入爲殿中侍御史。……巖不悦。會差制使鞫獄黔中，乃遣損使焉。逾年而還，改户部員外郎、洛陽縣令。入爲吏部員外，出爲絳州刺史。”楊損任支使評事，約在路巖遣使之時。

⑪“無以證焉”，“無”《太平廣記》卷二二三作“默”。

⑫ 明州，即今浙江寧波。《舊唐書·地理志》“明州”：“開元二十六年，於越州鄮縣置明州。天寶元年，改爲餘姚郡，乾元元年，復爲明州，取四明山爲名。”

⑬ 竇弘餘，兩《唐書》無傳。竇弘餘父爲竇常。竇弘餘曾爲台州刺史，檢校太子右庶子。見於《文苑英華》卷四一一杜牧《授竇弘餘加官依前台州刺史、蘇莊除鄧州刺史等制》：“敕：朝散大夫、使持節台州諸軍事、守台州刺史、上柱國竇弘餘……餘可檢校太子右庶子，餘如故。”《全唐詩》卷八九〇録其詩一首，題爲《廣謫仙怨》。

⑭ 台州，今浙江台州。《舊唐書·地理志》：“隋永嘉郡之臨海縣。……貞觀八年，復分置始豐、舊管二縣。永昌元年，置寧海縣。神龍二年，置象山縣。天寶元年改爲臨海郡。乾元元年，復爲台州。舊領縣

二：臨海、始豐。”

⑮“羅郎中遷於海島”，“遷”《太平廣記》卷二二三作“没”。

⑯“未幾薨變”，“薨變”《太平廣記》卷二二三作“物故”。

⑰“李服古判官稍久矣”，“李”上《太平廣記》卷二二三及《稗海》本均有“比”字。

⑱“休官歸圃”，“圃”下《太平廣記》卷二二三有“田”字。

⑲“李正範郎中止於九江”，“江”下《稗海》本有“郡”字。

⑳“二侯皆自南宫，止於名郡”，“侯”《太平廣記》卷二二三作“公”，“止於”作“出爲”。

㉑“青州節使”，“節”下、“使”上《太平廣記》卷二二三及《稗海》本均有“度”字。

【按】楊損仕履，《舊唐書・楊損傳》言之頗詳：“逾年而還，改户部員外郎，洛陽縣令。入爲吏部員外，出爲絳州刺史。路巖罷相（乾符元年），徵拜給事中，遷京兆尹。盧攜作相，有宿憾，復拜給事中。（乾符四年）出爲陜虢觀察使。時軍亂，逐前使崔蕘。損至，盡誅其亂首。逾年，改青州刺史、御史大夫、淄青節度使。又檢校刑部尚書、鄆州刺史、天平軍節度使。未赴鄆，復留青州，卒於鎮。”

㉒“勝爲宰相之事何如”，“勝”《太平廣記》卷二二三作“已”。杜勝，兩《唐書》無傳。其父杜黄裳，《舊唐書・杜黄裳傳》云杜勝：“登進士第，大中朝位給事中。勝子廷堅，亦進士擢第。”

【按】杜勝登第後，曾充判官職務。《李義山文集箋註》卷三有《爲安平公兖州奏杜勝等四人充判官狀》及卷二《代彭陽公遺表》，表云：“臣某云云，臣當道兵馬已差監軍使竇千乘勾當，其節度留務差行軍司馬趙祝，觀察留務差節度判官杜勝，訖有舊規模，無新革易。”《東觀奏記》卷上：“上追感元和舊事，但聞是憲宗朝卿相子孫，必加擢用。杜勝任刑部員外，閣内次對，上詢其祖父。勝以先父黄裳，永貞之際，首排奸邪，請憲宗監國。上德之，面授給事中。”《資治通鑑》采此説，并録於卷二四八宣宗大中三年十二月事下。《舊唐書・宣宗紀》：“（大中十二年）以朝請大夫、權知刑部侍郎、賜紫金魚袋杜勝爲户部侍郎、判户部事。”

㉓ “《周易》卜得《震》卦，如聞雷不見其形，凡事皆不成遂也”，《太平廣記》卷二二三無此小注。

㉔ 蔣伸，傳見《舊唐書》卷一四九、《新唐書》卷一三二。

【按】蔣伸曾兩度拜相，首次於大中十三年四月，見《舊唐書・宣宗紀》：“四月以翰林學士承旨、兵部侍郎、知制誥蔣伸本官同平章事。”其後爲咸通二年，《舊唐書・懿宗紀》：“以中書侍郎兼工部尚書蔣伸兼刑部尚書、右僕射”，同年“九月，以前兵部侍郎、判度支畢諴爲工部尚書、同平章事。蔣伸罷知政事”。蔣伸拜相，杜勝以度支侍郎出鎮天平，則時應在大中十三年。

㉕ 文中所謂杜勝出鎮天平，未聞於他處。天平，《舊唐書・地理志》：“天平軍節度使。治鄆州，管鄆、齊、曹、棣四州。”鄆州，即今山東鄆城。

雲中命

明皇幸岷山，百官皆竄辱，積尸滿中原，士族隨車駕也。①伶官：張野狐觱栗，雷海清琵琶，②李龜年唱歌，公孫大娘舞劍。③初，上自擊羯鼓，而不好彈琴，言其不俊也。又甯王吹簫，薛王彈琵琶，皆至精妙，共爲樂焉。唯李龜年奔迫江潭，杜甫以詩贈之曰："岐王宅里尋常見，崔九堂前幾度聞。正值江南好風景，落花時節又逢君。"④龜年曾於湘中采訪使筵上唱："紅豆生南國，秋來發幾枝。贈君多綵纈，此物最相思。"⑤又："清風朗月苦相思，蕩子從戎十載餘。征人去日殷勤囑，歸雁來時數附書。"⑥此詞皆王右丞所製，至今梨園唱焉。歌闋，合座莫不望行幸而慘然。⑦龜年唱罷，忽悶絶僕地。以左耳微暖，妻子未忍殯殮，經四日乃蘇，⑧曰："我遇二妃，令教侍女蘭茗唱祓禊畢，放還。"且言主人即復長安，而有中興之主也。謂龜年："有何憂乎？"後李校書群玉，⑨既解天禄之任，而歸涔陽。⑩經湘中，乘舟題二妃廟詩二首，曰："小孤洲北浦雲邊，二女明粧共儼然。野廟向江空寂寂，古碑無字草芊芊。東風近暮吹芳芷，落日深山哭杜鵑。猶似含嚬望巡狩，九疑如黛隔湘川。"又："黄陵廟前莎草春，黄陵女兒茜裙新。輕舟小楫唱歌去，水遠山長愁殺人。"⑪後又題曰："黄陵廟前春已空，子規滴血啼松風。不知精爽落何處，疑是行雲秋色中。”李君自以第三篇“春空”便到“秋色”，⑫踟躕欲改之。乃有二女郎見曰：“兒是娥皇、女英也。二年後，當與郎君爲雲雨之游。”李君乃悉具所陳，俄而影滅，遂掌其神塑而去。⑬重涉湖嶺，至於潯陽。潯陽太守段成式郎中，素爲詩酒之交，具述此事。⑭段公因戲之曰：“不知足下是虞舜之辟陽侯也！”⑮群玉題詩後二年，乃逝於洪井，段乃爲詩《哭李四校書》也：⑯“酒裏詩中三十年，縱横唐突世喧喧。明時不作禰衡死，傲盡公卿歸九泉。”又曰：“曾話黄陵事，今爲白日催。老無男女累，誰哭到泉臺？”⑰

校正：

① 明皇幸岷山事，見《舊唐書・玄宗紀》：“（天寶十五載）甲午，將謀幸蜀，乃下詔親征，仗下從，士庶恐駭，奔走于路。乙未，凌晨，自延秋門出，微雨霑濕，扈從惟宰相楊國忠、韋見素、内侍高力士及太子、親王，妃主、皇孫已下多從之不及。”

② 張野狐，唐代樂工。唐鄭處晦《明皇雜録・補遺》：“明皇既幸蜀，西南行，初入斜谷，屬霖雨涉旬，於棧道雨中聞鈴，音與山相應。上既悼念貴妃，采其聲爲《雨霖鈴》曲，以寄恨焉。時梨園子弟善觱篥者，張野狐爲第一。此人從至蜀，上因以其曲授野狐。洎至德中，車駕復幸清華宫，從官嬪御多非舊人。上於望京樓下命野狐奏《雨霖鈴》曲未半，上四顧凄涼，不覺流涕，左右感動，與之歔欷，其曲今傳於法部。”雷海清，唐代樂工。唐鄭處晦《明皇雜録・補遺》：“天寶末，群賊陷兩京，大掠文武朝臣及黄門、宫嬪、樂工、騎士，每獲數百人，以兵仗嚴衛，送於洛陽。至有逃於山谷者，而卒能羅捕追脅，授以冠帶。禄山尤致意樂工，求訪頗切。於旬日獲梨園弟子數百人。群賊因相與大會於凝碧池。……有樂工雷海清者，投樂器於地，西向慟哭。逆黨乃縛海清於戲馬殿，支解以示衆，聞之者莫不傷痛。王維時爲賊拘於菩提寺中，聞之賦詩曰：‘萬户傷心生野烟，百官何日更朝天。秋槐落葉空宫裏，凝碧池頭奏管弦。’”《資治通鑑》

卷二一八録此事。

③ 李龜年，唐代歌手。《明皇雜録》卷下："唐開元中，樂工李龜年、彭年、鶴年兄弟三人，皆有才學盛名。彭年善舞，鶴年、龜年能歌，尤妙製《渭川》，特承顧遇。於東都大起第宅，僭侈之制，逾於公侯。"公孫大娘，唐代舞者。宋陳暘《樂書》"劍器"條下："唐開元中有公孫大娘善舞劍器，能爲鄰里感激。懷素見之，草書遂長，蓋狀其頓挫勢也。老杜有《舞劍器行辭》，亦其事歟。今教坊中吕宫有焉。"

④ "岐王宅里尋常見"，"岐"原作"歧王"，據《稗海》本改。

【按】《雲中命》言李龜年奔迫江南，杜甫贈詩"岐王宅里尋常見"云云，《苕谿漁隱叢話》、《唐音癸籤》皆疑其僞，注杜詩者多不從之。如姚寬《西谿叢語》卷上："江季恭説：杜甫《贈李龜年》詩，非甫所作。蓋岐王死時，與崔滌死時，年尚幼。又甫天寶亂後，未嘗至江南也……時甫正在湘潭，或有此詩，更須考究。"岐王，睿宗第四子李範，景雲元年封岐王，開元十四年病卒，册贈惠文太子。(《舊唐書・睿宗諸子傳》)崔九，中書令崔湜之弟滌，開元十四年卒。(《舊唐書・崔滌傳》)開元十四年，杜甫年方十五，尚未入京。且安史之亂後，杜甫被俘長安，探家於鄜州，扈從鳳翔，入湘潭之時已是大曆年間。此事最先見於鄭處誨《明皇雜録》卷下："龜年流落江南，每遇良辰勝賞，爲人歌數闋，座中聞之，莫不掩泣罷酒。則杜甫嘗贈詩所謂：岐王宅里尋常見……"吴企明《唐音質疑録》申胡仔、胡震亨之説，却云《明皇雜録》記此事本自《雲谿友議》，誤。處誨爲憲宗朝宰相鄭餘慶之孫，《舊唐書・鄭餘慶傳》附《鄭處誨傳》："大和八年登進士第，釋褐秘府，轉監察、拾遺、尚書郎、給事中。……爲校書郎時，撰次《明皇雜録》三篇，行於世。"以其歷官言之，書當成於大和、開成間，《四庫全書總目・明皇雜録提要》云是書成於大中九年，與史不合；而《雲谿友議》記咸通時事，成書於僖宗年間，記杜甫贈李龜年詩事當受《明皇雜録》影響。

⑤ 此詩見於《全唐詩》卷一二八，清趙殿成《王右丞集箋注》卷一五題作《相思》，題下註云："顧元緯外編、凌本俱録此首，凌本作《江上贈李龜年》，《萬首唐人絶句》作《相思》。"

⑥“又清風朗月苦相思”,“清”上《稗海》本有“曰”字,“朗”作“明”。

清趙殿成《王右丞集箋注》卷一五題作《失題》,題下註云:“顧元緯本、淩本俱載此首,亦見《萬首唐人絶句》。顧元緯本、《萬首唐人絶句》作李龜年所歌,淩本作雜詩,《樂府詩集》作《伊州歌》第一迭。”

⑦“合座莫不望行幸而慘然”,“行”《稗海》本作“南”。

⑧“經四日乃蘇”,“蘇”《稗海》本作“甦”。

⑨“後李校書群玉”,《太平廣記》卷四九八無“校書”二字;“群”上《稗海》本有“男”字,“群玉”偏右作小註。李群玉,兩《唐書》無傳。《新唐書·藝文志》著録《李群玉詩》三卷,注云:“李群玉,字文山,澧州人。裴休觀察湖南,厚延致之,及爲相,以詩論薦,授校書郎。”然《李群玉詩》之首有令狐綯《薦處士李群玉狀》,李群玉詩友周樸有詩《弔李群玉》:“群玉詩名冠李唐,投書换得校書郎。”則其應爲令狐綯所薦。後遭冤屈,憤而棄官南歸,未幾卒。

⑩ 涔陽,在今湖南澧縣涔陽浦。《李群玉詩集》後集卷四有《秋登涔陽城》二首。

⑪“乘舟題二妃廟詩二首曰”,“詩”字《稗海》本移在“首”下“曰”上。《全唐詩》卷五六九題爲《請告南歸留别同館》,“不勝庾信相關思,遂作陶潛歸去吟”。於此歸去,經湘中。

⑫“李君自以第三篇春空便到秋色”,《太平廣記》卷四九八無“君”字,“三”作“二”。此二首詩見於《李群玉詩集》後集卷三,題作《黄陵廟》。

⑬“遂掌其神塑而去”,“掌”《太平廣記》卷四九八作“禮”,“塑”作“像”;“掌”,《稗海》本作“擊”。

【按】此首見於《全唐詩》卷五〇七,題作《題二妃廟》。《雲中命》中李群玉遇二妃事當繫范攄據此詩附會。《四庫全書總目》論此至爲精當:“《太平廣記》載群玉遇湘君事甚異,其詩今載後集第三卷,然前一首爲弔古之詞,無媟褻之意,後一首寫當時棹女,與二妃尤不相關。況群玉雖放誕風流,亦豈敢造作言語,瀆慢神明,污衊古聖。殆因其詩爲時傳誦,小説家因造此事附會之耳。《洛神》訛爲《感甄》,李善至引以注《文選》,俗語丹青,往往如是,未可據爲實録也。”黄陵事,疑爲范攄附會段成式詩,推演而成。

⑭“潯陽太守段成式郎中，素爲詩酒之交，具述此事”，《太平廣記》卷四九八無“潯陽”及“郎中”四字。段成式，《舊唐書・段成式傳》云：“成式，字柯古，以蔭入官，爲秘書省校書郎。研精苦學，秘閣書籍，披閱皆遍。累遷尚書郎。咸通初，出爲江州刺史。解印，寓居襄陽，以閑放自適。家多書史，用以自娱，尤深於佛書。所著《酉陽雜俎》傳於時。”潯陽太守，即在其咸通初江州刺史任上。

⑮辟陽侯，西漢吕后時左丞相審食其封號。初以舍人侍吕后，夤緣迎合，奉命維謹，漸爲吕后所寵幸。高祖稱帝，封爲辟陽候。吕后時，任左丞相，公卿皆因而決事，權勢極大。後借指后妃所寵幸的嬖臣、面首。

⑯“段乃爲詩，《哭李四校書》也”，“哭”下《太平廣記》卷四九八無“李四校書也”五字，但有一“之”字；《稗海》本無“乃”字，“哭”下亦衹一“之”字，下有“曰”字。

⑰此詩見《全唐詩》卷五八四，題爲《哭李群玉》。李群玉有《哭小女癡兒》（《全唐詩》卷五六九），詩云：“平生未省夢熊羆，稚女如花墜曉枝。條蔓縱横輸葛藟，子孫蕃育羡螽斯。方同王衍鐘情切，猶念商瞿有慶遲。負爾五年恩愛淚，眼中惟有涸泉知。”可佐段詩句“老無男女累，誰哭到天明”。

譚生刺

真娘者，吴國之佳人也，①時人比於蘇小小，②死葬吴宫之側③。行客感其華麗，④競爲詩題於墓樹，櫛比鱗臻。⑤有舉子譚銖者，吴門秀逸之士也，⑥因書絶句以貽後之來者。⑦睹其題處，⑧經游之者稍息筆矣。詩曰："武丘山下塚壘壘，松柏蕭條盡可悲。何事世人偏重色，真娘墓上獨題詩。"⑨

校正：

① 真娘者，吴中樂妓。《李義山文集》卷三《和人題真娘墓》詩自注："真娘，吴中樂妓，墓在虎丘山下寺中。"《白氏長慶集》卷一二有《真娘墓》(墓在虎丘寺)："真娘墓，虎丘道；不識真娘鏡中面，唯見真娘墓頭草。霜摧桃李風折蓮，真娘死時猶少年。脂膚荑手不牢固，世間有物難留連，難留連，易銷歇，塞北花，江南雪。"

② "時人比於蘇小小"，《太平廣記》卷一九九無"時人"二字，"於"下"蘇"上有"錢塘"二字。

【按】蘇小小，傳爲晋時名妓，然亦有稱其爲南齊時人。《玉臺新咏》卷十載《錢唐蘇小小歌》一首。唐陸廣微《吴地記》："景龍二年嘉禾野生，改嘉禾縣。吴赤烏五年，避吴王太子名，改嘉興縣。前有晋妓錢唐蘇小小墓。"《增補武林舊事》卷八："蘇小小，錢塘名娼，南齊時人。其墓或云湖曲，或云江干，古詞云：'妾乘油壁車，郎跨青驄馬。何處結同心，西陵松柏下。’今西陵乃在錢塘江之西則云江干者近是。”

③ 真娘死藏吴宫側，然李商隱《和人題真娘墓(真娘吴中樂妓，墓在虎丘山下寺中)》，詩云“虎丘山下劍池旁”。

④ “行客感其華麗”，“感”《稗海》本作“慕”。

⑤ 真娘墓，咏者衆多，《通志》卷七〇載“《虎邱寺題真娘墓詩》一卷，唐劉禹錫等二十三人”。其中白居易二首，其一見注①，另《白氏長慶集》卷一九有《寄李蘇州兼示楊瓊》：“真娘墓頭春草碧，心奴鬢上秋霜白。……就中猶有楊瓊在，堪上東山伴謝公。”張祜《真娘墓詩》：“佛地葬羅衣，孤魂此是歸。舞爲蝴蝶夢，歌謝伯勞飛。翠髮朝雲在，青蛾夜月微。傷心一花落，無復戀春暉。”《羅昭諫集》卷二《題真娘墓》：“春草荒墳墓，萋萋向虎丘。死猶嫌寂寞，生肯不風流。皎鏡山泉冷，輕裾海霧秋。還應伴西子，香徑夜深游。”《劉賓客文集》外集卷二《和樂天題真娘墓》：“薝卜林中黄土堆，羅襦綉黛已成灰。芳魂雖死人不怕，蔓草逢春花自開。幡蓋向風疑舞袖，鏡燈臨曉似粧臺。吴王嬌女墳相近，一片行雲應往來。”

《李義山文集》卷三《和人題真娘墓》：“虎丘山下劍池邊，長遣游人嘆逝川。罥樹斷絲悲舞席，出雲清梵想歌筵。柳眉空吐效顰葉，榆莢還飛買笑錢。一自香魂招不得，祇應江上獨嬋娟。”《沈下賢集》卷一：“金釵淪劍壑，兹地似花臺。油壁何人值，錢塘度曲哀。翠餘長染柳，香重欲薰梅。但道行雲去，應隨魂夢來。”

⑥ “吴門秀逸之士也”，“門”下、“秀”上，《太平廣記》卷一九九有“之”字，下無“逸之”二字。

【按】譚銖，曾爲蘇州鹾院官。《南部新書·己》：“咸通末，鄭渾之爲蘇州督郵，譚銖爲鹾院官，鐘福爲院巡，俱廣文。時湖州牧李超、趙蒙相次，俱狀元。二郡境土相接，時爲語曰：‘湖接兩頭，蘇聯三尾。’”《全唐詩》卷五五七載其詩兩首。除《題真娘墓》外，另有一首《題九華山》：“憶聞九華山，尚在童稚年。浮沉任名路，窺仰會無緣。罷職池陽時，復遭迎送牽。”

⑦“因書絶句以貽後之來者”,《太平廣記》卷一九九此句作“因書一絶後之來者”。

⑧“睹其題處”,《太平廣記》卷一九九無。

⑨“武丘山下塚壘壘”,“壘壘”《太平廣記》卷一九九及《稗海》本均作“纍纍”。

弘農忿

東川處士柳全節，① 習百家之言，衣華陽鶴氅，或呼爲“柳尊師”，又曰“柳百經”也。有子棠，② 應進士舉，才思優贍，見者奇之。龐嚴舍人睠眄諸歌姬，③ 方戲於階，問：“牆頭何人也？”曰：“柳秀才也。”遽命姬者飾粧，召柳秀才對觀之。龐公曰：“恐牆上遠見不得分明。因請細而觀矚。”④ 棠深恥之，不辭而去。時裴諫議休相公，⑤ 因對事出漢州，⑥ 即棠舊知也。聞棠來，且喜；及再謁，⑦ 則藍衫木簡而已。裴公問其故，⑧ 對曰：“名場孤寒，虛擲光景。欲求斗粟之養，以成子道焉。”有宴，召馮戡、胡據、柳棠三舉士。⑨ 裴公於棠名下注曰：“此柳秀才，已於鹽鐵求事，⑩ 不用屈私。”令棠見之，蓋惜其舉子也。柳棠之欲罷舉者，爲龐門之有失矣。⑪ 乃棄藍袍而歸舊服。非時請見司諫，司諫謂曰：“酌然子年方少，⑫ 篇翰如流，不可驥垂長阪，蘭謝深林。況今急士之秋，必能首送。”兼與薦書。開成二年，上第。⑬ 後歸東川，歷旬，但於狹斜舊游之處，不謁府主楊尚書汝士。⑭ 楊公謂諸賓曰：“每見報，前柳棠秀才多於妓家飲酒，或三更至暮，竟未相訪。⑮ 社日必相召焉。”及召棠至，已在醉鄉矣。斟三器酒，内一巨魚杯，棠不即飲。楊公乃誚曰：“文章謾道能吞鳳，杯酒何曾解喫魚。今日梓州張社會，應須遭這老尚書。”棠答曰：“未向燕臺逢厚禮,幸因社會接餘歡。一魚喫了終無恨,鯤化成鵬也不難。”⑯初,棠與馮戡爭先,棠所頡頏;及第後,戡與詩曰:“桃花浪里成龍去,竹葉山頭退鷁飛。”棠、戡爲友甚善焉。柳每於東川席上,狂縱日甚,干忤楊公,詩曰:“莫言名位未相儔,風月何曾阻獻酬?前輩不須輕後輩,靖安今日在衡州。”⑰靖安,李宗閔尚書,與楊公中外昆弟,况有朗陵之分。⑱東川益怒,爲書讓其座主高鍇侍郎曰:⑲“柳棠者,凶悖嚚豎,識者惡之。狡過仲容,才非君子。⑳且膺門之貴,豈宜有此生乎?”小宗伯曰:㉑“某濫司文柄,以副懸旌,夙夜兢惶,恐招訕謗。是以搜求俊彦,冀輔聰明,不敢蔽才,與棠及第。”東川又書曰:“昔周公撻伯禽,以戒成王也;㉒昌邑殺王式,式,昌邑之師也。㉓而怨霍光乎?豈不由師傅之情爾?㉔興亡之道,孔子先推德行,然後文學焉。吾師垂訓,千古不易。前書云‘不敢蔽才’,何必一柳棠矣!若以篇章取之,寧失於何植、王條也?”高公又復書曰:“唐堯之聖也,不致丹朱之賢;㉕宣尼之明也,不免仲由之害。㉖如其可化,安有墜典?伊祁九子,盡可等於黄、唐;門人三千,悉能繼於顔、閔。若棠者,自求瑕玷,難以磨滅。其所忤黷尊威,亦予謬舉之過也。”棠聞二公交讓,不任憂惕,又不敢遠申卑謝,遂之劍州王使君。㉗使君者,善畫松竹狗兔,以十五侯而四郡守。棠至,聯夕而飲。王君辭曰:“某以衰朽,恐乖去就。小男忝趨文場,不知許容侍座否?老夫暫歸憩歇焉。”王氏之子洎醉,輕易之甚。棠呵之曰:“公稱舉人,與棠分有前後。畫師之子,安得無禮於先輩乎?”王氏乃自去其道服,空戴黄葛巾,謂棠曰:“我大似賢尊,尊師幸不喧酗耳!”棠轉益怒,叱吒而散。柳生雖登科第,始參越嶲軍事,而夭喪。且渤海高公,三牓一百二十人,多平人得路。㉘

若柳棠者，誠累恩門舉主。升平裴公曰：“人不易知乎？”㉙

校正：

① 東川，唐至德二載(757)分劍南爲東川、西川，各置節度使。東川治梓州(今四川三臺)，轄區在四川盆地中部。處士，即有才德而隱居不仕的人。《荀子·非十二子》：“古之所謂處士者，德盛者也。”柳全節，生平不詳。

② 柳棠，《唐詩紀事》卷五二“李肱”條：“其次柳棠詩、賦，興思敏速，日中便成，臣與第五人。凡此五卷詩賦，擢其中科，實所不愧。”《登科記考》據此及《雲谿》，將其録爲開成三年進士。

③ 龐嚴，傳見《舊唐書》、《新唐書·于休烈傳》附。《新唐書》本傳曰：“龐嚴者，字子肅，壽州壽春人。第進士，舉賢良方正，策第一，拜拾遺。辭章峭麗，累遷駕部郎中，知制誥。坐累出。復入，稍遷太常少卿。大和五年，權京兆尹，彊幹不阿貴勢，然貪利，溺聲色。卒於官。”

④ “因請細而觀矚”，“因”《稗海》本作“故”，“而”字無。

⑤ “時裴諫議休相公”，《稗海》本“休”字偏右作小字。裴休，《舊唐書·裴休傳》：“裴休，字公美，河内濟源人也。……長慶中，從鄉賦登第，又應賢良方正，升甲科。大和初，歷諸藩辟召，入爲監察御史、右補闕、史館修撰。會昌中，自尚書郎歷典數郡。大中初，累官户部侍郎，充諸道鹽鐵轉運使，轉兵部侍郎，兼御史大夫，領使如故。六年八月，以本官同平章事，判使如故……”另見《新唐書·裴休傳》。

⑥ “因對事出漢州”，“對”《稗海》本作“封”。漢州，今四川廣漢市。《元和郡縣志》卷三一“劍南道上”下“漢州”條：“秦爲蜀郡地，漢分蜀郡爲廣漢郡，今州即廣漢郡之雒縣也。隋開皇三年，縣屬益州。皇朝初因之，至垂拱二年於雒縣分置漢州。”

⑦ “及再謁”，“再”《稗海》本作“晋”。

⑧ “裴公問其故”，“問”《稗海》本作“扣”。

⑨ 馮戡，生平不詳。《全唐詩》卷七九五據《全唐詩話》録其詩一句：

“桃花浪里成龍去,竹葉山頭退鷁飛。”注云:“馮戡,東川人。”詩題《贈柳棠及第》。

⑩ 鹽鐵使,唐中期以後特置,以管食鹽專賣爲主,兼掌銀銅錫鐵的采冶。

⑪ “爲龐門之有失矣”,《稗海》本無“之”、“矣”二字。

⑫ “酌然子年方少”,《稗海》本無“酌然”二字。

⑬ 徐松《登科記考》取此條,將柳棠録於開成二年進士下。

⑭ “汝士”,《稗海》本作雙行小字。

楊汝士,字慕巢。虢國弘農(今河南靈寶)人。元和四年等進士第,又登博學宏詞科。累辟使府,九年遷萬年縣尉。《舊唐書·文宗紀》:“(開成元年十二月)癸丑,以兵部侍郎楊汝士檢校禮部尚書,充劍南東川節度使。”又“(開成四年九月)辛卯,以劍南東川節度楊汝士爲吏部侍郎”。會昌元年,遷刑部尚書,卒於會昌中。生平詳見白居易《寄楊六汝士》自注,元稹《楊汝士授右補闕》、《舊唐書》卷一七六《楊虞卿傳》附及《新唐書》卷一七五《楊汝士傳》。

⑮ “竟未相訪”,“未”《稗海》本作“來”。

⑯ 此數首詩作。《雲谿友議》首記之,《唐摭言》卷一三擷取柳與弘農楊汝士往返詩之片段,獨立成短篇。又載於《唐詩紀事》卷五八。《全唐詩》卷八七〇録之。分别題作《戲柳棠》、《答楊尚書》。

⑰《全唐詩》卷八七〇録之,題作《又忤楊尚書詩》。靖安在衡州之説,見於《舊唐書·文宗紀》:“(開成元年四月)己卯,以潮州司户李宗閔爲衡州司馬”,“(開成三年二月)丁酉,以衡州司馬李宗閔爲杭州刺史。”

⑱ 關於李宗閔與楊氏兄弟交好,記載頗多。如《舊唐書·白居易傳》:“大和已後,李宗閔、李德裕朋黨事起,是非排陷,朝升暮黜,天子亦無如之何。楊穎士、楊虞卿與宗閔善”;又“九年六月,京兆尹楊虞卿得罪,宗閔極言救解”(《舊唐書·李宗閔傳》);“虞卿性柔佞,能阿附權幸以爲姦利。……而李宗閔待之如骨肉,以能朋比唱和,故時號黨魁”(《舊唐書·楊虞卿傳》)。楊汝士即楊虞卿之從兄。

⑲ 高鍇,見《雲谿友議》“古制興”條。

⑳“才非君子”,原作“才非犬子”,據《稗海》本改。

㉑小宗伯,《周禮》謂春官以大宗伯爲長官,卿一人;小宗伯爲其佐官,中大夫二人。國有大禮則輔佐大宗伯,小禮則爲專掌禮儀之官。北周依《周禮》置六官,其春官府也有大小宗伯,小宗伯爲上大夫,員二人,正六命。隋以後爲禮部侍郎之别稱。

㉒周公撻伯禽誡成王事,見《禮記·文王世子》:“成王幼,不能莅阼。周公相,踐阼而治。抗世子法於伯禽,欲令成王之知父子、君臣、長幼之道也;成王有過,則撻伯禽,所以示成王世子之道也。”

㉓昌邑殺王式事,見《漢書·王式傳》:“王式,字翁思,東平新桃人也。事免中徐公及許生。式爲昌邑王師。昭帝崩,昌邑王嗣立,以行淫亂廢,昌邑群臣皆下獄誅,唯中尉王吉、郎中令龔遂以數諫減死論。式繫獄當死,治事使者責問曰:‘師何以亡諫書?’式對曰:‘臣以《詩》三百五篇朝夕授王,至於忠臣孝子之篇,未嘗不爲王反復誦之也;至於危亡失道之君,未嘗不流涕爲王深陳之也。臣以三百五篇諫,是以亡諫書。’使者以聞,亦得減死論,歸家不教授。”

㉔“豈不由師傅之情爾”,“傅”《稗海》本作“傳”。

㉕“高公又復書曰”,“公”《稗海》本作“君”。丹朱,堯之子。丹朱爲堯之子而不賢事,見《史記·五帝本紀》:“堯曰:‘吁! 頑凶,不用。’”其注曰:孔安國曰:“吁,疑怪之辭。”《正義》引《左傳》云:“口不道忠信之言爲嚚,心不則德義之經爲頑。”凶,訟也。言丹朱心既頑嚚,又好爭訟,不可用之。

㉖仲由之害事,見《史記·仲尼弟子列傳》:“方孔悝作亂,子路在外,聞之而馳往。遇子羔出衛城門,謂子路曰:‘出公去矣,而門已閉,子可還矣,毋空受其禍。’子路曰:‘食其食者不避其難。’子羔卒去。有使者入城,城門開,子路隨而入。造蕢聵,蕢聵與孔悝登臺。子路曰:‘君焉用孔悝? 請得而殺之。’蕢聵弗聽。於是子路欲燔臺,蕢聵懼,乃下石乞、壺黶攻子路,擊斷子路之纓。子路曰:‘君子死而冠不免。’遂結纓而死。孔子聞衛亂,曰:‘嗟乎,由死矣!’已而果死。故孔子曰:‘自吾得由,惡言不聞於耳。’”

㉗ 劍州,今四川劍閣。《舊唐書·地理志》:"隋普安郡。武德元年,改爲始州……先天二年,改始州爲劍州。天寶五年,改爲普安郡。乾元元年,復爲劍州也。領縣八,普安、黄安、永歸、梓潼、陰平、武連、臨津、劍門。"

㉘ 渤海高公,即高鍇。

【按】《唐詩紀事》卷五二"李肱"條下:"高鍇奏曰:'其次柳棠詩、賦,興思敏速,日中便成,臣與第五人。'"又《舊唐書·高鍇傳》云:"乃以鍇爲禮部侍郎。凡掌貢部三年,每歲登第者四十人。三年榜出後,敕曰:'進士每歲四十人,其數過多,則乖精選。官途填委,要窒其源,宜改每年限放三十人,如不登其數,亦聽。'然鍇選擢雖多,頗得實才,抑豪華,擢孤進,至今稱之。"

㉙ "升平裴公曰:人不易知乎","升"《稗海》本作"善","平"作"乎"。

賢君鑑

唐宣宗十二年,① 前進士陳玩等三人,② 應博學宏詞選。③ 所司考定名第,及詩、賦、論進士訖。④ 上於延英殿,詔中書舍人李潘等對。⑤ 上曰:"凡考試之中,重用字如何?"中書對曰:"賦即偏枯叢雜,論即褒貶是非,詩即緣題落韻。⑥ 只如《白雲起封中》詩云'封中白雲起'是也。⑦ 其間重用文字,乃是庶幾,亦非常有例也。"⑧ 又曰:"孰詩重用字?"對曰:"錢起《湘靈鼓瑟詩》有二'不'字。⑨ 詩曰:'善撫雲和瑟,常聞帝子靈。馮夷空自舞,楚客不堪聽。逸韻諧金石,清音發杳冥。蒼梧來怨慕,白芷動芳馨。流水傳湘浦,悲風過洞庭。曲終人不見,江上數峰青。'"⑩ 上鑑錢公此年宏詞詩,曰:"且一種重用文字,此詩似不及起。⑪ 則今之協律之字也。合於匏革宮商,即變鄭衛文奏。⑫ 惟謝朓云:'洞庭張樂砌,瀟湘帝子游。雲去蒼梧野,水還江漢流。'⑬ 此若比《鼓瑟》一篇,摛藻妍華,無以加。⑭ 其前進宏詞詩重字者,登科更待明年,考校起詩,便付吏選。"⑮

校正:

① "唐宣宗十二年",《稗海》本無"唐"字;《太平廣記》卷一九九"十二年"祇作一"朝"字。

② 陳玩，又作“陳琬”。《唐會要》卷七六：“（大中）十二年三月，中書舍人李藩知舉，放博學宏詞科陳琬等三人，及進詩賦論等，召藩謂曰：‘所賦詩中重用字何如？’藩曰：‘錢起《湘靈鼓瑟》詩有重用字，乃是庶幾。’上曰：‘此詩似不及起。’乃落下。”又見《唐會要》卷七六《制科舉》，另《册府元龜》卷六四一并録云“陳琬”。

③ “應博學宏詞選”，“學”《太平廣記》卷一九九作“士”，無“選”字。

【按】《唐會要》卷五四：“遂於其中設博學宏詞、書判拔萃、三禮、三傳、三史等科目以待之。今不限選數聽集，是不拘年數考數，非擇賢能之術也。”

④ “進士訖”，《太平廣記》卷一九九無此三字，《稗海》本無“士”字。

⑤ “詔中書舍人李潘等對”，“潘”《太平廣記》卷一九九作“藩”，無“對”字，“上”作“問”；《四庫》本“李潘”作“李播”。

【按】本書“去山泰”條亦云“李潘舍人放榜”，《唐會要》作“李藩”，岑仲勉《唐人行第録》取勞格《郎官石柱題名考》認爲應作“李潘”，以其名於郎官石柱勛中、勛外、金外三欄均見爲主因。岑仲勉另補力證“《千唐》大中十二年沈中黄誌：‘今禮部侍郎李公潘。’”參見岑仲勉《唐人行第録》“李十七潘”條。另有一李播者，字子烈，行十九，元和時登進士第。授校書郎，又爲大理評事，開成初累遷金部員外郎，旋以郎中分司東都。會昌五年，出爲杭州刺史，大中初在任，後不詳。其事見杜牧《杭州新造南亭子記》，據其仕履非爲大中中知貢舉者。

⑥ “中書”至“落韻”共二十二字，“賦”下“即”字《太平廣記》卷一九九作“忌”，“論”下“即”字作“失”，“詩”下“即”字作“則”。

⑦ “只如《白雲起封中》詩云‘封中白雲起’是也”，“只”字《太平廣記》卷一九九作“緣題”；《稗海》本均作大字直寫。

⑧ “亦非常有例也”，“常有”《太平廣記》卷一九九、《稗海》本均作“有常”。

⑨ 錢起《湘靈鼓瑟詩》有二“不”字，《太平廣記》卷一九九不在“湘靈鼓瑟詩”下而在“江上數峰青”下，“有”上又有“中”字。錢起，字仲文，湖州人。《舊唐書·錢徽傳》：“父起，天寶十載登進士第。起能五言詩。初

從鄉薦，寄家江湖，嘗於客舍月夜獨吟，遽聞人吟於庭曰：'曲終人不見，江上數峰青。'起愕然。攝衣視之，無所見矣，以爲鬼怪，而志其一十字。起就試之年，李暐所試《湘靈鼓瑟詩》題中有'青'字，起郎以鬼謠十字爲落句，暐深嘉之，稱爲絶唱。是歲登第，釋褐秘書省校書郎。大曆中，與韓翃、李端輩十人，俱以能詩，出入貴游之門，時號'十才子'，形於圖畫。起位終尚書郎。"

⑩ 見《謝宣城集》卷三，題作《新亭渚别范零陵雲》。

⑪ "上鑑"至"及起"共二十四字，《太平廣記》卷一九九作"上曰：'錢起雖重用字，他詩似不及起'"；《稗海》本"此"亦作"他"，"及"下、"起"上有"錢"字。

⑫ "則今"至"文奏"共二十字，《太平廣記》卷一九九無此句；"今"下、"協"上，《稗海》本無"之"字，"字"作"子"。

⑬ "惟謝朓云"，"朓"，原作"眺"，據《太平廣記》卷一九九改。

⑭ "此若比《鼓瑟》一篇，摛藻妍華，無以加"，《太平廣記》卷一九九無。

⑮ "其前"至"吏選"共二十三字，《太平廣記》卷一九九作"其宏詞詩重用字者，登科起詩，便付吏選"。

澧陽讌

故荆州杜司空悰，[①]自忠武軍節度使出澧陽。[②]宏詞李宣古者李生，會昌三年王起侍郎下上第。[③]數陪游宴，每謔戲於其座：或以鉛粉傅其面，或以輕綃爲其衣。侮慢既深，杜公不能容忍。使卧宣古於泥中，欲辱之檟楚也。長林公主聞之，[④]不待穿履，奔出而救之，曰："尚書不念諸子學，又擬陪李秀才硯席。[⑤]豈有飲筵，而舉人細過？[⑥]待士如此，異時那得平陽之譽乎？"[⑦]遂遣人扶起李秀才，於東院以香水沐浴，更以新衣，却赴中座。貴主傳旨京兆公，[⑧]請爲詩，冀彌縫也。李生得韻書之，不勞思忖也。詩曰：得"高"字。"紅燈初上月輪高，照見堂前萬朵桃。觱栗調清銀字管，琵琶聲亮紫檀槽。能歌姹女顔如玉，解飲蕭郎眼似刀。争奈夜深拋要令，舞來按去使人勞。"[⑨]杜公賞詩，貺物十箱，希無愧於一醉也。後二子裔休、孺休，[⑩]皆以進士登科。人謂之曰："非其母賢，不成其子。"時澧州宴席米糺崔雲娘者，[⑪]形貌瘦瘠，而戲調罰於衆賓，[⑫]兼恃歌聲，自以爲郢人之妙也。李生乃當筵一咏，遂至鉗口。又杜牧侍郎罷宣城幕，經陝圻，[⑬]有録事肥而且巨，而讐其詞，[⑭]牧爲詩以挫焉。復州陸巖夢《桂州筵上贈胡子女》一詩，[⑮]至今歡狎之所，辭吟之篇，無不低顔變色也。《贈崔雲娘》(李宣古)：[⑯]"何事最堪悲？雲娘只首奇。瘦拳拋令急，長嘴出歌遲。只怕肩侵鬢,唯愁骨透皮。不須當户立,頭上有鍾馗。"《贈肥録事》(杜紫微):⑰"盤古當時有遠孫,尚令今日逞家門。一車白土將泥項,十幅紅旗補破裩。瓦官寺里逢行迹,華岳山前見掌痕。不須啼哭愁難嫁,待與將書報樂坤。"⑱陸君《贈胡子女》:"自道風流不可攀,那堪蹙頞更頹顔。眼睛深却湘江水,鼻孔高於華岳山。舞態固難居掌上,歌聲應不繞梁間。孟陽死後欲千載,猶有佳人覓往還。"⑲

校正:

① "故荆州杜司空悰","悰"《稗海》本作"琮"。杜悰,杜佑之孫,以門蔭入仕。元和九年,娶唐憲宗第十一女岐陽公主爲妻,授殿中少監,加封銀青光禄大夫銜。長慶五年(826),公主隨駙馬澧州刺史杜悰居澧州三年。開成初年,入爲工部尚書、判度支。會昌初年,詔拜檢校尚書右僕射同中書門下平章事。咸通年間再度入相。生平詳見《舊唐書·杜佑傳》附及《新唐書·杜佑傳》附。

② 所謂"自忠武軍節度使出澧陽",此處誤矣。

【按】《舊唐書·文宗紀》:"(開成二年十二月)壬寅,以前忠武軍節度使杜悰爲工部尚書、判度支。時悰既除官,久未謝恩,户部侍郎李玨奏杜悰爲岐陽公主服假内。"《新唐書·杜佑傳》附《杜悰傳》亦云:"大和初,由澧州刺史召爲京兆尹,遷鳳翔忠武節度使。入爲工部尚書,判度支。"可知出任澧州刺史在前,遷忠武軍節度使在後。澧陽,今湖南澧縣。《元和郡縣志》逸文卷一:"澧州……秦兼天下,屬黔中郡,今州理,即漢武陵郡之武陵縣、零陽縣地。……澧陽縣,本漢零陵縣地,屬武陵郡。……晋分零陽置澧陽縣。"

③ 李宣古,兩《唐書》無傳,《新唐書·藝文志》亦無著録。《唐摭言》卷三《慈恩寺題名游賞賦咏雜記》"會昌三年"條作"李仙古,字垂後"。"仙"字誤,各本皆作"宣"。

④ 長林公主,当作岐陽公主,范攄誤。

【按】《新唐書·諸帝公主傳》中長林公主爲代宗女，"下嫁衛尉少卿沈明"；岐陽公主爲憲宗女，"岐陽莊淑公主，懿安皇后所生。下嫁杜悰……悰爲澧州刺史，主與偕，從者不二十婢，乘驢，不肉食，州縣供具，拒不受。姑寢疾，主不解衣，藥糜不嘗不進。開成中，悰自忠武入朝，主疾侵，曰：'願朝興慶宫，雖死於道，不恨。'道薨。"杜牧有《唐故岐陽公主墓誌銘》（《全唐文》卷七五六）："尚書旋出爲澧州刺史，主後尚書行，郡縣聞主且至，殺牛羊，大爲數百人供具，主至，後不二十人，六七婢乘驢闖茸，約所至不得肉食。驛吏立門外，舁飯食以返，不數日間，聞於京師，衆譁説以爲異事。尚書在澧州三年，主始入後出，中間不識刺史廳屏。尚書治澧州，考治行爲天下第一，後爲大司徒、京兆尹、鳳翔節度使。"可知悰於大和三年任澧州刺史，大和六年轉京兆尹。

⑤"又擬陪李秀才硯席"，"又"《稗海》本作"文"。

⑥"豈有飲筵，而舉人細過"，"有"《稗海》本作"在"。

⑦平陽即平陽侯曹參，其典出《漢書·曹參傳》："參代何爲相國，舉事無所變更，一遵何之約束。擇郡國吏長大，訥於文辭，謹厚長者，即召除爲丞相史。吏言文刻深，欲務聲名，輒斥去之。日夜飲酒。卿大夫以下吏及賓客見參不事事，來者皆欲有言。至者，參輒飲以醇酒，度之欲有言，復飲酒，醉而後去，終莫得開説，以爲常。相舍後園近吏舍，吏舍日飲歌呼。從吏患之，無如何，乃請參游後園。聞吏醉歌呼，從吏幸相國召按之。乃反取酒張坐飲，大歌呼與相和。"

⑧"貴主傳旨京兆公"，"貴"《稗海》本作"公"。

⑨詩見《全唐詩》五五二卷，題作《杜司空席上賦》。

⑩杜裔休，徐松《登科記考》録其爲咸通七年進士第。所據即《唐語林》卷六："杜邠公在岐下，歐陽琳以子裔休同年謁之。"歐陽琳，《永樂大典》引《閩中記》："字瑞卿，衮之子。咸通七年及第。"孺休，未知登第之年。《新唐書》卷一六六有傳云："子裔休，懿宗時歷翰林學士、給事中，坐事貶端州司馬。弟孺休，字休之。累擢給事中。大順初，錢鏐遣弟銶率兵擊徐約於蘇州，破之，以海昌都將沈粲行刺史事，而昭宗更命孺休爲之，以粲爲制置指揮使。鏐不悦，密遣粲害焉。始，孺休見攻也，曰：'勿

殺我,當與爾金。'粲曰:'殺爾,金焉往?'與兄述休同死。"

⑪"時澧州宴席,米紃崔雲娘者","時"《太平廣記》卷二五六作"唐",無"席"字,"米"作"酒",無"者"字;《稗海》本"米"亦作"酒"。

⑫"而戲調罰於衆賓","而"《太平廣記》卷二五六作"每","罰於"作"舉罰"。

⑬ 杜牧宣城幕之使始於大和二年,"由校書郎入沈公幕府"(《樊川文集》卷一二《與浙西廬大夫書》)時。《舊唐書·杜牧傳》:"沈傳師廉察江西宣州,辟牧爲從事、試大理評事。"後"又爲淮南節度推官、監察御史裏行,轉掌書記"。

⑭"而讐其言","讐"《稗海》本作"敏","其"下、"詞"上有"言"字。

⑮《全唐詩》卷八七〇録此詩,題作《桂州筵上贈胡予女》。復州,今湖北天門。《舊唐書》卷三九:"復州,隋沔陽郡。武德五年,改爲復州,治竟陵縣。貞觀七年,移治沔陽。天寶元年,改爲竟陵郡。乾元元年,復爲復州。舊領縣。"

⑯"《贈崔雲娘》(李宣古)","李宣古"《稗海》本在"贈崔雲娘"上,而"雲娘"下尚有"子詩云"三字。

⑰"《贈肥録事》(杜紫微)",《稗海》本作"杜紫薇《贈肥録事》詩曰"。

⑱"待與將書報樂坤","報樂坤"《太平廣記》卷二五六作"問岳神",《稗海》本"書"作"軍"。《全唐詩》卷八七〇録此詩,詩題亦同。

⑲"陸君《贈胡子女》",《太平廣記》卷二五六"陸"上有"唐"字,"君"作"巖",下加"夢"字,"子女"下有"詩云"二字;《稗海》本"君"亦作"巖",亦加"夢"字,惟"詩云"做"詩曰"。《全唐詩》卷八七〇録此詩,題作《嘲妓》。

白馬吟

平曾以憑人傲物。[1]多犯諱忌，竟没於縣曹，知己歎其運蹇也。[2]薛平僕射出鎮浙西，[3]投城，主禮稍薄，[4]曾留詩以諷之曰："梯山航海幾崎嶇，來謁金陵薛大夫。髭髪緊時趨劍戟，衣冠儼處拜冰壺。誠知兩軸非珠玉，深媿三縑衂旅途。今日楚江風正好，不須回首望勾吴。"[5]薛聞之，曾將出境，遣吏追還，縻留數日。又獻《縶白馬詩》曰："白馬披鬃練一團，今朝被絆欲行難。雪中放去空尋迹，月下牽來只見鞍。向北長鳴天外遠，臨風斜控耳邊寒。自知毛骨還應異，更請孫陽子細看。"[6]河東公睹詩曰："若不留絆行軒，那得觀其毛骨？"遂以殊禮相待，厚送篚賂餞行。[7]曾後游蜀川，謁少師李固言相公[8]。在成都賓館，則李珪郎中、郭圓員外、陳會端公、袁不約侍郎、來擇書記、薛重評事，[9]皆遠從公，可謂蓮幕之盛矣。曾每與諸公評論，[10]則言笑彌日；侍於相公，則輕佻無所畏怵。[11]遂獻《雪山賦》一首，言："雪山雖玆潔白之狀，疊嶂攢峰，夏日清寒，而無草木華茂，爲人采掇。"[12]以李公罕作文章，廢其庠序也。[13]相公讀賦，命推出曾。曾不逾旬，又獻《鯸鮧魚賦》，言："此魚觸物而怒，翻身上波，爲鵶鳶所獲，[14]奈魴鱮之何？"相公覽賦而笑曰：[15]"昔趙元淑之狂簡，[16]袁彦伯之機捷，[17]無以過焉。"然愛其文彩，投贄者無以出於曾，曾有過忤，不至深罪矣。[18]乃知相公之用心乎。[19]又作《潼關賦》而刺中朝：[20]“此關倚太華、瞰黄河，雖來往攸同，而歎有異也。”[21]乃與賈島齊譴，爲時所忽，至於潦倒，誠可惜哉！[22]後温廷筠爲賦，亦警刺，[23]少類於平賈，而謫方城，[24]乃詩曰：“侯印不能封李廣，别人丘隴似天山。”舉子紀唐夫有詩送之。[25]時温庭筠作尉，紀唐夫得名，蓋因文而致也。詩曰：“何事明時泣玉頻，長安不見杏園春。鳳凰詔下雖霑命，鸚鵡才高却累身。且飲緑醑消積恨，莫言黄綬拂行塵。方城若比長沙遠，猶隔千山與萬津。”

校正：

①“平曾以憑人傲物”，“平”上《太平廣記》卷二五六有“唐”字，“曾”下無“以”字，“憑人”作“恃才”。

【按】平曾，兩《唐書》無傳。《唐摭言》卷二“府元落”條下“平曾（長慶二年貶）”。又卷十“海叙不遇”條，言其謁華州李相固言不遇，因吟一絶而去，詩曰：“老夫三日門前立，珠箔銀屏晝不開。詩卷却抛書袋裏，譬如閑看華山來。”何光遠《鑑戒録》卷八“賈忤旨”條下講述其遭貶的緣故：“賈又吟病蟬之句，以刺公卿。公卿惡之，與禮闈議之，奏島與平曾等風狂撓擾貢院。是時逐出關外，號爲‘十惡’。”《全唐詩》集《唐摭言》、《雲谿》、《紀事》之説，編其小傳，録其詩三首於傳後。

②“多犯諱忌，竟没於縣曹，知己歎其運蹇也”，《太平廣記》卷二五六此句無。

③“薛平僕射”，《太平廣記》卷二五六作“僕射薛平”。薛平，見《舊唐書·薛嵩傳》附及《新唐書·薛仁貴傳》附。

【按】《舊唐書·薛平傳》未記載薛平有出鎮浙西一事，然載“元和七年，淮西用兵，自左龍武大將軍授兼御史大夫、滑州刺史、鄭滑節度觀察等使，累有戰功。……居鎮六年，入爲左金吾大將軍。未幾，復爲鄭滑節度觀察使。及平李師道，朝廷以東平十二州析爲三道，以淄、青、齊、登、萊五州平盧軍,以平爲節度、觀察等使,仍押新羅、渤海兩蕃使。"薛平僕射一職任命於寶曆元年。《舊唐書·敬宗紀》:"(寶曆元年)五月甲辰朔,以前平盧軍節度使薛平檢校左僕射、兼户部尚書。"薛平卒於大和六年。(《舊唐書·文宗紀》)。另有一薛苹,先後出鎮湖南、浙東、浙西。《舊唐書·憲宗紀》:"(元和五年八月乙亥)以浙東觀察使薛苹爲潤州刺史、浙西觀察使。"然二者唐人已相混,如李紳《龍宫寺詩》序云:"元和三年,余以新進士爲故薛苹常侍招至越中。"《龍宫寺碑》則云:"元和三年,余罷金陵從事,河東薛公平招游鏡中。"參見岑仲勉《唐集質疑》"薛苹與薛平"條。疑范攄亦將兩人混爲一談,故將薛苹鎮浙西一事記爲薛平事。

④"投城,主禮稍薄","城"《太平廣記》卷二五六及《稗海》本皆作"謁";《太平廣記》"主禮"作"禮遇"。

⑤"髭髮緊時趨劍戟","緊"《太平廣記》卷二五六及《稗海》本均作"暨"。見《全唐詩》卷五〇八,題爲《留别薛僕射》注云:"薛平僕射出鎮浙西。主禮稍薄,曾留詩諷之。"

⑥見《全唐詩》卷五〇八,題爲《縶白馬詩上薛僕射》注云:"薛僕射聞曾出境,追還,縻留數日。"又獻《縶白馬詩》,薛曰:"若不留絆行軒,那得覩其毛骨。遂以殊禮相待。"

⑦"河東公"至"餞行"共三十一字,"河東公"《太平廣記》卷二五六衹一"薛"字,無"篚賂餞行"四字。

⑧平曾與李固言之交往始於《唐摭言》卷十"海叙不遇"所記。李固言,《舊唐書》卷一七三本傳:"李固言,趙郡人。祖并,父現。固言,元和七年登進士甲科。大和初,累官至駕部郎中、知臺雜。四年,李宗閔作相,用爲給事中。……改爲均王傅。六年,遷工部侍郎。七年四月,轉尚書左丞,奉詔定左右僕射上事儀注。八年,李德裕輔政,出爲華州刺史。其年十月,宗閔復入,召拜吏部侍郎。"另見《新唐書·李固言傳》。又《舊唐書·文宗紀》:大和八年三月"丙子,以右丞李固言爲華州刺史,代崔戎"。則平謁李固言不遇即大和八年中。其後開成二年,"其年十月,以門下侍郎平章事出爲成都尹、劍南西川節度使,代楊嗣復。上表讓門下侍郎,乃檢校左僕射。會昌初入朝,歷兵、户二尚書"(《舊唐書》李固言本

傳)。《雲谿》所謂平曾入蜀中李固言幕府應於開成三年左右。

⑨ 李珪,兩《唐書》無傳。《登科記考》據《唐才子傳》卷七"許渾"條下"大和六年進士,李珪榜進士",列其爲此年之狀元。《太平廣記》卷一八七"韋絢"條云:"會文宗晏駕,時事變移,遂中輟焉。時絢已除起居舍人,楊嗣復於殿下先奏曰:'左補闕韋絢新除起居舍人,未中謝,奏取進止。'帝頷之。李珪招而引之,絢即置筆札於玉階欄檻之石,遽然趨而致詞拜舞焉。"郭圜事,可見《雲谿友議》"苗夫人"注。陳會,《北夢瑣言》卷三:"後爲白中令子婿,西川副使,連典彭、漢兩郡而終。"袁不約,兩《唐書》無傳。羅隱《東安鎮新築羅誠記》(《全唐文》卷八九五):"吾鄉則有…… 汝南袁不納還樸,以文學進"。汝南爲其郡望。籍貫爲杭州新城。又《直齋書録題解》卷一九云:"袁不約還樸撰。長慶三年進士。其年賦《麗龜賦》。"來擇,兩《唐書》無傳。《新唐書・藝文志》録其"《秣陵子集》一卷",小注:"來擇,字無擇,寶曆應賢良科。"《唐會要》卷七六亦載:"寶曆元年四月,賢良方正能直言極諫科……來擇……及第。"薛重,《山西通志》卷二二三載無可《送薛重中丞充太原副使》詩曰:"中司出華省,副相晋陽行。書答偏州啓,籌参上將營。踏沙寒馬細,吹雨曉笳清。正報胡塵滅,桃花汾水生。"然此薛重,疑是薛重輝。《文苑英華》卷四一四孫逖《授盧朔萊州長史等制》:"門下:朝散大夫、行太原府太谷縣令、容城縣開國子盧朔,朝請大夫、行太原府榆次縣令薛重輝等咸以班列,遷於令長……"

⑩ "在成都"至"評論"共四十九字,《太平廣記》卷二五六"在成都賓館"至"蓮幕之盛矣"數句皆無,"惟時幕客皆名士"六字耳,"公"作"客"。

⑪ "侍於相公,則輕佻無所畏怵","相公"《太平廣記》卷二五六作"李側",無"則"字,"佻"作"忽"又無"怵"字。

⑫《紺珠集》卷四本其説,載此賦。

⑬ "廢其庠序也",《太平廣記》卷二五六無"公"字,"廢其庠序"作"廢於專經"。

⑭ "爲鵶鳶所獲","鵶"《稗海》本作"鴟"。《全唐詩》卷五八〇載此賦。

⑮ “相公覽賦而笑曰”,“相公”《太平廣記》卷二五六作“李”字,“而”字無;《稗海》本亦無“而”字。

⑯ “昔趙元淑之狂簡”,“淑”《稗海》本作“叔”。

《北史・元淑傳》云:“元淑性疏誕,不事産業,家徒壁立。後授驃騎將軍,將之官,無以自給。”

⑰ “袁彦伯之機捷”,“彦伯”《稗海》本作“伯彦”。《世説新語》卷上之上:“袁彦伯爲謝安南司馬……太傅謝安賞宏機捷辯速,自吏部郎出爲東陽郡,乃祖之於冶亭,時賢皆集。安欲卒迫試之,執手將别,顧左右取一扇而贈之。宏應聲答曰:‘輒當奉揚仁風,慰彼黎庶。’合坐歎其要捷。性直亮,故位不顯也。在郡卒。”

⑱ “曾有過忤,不至深罪矣”,“曾”《太平廣記》卷二五六作“雖”,無“過”字,又無“矣”字;《稗海》本亦無“矣”字;“矣”,《四庫》本作“夫”。

⑲ 乃知相公之用心乎,《太平廣記》卷二五六此句無;“乎”,《稗海》本作“也”。

⑳ “又作《潼關賦》而刺中朝”,《太平廣記》卷二五六無“而”字;“而”,《稗海》本作“以”。

㉑ “而歎有異也”,“歎”《稗海》本作“歡”。

㉒ 與賈島齊譴,即何光遠《鑑戒録》卷八所録事。

㉓ “亦警刺”,“警”《稗海》本作“譏”。

㉔ “而謫方城”,“城”下《稗海》本有“尉”字。

【按】《新唐書・温庭筠傳》:“大中末,試有司,廉視尤謹,廷筠不樂,上書千餘言。然私占授者已八人,執政鄙其爲,授方山尉。”顧肇倉《温庭筠行實考略》(《唐代文學論叢》第四輯)以此繫貶方城尉。梁超然以《東觀奏記》下證以方山尉之説爲誤:“敕:‘鄉貢進士温庭筠早隨計吏,夙著雄名,徒負不羈之才,罕有適時之用。放騷人於湘浦,移賈誼於長沙,尚有前席之期,未爽抽毫之思,可隋州隋縣尉。’舍人裴坦之詞也。”參見《唐才子傳校箋》卷八。温庭筠先貶隨縣尉,再貶方城尉,夏承燾《温飛卿繫年》分别定爲大中十三年、咸通四年。至於其貶謫之由,衆説紛紜,多以爲原因復雜,而特借其攪擾科場一事發之。其事與平曾、賈島相類,故

《雲谿友議》并入此條。文中所引温詩“侯印不能封李廣”云云，本非自傷之語，《温飛卿詩集》卷五題作《傷温德彝》，《温飛卿繫年》繫之於會昌三年下，按云：“德彝曾以河中都將隨温造，平興元軍亂，見《舊唐書・温造傳》。造平興元亂在此年二月，見《資治通鑑》。詩無甲子，姑繫於此；《雲谿友議》謂是謫方城時作，非。”

㉕ 紀唐夫，其人不詳。《唐詩紀事》卷六一僅載其贈庭筠之詩，及《驄馬》詩。《全唐詩》卷五四二録其詩三首。小傳云：“紀唐夫，開成中中書舍人。”未知其據。按《東觀奏記》記其贈詩僅稱“進士紀唐夫”。咸通七年贈詩温庭筠，尚爲進士，開成中爲中書舍人之説必誤。

中山悔[1]

襄陽牛相公赴舉之秋，[2]每爲同袍見忽。[3]及至升超，諸公悉不如也。[4]嘗投贄於劉補闕禹錫，[5]對客展卷，飛筆塗竄其文，且曰："必先輩未期至矣！"[6]然拜謝礱礪，終爲怏怏乎。[7]歷廿餘歲，劉轉汝州，隴西公鎮漢南，[8]枉道駐旌旄。信宿，酒酣，直筆以詩喻之。劉公承詩意，方悟往年改張牛公文卷，[9]因誡子弟咸元、承雍等曰：[10]"吾立成人之志，豈料爲非。況漢上尚書，[11]高識達量，罕有其比。昔主父偃，家爲孫弘所夷；[12]嵇叔夜，身死鍾會之口。[13]是以魏武誡其子云：[14]'吾大忿怒，小過失，慎勿學焉。'汝輩修進守忠爲上也。"[15]《席上贈汝州劉中丞》，襄州節度牛僧孺詩曰：[16]"粉署爲郎四十春，今來名輩更無人。休論世上升沉事，且鬥罇前見在身。珠玉會應成咳唾，山川猶覺露精神。莫嫌恃酒輕言語，曾把文章謁後塵。"《奉和牛尚書》，[17]汝州刺史劉禹錫：[18]"昔年曾忝漢朝臣，晚歲空餘老病身。初見相如成賦日，後爲丞相掃門人。追思往事咨嗟久，幸喜清光語笑頻。猶有當時舊冠劍，待公三日拂埃塵。"牛公吟和詩，前意稍解，曰："三日之事，何敢當焉！"宰相三朝後主印，可以升降百司也。於是移宴竟夕，方整前驅也。中山公謂諸賓友曰："予昔與權丞相德輿度詞，[19]同舍郎莫之會也；度詞，[20]隱語，時人罕知。與韓退之愈優劣人物，而浙袁給事同肩;㉑與李表臣程突梯,而侮李兵部紳;㉒與柳子厚宗元評修國史,㉓而薄侍郎衮;㉔與吕光化論制誥,㉕而鄙席舍人夔。㉖余二十八年在外,五爲刺史言遵道路知蘇杭五郡。㉗而不復親臺省。以此將知清途隔絶,其自取乎!或有淡薄相於、緘翰莽鹵者,㉘每吟張博士籍詩云:'新酒欲開期好客,朝衣暫脱見閒身。'㉙對花木則吟王右丞詩云:'興闌啼鳥换,坐久落花多。'㉚則幽居之趣少安乎?余友稀舊人,名爲異代;㉛近日爲文,都不愜。㉜洛中白二十二居易苦好余《秋水咏》,㉝曰:'東屯滄海濶,南壤洞庭寬。'又《石頭城下作》云:'山連故國周遭在,潮打空城寂寞迴。'㉞余自知不及蘇州韋十九郎中應物詩曰:'春潮帶雨晚來急,野渡無人舟自横。'㉟嘗過洞庭,雖爲一篇,静思杜員外甫落句云:'年去年來洞庭上,白蘋愁殺白頭人。'㊱鄙夫之言,有愧於杜公也。楊危卿校書《過華山》詩曰:'河勢昆侖遠,山形菡萏秋。'㊲此句實爲佳對。又皇甫博士湜《鶴處雞群賦》云:'若李君之在胡,但見異類;如屈原之相處,唯我獨醒。'㊳然二君矜衒,俱爲朝野之絶倫。余亦昔時直氣,難以爲制,因作一口號,贈歌人米嘉榮曰:'唱得《梁州》意外聲,舊人唯有米嘉榮。近來年少輕前輩,好染髭須事後生。'㊴夫人游尊貴之門,常須慎酒。昔赴吴臺,揚州大司馬杜公鴻漸爲余開宴。㊵沉醉歸驛亭,似醒見二女子在旁,㊶驚非我有也,乃曰:'郎中席上與司空詩,特令二樂伎侍寢。'且醉中之作,㊷都不記憶。明旦,㊸修狀啓陳謝。杜公亦優容之,何施面目也。㊹余郎署州牧,㊺輕忤三司,豈不難也。"㊻詩曰:"高髻雲鬟宫様粧,春風一曲杜韋娘。司空見慣尋常事,斷盡蘇州刺史腸。"㊼中山劉公後以太子校書尚書令呼到爲州牧也。㊽曰:"頃在夔州,少逢賓客。縱有停舟相訪,不可久留。而獨吟曰:‘巴人淚逐猿聲落,蜀客舟從鳥道來。’忽得京洛故人書題,對之零涕,又曰:‘浮生誰至百年,倏爾衰暮,富貴窮愁,寔其常分,胡爲嗟惋焉!’”㊾

校正:

① 唐蘭《劉賓客嘉話録校輯與辨僞》:《中山悔》係出自《劉賓客嘉話録》,故將此文輯入《劉賓客嘉話録》。其文云:“蘭按,范攄作《雲谿友議》序云:‘近代何自然續《笑林》,劉夢得撰《嘉話録》,或偶爲編次,論者稱美。’以是知《友議》卷中《中山悔》一篇中,多有出於《嘉話録》者,然范氏多竄易舊文,故僅附録於後。”今按《雲谿友議》此條言劉禹錫事,有大段自述之語,如“予昔與權丞相德輿度詞”、“余二十八年在外,五爲刺史”、“余友稀舊人,名爲異代”、“余亦昔時直氣,難以爲制”、“余郎署州牧,輕忤三司”等等,其行文類《嘉話録》之體,唐蘭所言爲是。

② “襄陽牛相公赴舉之秋”,《太平廣記》卷四九七無“襄陽”二字,“相公”作“僧孺”。襄陽牛相公即牛僧孺,字思黯。均未言其籍貫郡望。襄陽應爲其出鎮之處。“及穆宗祔廟郊報後,又拜章陳退,乃於鄂州置武昌軍額,以僧孺檢校禮部尚書、同中書門下平章事、鄂州刺史、武昌軍節度、鄂岳蘄黄觀察等使。……文宗即位,就加檢校吏部尚書,凡鎮江夏五年”(《舊唐書·牛僧孺傳》)。另見《新唐書·牛僧孺傳》。

③ 同袍,語出《詩·秦風·無衣》:“豈曰無衣,與子同袍。王於興師,修我戈矛,與子同仇。”泛指朋友、同年、同僚、同學等。唐王昌齡《長歌行》:“所是同袍者,相逢盡衰老。”

④ “及至升超,諸公悉不如也”,《太平廣記》卷四九七無此二句。

⑤ “嘗投贄於劉補闕禹錫”,“劉補闕”《太平廣記》卷四九七作“補闕劉”。

【按】此時爲牛僧孺赴舉之秋,則應在貞元末年之時。然《全唐文》卷六〇五劉禹錫《汝洛集引》言“大和八年(834)予自姑蘇轉臨汝”,則上溯至貞元末,二十餘年之説爲誤,應爲三十年。此補闕一職,應就於貞元末年隨杜佑入朝之時。“禹錫貞元元年擢進士第,又登宏辭科。禹錫精於古文,善五言詩,今體文章復多才麗。從事淮南節度使杜佑幕,典記室,尤加禮異。從佑入朝,爲監察御史”(《舊唐書·劉禹錫傳》)。

⑥“必先輩未期至矣”,《太平廣記》卷四九七無“未”字。

⑦“然拜謝礱礪,終爲怏怏乎”,“然”《太平廣記》卷四九七作“雖”,“礲礪”作“嚨囑”,無“乎”字;“拜”《稗海》本作“物”,亦無“乎”字。礱礪,起初是磨石,《尸子·勸學》:“昆吾之金,而銖父之錫,使干越之工,鑄之以爲劍,而弗加砥礪,則以刺不入,以擊不斷。磨之以礱礪,加之以黄砥,則其刺也無前,其擊也無下。”後爲切磋交流之意。

⑧“歷廿餘歲,劉轉汝州,隴西公鎮漢南”,“廿餘”《太平廣記》卷四九七及《稗海》本均作“三十”,“隴西”作“僧孺”,無“公”字。

【按】此處《雲谿友議》、《唐詩紀事》敘述牛、劉二人仕歷有誤。《全唐文》卷六〇五劉禹錫《汝洛集引》言“大和八年,予自姑蘇轉臨汝”,據《唐方鎮年表》,大和六年至開成二年牛僧孺在淮南節度任,則劉轉汝州,牛僧孺未鎮漢南。又《唐方鎮年表》開成四年至會昌元年。牛僧孺鎮漢南(即山南東道節度使)。據《新》《舊唐書·劉禹錫傳》,此時劉爲太子賓客,分司東都,亦未在汝州。故此,《雲谿友議》應誤將淮南作漢南。

⑨“劉公承詩意,方悟往年改張牛公文卷”,“方”《太平廣記》卷四九七作“才”,無“張”字,又無“公”字;《稗海》本亦無“張”字。

⑩“因誡子弟咸元、承雍”,“誡”《太平廣記》卷四九七作“戒”,無“弟”字,“元”作“佐”。

【按】“咸元”,《唐詩紀事》卷三九“牛僧孺”條作“咸久”,皆爲“咸允”之誤,《劉禹錫集》卷二〇《名子説》:“今余名爾:長子曰咸允,字信臣,次曰同㢈,字敬臣。”按“允”有“信”義,故字曰“信臣”。

⑪“況漢上尚書”,“上”《太平廣記》卷四九七作“南”。

⑫主父偃爲公孫弘所夷,見《漢書·主父偃傳》:“及齊王以自殺聞,上大怒,以爲偃劫其王令自殺,乃徵下吏治。偃服受諸侯之金,實不劫齊王令自殺。上欲勿誅,公孫弘爭曰:‘齊王自殺無後,國除爲郡,入漢,偃本首惡,非誅偃無以謝天下。’乃遂族偃。”

⑬ 嵇康事，見《晋書》卷四九本傳，“嵇康，子叔夜，譙國銍人也。……會以此憾之。及是，言於文帝曰：‘嵇康，卧龍也，不可起。公無憂天下，顧以康爲慮耳。’因譖‘康欲助毌丘儉，賴山濤不聽。昔齊戮華士，魯誅少正卯，誠以害時亂教，故聖賢去之。康、安等言論放蕩，非毁典謨，帝王者所不宜容。宜因釁除之，以淳風俗’。帝既昵聽信會，遂并害之。”

⑭ 魏武誡子，曹操曾有與曹植書《戒子植》：“吾昔爲頓丘令，年二十三，思此時所行，無悔於今。今汝年二十三矣，可不勉歟！”

⑮ “汝輩修進守忠爲上也”，“忠”《太平廣記》卷四九七及《稗海》本均作“中”。

⑯ “襄州節度牛僧孺詩曰”，《太平廣記》卷四九七無“襄州節度牛”五字。

【按】此詩見《全唐詩》卷四六六，題作《席上贈劉夢得》。僧孺貞元二十一年中第，元和初因制舉賢良方正科特試，指陳時弊過於激進而遭斥退，元和七年(812)，李吉甫終後方登郎署。而僧孺以大中初(847)即亡故，其“粉署爲郎四十春”之語，較爲誇張。

⑰ “《奉和牛尚書》”，“尚書”下《稗海》本有“韻”字。

⑱ “汝州刺史劉禹錫”，《太平廣記》卷四九七無“汝州刺史劉”五字，“禹錫”下接“詩云”二字；《稗海》本“禹錫”下亦有“詩曰”二字。《劉賓客文集外集》卷六題作《酬淮南牛相公述舊見貽》。詞稍有不同：“少年曾忝漢庭臣，晚歲空餘老病身。初見相如成賦日，尋爲丞相掃門人。追思往事咨嗟久，喜奉清光笑語頻。猶有登朝舊冠冕，待公三入拂埃塵。”

⑲ “予昔與權丞相德輿”，《稗海》本無“權”字，“德輿”偏右作小字。權德輿，字載之，天水略陽(今甘肅秦安)人。家於潤州丹陽(今江蘇丹陽)。建中元年受辟爲淮南黜陟使韓洄從事，官試秘書省校書郎。貞元十八年，拜禮部侍郎，三掌貢舉，號爲得人。元和五年冬，宰相裴垍寢疾，德輿拜禮部尚書、平章事，與李藩同作相。元和十三年八月，卒於山南東道節度使任所，年五十八，《舊唐書》謂六十，誤。其生平可參見韓愈《唐故相權公墓碑》、《舊唐書》卷一四八、《新唐書》卷一六五。

⑳ “廋詞”，“廋”《稗海》本作“庾”。

㉑“而浙袁給事同肩”,《稗海》本以下人名均偏右作小字。

㉒“而侮李兵部紳”,“而”《稗海》本作“兩”。李表臣,即李程。字表臣,隴西人。貞元十二年進士狀頭擢第,同年又以第一人登宏辭科,累辟使府。二十年,入朝爲監察御史。其年秋,召充翰林學士。順宗即位,爲王叔文所排,罷學士。三遷爲員外郎。元和中,出爲劍南西川節度行軍司馬。十年,入爲兵部郎中,尋知制誥。韓弘爲淮西都統,詔程銜命宣諭。明年,拜中書舍人,權知京兆尹事。十二年,權知禮部貢舉。十三年四月,拜禮部侍郎。六月,出爲鄂州刺史、鄂岳觀察使。入爲吏部侍郎,封渭源男,食邑三百户。敬宗即位之五月,以本官同平章事。寶應二年,罷相,檢校兵部尚書、同平章事、太原尹、北京留守、河東節度使。大和四年三月,檢校尚書左僕射、平章事、河中尹、河中晋絳節度使。六年,就加檢校司空。會昌二年卒。其生平詳見《新唐書》卷一三一、《舊唐書》卷一六七。

㉓柳宗元,字子厚,祖籍河東(今山西永濟),故世稱柳河東。貞元九年進士及第,十四年登博學宏詞科,授集賢殿正字。二十一年永貞革新失敗後,貶永州司馬,元和十年召赴京師,又出爲柳州刺史。十四年卒於任上。生平可見《舊唐書》卷一六〇、《新唐書》卷一六八、韓愈《柳子厚墓誌銘》。今有年譜數種,如施子愉《柳宗元年譜》等。

㉔衮,即常衮,京兆(今陝西西安)人,天寶十四載進士,授太子正字。永泰元年進中書舍人,加集賢院學士。大曆九年遷禮部侍郎,十年至十二年三掌貢舉。後拜門下侍郎、同平章事。建中元年授福建觀察使。四年正月卒,年五十五。生平可見《舊唐書》卷一一九、《新唐書》卷一五〇。

㉕“與吕光化論制誥”,見《雲谿友議》“江都事”注。

㉖“而鄙席舍人蘷”,“蘷”《稗海》本作“夔”。

㉗“言遵道路知蘇杭五郡”,《稗海》本無此九字。

㉘“或有淡薄相於”,“於”《稗海》本作“待”。

㉙此詩《全唐詩》卷三八五、《文苑英華》卷三一六皆題作《題韋郎中新亭》,全詩爲:“起得幽亭景復新,碧莎地上更無塵。琴書著盡猶嫌少,

松竹栽多不稱貧。藥酒欲開期好客,朝衣暫脱見閒身。成名同日官連署,此處經過有幾人。"

㉚ 詩見《王右丞集箋注》卷七《從岐王過楊氏别業應教》,全詩爲:"楊子談經所,淮王載酒過。興闌啼鳥换,坐久落花多。徑轉迴銀燭,林開散玉珂。嚴城時未啓,前路擁笙歌。"

㉛ "名爲異代","名"《稗海》本作"苦"。

㉜ "近日爲文,都不愜","近"《稗海》本作"今"。

㉝ "洛中白二十二居易苦好余《秋水咏》",原作"白二十",《稗海》本"二十"下有"二"字,劉禹錫有《翰林白二十二學士見寄詩一百篇因以答貺》等詩,今從《稗海》本。此《秋水咏》不見他處,《全唐詩》卷三六五自《雲谿》録此句。

㉞《全唐詩》卷三六五題作《石頭城》,詩句稍有不同:"山圍故國周遭在,潮打空城寂寞回。淮水東邊舊時月,夜深還過女牆來。"

㉟《才調集》卷一、《全唐詩》卷一九三皆題作《滁州西澗》。

㊱ 杜甫此句,不爲别集所録,《唐詩紀事》卷三九、《詩話總龜》卷五襲《雲谿》所説。

㊲ "楊危卿",當作"楊茂卿"。

【按】《劉賓客嘉話録》作"楊茂卿",見《唐語林》卷二"文學"、《詩話總龜》前集卷一四《警句門》引,又見《唐詩紀事》卷三九"劉禹錫"條。《嘉話録》又有言及楊茂卿者,云:"楊茂卿客游揚州,與杜佑書,詞多捭闔,以周公吐握之事爲諷。佑訝之。……禹錫曰:'大凡布衣之士,皆須擺闔以動尊貴之心。'"可知楊茂卿爲一布衣,其事迹僅見於《劉賓客嘉話録》,《全唐詩》卷四八四録其《過華作》(即《過華山詩》)殘句,又誤作楊虞卿。

㊳《文苑英華》卷一三八録此賦,題亦作《鶴處雞群賦》。

㊴《劉賓客文集》卷二五題作《與歌者米嘉榮》。

㊵ "揚州大司馬杜公鴻漸",《太平廣記》卷二七三作"州帥杜鴻漸"。杜鴻漸,字之巽,濮州濮陽人。開元二十二年登進士,解褐延王府參軍。天寶末,累遷大理司直,朔方留後、支度副使。至德二載,授河西節度使。乾元二年,改荆南節度使,軍亂棄城,貶湖州刺史。上元二年,改越州刺

史，二年徵拜尚書右丞。廣德二年，以兵部侍郎同平章事。大曆元年，兼成都尹、山南、劍南副元帥、劍南西川節度使。大曆四年十一月卒，贈太尉，謚曰文憲。生平見元載《故相國杜鴻漸神道碑》、《舊唐書》卷一〇八、《新唐書》卷一二六。

㊶“沉醉歸驛亭，似醒見二女子在旁”，“沈”《太平廣記》卷二七三作“大”，“醉”下“歸”上有“而”字，無“亭”字；“似”《太平廣記》及《稗海》本均作“稍”。

㊷“且醉中之作”，“且”《稗海》本作“耳”。

㊸“明旦”，“旦”《稗海》本作“日”。

㊹“何施面目也”，《太平廣記》卷二七三此句無。

㊺“余郎署州牧”，《太平廣記》卷二七三此句作“夫禹錫以郎吏州牧”；“余”下“郎”上，《稗海》本有“以”字。

㊻“豈不難也”，“難也”《太平廣記》卷二七三及《稗海》本均作“過哉”。

㊼韋娘事，《本事詩·情感第一》亦有此條，只是人名、時地、引詩皆有一些不同，其文云：“劉尚書禹錫罷和州，爲主客郎中，集賢學士。李司空罷鎮在京，慕劉名，嘗邀至第中，厚設飲饌。酒酣，命妙妓歌以送之。劉於席上賦詩，曰：‘鬖髯梳頭宫様粧，春風一曲杜韋娘。司空見慣渾閑事，斷盡江南刺史腸。’李因以妓贈之。”在《本事詩》中杜鴻漸换成李司空，揚州移爲長安；至宋代韓駒引詹玠《唐宋遺史》，故事的主人公更從劉禹錫易爲韋應物。事實上，韋應物、劉禹錫皆與此事無關，“春風一曲杜韋娘”之詩，人亦多以爲皆非韋、劉之作。可參見《苕谿漁隱叢話》後集卷九“韋蘇州”條，又見《詩話總龜》前集卷二六。參見錢大昕《十駕齋養新録》卷一六、岑仲勉《唐史餘沈》、卞孝萱《劉禹錫年譜》等。據《新》《舊唐書·杜鴻漸傳》，杜大曆四年(769)卒，《唐刺史考全編》及《劉禹錫年譜》皆載劉禹錫大和五年(831)方出任蘇州刺史，兩人不可能再有交往。并且據《新》《舊唐書》本傳，杜亦無揚州大司馬及司空之任。《雲谿友議》誤。明郎瑛《七修類稿》卷三三云：“予意劉禹錫、韋應物皆爲郎中，皆刺史蘇州，但鴻漸未嘗爲司空，且大曆四年死矣；韋在蘇州，乃貞元間，去杜

死日廿餘年；劉在蘇州，元和間，又遠矣。韋、劉且不論，決非鴻漸必然。”雖事出僞撰，但劉禹錫與杜韋娘的風情韻事流傳很廣，元代周文質雜劇《春風杜韋娘》、明代許潮雜劇《劉蘇州席上寫風情》皆搬演其事；“司空見慣”亦化爲成語。

陳尚君《司空見慣真相揣測》(2009 年 2 月 15 日《新民晚報》)一文，贊成唐蘭及羅聯添對《劉賓客嘉話録》的相關研究，認爲《本事詩》及《雲谿友議》此記載皆本於《嘉話録》。同時更對杜司空進行大膽推測，“在此，我想作一個稍大膽一些的推測。我認爲這位‘揚州大司馬杜公’，很可能是中唐名臣杜佑。杜佑在貞元五年(789)末出鎮揚州，職銜是‘檢校禮部尚書、揚州大都督府長史、充淮南節度使’，到十六年兼領徐泗濠節度使，直到十九年(803)三月入相，在揚州長達十四年(均見《舊唐書・德宗紀》)。此其一。杜佑從揚州入相時的職銜，是‘檢校司空、同中書門下平章事、太清宫使’(同前)，劉詩中‘司空’的稱呼可以得到落實。此其二。劉禹錫與杜佑的關係非常特殊。據卞孝萱《劉禹錫年譜》所考，劉在貞元十二年(796)任太子校書，後因父卒於揚州，去辦理喪事，爲杜佑賞識，大約在十六年(800)起擔任杜佑的掌書記，約一年多，現在劉的文集里面還有十多篇爲杜起草的表奏。到十八年調補京兆府渭南縣主簿，離開揚州。在第二年杜佑入朝爲相到達長安初期，劉還爲杜草擬了《爲杜相公自淮南追入長安至長樂驛謝賜酒食狀》、《代杜相公謝就宅賜食狀》，大約杜初爲相，還來不及配備助手，劉以故吏代作文書，也可見關係的特殊。此其三”。詩録於《全唐詩》卷三六五，題作《贈李司空妓》。

㊽“後以太子校書尚書令呼到爲州牧也”，“令”《稗海》本作“今”，無“到”字，“爲”下、“州”上有“郎”字。

㊾“胡爲嗟惋焉”，“惋”《稗海》本作“怨”，“焉”作“哉”。

贊皇勛[1] 朱涯太尉之封也。

石雄僕射，[2]初與康詵同爲徐州王侍中智興首校。[3]王公忌二人驍勇，奏守本官。雄則許州司馬也。[4]尋授石州刺史。[5]有李弘約者，以石使君許下之日，曾負弘約資貨，累自窘索，後詣石州求其本物。既入石州境，弘約遲疑，[6]恐石君怒。遇里有神祠祈饗，皆謂其靈。[7]弘約乃號啓於神之祝，[8]父子俱稱神下，索紙筆，命弘約書之。約又不識文字，求得村童口占之，曰："石使君此去，當有重臣抽擢，而立武功，合爲河陽、鳳翔節度，復有一官失望，所以此事須閟密，不異耳聞之。"[9]弘約以巫祝之言，先白石君。石君相見甚悦。尋潞州劉從諫背叛，朝廷議欲討伐。[10]贊皇之爲上宰，而用於石雄，雄奮武奪得天井關。[11]後其劉振又破黑山諸蕃部落，[12]走南單于，迎公主歸國，皆雄之展效也。然是鷹犬之功，非良宰不能驅馳者。及李公以太子少保分洛，石僕射詣中書論官，曰："雄立天井關及黑山之功，以兩地之勞，更希一鎮養老。"相府曰："僕射潞州之功，國家以酬河陽節度使；[13]西塞之績，又拜鳳翔。[14]在兩鎮之重，豈不爲酬賞也？"石乃復爲左右統軍，不愜其望，悉如巫者之言乎。太尉相公洎謫潮州，[15]有客復陳石僕射神祠之驗，[16]明其盛衰有數，稍抑其噎鬱乎。《再貶朱崖道中詩》曰："十年紫殿掌洪鈞，[17]出入三朝一品身。文帝寵深陪雉尾，武皇恩重宴龍津。黑山永破和親虜，烏嶺全坑跋扈臣。⑱自是功高臨盡處，禍來名滅不由人。”又《登崖州城樓》曰：“獨上高樓望帝京，⑲鳥飛猶是半年程。青山欲似留人住，百匝千遭繞郡城。”先是，韋相公執誼得罪，薨變於此，今朱崖有韋公山。⑳柳宗元員外與韋丞相有齠年之好，三致書與廣州趙尚書宗儒相公，㉑勸表雪韋公之罪，始詔歸葬京兆，至今山名不革矣。贊皇感其遠謫不還，爲文祭曰：“維大中年月日，趙郡李德裕，謹以蔬醴之奠，敬祭於故相國韋公僕射之靈。嗚呼！皇道咸寧，藉乎賢相；德邁皋陶，功宣吕尚。文學世推，智謀神貺。一遘讒嫉，遠投荒障。地雖厚兮不察，天其高兮不諒。野掇澗蘋，思違秬鬯。信成禍深，業崇身喪。某亦竄迹南陬，從公舊丘。永泯軒裳之願，長爲猿鶴之愁。嘻吁絶域，寤寐西周。儻知公者，惻公非罪；㉒不知我者，謂我何求。其心若水，其死若休。臨風敬弔，願與神游。嗚呼！”云云。或問贊皇公之秉鈞衡也，毁譽如之何？㉓削禍亂之階，辟孤寒之路；好奇而不奢，好學而不倦；勛業素高，瑕疵乃顧。㉔是以結怨豪門，取尤群彦。光福王起侍郎，自長慶三年知舉，後二十一歲，復爲僕射。武皇朝，猶主國。㉕凡有親戚在朝者，不得應舉，遠人得路，皆相賀慶而已。後之文場困辱者，若周人之思鄉焉，皆曰：“八百孤寒齊下淚，一時迴首望崖州。”㉖

校正：

① 贊皇，即李德裕，李德裕爲趙郡人，《舊唐書·李德裕傳》：“（大和）七年二月，德裕以本官平章事，進封贊皇伯，食邑七百户。”趙州，今河北趙縣。《舊唐書》卷三九“趙州”條下：“漢平棘縣，故城在今縣南。後魏於昭慶縣置殷州，齊改爲趙州。隋廢，尋復置趙郡於平棘縣。武德元年，

張志昂以郡歸國，改爲趙州，領平棘、高邑、贊皇、元氏、癭陶、欒城、大陸、柏鄉、房子、槁城、鼓城十二縣。”其中“贊皇古無其名，隋置，取贊皇山爲名”。

② “石雄僕射”，《太平廣記》卷一五六無“僕射”二字。石雄，中唐名將。《舊唐書・石雄傳》曰：“石雄，徐州牙校也。王智興討李同捷，以雄爲右厢捉生兵馬使。勇敢善戰，氣淩三軍。”又見《新唐書・石雄傳》。

③ “徐州王侍中智興”，《太平廣記》卷一五六“州”下、“王”上有“帥”字，無“侍中”二字；《稗海》本“王”上亦有“帥”字，“中”作“郎”，“智興”偏右作小字。康詵，兩《唐書》無傳。曾爲睦州刺史，《宋高僧傳》卷八《唐越州雲門寺道亮傳》載：“睿宗及妃后送異錦衾、氈席。二年詔於西園問道。朝廷欽貴大都督李孝逸，工部尚書張錫，國子監周業、崔融，秘書監賀知章，睦州刺史康詵，同心慕仰，請問禪心，多結師資或傳香。”

【按】王智興，唐代藩鎮軍閥之一。《舊唐書・穆宗紀》“（長慶二年）三月癸丑，徐州節度使崔群爲其副使王智興所逐，智興自專軍務”。又“己未，以武寧軍節度副使王智興檢校工部尚書，兼徐州刺史，充武寧軍節度使”。大和初在討伐李同捷之戰中，“以智興首功，加守太傅，封雁門郡王。賊平入朝，上賜宴麟德殿，賞賜珍玩名馬，進位侍中，改許州刺史、忠武軍節度、陳許蔡等州觀察使。大和七年，改授河中尹、河中節度、晋磁隰觀察等使，智興因入朝。九年五月，改汴州刺史、宣武軍節度、宋亳汴潁觀察等使。開成元年七月卒，年七十九，贈太尉”（《舊唐書・王智興傳》）。故其稱徐州王侍中未誤，《稗海》本改侍中爲侍郎，誤。王智興忌石雄之驍勇，確爲史實，《舊唐書・文宗紀》：“（大和三年）夏四月庚午，王智興奏部下將石雄搖扇軍情，請行朝典，乃長流白州。”又另見《新》《舊唐書》石雄本傳。

④ 許州，州治在今河南許昌。

【按】石雄任許州司馬一職，史所未載。或在（大和二年）九月王智興拔棣州後，王智興進位侍中，改許州刺史時。《資治通鑑》（卷二四八）大和三年：“（二月）丙辰，以（石）雄爲壁州刺史……四月，戊午，智興奏雄動搖軍情，請誅之。上知雄無罪，免死，長流白州。”又見《全唐文》卷四四〇。

⑤ 石州，即今山西吕梁。《舊唐書·地理志》"石州"條下："隋離石郡。武德元年，改爲石州。五年，置總管府，管石、北和、北管、東會、嵐、西定六州。貞觀二年，廢都督府。三年，復置都督。六年，又廢，天寶元年，改爲昌化郡。乾元元年，復爲石州。"

【按】石州刺史之事不詳。兩傳均未言之。或爲壁州刺史之誤。《新唐書》石雄本傳："初，徐軍惡智興苛酷，謀逐之而立雄。智興懼變，因立功奏除州刺史，詔以爲壁州刺史。"壁州，即今四川通江。《舊唐書·地理志》"壁州"："武德八年，分巴州始寧縣，改置壁州并諾水縣。又割集州之符陽、白石二縣來屬。貞觀元年，廢萬州，割廣納縣來屬。八年，復以符陽屬集州。天寶元年，改爲始寧郡。乾元元年，復爲壁州。"

⑥ "弘約"，《稗海》本作"心復"。

⑦ "遇里有神祠，祈饗皆謂其靈"，"饗"《太平廣記》卷一五六作"享"；《稗海》本"饗"亦作"享"，"其"作"甚"。

⑧ "弘約乃號啓於神之祝"，"號"《太平廣記》卷一五六作"虔"，"之"作"神"；"之"，《稗海》本亦作"神"字。

⑨ "所以此事須閟密，不異耳聞之"，"閟"，《太平廣記》卷一五六作"秘"，"不"下"異"上有"得"字；《稗海》本無"此"字，"不"下、"異"上乃"令"字；《四庫》本無"須"字。

⑩ "尋潞州劉從諫背叛，朝廷議欲討伐"，"尋"下、"潞"上，《太平廣記》卷一五六有"以"字。

【按】劉從諫背叛之説有誤，應爲其侄劉稹拒旨，朝臣議論討伐。事見《舊唐書·武宗紀》："(會昌三年)四月，昭義節度使劉從諫卒，三軍以從諫侄稹爲兵馬留後，上表請授節鉞。尋遣使齎詔潞府，令稹護從諫之喪歸洛陽。稹拒朝旨。詔中書門下兩省尚書御史臺四品已上、武官三品已上，會議劉稹可誅可宥之狀以聞。"

⑪ "贊皇之爲上宰，而用於石雄"，《太平廣記》卷一五六此句作"李德裕時爲宰相，而亟用石雄"；《稗海》本則作"李贊皇時爲上宰，乃用雄爲將"。

【按】石雄奪天井關，此説不確。《舊唐書》石雄本傳："時王宰在萬善柵，劉沔在石會，相顧未進。雄受代之翌日，越烏嶺，破賊五砦，斬獲千計。武宗聞捷大悦，謂侍臣曰：'今之義而有勇，罕有雄之比者。'雄既率先破賊，不旬日，王宰收天井關。"又《舊唐書・武宗紀》："（會昌三年）十二月，王宰奏收天井關。"故石雄有先鋒威懾之力，然收天井關之功仍應在王宰。

⑫ 後其劉振又破黑山諸蕃部落，"其"《太平廣記》卷一五六作"共"；《稗海》本"其"作"與"，"又"作"文"。疑此"劉振"應爲"劉沔"之誤，"其"字誤，石雄爲其幕下將士。

【按】此説不確，收天井關事在後，破諸蕃迎公主事在前。《舊唐書・武宗紀》："（會昌三年二月）太原劉沔奏：'昨率諸道之師至大同軍，遣石雄襲迴鶻牙帳，雄大敗回鶻於殺胡山，烏介可汗被創而走。已迎得大和公主至雲州。'"又《舊唐書・劉沔傳》："移沔河東節度使、檢校尚書左僕射、太原尹、北京留守。詔與幽州張仲武協力招撫回鶻，竟破虜寇，迎公主還宫，以功進位檢校司空，尋改滑州刺史、義成軍節度使。"又《舊唐書・石雄傳》："會昌初，回鶻寇天德，詔命劉沔爲招撫回鶻使。三年，回鶻大掠雲、朔北邊，牙於五原。沔以太原之師屯於雲州……"

由以上史料可知，石雄時在劉沔麾下，有走南單于，迎公主回國之功，此事皆在會昌三年初。

⑬《資治通鑑》卷二四八記會昌四年"二月丁巳，石雄河中節度使。…… 十二月，河中節度使石雄爲河陽節度使"。《新唐書》石雄本傳："徙河中……進檢校兵部尚書，徙河陽……宣宗立，徙鎮鳳翔。"按封敖《授崔元式太原節度使石雄河中節度使制》（《全唐文》卷七二八），又《舊唐書・武宗紀》：會昌四年二月"丁巳，制河中晋絳慈隰等州節度觀察等使、中散大夫、檢校左散騎常侍、河中尹、御史大夫、上柱國、博陵縣開國男、食邑三百户崔元式可檢校禮部尚書兼太原尹、北都留守，充河東節度觀察等使"。今從《通鑑》。《舊紀》記會昌四年九月，雄爲河中尹，九月誤。

⑭《唐方鎮年表》卷一引《新唐書》石雄本傳："宣宗立，徙鎮鳳翔。"

爲會昌六年五月後，雄改鳳翔之證。其後大中二年，崔珙代雄，又引《資治通鑑》"大中二年九月，前鳳翔節度使石雄除左龍武統軍"爲證，又"《金石萃編·周公祠靈泉記》：'大中二年十一月二十，鳳翔隴州節度觀察使、檢校右僕射、兼鳳翔尹、御史大夫、安平郡開國公崔珙狀奏。'"但考《資治通鑑》卷二四八載大中二年："（九月）前鳳翔節度使石雄詣政府自陳黑山、烏嶺之功，求一鎮以終老。執政以雄李德裕所薦，曰：'向日之功，朝廷以蒲、孟、岐三鎮酬之，足矣。'除左龍武統軍。雄怏怏而薨。"似雄先已罷鎮爲閑官，故有此請。尤可證者，《全唐文》七七六李商隱有滎陽公上鳳翔崔相公賀正啓，鄭亞以二年貶，此啓斷是元年末作（參《玉谿年譜會箋》三），是珙代雄在大中元年不在二年。另《資治通鑑》中所言蒲、孟、岐三鎮分别指河中、河陽、鳳翔，而《雲谿友議》僅言及河陽、鳳翔，《資治通鑑》卷二四七載會昌四年："（二月）丁巳，石雄爲河中節度使。"可知小説之中乃約略言之，未可深究。惟石雄所立功勛，《雲谿友議》言爲"天井關及黑山"，《資治通鑑》則言爲"黑山、烏嶺"，胡三省注引《考異》曰："此出范攄《雲谿友議》，彼以烏嶺爲天井，誤也。"據《元和郡縣志》，烏嶺在晋州，天井關在潞州，二地不相及，《雲谿友議》下文引李德裕詩，明言"黑山永破和親虜，烏嶺全坑跋扈臣"。

⑮"太尉相公洎謫潮州"，"相公"《太平廣記》卷一五六作"德裕"，上無"太尉"二字，下無"洎"字；"太尉"上，《稗海》本有"李"字。《舊唐書·宣宗紀》："（大中元年）秋七月，以太子少保分司東都、衛國公李德裕爲人所訟，貶潮州司馬員外置同正員。"

⑯"有客復陳石僕射神祠之驗"，"僕射"《太平廣記》卷一五六作"雄"字，《稗海》本無"復"字。

⑰"《再貶朱崖道中詩》曰"，"崖"下、"詩"上《稗海》本有"作"字，而無"道中"二字。此詩《集古録》卷九題作《唐李文饒平泉山居詩（開成五年）》。

⑱"烏嶺全坑跋扈臣"，"烏"《稗海》本作"鳥"。

⑲"又《登崖州城樓》曰"，"樓"下、"曰"上，《稗海》本有"吟"字。

⑳《舊唐書·韋執誼傳》："韋執誼者，京兆人。父浼，官卑。執誼幼

聰俊有才，進士擢第，應制策高等，拜右拾遺，召入翰林爲學士，年纔二十餘。德宗尤寵異。……及憲宗受内禪，王伾、王叔文徒黨并逐，尚以執誼是宰相杜黄裳之婿，故數月後貶崖州司户。"

㉑ 趙宗儒，《舊唐書・趙宗儒傳》："元和初，檢校禮部尚書，判東都尚書省事、兼御史大夫，充東都留守、畿汝都防禦使。入爲禮部、户部二尚書，尋檢校吏部尚書，守江陵尹、兼御史大夫、荆南節度營田觀察等使。"另見《新唐書》本傳。

【按】宗儒元和初，韋執誼貶崖州時，未在廣州，《雲谿》説誤。《全唐文》卷五百七十六有《上廣州趙宗儒尚書陳情啓》(一本無"廣州"之語)，然忖度文意并未見有爲韋執誼求情之旨。

㉒ "惻"，原作"測"，據《稗海》本、《四庫》本改。此文《會昌一品集》之《李衛公别集》卷七，題作《祭韋相執誼文》。其起文略不同："維大中四年月日"。

㉓ "譬"下、"如"上，《稗海》本有"無"字。

㉔ "乃"，《稗海》本作"不"。

㉕ "國"，《稗海》本作"柄"。

㉖《唐摭言》卷七亦録此句，《全唐詩》卷七九六襲其説。

南黔南

南中丞卓,[①]吴楚游學十餘年。衣布縷,乘牝衛,薄游上蔡。[②]蔡牧待之似厚,而爲客吏難阻。每宴集,令召,則云:"南秀才自以衣冠不整,稱疾不赴。"南生羈旅窮愁,似無容足之地。唯城南鬻飯老嫗,待之無厭色。後十七年,爲蔡牧,到郡乃曰:"古人一飯之恩必報,眦睚之怨必酬。吾雖位微,幸當斯日也。"遂戮仇吏,而奠飯嫗焉。[③]轉黔南經略使,[④]大更風俗。凡是溪塢,呼吸文字,皆同秦漢之音,甚有聲譽。[⑤]先柳子厚在柳州,[⑥]吕衡州温嘲謔之曰:"柳州柳刺史,[⑦]種柳柳江邊。柳館依然在,千株柳拂天。"至南公至黔南,又以故人嘲曰:"黔南南太守,南郡在雲南。閑向南亭醉,南風變俗談。"[⑧]撰《駁史》三十卷,[⑨]與馬史殊貫,班書小異,三國二晋已下之文,多被攻難。每於朝野搉論,莫能屈之者乎![⑩]唯吴武陵郎中、劉軻侍御,[⑪]俱服其才識也。初爲拾遺,與崔詹事黯,[⑫]因諫諍出宰。崔爲支江令,南爲松滋令。二諫垣牆,[⑬]矯翼翩翩,無所羈束。雙名并扇,[⑭]二邑妥然。公府常爲高榻相待,南公猶贈副戎等詩曰:"翺翔曾在玉京天,墮落江南路幾千。從事不須輕縣宰,滿身猶帶御爐煙。"[⑮]

校正：

①“南中丞卓”，《稗海》本“卓”偏右作小字。

【按】南卓，兩《唐書》無傳，然《新唐書·藝文志》載其《羯鼓録》一卷，《南卓文》一卷，《唐朝綱領圖》一卷（字昭嗣，大中黔南觀察使）。《唐會要》卷七六：“大和二年閏三月，賢良方正能直言極諫科……南卓……及第。”初爲拾遺，“初，度支鹽鐵使王播，廣事進奉以希寵，度亦掇拾羡餘以效播，士君子少之。復引韋厚叔、南卓爲補闕、拾遺，俾彌縫結納，爲自安之計。而後進”（《舊唐書·裴度傳》）。後爲松滋縣令史，見《册府元龜》卷四八一：“韋厚叔，爲左補闕，大和四年十月……右拾遺、内供奉南卓爲江陵府松滋縣令史。三人裴度先所引擢，不厭公議。至是，度出鎮，執政者采公論而去之。卓與厚叔，時人尤以爲當。”南卓《羯鼓録》云：“會昌元年，卓爲洛陽令，數陪劉賓客、白少傅宴游。”後又爲婺州刺史，《郡齋讀書志》卷五下“鼓録”條：“《羯鼓録》一卷，婺州刺史南卓撰，乃唐人也。”又見《直齋書録解題》卷一四：“《羯鼓録》一卷，唐婺州刺史南卓撰。”大中初，爲黔南經略使。見《寶刻類編》卷六載《黔南觀察贈左散騎南公碑》，張缺夫撰，大中八年立。

② 蔡州，今河南汝陽。《舊唐書·地理志》“蔡州”條下：“隋汝南郡。武德四年四月，平王世充，置豫州總管府，管豫、道、輿、息、舒五州。豫州領安陽、平輿、真陽、吴房、上蔡五縣。”

③“而奠飯嫗焉”，“奠”《稗海》本作“報”。

④ 經略使，唐代邊州軍事長官。貞觀二年開設，掌邊地軍隊。

⑤“甚有聲譽”，“譽”原作“光”，據《稗海》本改。

⑥“先柳子厚在柳州”，“先”下、“柳”上，《稗海》本有“是”字。

⑦ 吕温，見前《雲谿友議》“江都事”注。

⑧“南黔南”條記南卓爲黔南經略使，大更風俗，吕温贈詩云云，兼及吕温贈詩柳州刺史宗元事，皆不合於史。吕温贈柳、南二詩如次：“柳州柳刺史，種柳柳江邊。柳館依然在，千株柳拂天。”“黔南南太守，南郡在雲南。閑向南亭醉，南風變俗談。”《全唐詩》卷八七〇諧謔詩中收入吕温此二詩，其中第二首題下注云：“一云南卓故人效吕温作。”則本自《唐

詩紀事》。岑仲勉以爲二詩皆非吕温之作,《讀全唐詩札記》云:“按温卒於元和六年,十年宗元方除柳州,況宗元南謫,正痛心之事,吕、柳交厚,即使和叔尚生,亦必不爲此也。”又云:“據《唐方鎮年表》六,卓廉察黔南,在大中中,謂是温文,其妄更不待辨。後説卓故人作,斯爲近之,然亦不得云仿吕温,因前之《嘲柳州》斷非温文也。”又,題作吕温二詩當皆自柳宗元詩《種柳戲題》首二句化出,《柳宗元集》卷四二:“柳州柳刺史,種柳柳江邊。談笑爲故事,推移成昔年。”“垂陰當覆地,聳干會參天。好作思人樹,慚無惠化傳。”其中,“好作思人樹,慚無惠化傳”用《左傳》“思其人猶愛其樹”之意,表示自己雖無顯赫的功績政德傳於後世,却在柳州栽種大批柳樹,實行了一些有利州民的政策,於戲謔中透露出貶謫後不甘消沉和奮發自勉的心情。僞托吕温贈柳宗元詩中所謂“柳館依然在,千株柳拂天”,乃後人思慕柳柳州,睹物思人而作,亦正思人愛樹之意,詩僞情真,小説中之僞托詩多如此類。宋劉斧在《青瑣高議》中曾將此詩暫作民歌引用。《古今詩話》云:“後南中丞至黔南,人嘲之曰:‘黔南南太守,南郡在雲南。閑向南亭畔,南風變俗談。’”柳州與黔南屬同一地區,兩處風格相近,套語出於一轍。因此,這是一首流傳在當地的民歌。

⑨ 駁史,未知其詳。

⑩ “莫能屈之者乎”,“之”《稗海》本作“也”,“也”下無“者乎”二字。

⑪ “唯吴武陵郎中、劉軻侍御”,《稗海》本無“唯”字。

【按】吴武陵,本名偘,信州貴溪(今屬江西貴溪)人。元和二年擢進士第。柳宗元謫永州,武陵亦坐事流永州,二人交從甚密。《新唐書·吴汝納傳》:“及爲柳州刺史,武陵北還,大爲裴度器遇。每言宗元無子,説度曰:‘西原蠻未平,柳州與賊犬牙,宜用武人以代宗元,使得優游江湖。’”大和元年官太學博士,後以尚書員外郎出爲忠州刺史,改韶州刺史,大和八年卒。生平另見《新唐書》卷二〇三本傳、《本事詩·怨憤》,近人岑仲勉有《吴武陵事迹》,收於《金石論叢》四《貞石證史》。劉軻事見《雲谿友議》“葬書生”注。

⑫ “與崔詹事黯”,《稗海》本“黯”偏右作小字。崔黯,崔寧之子,兩《唐書》有傳,皆附於《崔寧傳》後。《舊唐書》卷一一七曰:“黯字直卿,大

和二年，進士擢第。開成初，爲青州從事。入爲監察御史，奏郊廟祭器不虔，請敕有司。文宗謂宰臣曰：'宗廟之事，朕合親奉其禮，但以千乘萬騎，動費國用，每有司行事之日，被衣冠坐以俟旦。比聞主者不虔，祭器勞敝，非事神蠲潔之義。卿宜嚴敕有司，道吾此意。'黯具條奏以聞。尋遷員外郎。會昌中，爲諫議大夫。"另見《新唐書》卷一四四。

【按】《廬山記》卷五："《唐復東林寺碑銘》，湖南都團練觀察處置等使、中大夫、使持節都督潭州諸軍事、守潭州刺史、金紫光禄大夫、左散騎常侍、上柱國、河東郡開國公、食邑二千户柳公權書，唐大中十一年，歲次丁丑，四月戊辰朔二十六日癸巳建。"《唐刺史考全編》於此後按曰"潭州刺史"下"金紫光禄大夫"上奪"崔黯撰"。《江西通志》卷一二〇載其碑文曰："大中六年二月十四日，言命以圖及其備録訪余爲刻石之文。"則知其大中六年在湖南觀察使任上。又《集古録》卷九録《右集本》："《唐復東林寺碑》（大中十一年）右唐湖州觀察使崔黯撰，柳公權書。東林寺，會昌中廢之，大中初，黯爲江州刺史而復之。黯之文辭甚遒麗可愛，而世罕有之。"誤。《寶刻叢編》卷一五亦襲此録，正曰崔黯爲"湖南觀察使潭州刺史"。支江令一職未省爲何時所任，如照《雲谿》中所言，則與南卓大和四年自京出。

⑬ "二諫垣牆"，《稗海》本無"牆"字；"牆"，《四庫》本作"俱"。

⑭ "雙名并扇"，"扇"《稗海》本作"席"。

⑮ 詩見《全唐詩》卷五六三，題作《贈副戎》。

和戎諷

憲宗皇帝朝,①以北狄頻侵邊境,大臣奏議,古者和親之有五利,而日無千金之費。②上曰:"比聞有一卿能爲詩,而姓氏稍僻,是誰?"宰相對曰:"恐是包子虛、冷朝陽。"皆不是也。③上遂吟曰:"山上青松陌上塵,雲泥豈合得相親?世路盡嫌良馬瘦,唯君不棄卧龍貧。千金未必能移姓,一諾從來許殺身。莫道書生無感激,寸心還是報恩人。"侍臣對曰:"此是戎昱詩也。京兆尹李鑾擬以女嫁昱,令改其姓,昱固辭焉。"④上悦曰:"朕又記得《咏史》一篇,此人若在,便與朗州刺史。武陵桃源,足稱詩人之興咏。"聖旨如此稠疊,士林之榮也。其《咏史詩》云:"漢家青史内,計拙是和親。社稷依明主,安危托婦人。豈能將玉貌,便欲静胡塵。地下千年骨,誰爲輔佐臣?"⑤上笑曰:"魏絳之功,何其懦也!"大臣公卿,遂息和戎之論矣。文宗、武宗之代,舉子亦有斯咏,果毅者佳焉。有項斯者,《長安退將》詩曰:⑥"塞外衝沙損眼明,歸來養疾卧秦城。上高樓閣看星座,著白衣裳把劍行。常説老身思鬥將,最憐無事削蕃營。翠蛾紅臉和回鶻,惆悵中原不用兵。"蘇鬱曰:⑦"關月夜懸青塚鏡,塞雲秋薄漢宫羅。君王莫信和親策,生得胡鶵轉更多。"

校正：

①“憲宗皇帝朝”，“憲”上《太平廣記》卷一九八有“唐”字。

【按】元和時期，邊疆外患主要仍然集中在與吐蕃之間的關係上。故此北狄應特指吐蕃。吐蕃向爲中唐的大患，其居於青藏高原，侵占唐朝的河西、隴右等地，勢力不斷向東擴張。其後由於德宗和南詔抵禦吐蕃外交策略取得成效，加上吐蕃與大食(阿拉伯帝國)在中亞的衝突，邊患減少。元和元年到十年，吐蕃不斷遣使朝貢，唐蕃往來頻繁。雖然元和十三年、十四年吐蕃分别侵犯唐宥州、鳳翔和鹽州，但被唐軍所敗，吐蕃對唐的威脅大爲減輕。如《舊唐書·吐蕃傳》下：“十三年十月，吐蕃圍我宥州、鳳翔，上言遣使修好。是月，靈武於定遠城破吐蕃二萬人……平涼鎮遏使郝玼破二萬餘衆，收復原州城，獲羊馬不知其數。夏州節度田縉於靈武亦破三千餘人。十一月，鹽州上言：吐蕃入河曲，夏州破五萬餘人。靈武破長樂州羅城，焚其屋宇器械。”又“(十四年)十月，吐蕃節度論三摩及宰相尚塔藏、中書令尚綺心兒共領軍約十五萬衆，圍我鹽州數重，党項首領亦發兵驅羊馬以助。閱歷三旬……約殺賊萬餘衆。諸道救兵無至者。凡二十七日，賊乃退”。

②“古者和親之有五利，而日無千金之費”，“親”下《太平廣記》卷一九八有“上”，無“之”字，又無“日”字。

【按】《雲谿》述憲宗止和親之策，頗有疑點。因憲宗曾向回鶻許諾和親之事。《舊唐書·回鶻傳》：“回鶻自咸安公主歿後，屢歸款請繼前好，久未之許。至元和末，其請彌切，憲宗以北虜有勛勞於王室，又西戎比歲爲邊患，遂許以妻之。既許而憲宗崩。”

③ 包子虚，不詳。冷朝陽，潤州江寧人，大曆四年登進士第。五年至八年間爲相衛節度使薛嵩幕客。貞元中官至監察御史。其事見《元和姓纂》卷五、《金石萃編》卷一〇二。

④“京兆尹李鑾擬以女嫁昱，令改其姓，昱固辭”，“嫁”《稗海》本作“妻”，《太平廣記》卷一九八“改其”二字互易。戎昱此詩，《全唐詩》卷二〇七題作《上湖南崔中丞》，與李鑾無關。“千金未必能移姓”的“姓”原詩作“性”，若爲如此，則李鑾嫁女之事更是莫須有之談。李鑾，兩《唐書》無

傳。查《舊唐書》肅、代二宗紀，京兆尹一職者亦無李鑾其人。據《新唐書·宰相世系表二上》，趙郡李氏東祖房有李鑾，爲延固之子，其兄鑑，槁城令；鍪，長洲尉；表質，密州司倉參軍。鑾下未注其職。《唐音癸籤》卷二九《談叢》："昱姓固僻，然其《上崔中丞》詩'千金未必能移性，一諾從來擬殺身'，求知激切之辭，與改姓事無涉也。范攄欲附合爲一，并易詩中移性爲移姓，使昱一生作詩，下一嫌字不得，不大苦乎！"《唐才子傳》卷三亦載此事，蓋知《雲谿友議》之失，復將此事嫁名於崔中丞。其文云："崔中丞亦在湖南，愛之，有女國色，欲以妻昱，而不喜其姓，戒能改則訂議。昱聞之，以詩謝云。"此詩本事之舛訛，傅璇琮《唐代詩人叢考·戎昱考》考辨甚詳："這首詩的湖南崔中丞，爲崔瓘。……戎昱此詩明明是在湖南上給崔瓘，《雲谿友議》却移至長安，而且把性改成姓，以渲染其故事情節。"

⑤ 此《全唐詩》卷二〇八題作《咏史》（一作《和蕃》），詩句略有差異："漢家青史上，計拙是和親。社稷依明主，安危托婦人。豈能將玉貌，便擬靜胡塵（一作烟）。地下千年骨，誰爲輔佐臣。"

⑥ "有項斯者《長安退將》詩曰"，此句《稗海》本作"斛律斯者，長安退將也，其詩曰"。項斯，字子遷，台州（今浙江臨海）人。隱居山中三十年，寶曆、開成間有詩名，爲楊敬之所知賞。會昌四年登進士第，授丹徒縣令，卒於任上。

⑦ 蘇郁，不詳，《全唐詩》卷四七二云："蘇郁，貞元、元和間詩人。詩三首。"

去山泰

宋言端公,[①]近十舉,而名未播。大中十一年,將取府解。言本名嶽,因晝寢,[②]似有人報云:"宋二郎秀才,[③]若頭上戴山,無因成名。但去其山,自當通泰。"覺來便思去之,不可名"獄",遂去二"犬",乃改爲"言"。及就府試,馮涯侍郎作掾而爲試官,[④]以解首送言也。[⑤]時京兆尹張大夫毅夫,[⑥]以馮參軍解送舉人有私,奏譴澧州司户。[⑦]再試,退解頭宋言爲第六十五人。知聞來唁,宋曰:"來春之事,甘已參差。"李潘舍人放牓,[⑧]以言爲第四人及第。言感恩最深,而爲望外也。[⑨]乃服馮涯知人,尋亦獲雪。

校正:

①"宋言端公",《太平廣記》卷二七八無"端公"二字。宋言,兩《唐書》無傳。《新唐書》卷六〇載《宋言賦》一卷(字表文)。另《文苑英華》載其賦兩篇,見卷一三〇《漁父辭劍賦(以濟人之急取利誠非爲韻)》,卷一三八《敦鷄鳴度關賦》。王銍《四六話》序中又稱:"唐天寶十二載,始詔舉人策問,外試詩賦各一首,自此八韻律賦始盛。其後作者如陸宣公、裴晋公、吕温、李程猶未能極工,逮至晚唐,薛逢、宋言及吴融出於場屋,然後曲盡其妙。"

②"因晝寢","寢"《稗海》本作"寐"。

③"宋二郎秀才",《太平廣記》卷二七八無"二"字。

④ 馮涯，其事不詳。《全唐詩》卷五四二“馮涯”條下注“馮涯，開成中，進士第，詩一首。”其詩題《太學創置石經》注云：“《盧氏雜説》云：‘開成中高鍇知舉，内出《霓裳羽衣曲賦》及此詩題。’”《寶刻叢編》卷一九：“《唐仙都觀老君石像記》，唐馮涯撰，尹翃正書，咸通五年七月五日記（《復齋碑録》）。”

⑤ “以解首送言也”，《太平廣記》卷二七八無“言”字；《稗海》本“送”作“宋”。

⑥ “時京兆尹張大夫毅夫”，《太平廣記》卷二七八無“大夫”二字；《稗海》本“毅夫”偏右作小字。張毅夫，兩《唐書》無傳。曾爲江西觀察使及鄂州刺史。《舊唐書·宣宗紀》：“（大中十一年）以江西觀察使、洪州刺史、御史中丞、上柱國、賜紫金魚袋張毅夫爲京兆尹。”同卷又見“（大中十二年春）以中大夫、守京兆尹、上柱國、賜紫金魚袋張毅夫爲鄂州刺史”。

⑦ 澧州，今屬湖南省澧縣。《舊唐書》卷四〇“澧州下”：“隋澧陽郡。武德四年，平蕭銑，置澧州，領孱陵、安鄉、澧陽、石門、慈利、崇義六縣。貞觀元年，省孱陵縣。天寶元年，改爲澧陽郡。乾元元年，復爲澧州。天寶初，割屬山南東道”。

司户，即司户參軍。爲唐時州縣佐吏，掌户口、籍帳、婚嫁、田宅、雜徭、道路之事。

⑧ “李潘舍人”，“潘”《稗海》本作“播”；“李”上，《太平廣記》卷二七八有“及”字。李潘，《新唐書·杜悰傳》：“中書舍人李潘知貢舉，顗以琮托之，擢第，授左拾遺。”《舊唐書》則作李藩。見《雲谿友議》“賢君鑑”注。

⑨ “而爲望外也”，“而”《稗海》本作“實”；《四庫》本無“也”字。

因嫌進

安邑李相公吉甫，初自省郎爲信州刺史。①時吴武陵郎中，②貴溪人也，將欲赴舉，以哀情告於州牧，而遺五布三帛矣。③吴以輕鮮，以書讓焉。其詞唐突，不存桑梓之分，乃非其禮，正郎微誚焉。④贊皇母氏諫曰："小兒方求成人，何得與舉子相忤?"遂與米二百斛。趙郡果爲宰輔，竟其憾焉。⑤元和二年，崔侍郎邠重知貢舉，⑥酷搜江湖之士。初春將放二十七人及第，潛持名來呈相府，才見首座李公。公問："吴武陵及第否?"主司恐是舊知，遽言："吴武陵及第也。"其牓尚在懷袖，忽報中使宣口敕，且揖。禮部從容，遂注武陵姓字。呈上李公。公謂曰："吴武陵至是粗人，何以當其科第?"禮部曰："吴武陵德行雖即未聞，文筆乃堪采録。⑦名已上牓，不可却焉!"相府不能因私詘士，⑧唯唯而從。吴君不附國庠，名第在於牓末。是日既集省門試，謂同年曰："不期崔侍郎今年倒掛牓也。"觀者皆訝焉。

校正：

①"安邑李相公吉甫"，《稗海》本"吉甫"偏右作小字。李吉甫，《舊唐書·李吉甫傳》云："李吉甫，字弘憲，趙郡人。……年二十七，爲太常博士，該洽多聞，尤精國朝故實，沿革折衷，時多稱之。遷屯田員外郎，博

士如故，改駕部員外。宰臣李泌、竇參推重其才，接遇頗厚。及陸贄爲相，出爲明州員外長史，久之遇赦，起爲忠州刺史。時贄已謫在忠州，議者謂吉甫必逞憾於贄，重構其罪；及吉甫到部，與贄甚歡，未嘗以宿嫌介意。六年不徙官，以疾罷免。尋授郴州刺史，遷饒州。"另見《新唐書·李吉甫傳》。饒州，今江西鄱陽。《舊唐書·地理志》"饒州"條下："隋鄱陽郡。武德四年，平江左，置饒州，領鄱陽、新平、廣晋、餘干、樂平、長城、玉亭、弋陽、上饒九縣。七年，省上饒入弋陽，省玉亭入長城、餘干二縣。八年，又併長城入餘干，併新平、廣晋入鄱陽。"其中的弋陽、上饒後又并入信州管縣，故可知饒州與信州僅爲毗鄰縣，故《雲谿》"信州刺史"之説不確。

② 吴武陵事見《雲谿友議》"南黔南"注。《新唐書》本傳稱其爲信州人。蓋貴溪爲信州所轄管縣。《元和郡縣志》卷第二八江南道四"信州"條下小注"上饒"："本漢餘汗縣地，三國時又分鄱陽郡葛陽縣之地，陳改弋陽。……管縣五：上饒，玉山，弋陽，永豐，貴溪。"

【按】吴武陵投執之事，《鑑戒録》卷七載："《贄舊詩（此事一節，非李吉甫先德之意，何光遠遂録之）》李相公吉甫其先初修進之日，獻卷示維揚護軍宋甄大夫。甄寡於博識，不哀王孫。連上數啓，都不動念。李於館舍棲旅之甚，去住無依，遂吟一絶句贄之，宋以微茫禮遺而已。李後上第，生吉甫。吉甫繼歷臺省，自信州刺史節判青州，待士稍薄。舉子吴武陵詣府投擲，相國似無見重之意。吴不存忌諱，遂書相國先君舊謁宋大夫陳情一章，密獻相國。相國大慙追悔，俟暝召吴，執手惆悵，厚賂於吴，請爲寢默。詩曰：'十處投人九處違，家鄉萬里又空歸。嚴霜昨夜侵人骨，誰念尊堂未授衣。'"《舊唐書·李吉甫傳》："尋授郴州刺史，遷饒州。"《新唐書》本傳略同。《舊唐書·憲宗紀》貞元二十一年(805)八月"丙寅，以饒州刺史李吉甫爲考功郎中"。《全唐文》卷五一二李吉甫有《饒州刺史謝上表》。而吴武陵，《登科記考》據柳宗元《濮陽吴君文集序》："會其子侃更名武陵，升進士。韓注：'元和二年，武陵登第。'"載其元和二年(807)進士及第。其間往來或如其説。

③"而遺五布三帛矣"，"遺"下、"五"上，《稗海》本有"以"字，而無

“矣”字。

④“乃非其禮，正郎微誚焉”，《稗海》本無“乃非其禮”四字，“正郎”作“李”。

⑤“趙郡果爲宰輔，竟其憾焉”，“竟”下、“其”上，《稗海》本有“釋”字；《四庫》本無“竟”字。

⑥崔邠，字處仁，清河武城（今山東武城）人。登進士第，爲校書郎，貞元元年，復擢賢良方正、能直言極諫科，授渭南尉，遷補闕。上疏論裴延齡姦，以鯁亮知名。十八年春遷中書舍人，元和元年春，以中書舍人權知貢舉，同年轉禮部侍郎。二年復知貢舉。三年轉吏部侍郎，五年爲太常卿，知吏部尚書銓事。以母憂解，“卒，元和十年三月也，時年六十二。贈吏部尚書，謚曰文簡”（《舊唐書》卷一五五）。然《新唐書・崔邠傳》謂其“卒於喪，年六十”。《登科記》云：“元和二年，崔邠爲禮部侍郎，連放二榜。”

⑦“吴武陵德行雖即未聞”，“即”《稗海》本作“則”。

⑧“相府不能因私詘士”，“詘”《稗海》本、《四庫》本作“詘”。

訊岳靈

樂坤員外，素名沖，①出入文場多蹇。②元和十二年，而起歸耕之思。③乃辭知己東邁，夜禱華岳廟。虔心啓祝："願知升黜之分，止此一宵。如可求名者，則重適關城；如不可，則無由再窺仙掌矣。"中夜忽寐，一青綬人檢簿書報云："來年有樂坤及第，坤名已到冥簿，④不見樂沖也。"沖遂改爲坤。⑤果如其説。⑥春闈後，經岳祈謝，又祝官職，曰："主簿夢中稱官歷四資郡守而已。"⑦乃終於郢州，⑧神甚靈也。⑨

校正：

①"樂坤員外，素名沖"，《太平廣記》卷三〇七無"員外"二字，"素"作"舊"。

【按】樂坤，兩《唐書》無傳。未知其詳。寶曆中曾爲李同捷判官。見《册府元龜》卷六六四："羅讓，寶曆中爲吏部郎中，充滄州宣慰使。是時，李全略既死，其子同捷竊主兵事。弔贈使迴，朝廷又命讓等宣慰，蓋欲示以威信，異其革心。而讓與判官樂坤等至滄州，莫能措一言，授其書詔而歸，殊失奉使之旨。"《説郛》卷一一四《周秦行紀論》提及其爲復州刺史："作鎮襄州日，判復州刺史樂坤賀武宗監國狀，曰：'閒事不足爲賀，則恃姓敢如此耶？'"

②"出入文場多蹇"，《太平廣記》卷三〇七作"累舉不第"。

③"而起歸耕之思"，"而"《稗海》本作"忿"。

④“來年有樂坤及第，坤名已到冥簿”，《太平廣記》卷三〇七及《稗海》本均無“及第”二字，亦無“坤”字。

⑤“沖遂改爲坤”，“爲”《稗海》本作“名”。

⑥“果如其說”，“果”《太平廣記》卷三〇七作“來”，“來”下、“如”上有“年”字。

⑦“又祝官職曰”，“職”《太平廣記》卷三〇七作“位”；“曰”，《稗海》本作“於”。

⑧郢州，今湖北鐘祥。《元和郡縣志》卷二一云：“本江夏郡雲杜縣之地。後魏廢帝二年改爲温州。貞觀十七年廢温州，於長壽改置郢州。”復州，今湖北天門。《舊唐書》卷三九：“隋沔陽郡。武德五年，改爲復州，治竟陵縣。貞觀七年，移治沔陽。天寶元年，改爲竟陵郡，乾元元年，復爲復州。”故知，郢州與此復州爲毗鄰縣。《雲谿》或混爲一説。

⑨“神甚靈也”，“甚”《稗海》本作“其”，“也”作“哉”。

沈母議

潞州沈尚書詢，①宣宗九載，主春闈。將欲放牓，其母郡君夫人曰："吾見近日崔、李侍郎，皆與宗盟及第，似無一家之謗。汝叨此事，家門之慶也。於諸葉中，擬放誰也？"吴興沈氏，相見問葉，不問房。詢曰："莫先沈光也。"② 太夫人曰："沈光早有聲價，③ 沈擢次之。二子科名，不必在汝，自有他人與之。吾以沈儋孤單，④ 鮮有知者，汝其不慼，孰能見哀？"詢不敢違慈母之命，遂放儋第也。光後果升上第，擢奏芸閣，從事三湘，⑤ 太夫人之朗悟，亦儋之感激焉。⑥

校正：

① "潞州沈尚書詢"，"詢"《稗海》本作"絢"，偏右作小字，下同。沈詢，沈傳師之子。《新唐書・沈既濟傳》所附《沈詢傳》："子詢，字誠之，亦能文辭，會昌初第進士，補渭南尉。累遷中書舍人，出爲浙東觀察使，除户部侍郎，判度支。咸通四年，爲昭義節度使，治尚簡易，人皆便安。奴私侍兒，詢將戮之，奴懼，結牙將爲亂，夜攻詢，滅其家。"

【按】《登科記考》載《永樂大典》引《蘇州府志》："沈詢，會昌元年登第。"大中元年五月十二日自右拾遺充集賢院學士，大中二年七月六日遷起居郎（《翰苑群書》）。大中九年爲禮部侍郎（《南部新書》卷五及《因話録》卷六"羽郎"），其後鎮浙東，入爲户部侍郎、判度支。《新唐書・懿宗紀》："（咸通四年）十二月乙酉，昭義軍亂，殺其節度使沈詢。"

② “沈光”,“光”《稗海》本作“先”。

【按】《登科記考》卷二七附考據《雲谿友議》,録“沈先”之名,但卷二二大中九年進士沈儋名下引《雲谿友議》此文却作“沈光”。“沈光”之名,又見《唐摭言》卷八、《北夢瑣言》卷七、《唐才子傳》卷八。沈光,兩《唐書》無傳,《新唐書·藝文志》僅著録其集五卷而無小傳。《全唐文》卷八〇二收沈光《李白酒樓記》自稱“有唐咸通辛巳歲(861)正月壬午吴興沈光過任城題李白酒樓。”《登科記考》卷二三據《唐才子傳》所述,載沈光爲咸通七年進士。

③ “沈光早有聲價”,“光”《稗海》本作“先”。

④ 沈儋,不詳,按文中,爲大中九年進士。

⑤ 沈光,《唐才子傳》載其咸通七年禮部侍郎趙隲下進士。《登科記考》襲此説。羅隱有《送沈光及第後東歸兼赴嘉禮》(《全唐詩》卷六五五):“好繼馬卿歸故里,况聞山簡左襄陽。”以山簡鎮襄陽之典,以譬入幕。其後似有京兆府之調用。《唐語林》卷七:“秦韜玉應進士舉,出於單素,屢爲有司所斥。京兆尹楊損奏復等列,時在選中。明日將出榜,其夕忽叩試院門,大聲曰:‘大尹有帖!’試官沈光發之,曰:‘聞解牓内有人,曾與路巖作文書者,仰落下。’光以韜玉爲問,損判曰:‘正是此。’”據《舊唐書·楊損傳》,路巖罷相,楊損徵拜給事中,遷京兆尹。路巖咸通十二年罷,其爲給事中,則三年轉官之律,楊損遷京兆尹在咸通十五年(874)。此時沈光在京兆府任。其後入韋岫幕下,任福州觀察支使。《北夢瑣言》卷七:“前進士沈光有《洞庭樂賦》,韋八座岫謂朝賢曰:‘此賦乃一片宫商也。’後辟爲閩從事。”可與《寶刻叢編》卷一三引《諸道石刻録》載“《唐再建大廳記》唐前福州觀察支使沈光撰,廣明二年十月立”互證。又乾符三年“六月,敕福建觀察使李播……李播等九人授官之時,衆詞不可;王回等三人到郡無政,惟務貪求。實污方州,并宜停任”(《舊唐書·僖宗紀》)。其後《新唐書·黄巢傳》:“巢入閩,俘民紿稱儒者,皆釋,時六年三月也。儳路圍福州,觀察使韋岫戰不勝,棄城遁,賊入之,焚室廬,殺人如爇。”則沈光入閩的具體時間應在乾符三年冬或四年春時。羅隱《送沈光侍御赴職閩中》(《全唐詩》卷六五九):“未至應居右,全家出帝

鄉。禮優逢苑雪，官重帶臺霜。夜浦吴潮吼，春灘建水狂。延平有風雨，從此是騰驤。"乃乾符六年三月後。其後未詳。

⑥"亦儋之感激焉"，《稗海》本"亦儋"二字互易，無"之"字。

龜長證

《左傳》稱筮短龜長，知凶襲吉。[①]《易經》周魯上聖，龜亦備在典彝。[②]後之學者，隨應而術之。[③]李相公回，[④]以舊名躔，累舉未捷。嘗之洛橋，有二術士，一者筮，一者能龜，[⑤]乃先訪筮者，曰："某欲改名赴舉，如之何？"筮者曰："改名其善乎，[⑥]不改終不成事也。"又訪龜者鄒生，生曰："君子此行，慎勿易名，名將遠布矣。然則成遂之後，二十年間，名字終當改矣。[⑦]今則已應玄象，異時方測余言。"將行，又戒之曰："郎君必策榮名，後當重任。接誘後來，勿以白衣爲隟，他年必爲深亹矣。"[⑧]淮南從事力薦畢丞相諴，[⑨]後又舉趙渭南嘏。[⑩]李公長慶二年及第，至武宗登極，與上同名，始改爲回。[⑪]從辛丑至庚申，二十年矣。乃曰："筮短龜長，鄒生之言中矣。"[⑫]李公既爲丞郎，永興魏相公謩爲給事。[⑬]因省會，謂李公曰："昔求府解，侍郎爲試官，送一百二人，獨小生不蒙一解，今日還忝金璋，厠諸公之列也。"[⑭]合坐皆驚此説，欲其遜容。李公曰："如今脱却紫衫稱魏秀才，僕爲試官，依前不送公，公何得以舊事相讓耳？"李乃尋秉獨坐之權，三臺肅畏，而升相府，至今少臺官之直拜也。[⑮]後三五年間，魏公亦自同州入相，寔繼文貞之諫，宣皇之代，而致清平。[⑯]乃李丞相有九江之際，續有臨川之出，[⑰]跋涉江湖，喟然歎曰："洛僑先生之誡，吾自取尤,然亦命之故牽也!”

校正:

① 筮短龜長,都是占卦的方式之一。筮者,一般以蓍草筮卦,如王度《古鏡記》:“今欲以蓍筮一卦,先生幸觀之也。”蓍草俗名蚰蜒草或鋸齒草。而龜者用龜殻。《春秋左傳注疏》卷一一:“公曰:‘從筮。’卜人曰:‘筮短龜長,不如從長。’注:物生而後有象,象而後有滋,滋而後有數,龜象筮數,故象長數短。”

② “《易經》周魯上聖,龜亦備在典彜”,“上”《稗海》本作“二”,無“龜”字。

【按】典彜,即常典,法度。南朝梁任昉《王文憲集序》:“自朝章國紀、典彜備物、奏議符策、文辭表記,素意所不蓄,前古所未行,皆取定俄頃,神無滯用。”

③ “隨應而術之”,“術”《稗海》本作“述”。

④ “李相公回”,《太平廣記》卷二一七作“宰相李回”。李回,字昭度,宗室郇王禕之後。本名躔,以避武宗廟諱。長慶初,進士擢第,又登賢良方正制科。釋褐滑臺從事,揚州掌書記,得監察御史。入爲京兆府户曹,轉司録參軍。開成初,以庫部郎中知制誥,拜中書舍人,賜金紫服。武宗即位,拜工部侍郎,轉户部侍郎,判本司事。三年,兼御史中丞。五年拜相。武宗崩,回充山陵使,出爲成都尹、劍南西川節度。生平可見《舊唐書》卷一七三、《新唐書》卷一三一。

【按】其後《舊唐書》本傳稱“大中元年冬,坐與李德裕親善,改潭州刺史、湖南觀察使,再貶撫州刺史。白敏中、令狐綯罷相,入朝爲兵部尚書,復出爲成都尹、劍南西川節度使。卒,贈司徒,謚曰文懿”。而《新唐書》本傳云:“適貶湖南觀察使。俄以太子賓客分司東都。給事中還制,謂責回薄,遂遷賀州刺史。徙撫州長史,卒。大中九年,詔復湖南觀察使,贈刑部尚書。”新舊《李回傳》關於其卒時及所任仕履互相抵牾。據北圖藏拓片《唐故朝議郎河南府壽安縣令敕緋魚袋渤海高府君(瀚)墓誌銘并序》(大中十年五月二十四日):"故相國江州李公在相位,意見深國士之遇,由本官奏直史館……相國節制庸蜀,時已失勢……相國廉問湘中……"蓋大中初宰相出爲益州、潭州者唯李回。疑其後徙撫州長史,又遷江州刺史卒。與《雲谿》及其《新唐書》本傳所述相符。

⑤"一者筮,一者能龜","者"《太平廣記》卷二一七均作"能";"者"《稗海》本上亦作"能",下"者"字無。

⑥"改名其善乎","其"《太平廣記》卷二一七作"甚",無"乎"字。

⑦"二十年間,名字終當改矣",《太平廣記》卷二一七無"間"字,"間"下直接"終當改名";《稗海》本"字"字無。

⑧"他年必爲深亹矣","亹"《太平廣記》卷二一七及《稗海》本均作"釁"。此言李回爲淮南從事之職時,舉薦過畢諴及趙嘏。然李回爲淮南從事時尚在長慶中至大和初。畢諴大和六年方進士擢第,其前事未詳。然趙嘏有《浙東陪元相公游雲門寺》及《九日陪越州元相公宴龜山寺》詩,其元相公即元稹,於長慶二年相穆宗數月後,爲越州刺史、浙東觀察使。則其在元稹幕下,李回亦此時爲王播淮南節度幕下,無由推舉之。故此存疑。

⑨"諴",《稗海》本作"誠"。

【按】畢諴,疑爲其曾用名,《北夢瑣言》卷三"戲改畢諴相名":"嘗謁一受知朝士者,希爲改名,以期亨達。此朝士譏其醝賈之子,請改爲字相國,忻然受而謝之。"字存之,鄆州須昌(今山東東平)人。大和六年進士擢第,又以書判拔萃。杜悰鎮許昌,辟爲從事。爲領度支巡官,監察轉侍御史。大中初爲户部員外郎,分司東都,歷駕部員外郎、倉部郎中。大中四年,改職方郎中,兼侍御史知雜。期年,召爲翰林學士,進中書舍人,遷刑部侍郎。十年十月,充昭義節度使。十一年十二月,改太原尹、北都留守、河東節度使。十三年,改宣武軍節度。咸通元年入爲户部尚書、領度支。月餘,改禮部尚書,同平章事,累遷中書侍郎、兵部尚書、集賢大學士。在相位三年,十月以疾固辭位,詔守兵部尚書,以其本官同平章事,出鎮河中。十二月二十三日,卒於鎮。時年六十二。《舊唐書》卷一七七、《新唐書》卷一八三皆載畢諴本傳。

⑩ 趙嘏，兩《唐書》無傳。《新唐書·藝文志》著録其《渭南集》三卷，《編年詩》二卷。字承佑，楚州山陽（今江蘇淮陰）人。大和時，游元稹浙東幕，復爲宣歙觀察使沈傳師幕下。應進士試未第。會昌間返江東，家於浙西。四年方登進士第。大中中，任渭南尉，世稱"趙渭南"。卒，年四十餘。

⑪ 李回長慶二年及第，此説誤，應爲長慶元年。《唐會要》卷七六："長慶元年十二月。賢良方正能直言極諫科，龐嚴、任畹、吕述、姚中立、韋曙、李回。"

⑫ "乃曰"，《稗海》本乃下有"歎"字。

⑬ "永興魏相公謩"，《太平廣記》卷二一七無"永興"及"相公"四字。

【按】永興，今湖南永興。《舊唐書》卷四〇"鄂州上"有永興縣："永興，漢鄂縣地，屬江夏郡，吴分鄂置新陽縣，隋改爲永興。"未知與魏謩有何聯係，故《太平廣記》未取此詞。魏謩，生平詳見《舊唐書》卷一七六及《新唐書·魏徵傳》附。字申之，鉅鹿人。大和七年登進士第。楊汝士牧同州，辟爲防禦判官，得秘書省校書郎。汝士入朝，薦爲右拾遺，起居舍人直弘文館。四年，拜諫議大夫，仍兼起居舍人、判弘文館。武宗即位，因與楊嗣復、李鈺善，出爲汾州刺史，俄貶信州長史。宣宗立，量移郢、商二州刺史。大中二年，内徵爲給事中，大中五年十月，以户部侍郎判户部守本官、同中書門下平章事，出任宰相。後兼禮部尚書、監修國史，轉門下侍郎，兼户部尚書。十一年，出爲劍南西川節度副大使，知節度事。以疾求代，徵拜吏部尚書。後改檢校右僕射，守太子少保，十二年卒。年六十六。

⑭ "今日還忝金璋，厠諸公之列也"，"璋"《稗海》本做"章"。李回爲試官之時，且在釋褐滑臺從事，揚州掌書記，得監察御史之後，入爲京兆府户曹，轉司録參軍。又見《新唐書·李回傳》："長慶中，擢進士第，又策賢良方正異等，辟義成、淮南幕府，稍遷監察御史。"

【按】《舊唐書·穆宗紀》：長慶二年二月"癸酉，以鄜坊節度使韓充爲義成軍節度使，以代王承元"。七月丙午，"以鄭滑節度使韓充爲汴州刺史、宣武軍節度使、汴宋亳潁觀察等使，鄭滑如故"。八月丁丑，"以兖海沂密節度使曹華爲滑州刺史，充義成軍節度、鄭滑潁等州觀察等使”。三年(823)“八月，鄭滑節度使曹華卒”。李回或即從滑州赴揚州。此時之淮南節度使爲王播。長慶二年(822)三月戊午，“以中書侍郎、平章事王播檢校右僕射，兼揚州大都督府長史，充淮南節度使，依前兼諸道鹽鐵轉運使”。又《舊唐書・文宗紀》:大和元年(827)六月“癸巳，以淮南節度副大使、知節度事……揚州大都督府長史……王播可尚書左僕射、同中書門下平章事，依前充諸道鹽鐵轉運使”。李回當此時隨王播内調回京，任監察御史。其後轉京兆府户曹，又司録參軍。

⑮“至今少臺官之直拜也”，《太平廣記》卷二一七無。

⑯《雲谿》謂:“後三五年間，魏謩自同州入相。”李回入丞郎之時爲會昌四年，《唐僕尚丞郎表》録李回會昌四年(844)年“秋蓋八月由刑侍遷户侍判本事”，五年(845)“五月十九乙丑遷中郎同平章事仍判户部。蓋即是年兼禮尚罷判”。而魏謩，大和七年(833)登第後，方爲楊汝士所辟爲同州防禦判官。至“(大中五年)十月戊辰，户部侍郎判户部魏謩守本官、同中書門下平章事，判如故”(《新唐書》卷六三)。其間已有十八年之久。所謂三五年間，然即從李回任宰相職起算亦有六年之久。

⑰“乃李丞相有九江之際，續有臨川之出”，“乃”《稗海》本作“及”，“丞相”作“相公”，“際”作“除”;《太平廣記》卷二一七“寔繼文貞之諫”至“續有臨川之出”二十字無，衹作“而回累被貶謫”六字。

【按】李回江州之貶，兩《唐書》均未提及。《唐摭言》卷二“恚恨”條下:“大和初，李相回任京兆府參軍，主試，不送魏相公謩，深銜之。……於是爲魏相極力鍛成大獄。時李相已量移鄧州刺史，行次九江，遇御史鞫，却迴建陽，竟坐貶撫州司馬，終於貶所。”《唐摭言》或本於《雲谿友議》之説。

祝墳應

列子終於鄭,[①]今墓在郊藪。謂賢者之迹,而或禁其樵採焉。里有胡生者,性落拓,家貧。[②]少爲洗鏡鎪釘之業,[③]倏遇甘菓、名茶、美醞,輒祭於列禦寇之祠壟,[④]以求聰慧,而思學道。歷稔,忽夢一人,刀劃其腹開,以一卷之書置於心腑。及睡覺,而吟咏之意,[⑤]皆綺美之詞,所得不由於師友也。既成卷軸,尚不棄於猥賤之事,真隱者之風,遠近號爲"胡釘鉸"。[⑥]太守名流,皆仰矚之,而門多長者。或有遺賂,必見拒也;或持茶酒而來,則忻然接奉。其文略記數篇,資其異論耳。[⑦]《喜圃田韓少府見訪》一首:[⑧]"忽聞梅福來相訪,笑着荷衣出草堂。兒童不慣見車馬,爭入蘆花深處藏。"[⑨]又《觀鄭州崔郎中諸妓綉樣》曰:"日暮堂前花蕊嬌,爭拈小筆上床描。綉成安向春園裏,引得黄鶯下柳條。"[⑩]《江際小兒垂釣》曰:"蓬頭稚子學垂綸,側坐莓苔草映身。路人借問遥招手,恐畏魚驚不應人。"[⑪]

校正:

① 列子,名寇,又名禦寇,戰國前期思想家,是繼老子和莊子之後的又一位道家思想代表人物,鄭國圃田(今河南鄭州)人。《列子》卷一:"子列子……居鄭圃四十年,人無識者。"

②“性落拓，家貧”，《太平廣記》卷一六二“性落拓”三字無；“拓”，《稗海》本作“魄”。

③“少爲洗鏡鎪釘之業”，“鎪”《太平廣記》卷一六二作“鍍”，《稗海》本作“鉸”。洗鏡鎪釘均爲手工職業。洗鏡，即磨鏡。古鏡多爲青銅所製，日久生銹，須加磨洗。釘鉸，本指製作修補冠、帶等用具，故從事此項工作的工匠亦稱釘鉸。

④“輒祭於列禦寇之祠壟”，《太平廣記》卷一六二無“列”字，又無“祠”字。

⑤“吟咏之意”，“意”《稗海》本作“句”。

⑥“尚不棄於猥賤之事，真隱者之風，遠近號爲‘胡釘鉸’”，“事”《太平廣記》卷一六二作“業”；《稗海》本無“於”字，“賤”作“瑣”，“事”作“藝”，“真”下、“隱”上有“得”字。

【按】《南部新書》卷九有提及：“胡生者，失其名，以釘鉸爲業，居霅谿而近白蘋洲。去厥居十餘步，有古墳，胡生若每茶，必奠酹之，嘗夢一人謂之曰：‘吾姓柳，平生善爲詩而嗜茗，及死，葬室乃子今居之側。常銜子之惠，無以爲報，欲教子爲詩。’胡生辭以不能。柳強之曰：‘但率子言之，當有致矣。’既寤，試搆思，果有冥助者，厥後遂工焉。又一説，列子終於鄭，今墓在郊藪，謂賢者之迹，而或禁其樵焉。里有胡生，性落魄，家貧。少爲洗鏡鎪釘之業，倏遇甘果名茶美醖，輒祭於列禦寇之祠壟，以求聰慧，而思學道。歷稔，忽夢一人，刀劃其腹開，以一卷之書置於心腑。及睡覺，而吟咏之意，皆甚美之詞，所得不由於師友也。既成卷軸，尚不棄猥賤之業，真隱者之風，遠近號爲‘胡釘鉸’。”《雲谿友議》之胡釘鉸不知其名，至何光遠《鑑誡録》却稱其名“令能”。《鑑誡録》卷八“作者同”條：“王右丞維有《題雲母障子》，胡令能有《題綉障子》，雖異代殊名，而才調相繼。右丞詩曰：‘君家雲母障，持向野庭開。自有山泉人，非關彩畫來。’胡生詩曰：‘日暮堂前花蘂嬌，爭拈小筆上牀描。繡成按向春園裹，引得黄鶯下柳條。’所引之詩即《雲谿友議》所録胡釘鉸之《觀鄭州崔郎中諸妓綉樣》。計有功《唐詩紀事》卷二八《胡令能》：“令能，圃田隱者，少爲負局鎪釘之業。以所居列子之里，家貧，遇茶果必祭列子，以求聰明。或夢人割其腹,以一卷書内之,遂能吟咏。禪學尤邃,世謂胡釘鉸者也。貞元、元和間人。"録《咏綉障》、《小兒垂釣》、《喜圃田韓少府見訪》三詩。所載之事出《雲谿友議》,云其名"令能"却是據《鑑誡録》。又云胡釘鉸爲貞元、元和間人,當是虚擬之詞。

⑦"其文略記數篇,資其異論耳","記"《太平廣記》卷一六二作"説","資其"句無。

⑧ 圃田,今屬河南鄭州,唐爲中牟縣。《周禮·職方氏》:"河南曰豫州……其澤藪曰圃田。"《新唐書·地理志》"鄭州滎陽郡":"中牟,緊。本圃田,武德三年更名,以縣隸牟州……龍朔二年來屬。"

⑨ 此詩《全唐詩》卷七二七題作《喜韓少府見訪》。末句略有不同:"忽聞梅福來相訪,笑著荷衣出草堂。兒童不慣見車馬,走入蘆花深處藏。"

⑩ 此詩《全唐詩》卷七二七題爲《觀鄭州崔郎中諸妓綉樣》。

【按】"鄭州崔郎中",檢郁賢皓《唐刺史考全編》第五編河南道鄭州刺史,崔姓者有崔尚,約開元十六年;崔希逸,開元二十二年;崔無波,天寶十三載;崔朝,大曆中;崔祝,元和十二年;崔弘禮,元和十五年至長慶元年。兼帶"郎中"銜者僅爲崔朝,《全唐文》卷六八二牛僧孺《崔相公群家廟碑》:"懷州公諱朝,字守忠……四遷檢校倉部郎中兼侍御史,知鄭、穎兩州節度使觀察留後録刺史事。"爲崔群之祖父。疑胡釘鉸詩之"鄭州崔郎中"即崔朝。如此,則胡釘鉸當爲天寶末至大曆間人。詳參尹向華《胡釘鉸考》。

⑪《全唐詩》卷七二七題此詩爲《小兒垂釣》,略不同:"蓬頭稚子學垂綸,側坐莓苔草映身。路人借問遥招手,怕得魚驚不應人。"

郭僕奇

咸陽郭氏者,殷富之室也,僕媵甚衆。其間有一蒼頭,① 名曰捧劍,不事音樂,常以望水眺雲,② 不遵驅策。每遭鞭捶,③ 終所見違。一旦,忽題一篇章,④ 其主益怒。詩曰:"青鳥銜葡萄,飛上金井欄。卷人恐驚去,不敢捲簾看。"⑤ 儒士聞而競觀之,以爲協律之詞,其主稍容焉。又《題後堂牡丹花》曰:"一種芳菲出後庭,却輸桃李得佳名。誰能爲向夫人説,從此移根近太清。"⑥ 捧劍私啓賓客曰:"願作夷狄之鬼,恥爲愚俗蒼頭。"⑦ 其後將竄,復留詩曰:"珍重郭四郎,臨行不得别。曉漏動離心,輕車冒殘雪。欲出主人門,零涕暗嗚咽。萬里隔關山,一心思漢月。"⑧ 京兆全曙司録,⑨ 嘗述此事於王祝、李磎二郎中,⑩ 并進士韓銖、鄭嵩等也。

校正:

① "其間有一蒼頭","其間"《稗海》本作"内"字。

蒼頭,漢代奴僕帶蒼色頭巾,故稱蒼頭,後多用以指賣身或家生的奴隸。《史記・蘇秦列傳》下司馬貞《索隱》云:"謂以青布裹頭以異於衆。"又見《漢書・鮑宣傳》:"使奴從賓客漿酒霍肉,蒼頭盧兒皆用致富!"顔師古注引孟康曰:"漢名奴爲蒼頭,非純黑,以别於良人也。"

② "常以望水眺雲","眺"原作"沉",據《太平廣記》卷二七五改。

《稗海》本“沉”作“玩”。按“望”對“眺”,據改。

③“每遭鞭捶”,“每”上,《太平廣記》卷二七五及《稗海》本均有“雖”字;“鞭捶”,《稗海》本作“捶撻”。

④“忽題一篇章”,《太平廣記》卷二七五無“章”字。

⑤《全唐詩》卷七三二“捧劍僕”條下注:“捧劍,咸陽郭氏之僕,雖在奴隸,嘗以望水眺雲爲事,遭鞭箠,終不改。後竄去。詩三首。”此爲其一,題爲《詩》。

⑥“庭”,《太平廣記》卷二七五作“亭”,“夫”作“天”。《全唐詩》卷七三二題作《題牡丹》。

⑦“恥爲愚俗蒼頭”,“愚”《太平廣記》卷二七五作“世”。

⑧《全唐詩》卷七三二題作《將竄留詩》。

⑨即京兆府司録參軍,正七品上。掌付事勾稽,省署抄目,糾正非違,監守府印,若列曹有異同得以奏聞。

⑩“李磎二郎中”,“磎”《稗海》本作“谿”,無“中”字。

【按】《唐詩紀事》卷八〇“僕”條録入此文,“全曙”作“全曉”,“李磎”作“李蹊”。《舊唐書·李磎傳》:“大中十三年,一舉登進士第。……入爲尚書水部員外郎,累遷吏部郎中,兼史館修撰,拜翰林學士、中書舍人。”又,“王祝”當作“王柷”,《新唐書·宰相世系表二》中:“柷,字不耀,給事中。”

名義士

廖有方校書，[1]元和十年失意後游蜀。至寶雞西界館，[2]妄於旅逝之人，[3]天下譽爲君子之道也。書板爲其記耳："余元和乙未歲，[4]落第西征，適此公署，[5]聞呻吟之聲，[6]潛聽而微愡也。乃於暗室之内，見一貧病兒郎，問其疾苦行止，強而對曰：'辛勤數舉，未偶知音眄睞。'[7]叩頭，久而復語，唯以殘骸相托，餘不能言，擬求救療，是人俄忽而逝。余遂賤鬻所乘鞍馬於村豪，備棺瘞之禮，恨不知其姓字。苟爲金門同人，[8]臨歧悽斷。[9]復爲銘曰：'嗟君没世委空囊，幾度勞心翰墨場。半面爲君申一慟，不知何處是家鄉。'"[10]廖君自西蜀取東川路，[11]還至靈龕驛。[12]驛將迎歸私第，及見其妻，素衣，再拜嗚咽，情不可任。徘徊設辭，有同親懿。淹留半月，僕馬皆飫啜熊鹿之珍，極賓主之分。有方不測何緣如此，悚惕尤甚。臨別，其妻又至，相別悲啼，[13]又贈賫繒錦一馱，其價直數百千。驛將曰："郎君今春所埋胡綰秀才，即某妻室之季兄也。"始知亡者姓字，復叙平生之弔。所遺之物，終不納焉。少婦及夫，堅意拜上。有方又曰：[14]"僕爲男子，粗察古今。偶然葬一同流，不可當兹厚惠。"[15]遂促轡而前。驛將奔騎而送，逾一驛，[16]尚未分離。廖君不顧其物，驛將竟不挈還執袂，[17]各恨東西，物乃棄於林野。鄉老以義事申州，州以表奏中朝。[18]其於文武宰寮,願識有方,共爲導引。明年,李侍郎逢吉,[19]放有方及第,改名游卿,聲動華夷。皇唐之義士也。其主驛戴克勤,堂牒本道節度,[20]甄升至於極職。克勤名義,與廖君同述焉。[21]

校正:

① ”廖有方校書”,《太平廣記》卷一六七無“校書”二字。

【按】廖有方,《唐詩紀事》卷四九稱“有方,交州人。柳子厚以序送之”。交州之屬,未知何據。《柳河東集》卷三六《答貢士廖有方論文書》,注云:“廖生書欲求公爲序,其端見於此。公既許之,故集有《詩人廖有方序》見別卷。有曰‘廖生爲唐詩,有大雅之道’,即書所謂觀秀才勤懇欲以就文雅,則吾曷敢以讓。其意同雖不見其作之時日,書云:‘自遭斥逐禁錮,皆在永州作也。’”當於元和七八年間。

② 寶雞,今陝西寶雞。《舊唐書》卷三八“鳳翔府”下,有“寶雞,隋陳倉縣。至德二載二月十五日,改爲鳳翔縣,其月十八日,改爲寶雞”。

③“窆於旅逝之人”,“於”《稗海》本作“諸”,“逝”作“游”;“於”,《四庫》本亦作“諸”。

④ 元和乙未歲,即元和十年(815)。

⑤“落第西征,適此公署”,《太平廣記》卷一六七此句作“下第游蜀至寶鷄西適公館”。

⑥“聞呻吟之聲”,“聞”上《太平廣記》卷一六七及《稗海》本均有“忽”字。

⑦“未偶知音眄睞”,“偶”《稗海》本作“遇”。

⑧ 此金門即金馬門的簡稱。金馬門爲漢代宫門名。學士待詔之處。《史記·滑稽列傳》:“金馬門者,宦(者)署門也,門傍有銅馬,故謂之曰‘金馬門’。”唐李賀《酒罷張大徹索贈詩》:“金門石閣知卿有,豸角雞香早晚含。”

⑨“臨歧悽斷”,“歧”《太平廣記》卷一六七及《稗海》本均作“岐”。

⑩《全唐詩》卷四九〇題作《題旅櫬》。

⑪“廖君自西蜀取東川路”,“廖”上《太平廣記》卷一六七有“後”字,“蜀”下有“迴”字;“蜀”下,《稗海》本亦有“迴”字。

⑫“還至靈龕驛”,原作“靈合驛”,據《太平廣記》卷一六七改。

【按】靈合,檢《新》《舊唐書·地理志》、《元和郡縣志》均未得。《四川通志》卷二二下“德陽縣”有“靈龕鎮舖,在縣北三十里”。靈合疑爲靈龕之誤,據改。

⑬“其妻又至,相别悲啼”,《太平廣記》卷一六七無“至”字,又無“相别”二字;“啼”,《稗海》本作“泣”。

⑭“有方又曰”,“又”《稗海》本作“辭”。

⑮“不可當兹厚惠”,“可”《稗海》本作“敢”。

⑯“逾一驛”,“逾”上《太平廣記》卷一六七及《稗海》本均有“復”字。

⑰“驛將竟不挈還執袂”,《太平廣記》卷一六七無“竟不挈還”四字。

⑱“州以表奏中朝”,“州”下、“以”上《太平廣記》卷一六七有“將”字,“中朝”作“朝廷”。

⑲“李侍郎逢吉”,《太平廣記》卷一六七無“侍郎”二字,“放”作“知舉”。

【按】李逢吉,字虚舟。隴西(今屬甘肅)人。早年曾與李渤隱居廬山。貞元十年登進士第。《舊唐書》卷一六七、《新唐書》卷一七四有傳。《舊唐書》本傳:“(元和)九年,改中書舍人。十一年二月,權知禮部貢舉。”又“十一年二月,權知禮部貢舉、騎都尉,賜緋。四月,加朝議大夫、門下侍郎、同平章事,賜金紫”。

⑳“堂牒本道節度”,“牒”《太平廣記》卷一六七作“帖”。

㉑“克勤名義,與廖君同述焉”,“述”《太平廣記》卷一六七作“遠”,“焉”作“矣”;“義”,《稗海》本作“誼”。

江客仁

李博士涉,[①]諫議渤海之兄。[②]嘗適九江看牧弟,[③]臨袂,凡有囊裝,悉分匡廬隱士,荷戴山人芳也。[④]唯書籍薪米存焉。至浣口之西,[⑤]忽逢大風,鼓其征帆,數十人皆持兵仗,[⑥]而問是何人。從者曰:“李博士船也。”其間豪首曰:“若是李涉博士,吾輩不須剽他金帛。自聞詩名日久,但希一篇,金帛非貴也。”李乃贈一絶句。豪首餞賂且厚,李亦不敢却。而睹斯人神情復異,[⑦]而氣義備焉。因與淮陽佛寺之期,[⑧]而懷陸機之薦也。李君及至揚州,遍歷諸寺,遇一女子拜泣,自謂宋態也。宋態者,故吴興劉員外愛姬也。劉全白也。[⑨]劉、李有昔年之分,因有詩贈曰:“長憶雲仙至小時,芙蓉頭上綰青絲。當時驚覺高唐夢,唯有如今宋玉知。”又曰:“陵陽夜醼使君筵,解語花枝在眼前。自從明月西沉海,不見姮娥二十年。”[⑩]李君歎曰:“不見豪首,而逢宋態。成終身之喜,[⑪]恨無言於知舊歟!”李博士奇義且多,注不盡録爾。[⑫]後番禺舉子李彙征,客游於閩越,馳車至循州。[⑬]冒雨水求宿,[⑭]田翁指韋氏之莊居。韋氏乃杖屨迎賓,年已八十有餘。自稱曰:“野人韋思明,幸獲祇奉。”與李生談論,或文或史,淹留累夕。彙征善談而不能屈也。對酒徵古今及詩語,韋叟吟曰:“長安輕薄兒,白馬黄金羈。”以彙征年少而事輕肥故也。李生還令云:“昨日美少年,今日成老醜。”韋乃喟然歎曰:“老其醜矣,少壯所嗤!”至客改令,不離舊意,曰:“白髮有前後,青山無古今。”韋微笑曰:“白髮不遠於秀才,何忽於老夫也!”叟復還令曰:“此公頭白真可憐,惜伊紅顔美少年。”⑮於是共論數十家歌詩,次第及李涉絶句,主人似酷稱善矣。彙征遂吟曰:“遠別秦城萬里游,亂山高下出商州。關門不鎖寒谿水,一夜潺湲送客愁。”⑯又曰:“華表千年一鶴歸,丹砂爲頂雪爲衣。泠泠仙語人聽盡,却向五雲翻翅飛。”⑰思明復吟二篇曰:“因韓爲趙兩游秦,十月冰霜渡孟津。縱使雞鳴見關吏,不知余也是何人。”又曰:“滕王閣上唱《伊州》,二十年前向此游。半是半非君莫問,西山長在水長流。”⑱李生重咏贈豪客詩,韋叟愀然變色曰:“老身弱齡不肖,游浪江湖,交結奸徒,爲不平之事。後遇李涉博士,蒙簡此詩,因而踁迹。⑲李公待愚,擬陸士衡之薦戴若思,共主晋室,中心藏焉。遠隱羅浮山,經于一紀。李即云亡,不復再游秦楚。”追惋今昔,因乃潸然。或持觴而酹,反袂而歌云:“春雨蕭蕭江上村,五陵豪客夜知聞。他時不用相迴避,世上如今半是君。”⑳雲谿子以劉向所謂“傳聞不如親聞,親聞不如親見”也,乾符己丑歲,客於霅川,㉑值李生細述其事。彙征於韋叟之居,觀李博士手翰,冀余導於文林。㉒且思明感知從善,豈謝古人乎?

校正:

① 李涉,自號“青谿子”,洛陽人。早歲客居梁園,又與弟李渤隱廬山。憲宗元和初,辟爲陳許節度使劉昌裔從事。元和六年(811)十月“試太子通事舍人,李涉知上待承璀意未衰,欲投匭上疏……涉乃進疏於光

順門,戣極論其與中官交結,言甚激切,詔貶涉爲陝州司倉”(《舊唐書·孔戣傳》),長慶元年遇赦還京,爲太學博士。寶曆元年(825)十月“太學博士李涉流康州,皆坐武昭事也”(《舊唐書·敬宗紀》)。後歸洛陽,隱居以終。其事可另見《册府元龜》卷一五三《帝王部》。《新唐書·藝文志》、《郡齋讀書志》卷一八、《直齋書録題解》卷一九均載有《李涉詩集》一卷。

② 李渤,字濬之,號“白鹿先生”。元和九年,以著作郎徵之。十二年,遷贊善大夫,依前分司。再遷爲庫部員外郎。長慶二年,入爲職方郎中。三年,遷諫議大夫。渤在桂管二年,風恙求代,罷歸洛陽。大和五年,以太子賓客徵至京師。月餘卒,時年五十九,贈禮部尚書。傳見《新唐書》卷一一八及《舊唐書》卷一七一。涉爲李渤之仲兄,《新唐書·李渤傳》:“與仲兄涉偕隱廬山。”李涉詩提及李渤者亦多,如《與弟渤新羅劍歌》(《全唐詩》卷四七七)、《奉和九弟渤見寄絶句》(同上卷四七七)、《謫康州見先寄弟渤》(同上卷四七七)等等。

③《舊唐書·穆宗紀》:“(長慶元年)己亥,貶考功員外郎李渤爲虔州刺史,以前書宰相考辭太過,宰相杜元穎等奏貶之。”《舊唐書·李渤傳》:“渤至州,奏還鄰境信州所移兩税錢二百萬,免税米二萬斛,減所由一千六百人。觀察使以其事上聞。未滿歲,遷江州刺史。”李涉即此時於九江見李渤。

④“荷戴山人芳也”,“芳”《稗海》本作“等”。

⑤“至浣口之西”,《稗海》本無“口”字。

⑥“數十人皆持兵仗”,“持”原作“馳兵仗”,據《稗海》本改。

⑦“而睹斯人神情復異”,“而”《稗海》本作“復”。

⑧“因與淮陽佛寺之期”,“與”下、“淮”上《稗海》本有“定”字,“陽”作“揚”。

⑨ 劉全白,幼能詩,爲李白所知。大曆八九年任浙西節度從事、檢校大理評事。時往湖州,與顔真卿、皎然等聯唱,結爲《吴興集》一卷。累遷膳部員外郎,貞元六年(790)任池州刺史,撰《題故翰林學士李君(白)碣記》。十年改湖州刺史。其事迹見顔真卿《湖州烏程縣杼山妙喜寺碑

銘并序》、《元和姓纂》卷五、《嘉泰吴興志·刺史題目》、《唐尚書省郎官石柱題名考》卷二四。

⑩“陵陽夜醼使君筵”,“陵”《稗海》本作“衡”。《全唐詩》卷四七七載其詩,題爲《遇湖州妓宋態宜二首》,字句稍有不同:“曾識(一作嘗憶)雲仙至小時,芙蓉頭上綰青絲。當時驚覺高唐夢,唯有如(一作而)今宋玉知。陵陽夜會(一作讌)使君筵,解語花枝出(一作在)眼前。一(一作自)從明月西沉海,不見嫦娥二十年。”

⑪“成終身之喜”,“之”下、“喜”上《稗海》本有“幸”字。

⑫“李博士奇義且多,注不盡録爾”,“且”《稗海》本作“甚”,“注”作“玆”。

⑬循州,今属广东惠州。《舊唐書》卷三九“嶺南道下”循州:“隋龍川郡。武德五年,改爲循州總管府,管循、潮二州。循州領歸善、河源、博羅、興寧、海豐、羅陽。省龍川歸善、石城入河源,齊昌入興寧,貞觀二年,廢都督府。天寶元年,改爲海豐郡。乾元元年,復爲循州。”

⑭“冒雨水求宿”,《稗海》本無“水”字。

⑮“此公頭白真可憐,惜伊紅顔美少年”,“公”《稗海》本作“翁”,“頭白”二字互易,“惜伊”作“憶昔”。

⑯《才調集》卷六録李涉詩十五首,此詩題作《再宿武關》。亦見於《全唐詩》卷四七七。

⑰此詩《劉賓客文集》卷二六、《全唐詩》卷三六五題爲《步虚詞二首》之二。

⑱“西山長在水長流”,“西”《稗海》本作“好”。《全唐詩》卷四七七載李涉詩,前詩題作《曉過函谷關》,後題作《重登滕王閣》。

⑲“後遇李涉博士,蒙簡此詩,因而踁迹”,“後”《稗海》本作“及”,“簡”作“柬”;“踁”,《稗海》本、《四庫》本均作“歛”。

⑳“春雨蕭蕭江上村,五陵豪客夜知聞”,“蕭蕭”《稗海》本作“瀟瀟”,“五陵”作“緑林”。《全唐詩》卷四七七載李涉詩,題作《井欄砂宿遇夜客》。詩句内容稍有出入。“暮(一作春)雨蕭蕭江上村,緑林豪客夜知聞(一作敲門)。他時不用逃名姓(一作他時不用相回避;一作相逢不必

論相識),世上如今半是君。"

㉑ 雪川,即湖州。

㉒ "冀余導於文林","余"《稗海》本作"予","導"作"道"。

豔陽詞

安人元相國,[①]應制科之選,歷天禄畿尉,則聞西蜀樂藉有薛濤者,[②]能篇咏,饒詞辯,常悄悒於懷抱也。及爲監察,求使劍門,以御史推鞫,難得見焉。及就除拾遺,府公嚴司空綬,知微之之欲,每遣薛氏往焉。[③]臨途訣别,不敢挈行。洎登翰林,以詩寄曰:"錦江滑膩峨嵋秀,化出文君及薛濤。言語巧偷鸚鵡舌,文章分得鳳凰毛。紛紛詞客皆停筆,個個君侯欲夢刀。别後相思隔煙水,菖蒲花發五雲高。"[④]元公既在中書,論與裴晋公度子弟撰及第,[⑤]議出同州。詔云:裴度立蔡上之功,元稹有罶褰之過也。[⑥]乃廉問浙東,别濤已逾十載。[⑦]方擬馳使往蜀取濤,乃有俳優周季南、季崇及妻劉採春自淮甸而來。[⑧]善弄陸參軍,[⑨]歌聲徹雲,篇韻雖不及濤,容華莫之比也。元公似忘薛濤,而贈採春詩曰:"新妝巧樣畫雙蛾,幔裹恒州透額羅。正面偷輪光滑笏,緩行輕踏皺文靴。言詞雅措風流足,舉止低迴秀媚多。更有惱人腸斷處,選詞能唱《望夫歌》。"[⑩]《望夫歌》者,即《羅嗊》之曲也。金陵有羅嗊樓,即陳後主所建。採春所唱一百二十首,皆當代才子所作。其詞五、六、七言,皆可和矣。詞云:[⑪]"不喜秦淮水,生憎江上船。載兒夫婿去,經歲又經年。"一"借問東園柳,枯來得幾年?自無枝葉分,莫怨太陽偏。"二"莫作商人婦,金釵當卜錢。朝朝江口望,錯認幾人舡!”三“那年離別日,只道往桐廬。桐廬人不見,今得廣州書。”四“昨日勝今日,今年老去年。黄河清有日,白髮黑無緣。”五“悶向江頭采白蘋,嘗隨女伴祭江神。衆中羞不分明語,暗擲金釵卜遠人。”⑫六“昨夜北風寒,牽舡浦裹安。潮來打纜斷,摇櫓始知難。”⑬七采春一唱是曲,閨婦行人莫不漣泣。且以藁砧尚在,不可奪焉。元公求在渊河七年,⑭因醉題東武亭。此亭宋武帝所制,壯麗天下莫比也。⑮詩曰:“役役閒人事,紛紛碎簿書。功夫兩衙盡,留滯七年餘。病痛梅天發,親情海岸疏。因循未歸得,不是戀鱸魚。”⑯盧侍御簡求戲曰:“丞相雖不戀鱸魚,⑰乃戀誰耶?”初娶京兆韋氏,字蕙藂,⑱官未達而苦貧。繼室河東裴氏,字柔之。⑲二夫人俱有才思,時彦以爲嘉偶。初,韋蕙藂逝,不勝其悲。韓侍郎作墓銘。爲詩悼之曰:“謝家最小偏憐女,嫁與黔婁百事乖。顧我無衣搜畫篋,泥他沽酒拔金釵。野蔬充膳甘長藿,落葉添薪仰古槐。今日贈錢過百萬,爲君營奠復營齋。”⑳又云:“曾經滄海難爲水,除却巫山不是雲。”㉑復自會稽拜尚書右丞,㉒到京未逾月,出鎮武昌。㉓武昌建節李相、牛相、元相比也。㉔是時,中門外構緹幕,候天使送節次,忽聞宅内慟哭,侍者曰:“夫人也。”乃傳問:“旌鉞將至,何長慟焉?”裴氏曰:“歲杪到家鄉,㉕先春又赴任。親情半未相見,㉖所以如此。”立贈柔之詩曰:“窮冬到鄉國,正歲别京華。自恨風塵眼,常看遠地花。碧幢還照曜,紅粉莫咨嗟。嫁得浮雲婿,相隨即是家。”㉗裴柔之答曰:“侯門初擁節,御苑柳絲新。不是悲殊命,唯愁别是親。黄鶯遷古木,珠履徙清塵。想到千山外,滄江正暮春。”㉘元公與柔之琴瑟相和,亦房帷之美也。㉙余故編録之。㉚

校正：

① 元相國即元稹。字微之，别字威名。世居京兆萬年。貞元九年，年方十五，明經擢第。元和元年，登才識兼茂、明於體用科，授左拾遺。長慶元年進中書舍人、翰林承旨學士。二年，由工部侍郎拜相，未幾出爲同州刺史，三年爲越州刺史，浙東觀察使。大和三年，入爲尚書左丞。次年又出爲武昌軍節度使。五年七月卒於任所。事迹見白居易《元稹墓誌銘》，傳見《舊唐書》卷一六六、《新唐書》卷一七四。

② 薛濤，兩《唐書》無傳。《郡齋讀書志》卷四中："唐薛濤，洪度也，西川樂妓。"幼隨父鄖仕官入蜀。父卒，流寓蜀中。幼而惠詩，精音律，名振西川。何光遠《鑑戒録》卷一〇"蜀才婦"條："大凡營妓，比無校書之稱。自韋南康鎮成都日，欲奏之而罷，至今呼之。"韋皋鎮蜀，濤佐酒賦詩，入樂籍。其後元和二年武元衡鎮蜀，奏爲校書郎，格於舊例，未授，時號"女校書"。晚年移居碧雞坊，大和六年卒。

③ 此處叙元稹之仕履頗亂。據《舊唐書·憲宗紀》、《新唐書·元稹傳》、《全唐文》卷六七九白居易《唐故武昌軍節度處置等使……河南元公墓誌銘(并序)》，元稹除左拾遺在元和元年(806)，此時尚登制科，尚未能爲監察兩川事。又據《唐方鎮年表》，元和二年至元和八年(807～813)武元衡爲西川節度使；元和四年至元和八年(809～813)潘孟陽爲東川節度使。《舊唐書·嚴礪傳》："元和四年三月卒。卒後，御史元稹奉使兩川按察，糾劾礪在任日贓罪數十萬。詔徵其贓，以死恕其罪。"按元稹在以御史身份按察兩川時，無"就除拾遺"之事。此時嚴綬元和四年入拜尚書右僕射，未在西川節度，事見《舊唐書·嚴綬傳》，所謂"府公嚴司空綬，知微之之欲，每遣薛氏往焉"之説，顯誤。

④ "錦江滑膩峨嵋秀"，原作"蛾眉秀"，據《稗海》本"蛾眉"改。此詩見《全唐詩》卷四二三，題爲《寄贈薛濤》。

⑤ "論與裴晋公度子弟撰及第"，"及"《稗海》本作"與"。

【按】裴度之子裴撰，據《舊唐書·裴度傳》："撰，長慶元年登進士第。"《舊唐書》元稹本傳："長慶初，潭峻歸朝，出稹《連昌宮詞》等百餘篇奏御，穆宗大悦，問稹安在，對曰：‘今爲南宫散郎。’即日轉祠部郎中、知制誥。”按此時外淹已久，初返京城，方爲散官，元稹議裴撰登第事爲可疑。且元稹出同州刺史，在長慶二年宰相職後，事起因緣亦非此議，《舊唐書》本傳有載：“有和王傅于方者，故司空頔之子，干進於稹，言有奇士王昭、王友明二人，嘗客於燕、趙間，頗與賊黨通熟，可以反間而出元翼，仍自以家財資其行，仍賂兵、吏部令史爲出告身二十通，以便宜給賜，稹皆然之。有李賞者，知于方之謀，以稹與裴度有隙，乃告度云：“于方爲稹所使，欲結客王昭等刺度。”度隱而不發。及神策軍中尉奏于方之事。乃詔三司使韓皋等訊鞫，而害裴事無驗，而前事盡露，遂俱罷稹、度平章事，乃出稹爲同州刺史，度守僕射。諫官上疏，言責度太重，稹太輕，上心憐稹，止削長春宫使。”

⑥“裴度立蔡上之功，元稹有嚚褰之過也”，“度”下、“立”上《稗海》本有“有”字，無“上”字，“褰”作“蹇”。

【按】“裴度立蔡上之功，元稹有嚚褰之過也”。《全唐文》卷六四穆宗《命元稹守同州刺史充本州防禦長春宫使制》無此二句，該句實出於托僞之白居易之《論請不用奸臣》。

⑦《舊唐書》元稹本傳云：“在郡二年，改授越州刺史、兼御史大夫、浙東觀察使。”據方南生《元稹年譜》，元稹任浙東觀察使是在穆宗長慶三年(823)，距元稹初入東川[元和四年(810)]，已有十四年。

⑧“俳優周季南、季崇及妻劉採春”，“俳”原作“排”，據《稗海》本改。

【按】劉採春，又作劉采春，俳優之妻，江浙歌妓，妙歌舞。《蜀中廣記》卷一百二記“《楊柳枝詞》……此郎中滕邁之作，而劉采春歌之也。”有女名周德華，《丹鉛餘録·摘録》卷十録“《麗情集》載湖州妓周德華者，劉采春女也”。

⑨ 參軍，本指王府和地方府、州的屬官。文中指唐時流行的一種滑稽戲即參軍戲(也稱假官戲)中的角色名。趙璘《因話録》卷一：“肅宗宴於宫中，女優有弄假官戲，其緑衣秉簡者，謂之參軍樁。”

⑩ 此詩見《全唐詩》卷四二三，題爲《贈劉采春》。

⑪“其詞五、六、七言，皆可和矣。詞云”，《稗海》本無“其詞”二字，

“矣”作“者”,“詞云”作“詞曰”,上有“其”字。

⑫“悶向江頭采白蘋,嘗隨女伴祭江神。衆中羞不分明語”,“悶”《稗海》本作“閒”,“祭”作“賽”,“羞不”作“不敢”。

⑬《全唐詩》卷八〇二題作《羅嗊曲六首》。

⑭ 淛河,即浙江。《舊唐書》元稹本傳:“在郡二年,改授越州刺史、兼御史大夫、浙東觀察使。……凡在越八年。”

⑮“此亭宋武帝所制,壯麗天下莫比也”,“製”《稗海》本作“造”,“莫”作“罕”,“也”作“焉”。

⑯《會稽掇英總集》卷三題作《醉題東武亭》,《全唐詩》卷四二三亦此題,首句作“役役行人事,紛紛碎簿書”。

⑰“盧侍御簡求”,“簡求”《稗海》本側右作小字。盧簡求,盧綸之子,字子臧。長慶元年(821)登進士第,釋褐江西王仲舒從事。又從元稹爲浙東、江夏二府掌書記。會昌末,討劉稹,詔以許帥李彦佐爲招討使。朝廷以簡求累佐使府,達於機略,乃以簡求爲忠武節度副使知節度事、本道供軍使。入爲吏部員外,轉本司郎中,求爲蘇州刺史。乾符五年十月卒,時年七十六。贈尚書左僕射。參見《舊唐書·盧簡辭傳》附及《新唐書》卷一七七。

⑱ 元稹初娶京兆韋氏,字蕙藂,與事實不合。韓愈《監察御史元君妻京兆尹韋氏夫人墓誌銘》:“夫人諱叢,字茂之,姓韋氏。”韋叢之字,亦有作“成之”者,見方崧卿《韓集舉正》卷八。韋氏爲太子少保韋夏卿之女。

⑲“繼室河東裴氏,字柔之”,“裴”《稗海》本作“袁”。

【按】裴柔之,即裴淑,柔之爲其字,河東(今山西永濟)人。元和十一年嫁於元稹,後封河東郡君。事見《河南元公(稹)墓誌銘》及《唐詩紀事》卷七八。

⑳《全唐詩》卷四〇四録此詩,題爲《遣悲懷三首》,此其一。另二首爲:“昔日戲言身後意,今朝皆到眼前來。衣裳已施行看盡,針綫猶存未忍開。尚想舊情憐婢僕,也曾因夢送錢財。誠知此恨人人有,貧賤夫妻百事哀。”“閒坐悲君亦自悲,百年都是幾多時。鄧攸無子尋知命,潘岳悼

亡猶費詞。同穴窅冥何所望,他生緣會更難期。唯將終夜長開眼,報答平生未展眉。”

㉑ 此詩見《元氏長慶集》補遺卷一、《全唐詩》卷四二二,題爲《離思詩五首》,此爲其四;又見《才調集》卷五,題爲《雜思詩》。

㉒ 元稹爲尚書右丞,此處誤記,應爲尚書左丞。

【按】《舊唐書·文宗紀》:“(大和三年九月)戊戌,以前睦州刺史陸亘爲越州刺史、浙東觀察使,代元稹;以稹爲尚書左丞,代韋弘景。’白居易《祭微之文》亦云:“唯近者公拜左丞,自越過洛。”

㉓ 到京未月餘,此語不確。《舊唐書》元稹本傳:“三年九月,入爲尚書左丞。……四年正月,檢校户部尚書,兼鄂州刺史、御史大夫、武昌軍節度使。”

㉔ “武昌建節李相、牛相、元相比也”,“元相”上《稗海》本有“及”字,無“比”字。

㉕ “裴氏曰”,“裴”《稗海》本作“袁”。

㉖ “親情半未相見”,“親”《稗海》本作“寄”,“半未”二字互易。此詩見《全唐詩》卷四二三,題爲《贈柔之》。

㉗ “自恨風塵眼……相隨即是家”,“眼”《稗海》本作“異”,“即”作“却”。

㉘ 《全唐詩》卷七九九,此詩爲裴淑所答詩,題作《答微之》。

㉙ “元公與柔之琴瑟相和,亦房帷之美也”,“相和”《稗海》本作“和諧”。

㉚ “余故編録之”,《稗海》本下有“與好事者共焉”句。

温裴黜

裴郎中諴，[1]晋國公次子也，[2]足情調，善談諧。舉子温岐爲友，[3]好作歌曲，迄今飲席，多是其詞焉。裴君既入臺，而爲三院所謔曰："能爲淫豔之歌，有異清潔之士也。"裴君《南歌子》詞云："不是厨中弗，爭知炙裹心。井邊銀釧落，輾轉恨還深。"[4]又曰："不信長相憶，擡頭問取天。風吹荷葉動，無夜不搖蓮。"又曰："簳蠟爲紅燭，情知不自由。細絲斜結網，爭奈眼相鈎。"[5]二人又爲《新添聲楊柳枝》詞，飲筵競唱其詞而打令也。[6]詞云："思量大是惡因緣，只得相看不得憐。願作琵琶槽那畔，美人長抱在胸前。"又曰："獨房蓮子没人看，偷折蓮時命也拚。若有所由來借問，但道偷蓮是下官。"[7]温岐曰："一尺深紅朦麯塵，舊物天生如此新。合歡桃核終堪恨，裹許元來别有人。"又曰："井底點燈深燭伊，共郎長行莫圍碁。玲瓏骰子安紅豆，入骨相思知不知?"[8]湖州崔郎中芻言，[9]初爲越副戎，宴席中有周德華。德華者，[10]乃劉採春女也。雖《羅嗊》之歌，不及其母，而《楊柳枝》詞，採春難及。崔副車寵愛之異，將至京洛。後豪門女弟子從其學者衆矣。温裴所稱歌曲，請德華一陳音韻，以爲浮豔之美，德華終不取焉。二君深有愧色。所唱者七八篇，乃近日名流之咏也。滕邁郎中一首："三條陌上拂金羈，萬里橋邊映酒旗。此日令人腸欲斷,不堪將入笛中吹。”⑪賀知章秘監一首:“碧玉妝成一樹高,萬條垂下緑絲絛。不知細葉誰裁出,二月春風是剪刀。”⑫楊巨源員外一首:“江邊楊柳麴塵絲,立馬憑君折一枝。唯有春風最應惜,殷勤更向手中吹。”⑬劉禹錫尚書一首:“春江一曲柳千條,二十年前舊板橋。曾與美人橋上别,恨無消息至今朝。”⑭韓琮舍人二首:“枝鬥纖腰葉鬥眉,春來無處不如絲。霸陵原上多離别,少有長條拂地垂。”又曰:“梁苑隋堤事已空,萬條猶舞舊春風。那堪更想千年後,誰見楊花入漢宫。”⑮雲谿子曰:漢署有《豔歌行》,⑯匪爲桑間濮上之音也。偕以雪月松竹,⑰雜咏《楊柳枝》詞,作者雖多,鮮睹其妙。杜牧舍人云:“巫娥廟裏低含雨,宋玉堂前斜帶風。”⑱滕郎中又云:“陶令門前罥接離,亞夫營裏拂朱旗。”⑲但不言“楊柳”二字,⑳最爲妙也。以姚合郎中苦吟《道傍亭子》詩云:“南陌游人迴首去,東林道者杖藜歸。”㉑不謂“亭”,稱奇矣。㉒

校正:

①“裴郎中諴”,《稗海》本“諴”偏右作小字。

【按】裴諴,河東聞喜人。爲裴度之從子。大中中,任主客員外郎,後歷職方郎中,太子中允(《東觀奏記》卷下)。《新唐書・温庭筠傳》云:“彦博裔孫廷筠,少敏悟,工爲辭章,與李商隱皆有名,號“温李”。然薄於行,無檢幅。又多作側辭豔曲,與貴胄裴諴、令狐滈等蒲飲狎昵。”

②“晋國公次子也”,“子”上原衍“弟”,據《稗海》本改。晋國公,即裴度,字中立,河東聞喜人。貞元五年,進士及第。八年,登博學宏詞科。十年,復登賢良方正、能直言極諫科,授河陰縣尉。遷監察御史。元和二年,武元衡帥西川,其爲掌書記。旋入朝爲起居舍人。九年十月改御史中丞。翌年兼刑部侍郎,與宰相武元衡力主平定蔡州吴元濟,爲藩鎮所

嫉,武遭刺殺,裴度傷。憲宗遂拜中書侍郎、同中書門下平章事。十二年,以平淮西之功,封晋國公,又稱裴晋公。傳見《舊唐書》卷一七〇、《新唐書》卷一七三。

③“舉子温岐”,“岐”原作“歧”,據《稗海》本改,另《稗海》本“舉”上有“與”字。温岐,即温庭筠。岐爲其本名,字飛卿,行十六。太原祁(山西祁縣)人。大中初,應進士。苦心硯席,尤長於詩賦。初至京師,人士翕然推重。然爲人放蕩不羈,倨傲而好諷刺,爲人所惡。多不得志。大中十三年爲隋縣尉,徐商鎮襄陽,召爲幕府巡官。後不得志,歸江東,再貶方城尉。咸通七年,爲國子助教。傳見《新唐書》卷九一及《舊唐書》卷一九〇。

④“不是厨中弗”,“弗”原作“串”,據《稗海》本改。韓詩有“如以肉貫弗”,弗,燔肉器。

⑤《南歌子》三首,又見於《全唐詩》卷五六三。

⑥ 打令,宴飲時候行酒令以助娱樂的游戲,或歌舞。《朱子語類》卷九二:“唐人俗舞謂之‘打令’,其狀有四:曰招,曰摇,曰送,其一記不得。盖招則邀之之意,摇則摇手呼唤之意,送者送酒之意。”

⑦《全唐詩》卷五六三題爲《新添聲楊柳枝詞》。

⑧“共郎長行莫圍碁”,“碁”《稗海》本作“棊”。《温飛卿詩集箋注》卷九題爲《新添聲楊柳枝辭二首》(一作《南歌子》),《全唐詩》卷五八三題爲《南歌子詞二首》。

⑨“湖州崔郎中芻言”,《稗海》本“芻言”側右作小字。崔芻言,見《雲谿友議》“彰術士”條。《册府元龜》卷六五一:“……十四年中書舍人裴坦知貢舉,奏放進士三十人。考試官、庫部員外郎崔芻言放宏詞登科一人。”

⑩“宴席中有周德華。德華者”,《稗海》本無“周”字,下“德華”作“周氏”。

⑪ 滕邁,見《雲谿友議》“宗兄悼”。《全唐詩》卷四九一題爲《楊柳枝詞》。

⑫“萬條垂下緑絲絛”,“絛”《稗海》本作“縧”。賀知章,開元二十六

年，遷太子賓客，授秘書監。《才調集》卷九、《全唐詩》卷一二〇録此詩爲《咏柳》。《四庫全書總目提要》："然古詞但有《月節折楊柳歌》，其《楊柳枝》一調，實興自中唐白居易諸人。郭茂倩《樂府詩集》班班可考，知章時安有是題？皆委巷流傳，失於考證。"余嘉錫《四庫提要辯證》則予以辯駁："《楊柳枝》爲白居易洛陽所製，見《樂府詩集》卷八一。賀知章時不得有此題，誠如《提要》之論。……蓋賀韓諸人之作，不過泛咏楊柳，本非歌曲。及采詩入樂，以《楊柳枝》調歌之，則亦謂之《柳枝詞》，此故樂府中常有之事。"

⑬"唯有春風最應惜"，"應"《稗海》本作"相"。楊巨源，字景山，河中人。兩《唐書》無傳。《新唐書·藝文志》載其詩一卷，注曰："字景山，大和中少尹。"貞元五年擢進士第，爲張弘靖從事。由秘書郎擢太常博士、禮部員外郎，出爲鳳翔少尹，復召除國子司業。年七十致仕，歸時，宰白以爲河中少尹，食其禄終身。其生平可參韓愈《送楊少尹序》。此詩《全唐詩》卷三三三題作《折楊柳》（一作《和練秀才楊柳》，一作戴叔倫詩）。

⑭《舊唐書·劉禹錫傳》云："開成初，復爲太子賓客分司，俄授同州刺史。秩滿，檢校禮部尚書、太子賓客分司。會昌二年七月卒，時年七十一，贈户部尚書。"此詩見《全唐詩》卷三六五。

⑮"梁苑隋堤事已空"，"隨"《稗海》本作"隋"。

【按】韓琮，兩《唐書》無傳。《新唐書·藝文志》四録其詩一卷，注云："字成封，大中湖南觀察使。"長慶四年登進士第。初佐王茂元陳許節度使幕，爲節度判官。後任司封員外郎。大中五年前後，擢爲户部郎中，遷中書舍人。勞格《唐尚書省郎官石柱題名考》卷六韓琮下注"《東觀奏記》中'廣州節度使紇干泉……貶慶王府長史，分司東都……舍人韓琮之詞。'"按《唐方鎮年表》卷七載，大中八年紇干臮罷嶺南東道節度使、處置押蕃舶等使兼廣州刺史。故大中八年，其應在中書舍人任上。大中十二年，爲湖南觀察使。待軍士不以禮，是年五月軍亂被逐。前詩《全唐詩》卷五六五題作《楊柳枝詞》。後詩見於《樂府詩集》卷八一、《全唐詩》卷二八，題作《楊柳枝》。

⑯“漢署有《豔歌行》”,“署”《稗海》本作“著”。

⑰“偕以雪月松竹”,“偕”《稗海》本作“皆”。

⑱《才調集》卷四題作《柳》,此爲其中二句,全詩爲:“日落水流西復東,春光不盡柳何窮。巫娥廟裹低含雨,宋玉宅前斜帶風。不將榆莢共爭翠,深感杏花相暎紅。灞上漢南千萬樹,幾人游宦別離中。”

⑲“陶令門前胷接離”,“離”《稗海》本作“羅”。《全唐詩》卷四九一録此句注云本自《雲谿》。

⑳“但不言‘楊柳’二字”,“但”《稗海》本作“并”。

㉑《全唐詩》卷五百二姚合下,載此句。

㉒“不謂‘亭’,稱奇矣”,《稗海》本無“謂”字,“亭”下、“稱”上有“子亦”二字。

琅琊忤

王建校書爲渭南尉,[1] 作宫詞。元丞相亦有此句。[2] 河南、渭南,合成二首矣。時謂長孫翱、朱慶餘,[3] 各有一篇,苟爲當矣。長孫詞曰:“一道甘泉接御溝,上皇行處不曾秋。誰言水是無情物,也到宫前咽不流。”[4] 朱君詞曰:“寂寂花時閉院門,美人相對泣瓊軒。含情欲説宫中事,鸚鵡前頭不敢言。”[5] 元公以諱秀明經制策入仕。[6] 秀字紫芝,[7] 爲魯山令,政有能名。顔真卿爲碑文,號曰“元魯山”也。其一篇自述云:“延英引對碧衣郎,紅硯宣毫各别床。天子下簾親自問,宫人手裹過茶湯。”[8] 是時貴族競應制科,用爲男子榮進,莫若兹乎,乃自河南之喻也。[9] 渭南先祖内官王樞密,[10] 盡宗人之分,然彼我不均,後懷輕謗之色。忽因過飲,語及“桓靈信任中官,多遭黨錮之罪,而起興廢之事”,[11] 樞密深憾其譏,詰曰:“吾弟所有宫詞,天下皆誦於口。禁掖深邃,何以知之?”建不能對。元公親承聖旨,[12] 令隱其文,朝廷以爲孔光不言温樹,何其慎静乎![13] 二君將遭奏劾,爲詩以讓之,乃脱其禍也。[14] 建詩曰:“先朝行坐鎮相隨,今上春宫見長時。脱下御衣偏得着,進來龍馬每交騎。常承密旨還家少,獨奏邊情出殿遲。不是當家頻向説,九重爭遣外人知。”[15]

校正：

①“王建校書爲渭南尉”,《太平廣記》卷一九八“王”上有“唐”字而無“校書”二字,“爲”上有“初”字,“南”下“尉”上有“縣”字。王建,字仲初,關輔人。郡望潁川。貞元中歷佐淄青、幽州、嶺南節度幕,元和初復佐荆南、魏博幕。八年前後任韶應丞。轉渭南尉,遷太府丞,長慶二年間任秘書郎。大和二年,自太常丞爲陜州司馬,罷任閑居京郊。約卒大和中。兩《唐書》無傳,《新唐書·藝文志》著録《王建集》一〇卷。事見張籍《逢王建有贈》、白居易《授王建秘書郎制》。

② 元丞相,即元稹。詳見《雲谿友議》“艷陽詞”注。

③ 長孫翺,生平不詳。朱慶餘,名可久,越州人。與張籍相善。寶曆二年登進士第,授秘書省校書郎。《新》《舊唐書》無傳。《新唐書·藝文志》録其詩一卷。

④《全唐詩》卷五一二題作《宫詞》。然《全唐詩》卷四七二所收孫叔向《題昭應温泉》,詩云:“一道温泉繞御樓,先皇曾向此中游。雖然水是無情物,也到宫前咽不流。”兩詩題不同,作者不同,文字稍有出入,是重出互見詩。然據曾季貍《艇齋詩話》:“韓子蒼‘樓中有妾相思淚,流到樓前更不流’。……其詩見顧陶《唐詩類選》,金華瀛湘集作王建詩,非也。”顧陶大中時任太子校書,撰《唐詩類選》(今佚),要早於范攄撰《雲谿》時。此詩應爲孫叔向之作。詳参吴企明《孫叔向、長孫翺的重出詩》。

⑤《才調集》卷八、《全唐詩》卷五一四録此朱慶餘詩,題爲《宫詞》。

⑥“元公以諱秀明經制策入仕”,《稗海》本無“以諱”二字。制策,即唐代的制科,是由皇帝特命舉行的隆重考試,已中進士或明經者都可應試,中試者可越次授官。

⑦“秀字紫芝”,“紫”原作“子”,據《稗海》本改。

【按】此謂元魯山之句,語句含混,頗有張冠李戴之處。按元魯山,指元德秀。河南人,字紫芝。開元二十一年登進士第。初爲邢州南和尉。佐治有惠政,黜陟使上聞,召補龍武録事參軍。因家貧,求爲魯山令(即今河南魯山縣,唐時屬汝州)。天寶十三載卒,時五十九,門人相與謚爲“文行先生”。士大夫高其行,不名,謂之“元魯山”。參見《新》《舊唐書·

元德秀傳》。元結有《元魯山墓表》,李華有《元魯山墓碣銘》。

⑧《全唐詩》卷四二三元稹下題爲《自述》,然第三句略有不同:“延英引對碧衣郎,江硯宣毫各别牀。天子下簾親考試,宫人手裏過茶湯。”

⑨“乃自河南之喻也”,“乃”下、“自”上,《稗海》本有“出”字;“喻”作“咏”。

⑩“内官王樞密”,“官”原作“宫”,據《太平廣記》卷一九八及《稗海》本改,且《廣記》“内”上有“值”字,“密”下有“者”字。王樞密,即王守澄。《舊唐書·王守澄傳》:“王守澄,元和末宦者。……與中尉馬進潭、梁守謙……等定册立穆宗皇帝。長慶中,守澄知樞密事……文宗即位,守澄爲驃騎大將軍,充右軍中尉。”長慶中,王建於京中爲秘書丞,二王或有來往。

⑪“多遭黨錮之罪,而起興廢之事”,《太平廣記》卷一九八二句并作一句“則起黨錮興廢之事也”。桓靈,東漢末世桓帝劉志與靈帝劉宏的并稱。

⑫“元公親承聖旨”,“公”《太平廣記》卷一九八作“稹”,“元”上有“故”字,“稹”下又有“以嘗有宫詞詔”六字。

⑬“朝廷以爲孔光不言温樹,何其慎静乎”,“樹”下《太平廣記》卷一九八有“者”字,下句作“慎之至也”。孔光,字子夏,孔子十四世之孫。西漢成帝時領尚書事。《漢書·孔光傳》:“沐日歸休,兄弟妻子燕語,終不及朝省政事。或問光:‘温室省中樹皆何木也?’光嘿不應,更答以它語,其不泄如是。”

⑭“二君將遭奏劾,爲詩以讓之,乃脱其禍也”,“君”《太平廣記》卷一九八二作“王”,“遭”作“被”;“將”上,《稗海》本有“相”字,“遭”作“遞”,無“奏”字;“劾”下、“爲”上,《廣記》、《稗海》均有“因”字。

⑮ 此诗《才调集》卷一、《全唐诗》卷三百皆題作《贈王樞密》。

巢燕詞

近日舉場爲詩清切,而鄙元和風格,用高往式乎?① 然由工用之不同矣。② 章正字孝標《對月》落句云:③“長安一夜千家月,幾處笙歌幾處愁。”④ 有類乎秦交云:“一種蛾眉明月夜,南宫歌吹北宫愁。”⑤ 章君品題之中,⑥ 頗得聲稱也。元和十三年下第,時輩多爲詩以刺主司;⑦ 獨章君爲《歸燕詩》,⑧ 留獻庾侍郎承宣。⑨ 小宗伯得詩,輾轉吟諷,誠恨遺才,仍候秋期,必當薦引。⑩ 庾果重秉禮曹,⑪ 孝標來年擢第。群議以爲二十八字而致大科,則名路可遵,遞相礱礪也。詩曰:“舊累危巢泥已落,今年故向社前歸。連雲大厦無栖處,更望誰家門户飛。”⑫ 孝標及第,⑬ 正字東歸,《題杭州樟亭驛》云:“樟亭驛上題詩客,一半尋爲山下塵。世事日隨流水去,紅花還似白頭人。”⑭ 初成落句云“紅花真笑白頭人”,⑮ 改爲“還似白頭人”。言我將老成名,似花芳豔,詎能久乎!及還鄉而逝。前有章八元,⑯ 後有章孝標,皆桐廬人,名雖遠而還不達矣。⑰ 後五十年來,有閩川歐陽澥者,四門詹之孫也。⑱ 賈陵、陳羽、李觀、李絳、韓愈、王涯、劉遵古、崔群、馮宿、李博等,與四門同年,其名流於海岳。⑲ 澥娶婦經旬,而辭赴舉,抗節不還。詩云:“黄菊離家十四年。”又云:“離家已是夢松年。”又云:“落日望鄉處,何人知客情?”自憐十八年之帝鄉,未遇知己也。亦爲《燕詩》以獻主司鄭愚侍郎,[20]其詞雖爲朝賢稱歎,尚未第焉。[21]澥詩曰:“翩翩雙燕畫堂開,送古迎今幾萬迴。長向春秋社前後,爲誰歸去爲誰來?”[22]

校正:

① “用高往式乎”,《稗海》本無“乎”字。

【按】元和風格,憲宗朝文學風潮。《唐語林》卷二中宰相李珏反對文宗置詩學士時,對元和風格曾作如下總結:“臣聞憲宗爲詩,格合前古,當時輕薄之徒,擒章繪句,聱牙崛奇,譏諷時事,爾後鼓扇名聲,謂之‘元和体’。”

② “然由工用之不同矣”,“然”《稗海》本作“蓋”,“矣”作“耳”。

③ “章正字孝標”,“標”原作“摽”,據《太平廣記》卷一八一、《稗海》本、《四庫》本改。

【按】章正字孝標,家於錢塘。兩《唐書》無傳。孝標友人朱慶餘有詩《題章正字道正新居》。章正,謂其職校書郎。《新唐書·藝文志》録其詩一卷。

④《全唐詩》卷五〇六題作《八月》,前二句爲“徙倚仙居繞翠樓,分明宮漏靜兼秋”。

⑤“一種蛾眉明月夜,南宮歌吹北宮愁”,言爲秦交詩,題爲《長門怨》。詩又見於《文苑英華》卷二〇四、《樂府詩集》卷四二、《唐詩紀事》卷三六,然《文苑英華》署作“裴文泰(一作交泰)”,《樂府》、《紀事》皆作“裴交泰”,《雲谿友議》當誤。

⑥ “章君品題之中”,“品”原作“章”,據《稗海》本、《四庫》本改。

⑦ “時輩多爲詩以刺主司”,《稗海》本無“輩”字。

⑧ “獨章君爲《歸燕詩》”,《太平廣記》卷一八一無“君”字,《稗海》本“歸燕”二字互易。

⑨ “留獻庾侍郎承宣”,“庾”《太平廣記》卷一八一在“侍郎”下、“承宣”上。

【按】庾承宣，兩《唐書》無傳。貞元八年進士第，十年又中博學宏詞科。十五年，攝鄭滑等州觀察判官。元和初，爲殿中侍御史。十三四年，以中書舍人權禮部侍郎知貢舉。長慶二年春，由刑部侍郎遷尚書右丞。十一月，出爲陝虢觀察使。寶曆二年，入爲吏部侍郎。三年一月，拜京兆尹，兼御史大夫。大和七年，拜太常卿。九年正月，太常卿、檢校吏部尚書充天平軍節度使。七月卒於任所。其事可見於《舊唐書・文宗紀》、《元和姓纂》卷六、《郎官石柱題名考》卷一〇、一四。

⑩“仍候秋期，必當薦引”，“仍”《稗海》本作“乃”，“薦引”二字互易。

⑪“庾果重秉禮曹”，“秉”《太平廣記》卷一八一作“典”。

⑫《全唐詩》卷五〇六題作《歸燕詞辭工部侍郎（一作下第後獻主司）》，查《唐僕尚丞郎表》元和十三年工部侍郎爲程異，其時爲九月二十三日。唐人春試下第而歸約在三四月間，此時程異尚未入工侍。若此時所獻書應與程異之前任工部侍郎，即孟簡，然簡於元和十二年正月下旬由浙東觀察入遷，八月三日庚申遷户部侍郎。故此間工部侍郎則爲空職。則此詩題應爲《下第後獻主司》。

⑬元和十四年，孝標擢第。《文苑英華》卷六五載章孝標、陳去疾《王師如時雨賦》，又卷一八載其《騏驥長鳴詩》即其年之試題，可爲其及第之證明。《登科記考》卷一八載元和十四年進士科有章孝標名，狀元爲韋諶，知貢舉乃中書舍人庾承宣。

⑭此詩見《全唐詩》卷五〇六，題亦同。

⑮“初成落句云”，《稗海》本無“成”字。

⑯“前有章八元”，“前”下、“有”上《稗海》本有“輩”字。章八元，睦州桐廬人，其詩《歸桐廬舊居寄嚴長史》（《全唐詩》卷二八一）云“昨辭夫子棹歸舟，家在桐廬憶舊丘”，可爲一證。大曆六年進士，十一、二年間歸睦州。大曆建中間居長安。貞元中調句容主簿，遷協律郎，卒。《新唐書・藝文志》著録其詩一卷，今軼。生平可另見《中興間氣集》卷上等。

⑰“名雖遠而還不達矣”，“還”《稗海》本作“位”，“不達”上有“俱”字，下無“矣”字。

⑱“有閩川歐陽澥者，四門詹之孫也”，“門”《稗海》本作“明”，下同。

歐陽詹爲曾爲四門博士,"明"誤。歐陽澥,歐陽詹之孫。《唐摭言》卷十載其事曰:"歐陽澥者,四門之孫也,薄有詞賦,出入場中僅二十年。善和韋中令在閣下,澥即行卷及門,凡十餘載,未嘗一面,而澥慶弔不虧。韋公雖不言,而心念其人。中和初,公隨駕至西川命相,時澥寓居漢南,公訪知行止,以私書令襄帥劉巨容俾澥計偕,巨容得書大喜,待以厚禮,首薦之外,資以千餘緡,復大宴於府幕。既而撰日遵路。無何,一夕心痛而卒。巨容因藉澥答書,既呈於公,公覽之憮然,因曰:'十年不見,灼然不錯!'"

⑲ 此處所言即貞元八年之"龍虎榜",《新唐書·歐陽詹傳》:"舉進士,與韓愈、李觀、李絳、崔群、王涯、馮宿、庾承宣聯第,皆天下選,時稱'龍虎榜'。"《雲谿友議》注文"賈陵"爲"賈稜"之誤,《登科記考》卷一三即以賈稜爲貞元八年狀元,又見《元和姓纂》卷七:"檢校員外(賈)岌生稜、穜,稜大理評事。"

⑳ "亦爲《燕詩》以獻主司鄭愚侍郎",《稗海》本"愚"小字偏右。

㉑ "其詞雖爲朝賢稱歎,尚未第焉","賢"《稗海》本作"貴","歎"作"羨"。

㉒ "澥詩曰:翩翩雙燕畫堂開","澥"《稗海》本作"其","翩翩"作"翻翻"。

《全唐詩》卷六〇七録歐陽澥詩一首,并其上數句。

題紅怨[①]

明皇代，以楊妃、虢國寵盛，[②]宮娥皆願衰悴，[③]不備掖庭。常書落葉，隨御水而流云："舊寵悲秋扇，新恩寄早春。聊題一片葉，將寄接流人。"[④]顧況著作，[⑤]聞而和之。既達宸聰，遣出禁内者不少。或有五使之號焉。和曰："愁見鶯啼柳絮飛，上陽宫女斷腸時。君恩不禁東流水，葉上題詩寄與誰?"[⑥]盧渥舍人應舉之歲，[⑦]偶臨御溝，見一紅葉，命僕搴來。葉上乃有一絶句，[⑧]置於巾箱，或呈於同志。及宣宗既省宮人，初下詔，許從百官司吏，獨不許貢舉人。渥後亦一任范陽，獲其退宮人，睹紅葉而吁怨久之，[⑨]曰："當時偶題隨流，謂郎君收藏巾篋。"驗其書，無不訝焉。[⑩]詩曰："水流何太急，深宮盡日閑。殷勤謝紅葉，好去到人間。"[⑪]

校正：

①《雲谿友議》載盧渥得宣宗宮人題紅葉詩，詩曰："水流何太急，深宮盡日閑。殷勤謝紅葉，好去到人間。"宋代張實據此詩附會出《流紅記》故事，易宣宗宮人爲僖宗宮人韓氏，易盧渥爲於祐。此後戲曲中以紅葉題詩爲題材的甚多，元代雜劇如白樸《韓翠蘋御水流紅葉》、李文蔚雜劇《金水題紅怨》，明代傳奇如王驥德《題紅記》、祝長生《紅葉記》、李長祚《紅葉記》等。

② ”以楊妃、虢國”，“虢”《稗海》本作“號”。虢國，即虢國夫人，楊貴妃之姊。《舊唐書・楊貴妃傳》：“有姊三人，皆有才貌，玄宗并封國夫人之號：長曰大姨，封韓國；三姨，封虢國；八姨，封秦國。并承恩澤，出入宮掖，勢傾天下。”

③ “願”，《稗海》本作“頗”。

④ 此詩見《全唐詩》卷七九七“天寶宮人”條下《題洛苑梧葉上》。此説最早見於《本事詩・情感第一》：“顧況在洛乘間，與三詩友游於苑中，坐流水上，得大梧葉，題詩上曰：‘一入深宮裏，年年不見春。聊題一片葉，寄與有情人。’況明日於上游，亦題葉上，放於波中，詩曰：‘花落深宮鶯亦悲，上陽宮女斷腸時。帝城不禁東流水，葉上題詩欲寄誰。’後十餘日，有人於苑中尋春，又於葉上得詩，以示況。詩曰：‘一葉題詩出禁城，誰人酬和獨含情。自嗟不及波中葉，蕩漾乘春取次行。’”

⑤ 顧況，字逋翁，自號“華陽山人”。至德二載，於江東采訪使李希言下登進士第。《舊唐書・李泌傳》附：“顧況者，蘇州人。能爲歌詩，性詼諧，雖王公之貴與之交者，必戲侮之，然以嘲誚能文，人多狎之。柳渾輔政，以校書郎徵。復遇李泌繼入，自謂已知秉樞要，當得達官，久之方遷著作郎，況心不樂，求歸於吴。而班列群官，咸有侮玩之目，皆惡嫉之。及泌卒，不哭，而有調笑之言，爲憲司所劾，貶饒州司户。有文集二十卷。其《贈柳宜城》辭句，率多戲劇，文體皆此類也。”生平又見於皇甫湜《唐故著作佐郎顧況集序》。

⑥《全唐詩》卷二七六録此詩，題作《葉上題詩從苑中流出》。

⑦ “盧渥舍人”，《太平廣記》卷一九八作“中書舍人盧渥”。盧渥，字子章，范陽人。宣宗時，中甲科及第，辟幕府，入任御史臺。以母在東都，轉國子博士，分司東都。復爲侍御史，專領東臺。徵起居，轉司封員外知雜事，遷司勛郎中，時宰所忌，出倅宣武軍以緩之，未更歲耳，入爲某曹郎，遷拜萬年令。其事迹詳見司空圖《唐故太子太師致仕盧公神道碑》（《司空表聖文集》卷五）。

⑧ “葉上乃有一絶句”，“乃”《太平廣記》卷一九八作“及”，誤。

⑨ “獲其退宮人，睹紅葉而吁怨久之”，原本“宮”下無“人”字，《太平

廣記》卷一九八“獲”上有“獨”字,“宫”下有“人”字,《稗海》本、《四庫》本“宫”下“睹”上均有“人”字,今據補;《稗海》本、《四庫》本“怨”均作“嗟”。

⑩ “驗其書,無不訝焉”,“書”下、“無”上《太平廣記》卷一九八及《稗海》本有“迹”字。

⑪ “水流何太急”,“水流”《太平廣記》卷一九八及《稗海》本均作“流水”。《全唐詩》卷七九七“宣宗宫人姓韓氏”條下題作《題紅葉》。

羡門遠

紇干尚書泉,[1]苦求龍虎之丹十五餘稔。[2]及鎮江右,乃大延方術之士。[3]乃作《劉弘傳》,[4]雕印數千本,以寄中朝及四海精心燒煉之者。夫人欲點化金銀,非擬救於貧乏,必期多蓄田疇,廣置僕妾,此謂貪婪,豈名道術?且玄妙之門,虛無之事,得其要旨,亦恐不成;況乎不得,[5]悉焚《參同契》金訣者?[6]其言至也。[7]皇甫大夫或曰"王相公"也。[8]在夏口日,[9]勤求藝術。衙時有一道士,策杖躡屩,直入戟門,門人以簾使奉道,不敢制止。安定公遽起而迎接,道士則傲然不窺,向竹而吟曰:"積塵爲太山,[10]掬水成東海。富貴有時乖,希夷無日改。絳節出崆峒,霓衣發光彩。古者有七賢,六個今何在?"[11]自謂我是一賢也。訪其名姓,曰:"黄山隱。"[12]府公未能明其真僞,請於宫觀,願在牌亭,得觀雲水。[13]亞相曰:"斯人若是至道,[14]名利俱捐。"試令幹事軍將,持書送絹百疋、錢一百千文,至其所止。[15]山隱啓緘忻喜,立修迴報。遂乃脱其道服,飾以青衿,引見謝陳,禮度甚恭,殊異初來傲睨之矣。[16]皇甫公判書之末,乃至盡刑,曰:"道士黄山隱,輕人復重財。太山將比甑,東海只容杯。緑綬藏雲帔,烏巾换鹿胎。黄泉六個鬼,今夜待君來。"[17]雲谿子曰:王子年之著書也,不脱後秦之難;[18]東方朔之知機也,恐罹西漢之咎。[19]是喬、松獨樂,巢、務不居。[20]若山隱者,擬爲妖惑,敢蔑公侯。死無于吉,致孫策鏡裏之殃;[21]來非許邁,起劉恢舟中之顧。足見凡愚。[22]黄山隱自貽之禍,安定公明察之斷,合其宜乎![23]

校正:

① "紇干尚書泉","干"《稗海》本作"于",誤;"泉"小字偏右。"紇干泉"爲"紇干臮"之誤。詳見《雲谿友議》"夢神姥"注。"鎮江右"指其任江西觀察使時,在大中元年至大中三年。《全唐文》卷七二六有崔嘏《授紇干臮江西觀察使制》。

② 龍虎之丹,道家煉制的一種丹藥。《通志》卷六七有:"《龍虎丹訣》一卷(魏伯陽撰)、《龍虎丹櫃訣》一卷、《龍虎丹名别訣》一卷……"其中龍虎,爲道家術語,指水火。《真訣》:"龍從火裏出,虎向水中生。"注曰:"龍本坎水而出於火,虎本離火而出於水。是乃水火之相生也。"《易經》以坎卦表示水,以離卦表示火。《太平廣記》卷三五六《韋自東》有曰"龍虎交時金液成",即云爐中水火相交時,金液即煉成丹藥了。

③ "乃大延方術之士",《稗海》本無"乃"字。

④ 此劉弘應是魏晋時人。《晋書·張寔傳》:"京兆人劉弘者,挾左道,客居天梯第五山,燃燈懸鏡於山穴中爲光明,以惑百姓,受道者千餘人,寔左右皆事之。帳下閻沙、牙門趙仰皆弘鄉人,弘謂之曰:'天與我神璽,應王涼州。'沙、仰信之,密與寔左右十餘人謀殺寔,奉弘爲主。寔潛知其謀,收弘殺之。沙等不知之,以其夜害寔。"

【按】紇干臮性崇佛,《新唐書·裴休傳》稱其與休茹素嚽唄,同信桑門。此記其苦求龍虎之丹,并大延方術之士云云,似與《傳》牾。然唐武宗時道教大盛,廢天下僧寺,一時士大夫趨赴風尚,俱舍而學道。會昌六年四月道士趙歸真伏誅,道教式微。宣宗大中元年修復廢寺,則紇干臮初或崇道家,會昌而後,道家寖衰,轉入釋氏,與裴休等皈依三寶。本傳僅記其崇信釋氏,係就晚年而言,范氏所言,則其往事耳。其鎮江右,當在趙歸真尚未伏誅以前,中朝大夫多言修煉之術者,故雕印《劉弘傳》數千本以寄之也。故紇干臮之雕印《劉弘傳》，當在會昌之時，范攄於咸通時紀之，於此不僅可見會昌時江右已有雕版印書，而咸通時雕版書之已爲社會所習見，亦於可知矣。詳參向達《唐代長安與西域文明·唐代刊書考》。

⑤“況乎不得”，“乎”《稗海》本移在“不得”下。

⑥《參同契》，《周易參同契》的簡稱，作者魏伯陽，東漢會稽上虞（今浙江上虞）人，簡稱《參同契》，道教早期經典。全書托易象而論煉丹，參同“大易”、“黄老”、“爐火”三家之理而會歸於一，以乾坤爲鼎器，以陰陽爲堤防，以水火爲化機，以五行爲輔助，以玄精爲丹基等等，從而闡明煉丹的原理和方法，爲道教最早的系統論述煉丹的經籍，被視爲“丹經之祖”。

⑦“金訣者，其言至也”，《稗海》本無“者”字，“其言至”作“真至言”。

⑧皇甫大夫，鎮夏口任鄂岳觀察使。然檢《唐方鎮年表》鄂岳觀察使上并無皇甫或王姓使官，或疑范氏誤記。安定爲皇甫郡望，故有文中安定公之稱。

⑨“在夏口日”，“口”下、“日”上《稗海》本有“之”字。

⑩“積塵爲太山”，“太”《稗海》本作“泰”。

⑪《全唐詩》卷七八四載黄山隱（詩一首），題爲《向竹吟》，注取自《雲谿友議》。

⑫“訪其名姓，曰黄山隱”，《稗海》本“名姓”二字互易，“名”下、“曰”上有“答”字，“隱”下有“也”字。

⑬“府公未能明其真僞，請於宫觀，願在牌亭，得觀雲水”，《稗海》本無“能”字，“請”下、“於”上有“止”字，“牌”作“碑”。

⑭亞相，職官别名。漢御史大夫爲丞相之副，丞相出缺，常由御史大夫遞補。唐以後常稱御史大夫爲亞相。清則稱協辦大學士爲亞相。

⑮“至其所止”，“所止”《稗海》本作“寓”字。

⑯“殊異初來傲睨之矣”，《稗海》本無“殊”字，“之”下、“矣”上有“態”字。

⑰見《全唐詩》卷八七三“皇甫大夫”條下《判道士黄山隱》詩。

⑱ 王子年，即東晋王嘉，字子年，隴西安陽（今甘肅渭源）人。著有《王子年拾遺記》。《晋書》卷九五有傳："不與世人交游。隱於東陽谷，鑿崖穴居，弟子受業者數百人…… 後至長安，潛隱於終南山，結庵廬而止…… 後姚萇之入長安，逼王嘉以自隨，每事咨之。萇既與苻登相持，問嘉曰：'吾得殺苻登定天下不？'嘉曰：'略得之。'萇怒曰：'得當云得，何略之有！'遂斬之。"

⑲ 東方朔，字曼倩，武帝時平原厭次人也。以好古傳書，愛經術，多所博觀外家之語。公車上書於武帝，後詔拜以爲郎，常在側侍中。頗得武帝之意。傳見《史記》卷一二六、《漢書》卷六五。

⑳ "是喬松獨樂，巢務不居"，《稗海》本"喬松"二字互易，"巢務"作"叟父"。

【按】古代傳説中成仙者王子喬和赤松子的并稱。《戰國策·秦策三》："君何不以此時歸相印，讓賢者授之，必有伯夷之廉，長爲應侯，世世稱孤，而有喬、松之壽。"

㉑ "死無于吉"，"于"原作"干"，據《稗海》本改；"死"，《稗海》本作"罪"。

【按】《搜神記》卷一："（孫）策既殺于吉，每獨坐，仿佛見吉在左右，意深惡之，頗有失常。後治瘡方瘥，而引鏡自照，見吉在鏡中，顧而弗見。如是再三，因撲鏡大叫，瘡皆崩裂，須臾而死。"

㉒ 劉恢，劉恢爲侍中領衛尉，晋氏過江不置衛尉，孝武欲重城禁，故復置衛尉，自恢爲始也（《册府元龜》卷六二〇）。

㉓ "合其宜乎"，"乎"下《稗海》本尚有"謾書此以警後人"七字。

金仙指

鄧州有老僧,[1]日食二鵰鳩,[2]僧俗共非之,老僧終無所避。當饌之際,貧士求餐,分其二足而食。食訖,老僧盥嗽,[3]雙鳩從口而出,一則能行,一則匍匐在地。貧士驚怪,亦吐其飦,其鳩二腳亦生。其僧後乃不食此味,[4]睹驗,衆加敬乎,號曰"南陽鵰鳩和尚"也。興元縣西墅,[5]有蘭若上座僧,[6]常飲酒食肉,群輩皆效焉。一旦,多作大餅,招群徒衆入尸陁林,[7]以餅裹腐尸肉而食,數啖不已,衆僧掩鼻而走。上座曰:"汝等能食此肉,方可食諸肉。"自此緇徒因成精進也。此事柳僕射仲郢在興元日睹驗之也。[8]寶志大師,[9]嘗於臺城對梁武帝喫鱠,昭明諸王子皆侍側。食訖,武帝曰:"朕不知味二十餘年矣。師何爲爾!"志公乃吐出小魚,依依鱗尾,[10]帝深異之。如今秣陵有鱠殘魚也。[11]且達人崇佛奉僧,近亦衆矣。若留守王僕射逢、裴相公休、鳳翔白中令敏中、夏侯相孜、崔僕射安潛,[12]皆嚴飾道場,躬自焚香執錢,老而無倦焉。然諸貴達,皆乃惡其過犯,必不容貸焉。李常侍續,[13]分陝之日,閑登城樓,遥見二僧,抱帙從寺門而出,[14]有二鬼異狀隨僧後諦聽。行過百步,忽見一女子自東而來,二僧極目而送。鬼乃俱怒,拋砂石作旋風,[15]左右或有見者。遂召僧至,問其所以,具云:"初出寺門,共論經義,尋有他言,不敢隱諱伏藏。”公曰：“鬼神重齋戒，善惡必知。”二僧既還，益加惕勵也。岳牧李員外膺，群玉校書者，即岳牧從孫也。⑯昔來覲謁，曾與宴席，⑰李公曰：“汝徵士也，識古知今。視汝儕流，只如粟粒！”群玉兢惶，⑱幾不脱於櫝辱。其高概如此，有天下名稱。群玉後過岳陽，題詩曰：“昔年曾接季膺歡，遠泛仙舟醉碧瀾。詩句亂題青草發，酒腸俱逐洞庭寬。浮生聚散雲相似，往事微冥夢一般。今日片帆城下過，春風迴首涕欄干。”⑲岳陽於奉釋之心，日無倦矣。⑳嘗撰清遠寺碑文，甚得大理。若僧有故投網羅者，其不恕乎。嘗斷僧結黨屠牛捕魚事，曰：“違西天之禁戒，犯中國之條章。不思流水之心，輒舉庖丁之刃。既集徒侶，須務極刑。各決三十，用示伽藍。”㉑襄州李八座翱，斷僧相打，云：“夫説法則不曾敷坐而坐，相打則偏袒右肩左肩。㉒領來向佛前，而作偈言。各笞去衣十五，以勵三千大千。”㉓又斷僧通狀云：“上歲童子二十受戒，㉔君王不朝，父母不拜。口稱‘貧道’，有錢放債。量決十下，牒出東界。”婺州陸郎中長源，㉕判僧常滿、智真等，同於倡家飲酒，烹宰雞鵝等事，云：“且口説如來之教，在處貪財；身着無價之衣，終朝食肉。苦行未同迦葉，自謂頭陁；神通何有淨名，入諸婬舍。犯爾嚴戒，黷我明刑，仍集遠近僧痛杖三十處死。”㉖又斷金華觀道士盛若虚，云：“本是樵童牧豎，偶然戴幘依師。不游玄牝之門，莫鑑丹田之義。早聞愆犯，苟乃包容。作孽既多，爲弊斯久。常住錢谷，唯貯私家。三盞香爐，㉗不修數夕。至於奴婢，遍結親情。良賤不分，兒女盈室。行齊犬馬，一異廉恩。㉘恣伊非類之徒，負我無爲之教。貸其死狀，尚任生全。量決若干，便勒出院。别召精潔主首，㉙務在焚修。”浙西韓相公滉，㉚斷法師雲晏等五人聚集賭錢,因有喧諍,云:"正法何曾執貝,空門不積餘財。白日既能賭博,通宵必醉罇罍。強説天堂難到,又言地獄長開。并付江神收管,波中便是泉臺。"㉛

校正:

① 鄧州,今河南鄧州。《元和郡縣志》卷二一"山南道二"條下,"鄧州,《禹貢》豫州之域。……秦昭襄王取韓地,置南陽郡,以在中國之南,而有陽地,故曰南陽,三十六郡,南陽居其一焉。……隋開皇七年,梁王歸入隋,自穰縣移荆州還江陵,於穰縣置鄧州。大業三年,改爲南陽郡。武德二年,復爲鄧州。"

② "日食二鵄鳩",《太平廣記》卷九六"二"字無;"鵄",《稗海》本作"鳲"。

【按】鵄鳩,即鵂鶹,亦作"鵂留",鴟鴞的一種。羽棕褐色,有横斑,尾黑褐色,腿部白色。外形和鴟鴞相似,但頭部没有角狀的羽毛。捕食鼠、兔等,對農業有益,但在古書中却常常視爲不祥之鳥。《太平御覽》卷九二七引《莊子》:"鵂鶹夜撮蚤,察毫末,晝瞑目不見丘山,殊性也。"《梁書·侯景傳》:"所居殿常有鵂鶹鳥鳴,景惡之,每使人窮山野討捕焉。"鳲鳩則爲布谷。《詩·曹風·鳲鳩》:"鳲鳩在桑, 其子七兮。"

③ "老僧盥嗽",《太平廣記》卷九六無"老"字;"嗽",《稗海》本作"漱"。

④ "其僧後乃不食此味",《太平廣記》卷九六無"其"、"乃"二字。

⑤ 興元縣,《元和郡縣志》"山南道三"條下"興元府",今爲山南西道節度使理所。管州十七……縣八十八。……自漢、宋已還,多理南鄭。隋開皇三年罷郡,所領縣并屬梁州。大業三年,罷州爲漢川郡。武德元年,又改爲褒州,二十年又爲梁州。興元元年,因德宗遷幸,改爲興元府。

⑥ 阿蘭若,佛教名詞,梵名 Aranya,原意是森林,引申爲"寂靜處"、"空閑處"、"遠離處",躲避人間熱鬧處之地,有些房子可供修道者居住靜修之用。也泛指一般的佛寺。

⑦ 尸陁林,梵語的譯音,指棄尸之處或者僧人墓地。《陳書·謝貞傳》:"氣絶之後,若直棄之草野,依僧家尸陁林法,是吾所願。"唐慧琳《一切經音義》卷十八:"尸陀林正言尸多婆那,此云寒林。其林幽邃而且寒,因以名也,在王舍城側……今總指棄尸之處名尸陀林者,取彼名。"

⑧ "柳僕射仲郢","仲郢"《稗海》本偏右作小字。

⑨ 寶志禪師,亦作保志或寶誌,南北朝齊、梁時高僧,金城(今甘肅蘭州)人,俗姓朱。寶志食鱠,其事其詩可見《景德傳燈録》卷二九、《高僧傳·保志傳》。又見《雲谿友議》"南陽録"注。

⑩ "依依鱗尾","鱗"上《稗海》本無"依依"二字,"尾"下有"皆具"二字。

⑪ "如今秣陵有鱠殘魚也","魚"下、"也"上《稗海》本有"是"字。

【按】唐釋道世《法苑珠林》卷四一所載故事類同,但非與武帝事。書云:"誌嘗盛冬袒行,沙門寶亮欲以衲衣遺之。未及發言,誌忽來,引衲而去。又時就人求生魚膾,人爲辦。竟致飽乃去,還視盆中魚游活如故。"李靜《寶志"食鱠"文獻引録略叙》中以范攄《雲谿友議》爲寶志食鱠之濫觴,然《法苑珠林》撰時在唐高宗年間,要早於《雲谿》之撰。

⑫ "裴相公休",以下人名《稗海》本均偏右作小字。王逢,會昌、大中年間人。曾爲行營都將,《舊唐書·武宗紀》:"(會昌三年)十二月,王宰奏收天井關。榆社行營都將王逢奏兵少,乞濟師,詔太原軍二千人赴之。"又曾與杜牧交往甚密。杜牧《送國棊王逢》詩有"羸形暗去春泉長,拔勢横來野火燒"等句。另有《重送逢絶句》云:"絶藝如君天下少,閒人似我世間無。别後竹窗風雪夜,一燈明暗覆吴圖。"裴休,字公美,孟州濟源人。見《雲谿友議》"弘農忿"注。白敏中,字用晦,居易從父弟。長慶初,登進士第,佐李聽,歷河東、鄭滑、邠寧三府節度掌書記,試大理評事。大和七年,丁母憂,退居下邽。會昌末,同平章事,兼刑部尚書、集賢史館大學士。宣宗即位,加右僕射、金紫光禄大夫、太清宫使、太原郡開國公、食邑二千户。三年罷相,爲河中尹、河中晋絳節度使。累遷中書令。以太子太師致仕。傳見《舊唐書》卷一六六、《新唐書·白居易傳》附及《白敏中墓誌銘》(《全唐文補遺》第三輯)。夏侯孜,字好學,本譙人。寶曆二

年登進士第,釋褐諸侯府,累遷婺、絳二郡刺史。入爲諫議大夫,轉給事中。十年,改刑部侍郎。十一年,兼御史中丞,遷尚書右丞、上柱國,賜紫金魚袋。十一年二月,遷朝議大夫,守户部侍郎,判户部事。再加兵部侍郎,充諸道鹽鐵轉運等使。懿宗即位,以本官同平章事,領使如故。累加左僕射、門下侍郎,封譙郡侯,與路巖、楊收同輔政。咸通八年罷相,檢校司空、同平章事,兼成都尹,充劍南西川節度使。九年,龐勛據徐州,南蠻深入。被貶太子太傅,分司東都,未幾而卒。傳見《舊唐書》卷一七七、《新唐書》卷一八二。崔安潛,字進之,清河武城(今山東武城)人。大中三年登進士第,歷吏部員外郎,司封郎中。咸通十三年初爲江西觀察使,徙許州刺史、忠武軍節度觀察等使。乾符五年,遷成都尹、劍南西川節度使。龍紀元年,詔拜平盧節度使。卒,贈太師,謚曰貞孝。參見《舊唐書》卷一七七《崔慎由》傳附及《新唐書》卷一一四。

⑬ 李續,兩《唐書》無傳。曾爲拾遺,"又新與拾遺李續、劉栖楚等爲逢吉搏吠所憎,故有'八關十六子'之目"(《新唐書·張又新傳》)。《舊唐書》又作李續之:"朝士代逢吉鳴吠者,張又新、李續、張權輿、劉栖楚、李虞、程昔範、姜洽、李仲言,時號'八關十六子'(《舊唐書·李逢吉傳》)。"早年曾爲柳公綽幕僚。大和元年,"己巳,貶山南東道節度副使李續爲涪州刺史"(《舊唐書·文宗紀》)。

⑭"抱帙從寺門而出","帙"原作"秩",據《稗海》本、《四庫》本改。

⑮"抛砂石作旋風","砂"《稗海》本作"沙"。

⑯ 李群玉,見《雲谿友議》"雲中命"注。李群玉從翁爲李虞。李群玉有詩題云《白澧浦東游江表途出巴丘投員外從公(翁)虞》,又有《重經巴丘追感》,題下注云:"開成初,陪故員外從翁詩酒游泛。"作"膺"當涉詩"昔年曾接李膺歡"而誤。參見陶敏《全唐詩人名考證》。

⑰"曾與宴席","與"《稗海》本作"預"。

⑱"群玉兢惶","兢"《稗海》本作"競"。

⑲"昔年曾接季膺歡……春風迴首涕欄干","季"《稗海》本作"李","俱逐"作"狂飲","冥"作"茫"。

【按】《李群玉詩集》卷中題作《重經巴邱》,注"開成初陪故員外從翁詩酒泛游”。又見《文苑英華》卷三〇七《重經巴邱追感開成初陪故員外從翁詩酒游泛作》及《全唐詩》卷二七二《重經巴丘》。

⑳“日無倦矣”,“矣”《稗海》本作“色”。

㉑ 伽藍,梵語僧伽藍摩譯音的略稱。意爲衆園或僧院,即僧衆居住的庭園。後因稱佛寺爲伽藍。北魏楊衒之《洛陽伽藍記·法雲寺》:“伽藍之内,花果蔚茂,芳草蔓合,嘉木被庭。”唐玄奘《大唐西域記·阿耆尼國》:“伽藍十餘所,僧衆二千餘人,習學小乘教説一切有部。”《翻譯名義集·寺塔壇幢》:“僧伽藍譯爲衆園。《僧史略》云:‘爲衆人園圃。園圃,生植之所;佛弟子則生殖道芽聖果也。’”

㉒“相打則偏袒右肩左肩”,《稗海》本無“左肩”二字。

㉓“各笞去衣十五,以勵三千大千”,“去衣”《稗海》本作“小杖”;“勵”原作“例”,據《稗海》本改。

㉔“上歲童子二十受戒”,“上”《稗海》本作“七”。

㉕ 陸長源,字泳之,蘇州吴人。乾元中,陷河北諸賊,後歷建、信二州刺史。浙西節度韓滉兼領江、淮轉運,奏長源檢校郎中、兼中丞,充轉運副使。罷爲都官郎中,改萬年縣令,出爲汝州刺史。貞元十二年,授檢校禮部尚書、宣武軍行軍司馬,汴州政事,皆決斷之。後爲亂軍所殺。其傳見《舊唐書》卷一四五及《新唐書》卷一五一。長源未有婺州之任,疑范攄誤記之。

㉖“仍集遠近僧痛杖三十處死”,“仍”《稗海》本作“乃”,“僧”下、“痛”上有“徒”字。

㉗“爐”,《稗海》本作“燈”。

㉘“一異廉愚”,《稗海》本作“義悖清廉”。

㉙“量決若干,便勒出院。别召精潔主首”,“若干”《稗海》本作“二十”;“首”,《稗海》本作“守”。

㉚“浙西韓相公滉”,“滉”原作“晃”,據《稗海》本改。

【按】韓滉,字太沖,太子少師休之子也。少貞介好學,以蔭解褐左威衛騎曹參軍,出爲同官主簿。至德初,避地山南。滉公潔強直,明於吏道,判南曹凡五年,詳究簿書,無遺纖隱。大曆中,改吏部郎中、給事中。

興元元年，就加檢校吏部尚書。數月，又加檢校右僕射。貞元元年七月，拜檢校左僕射、同平章事，使並如故。二年春，特封晋國公。滉貞元三年二月，以疾薨，年六十五。生平詳見顧況《韓公行狀》、《舊唐書・韓滉傳》及《新唐書・韓滉傳》。

㉛"因有"至"賭博"共二十三字，"諍"《稗海》本作"爭"，"貝"作"具"，"博"作"賻"。

蜀僧喻

雲谿子昔遁西霞峰，[1]厥氣方壯。嘗遇玄朗上人者，[2]乃南泉禪宗普願大師之嗣孫也。[3]南泉之德業，諸佛之支體。《維三經》云："即心是佛，非心是道；非心非道，非道非心；離佛離道，即是一真。"[4]大師句云："心不是佛，智不是道。"言其心有善惡，[5]智有利鈍。心智兩非，名爲究竟。南泉既逝，崔行儉員外爲之銘曰：[6]"百骸俱散，一物常靈。"釋學徒服其簡妙也。[7]朗公或遇高才亡智者，[8]則論六度迷津，三明啓道，此滅彼往，無榮絶辱也。或有愚士昧學之流，欲其開悟，别吟以王梵志詩。[9]梵志者，生於西域林木之上，因以梵志爲名。其言雖鄙，其理歸真；所謂歸真悟道，徇俗乖真也。詩云："欺枉得錢君莫羨，得了却是輸他便。來往報答甚分明，只是换頭不識面。"[10]又曰："天公未生我，冥冥無所知。天公忽生我，生我復何爲？無衣遣我寒，無食令我饑。還爾天公我，還我未生時。"又曰："我肉衆生肉，形殊性不殊。元同一性命，只是别形軀。苦痛教他死，將來作己須，莫教閻老斷，自想意何如？"又曰："多置莊田廣修宅，四鄰買盡猶嫌窄。雕牆峻宇無歇時，幾日能爲宅中客？造作莊田猶未已，堂上哭聲身已死。哭人儘是分錢人，口哭元來心裏喜。"又曰："粗行出家兒，心中未平實。貧齋行則遲，富齋行則疾。貪他油煮餢，我有波羅蜜。[11]飽食不知慙，受罪無休日。”又曰：“不願大大富，不願大大貧。昨日了今日，今日了明晨。此之大大因。所願只如此，真成上上人。”又曰：“良田收百頃，兄弟猶工商。却是成憂惱，珠金虛滿堂。[12]滿堂何所用，妻兒日夜忙。行坐聞人死，不解暫思量。貧兒二畝地，乾枯十樹桑。桑下種粟麥，四時供父娘。圖謀未入手，祇是願饑荒。結得百家怨，此身終受殃。”又曰：“本是尿屎袋，強將脂粉塗。[13]音茶。凡人無所識，喚作一團花。相牽入地獄，此最是冤家。”又曰：“生時不共作榮華，死後隨車強叫喚。齊頭送到墓門迴，分你錢財各頭散。”[14]又曰：“衆生頭兀兀，常住無明窟。心裏唯欺謾，[15]口中佯念佛。世無百年人，擬作千年調。打鐵作門閂，鬼見拍手笑。家有梵志詩，生死免入獄。不論有益事，且得耳根熟。白紙書屏風，客來即與讀。空飯手捻鹽，亦勝設酒肉。勸君莫殺命，背面被生嗔。喫他他喫汝，輪環作主人。”[16]又曰：“照面不用鏡，佈施不須財。端坐念真相，此便是如來。大皮裹大樹，小皮裹小木。生兒不用多，了事一個足。省得分田宅，無人橫煎蹙。但行平等心，天亦念孤獨。我身雖孤獨，未死先懷慮。家有五男兒，哭我無所據。哭我我不聞，不哭我亦去。無常忽到來，知身在何處！”又曰：“世間何物貴，無價是詩書。了了說仁義，愚夫都不知。[17]深房禁婢妾，對客誇妻兒。青石甃行路，未知身死時！”

校正：

①“昔遁西霞峰”，“遁”《稗海》本作“游”。西霞峰，今屬浙江金華。《浙江通志》卷一七：“湯谿縣西霞山，《萬曆金華府志》：在縣東十五里，絣塘繞於其畔。”

② 玄朗,字慧明,號左谿。唐婺州烏傷縣人。一作東陽。傅大士六代孫也。九歲出家,如意元年,蒙敕度,配住東陽清泰寺。後隱於浦陽左谿山(一作佐谿),坐一室者三十餘年。開元十六年,應婺州刺史王正容請,暫居城下,尋以疾辭還山,誨人不倦,頗勤講學。天寶十三載圓寂,年八十三。事迹詳見《宋高僧傳》卷二六《唐東陽清泰寺玄朗傳》,《隆興佛教編年通論》卷一七,《釋門正統》卷二,《佛祖統紀》卷七、卷四〇,《佛祖歷代通載》卷一七,《釋氏稽古略》卷三。

③ 普願大師,俗姓王,鄭州新鄭人也,宗嗣於江西大寂。大寂師南岳觀音讓,讓則曹谿之冢子也。得度於南岳大慧,三十歲受戒,精通於性相學。參於馬祖道一,專心學禪,嗣其法。創禪院於安徽池陽南泉,三十年不下山,學徒雲集。大和八年十二月二十三日圓寂,年八十六歲。其傳詳見《宋高僧傳》卷一《唐池州南泉院普願》及《景德傳燈録》卷八、《五燈會元》卷三等。

④ 維三經,指南泉淨土宗經典:《佛説無量經》、《佛説觀無量壽佛經》、《佛説阿彌陀佛經》。

⑤ "言其心有善惡",《稗海》本無"言"字。

⑥ "崔行儉",原作"崔行檢",據《稗海》本改。

【按】崔行儉,字聖用。兩《唐書》無傳。《柳河東集》卷六載:"博陸崔行儉,爲性守一篇,凡以文辭道和尚功德者,不可悉數。"爲李位婿,見《唐故邕管經略招討等使、朝散大夫、持節都督邕州諸軍事、守邕州刺史、兼御史中丞、賜紫金魚袋李公墓誌銘》:"有兩婿,博陵崔行儉,勁峭有立志;滎陽鄭師貞,敏捷能群,皆聞名。"又見《新唐書·宰相世系表》。

⑦ "釋學徒服其簡妙也",《稗海》本無"學"字,"徒"下、"服"上有"俱"字。

⑧ "朗公或遇高才亡智者","亡"《稗海》本、《四庫》本均作"上"。

⑨ "别吟以王梵志詩","别"《稗海》本作"則"。王梵志,隋末唐初時人。《桂苑叢談·史遺》稱其衛州黎陽人。傳説生於黎陽城東十五里王德祖家林擒樹。至七歲能語,問曰:"誰人育我?"及問姓名,德祖具以實告。因林木而生,曰"梵天"。後改曰"志"。我家長育,可姓王也。作詩

諷人，甚有義旨。蓋菩薩示化也。《宋史·藝文志》曾著録其詩集一卷，後不存。《詩式》、《雲谿友議》、《鑑戒録》共録其詩二十餘首。

⑩“只是换頭不識面”，“識”《稗海》本作“换”。

⑪“我有波羅蜜”，“我有”《稗海》本作“愛若”。

⑫“珠金虚滿堂”，“金”《稗海》本作“玉”。

⑬“本是尿屎袋，強將脂粉塗”，“尿”《稗海》本作“屙”，“塗”作“搽”。

⑭“分你錢財各頭散”，“你”《稗海》本作“了”，“頭”作“白”。

⑮“心裹唯欺謾”，“謾”《稗海》本作“瞞”。

⑯“輪環作主人”，“環”《稗海》本作“迴”。

⑰“愚夫都不知”，“都”《稗海》本作“却”。

雜嘲戲

萬彤雲爲白太傅所知,[1]後游梓州,[2]累爲閽人艱阻。爲詩以獻盧尚書弘宣,[3]范陽公怒閽者而禮萬生焉。[4]詩曰:"荷衣拭淚幾回穿,欲謁朱門抵上天。不是尚書輕下客,山家無物與王權。"[5]夔州游使君符,[6]邀客看花而不飲,至今荆襄花下斟茶者,吟此戲焉。盧子發:"白帝城頭二月時,忍教清醒看花枝。莫言世上無袁許,客子由來是相師。"[7]《咏螃蟹呈浙西從事》,皮日休:"未游滄海早知名,有骨還從肉上生。莫道無心畏雷電,海龍王處也横行。"[8]又題《金錢花》:"陰陽爲火地爲爐,鑄得金錢不用模。謾向人前逞顔色,不知還解濟貧無。"[9]鄭愚《醉題廣州使院》,似譏前政:"數年百姓受饑荒,太守貪殘似虎狼。今日海隅魚米賤,大須慙愧石留黄。"[10]《擬權龍褒體贈鄠縣李令及寄朝右》,李乃因病休官:"鄠縣李長官,横琴膝上弄。不聞有政聲,但見手子動。"[11]李日新《題仙娥驛》詩曰:"商山食店大悠悠,陳黯餡鑼古餘頭。更有臺中牛肉炙,尚盤數臠紫光球。"[12]賀秘監、顧著作,吴越人也,朝英慕其機捷,競嘲之,乃謂南金復生中土也。每在班行,不妄言笑。賀知章曰:"鈒鏤銀盤盛蛤蜊,鏡湖蓴菜亂如絲。鄉曲近來佳此味,遮渠不道是胡兒。"[13]顧況和曰:"鈒鏤銀盤盛炒蝦,鏡湖蓴菜亂如麻。漢兒女嫁吴兒婦,吴兒儘是漢兒爺。"[14]張祜客於丹徒，有朱壇者，[15]輕佻侮慢祜之篇咏，後壇於祜卷，欲其潤飾之，祜乃戲簡二十字，欣而不悟，厚爲餞别焉：[16]"昔人有玉盌，擊之千里鳴。今日睹斯文，盌有當時聲。"温州顔郎中，儒士也，不知弧矢之能，張祜觀其騎獵馬上，以詩戲之曰："忽聞射獵出軍城，人着戎衣馬帶纓。倒把角弓呈一箭，滿山狐兔當頭行。"[17]張祜爲冬瓜堰官，憾其牛户無禮，責欲鞭笞，[18]無不取給於其中也，然無名秀才居多，[19]職事皆怯於祜。錢塘酒徒朱沖和，小舟經過，祜令語曰："張祜前稱進士，不亦難乎？"沖和乃自啓名，而贈詩嘲之。祜平生傲誕，至於公侯，未如斯之挫也。詩曰："白在東都元已薨，蘭臺鳳閣少人登。冬瓜堰下逢張祜，牛屎堆邊説我能。"[20]韋鵬翼《戲題盱眙邵明府壁》："豈肯閑尋竹徑行，却嫌絲管好蛙聲。自從煮鶴燒琴後，背却青山卧月明。"[21]樂營子女席上，戲賓客量情三木，乃書牓子示諸妓云，[22]嶺南掌書記張保胤："緑羅裙上標三棒，[23]紅粉腮邊淚兩行。叉手向前咨大使，遮迴不敢惱兒郎。"時謂張書記，文彩縱横，比之何遜；人材瓌偉，有似玄宗。及罷府北歸，留詩戲諸同院，聞者莫不大哈。詩曰："憶昔前年富貴時，如今頭惱尚依稀。布袍破後思宫内，錦袴穿時憶御衣。鶻子背鑽高力士，嬋娟翻畫太真妃。如今憔悴離南海，恰似當時幸蜀歸。"[24]莆田縣有染家，家富，因醉毆兄，至高標十木。既歸，鄉親爲會。有柳逢秀才旅游掇席，主人不樂，柳生怒而題壁，染人遂與束帛贖其詩。"紫緑終朝染，因何不識非？莆田竹木貴，背負十柴歸。"[25]浙東孟簡尚書，六衙按覆囚徒，其間一人自曰"魯人孔顒"。獻詩啓云："偶尋長街柳陰吟咏，忽被都虞侯拘縲數日，[26]責以罪名，敢露血誠，伏請申雪。"孟公立以賓客待之，批其狀曰："薜陟不知典教，豈辨賢良？[27]驅遣健徒，憑陵國士，殊無畏憚，輒恣威權，翻成刺許之賓，何異吠堯之犬！然以久施公效，尚息杖刑，退補散將，外鎮收管。”孔生詩曰：“有個將軍不得名，唯教健卒喝書生。尚書近日清如鏡，天子官街不許行。”[28]池州杜少府慥、亳州韋中丞仕符，[29]二君皆以長年，精求釋道。樂營子女，厚給衣糧，任其外住。若有宴飲，方一召來；柳際花間，任爲娱樂。譙中舉子張魯封，爲詩謔其賓佐，兼寄大梁李尚書，詩曰：“杜叟學仙輕蕙質，韋公事佛畏青娥。樂營却是閒人管，兩地風情日漸多。”[30]《戲酬張十五秀才見寄池亳二州之事》，宣武軍掌書記李晝：“秋浦亞卿顔叔子，譙都中憲老桑門。如今柳巷通車馬，唯恐他時立棘垣。”[31]《題大梁臨汴驛》，進士姚嶸：“近日侯門不重才，莫將文藝擬爲媒。相逢若要如膠漆，不是紅妝即撒灰。”[32]麻衣黎瓘者，南海狂生也，[33]游於漳州，頻於席上喧酗。鄉飲之日，諸賓悉赴，客司獨不召瓘，瓘作翻韻詩贈崔使君，坐中皆大笑，崔使君馳騎迎之。詩曰：“慣向谿邊折柳楊，因循行客到州漳。無端觸忤王衙押，不得今朝看飲鄉。”[34]

校正：

① “萬彤雲”，“萬”《稗海》本作“方”，“彤”作“彫”。

② “後游梓州”，“梓”《稗海》本作“涪”。梓州，今屬四川綿陽。《舊唐書》卷四一“劍南道”下，有“梓州上，隋新城郡。武德元年，改爲梓州，領郪、射洪、鹽亭、飛烏四縣。三年，又以益州玄武來屬。四年，又置永泰縣。調露元年，置銅山縣。天寶元年，改爲梓潼郡。乾元元年，復爲梓州。乾元後，分蜀爲東、西川，梓州恒爲東川節度使治所”。

③ “爲詩以獻盧尚書弘宣”，《稗海》本人名均側右小字，下同。盧弘宣，字子章。元和中，擢進士第。鄭權帥襄陽，辟署幕府。開成中，山南、

江西大水，詔弘宣與吏部郎中崔瑨分道賑恤，使有指。還，遷京兆尹、刑部侍郎。拜劍南東川節度使。歷工部尚書、秘書監，以太子少傅致仕。卒年七十七，贈尚書右僕射。其事詳見《新唐書·盧弘宣傳》。

④“而禮萬生焉”，“萬”《稗海》本作“方”。

⑤“山家無物與王權”，“王”《稗海》本作“三”。《全唐詩》卷四六三“萬彤雲”條下詩一首，題爲《獻盧尚書》。

⑥“夔州游使君符”，“符”《稗海》本側右作小字。夔州，今四川奉节。《舊唐書》卷三九：“夔州下，隋巴東郡。武德元年，改爲信州……又改信州爲夔州，仍置總管，管夔、硤、施、業、浦、涪、渝、谷、南、智、務、黔、克、思、巫、平十九州。……天寶元年，改爲雲安郡。至德元年，於雲安置七州防禦使。乾元元年，復爲夔州。”

⑦盧子發，即盧肇。《全唐詩》卷八七〇題此詩《嘲游使君》，小注：“夔州游使符邀客看花而不飲，至今荆襄花下斟茶者，吟此戲焉。”

⑧“莫道無心畏雷電”，“電”《稗海》本作“雨”。皮日休，字逸少，後字襲美，襄陽竟陵人。兩《唐書》無傳。初隱居鹿門山，自號“鹿門子”。咸通七年，射策不第，退居淝陵，編其詩文爲《皮子文藪》。八年登進士第。翌年游蘇州。後入京爲著作郎，遷太常博士，又出爲毗陵副使。黄巢起義後入黄巢軍。廣明元年隨軍入長安，授翰林學士。約卒於中和三年。生平事迹見《北夢瑣言》卷二、《郡齋讀書志》卷一八。此詩見《全唐詩》卷一七〇。

⑨“陰陽爲火地爲爐”，“火”《稗海》本作“炭”。詩見《全唐詩》卷六一五，此詩題亦爲《金銀花》，文字略有出入：“陰陽爲炭地爲爐，鑄出金錢不用模。莫向人間逞顔色，不知還解濟貧無。”

⑩“似譏前政”，“似”《稗海》本作“以”，“政”下有“云”字。鄭愚，廣州人。登進士第，曾任監察御史、左補闕。歷西川節度判官、商州刺史。咸通二年，擢爲桂管觀察使。次年八月，改嶺南西道節度使。官終尚書左僕射。此詩作於嶺南，似譏前政，考《舊唐書·懿宗紀》“以邕管經略使鄭愚爲廣州刺史，充嶺南東道節度、觀察處置等使”，則應作於咸通三年之後。此詩見《全唐詩》卷八七〇“鄭愚”條下《醉題廣州使院》。

⑪“因病”至“手子”共二十三字,《稗海》本無“病”字,“官”下有“詩曰”二字,“腂”作“滕”,“子”作“指”。此詩見《全唐詩》卷八七〇,題亦同,《擬權龍褒體贈鄠縣李令及寄朝右》注云:“李令因之休官。”

⑫“商山”至“饂頭”共十四字,“大”《稗海》本作“太”,“䵷”作“黯”。詩見《全唐詩》卷八七〇。

⑬“遮渠不道是胡兒”,“胡”,《稗海》本作“男”,《四庫》本作“吴”。賀知章,詳見《雲谿友議》“裴温黜”注。

⑭《全唐詩》卷八六九録此二詩分别題作《答朝士》(注曰:“朝士以知章吴越人,戲云‘南金復生中土’,知章賦詩云云。”)及《和知章詩》。顧況,詳見《雲谿友議》“吴門秀”注。

⑮“有朱壇者”,“壇”《稗海》本作“檀”,下同。

⑯“厚爲餞别焉”,《稗海》本無此句而有“詩曰”二字。詩見《全唐詩》卷八七〇,題作《戲簡朱壇詩》。

⑰ 詩見《全唐詩》卷八七〇《戲顔郎官騎獵詩》,注:“温州顔郎中,儒士也。不知孤矢之能。张祜觀其騎獵馬上,以詩戲之。”

⑱“責欲鞭笞”,“責”《稗海》本作“實”,“笞”下、“無”上有“但”字。

【按】冬瓜堰官之説,又云爲張祜子椅儿之職,見《南部新書》卷四:“張祜,字承吉,有三男一女,桂子、椿兒、椅兒。桂子、椿兒皆物故,惟女與椅在。椅兒名虎望,亦有詩。後求濟於嘉興監裴弘慶,署之冬瓜堰官,望不甘。慶曰:‘祜子之守冬瓜,所謂過分?’”

⑲“然無名秀才居多”,“名”原作“倦”,據《稗海》本改。“才”,《稗海》本作“士”。

⑳ 詩見《全唐詩》卷八七〇,作《嘲張祜》。

㉑ 詩見《全唐詩》卷八七〇。

㉒“乃書膀子”,“膀”《稗海》本作“榜”。

㉓“嶺南掌書記張保胤”,“胤”《稗海》本作“徹”。《全唐詩》卷八七〇載,前詩題作《示妓膀子》,注:“嶺南樂營子女席上戲賓客,量情三木,時保胤在幕府掌書記,乃書膀子示諸妓云云。”後詩作《又留别同院》。

㉔“鶻子背鑽高力士”二句,“鑽”《稗海》本作“攢”,“娟”作“娥”。

㉕《全唐詩》卷八七〇題作《嘲染家》。

㉖“忽被都虞侯拘縲數日”,“侯”原作“候”,據《稗海》本改。孟簡,字幾道,郡望平昌。貞元七年前後登進士第,又登博學宏詞科。丁父憂。九年,仕爲浙東觀察使皇甫政從事。十三年,隨皇甫政入朝任職,累官至倉部員外郎。二十一年,轉吏部員外郎。約於元和二、三年間遷司封郎中。四年,超拜諫議大夫、知匭事。以論事忤旨,出爲常州刺史。九年九月,自給事中拜浙東觀察使。十二年八月,入爲户部侍郎。次年五月出爲山南東道節度使。十四年以賄賂宦官事發,罷爲太子賓客,分司東都。穆宗即位,貶吉州司馬。長慶元年四月,量移睦州刺史。二年,復爲常州刺史。旋入爲太子賓客、分司東都。是年十二月卒。生平事迹見《舊唐書》卷一六三、《新唐書》卷一六〇。

㉗“豈辨賢良”,“辨”《稗海》本作“辯”。

㉘《全唐詩》卷八七〇載,題爲《上浙東孟尚書》。

㉙“池州杜少府慥”,人名《稗海》作小字偏右,下同。池州,《舊唐書・地理志》“江南西道”條下:“池州下,隋宣城郡之秋浦縣。武德四年,置池州,領秋浦、南陵二縣。貞觀元年,廢池州,以秋浦屬宣州。永泰元年,江西觀察使李勉,以秋浦去洪州九百里,請復置池州,仍請割青陽、至德二縣隸之,又析置石埭縣,并從之。後隸宣州。”杜慥,兩《唐書》無傳。開成時長安縣令。“八月乙未,長安縣令杜慥奏准詔置終南山祠宇畢。己酉,册終南山爲廣惠公”(《册府元龜》卷三四)。亳州,《元和郡縣志》卷第七“河南道三”條下:“亳州,《禹貢》豫州之域,至周不改。春秋時爲陳國之焦邑……後魏復置南兖州,周武帝改爲亳州。隋亂陷賊,武德四年討平王世充,復爲亳州。”

㉚詩見《全唐詩》卷八七一“張魯封”條下,題爲《謔池亳二州賓佐兼寄宣武軍掌書記李晝》。題中將兩處相近詩題雜糅一起,前言所寄爲大梁李尚書,後者則爲宣武軍掌書記李晝。

㉛“譙都中憲老桑門”,“都中”《稗海》本作“中都”。李晝,《太平廣記》引《博異志》言其曾爲許州吏:“李晝爲許州吏,莊在扶溝。永泰二年春,因清明歸,欲至伯梁河……”見《全唐詩》卷八七一,題爲《戲酬張

魯封》。

㉜“相逢若要如膠漆”,“如”《稗海》本作“知”。詩見《全唐詩》卷八七〇《題大梁臨汴驛》。

㉝“南海狂生也”,“生”《稗海》本作“士”。

㉞黎瓘,《福建通志》卷七六載:“崔袞咸通間刺漳州,有麻衣黎瓘者,南海狂士也。游於漳,頻於席上喧酗。鄉飲之日,諸賓悉赴,客司獨不召瓘。瓘作翻韻詩贈崔使君,坐中皆大笑,崔使馳騎迓之。其詩曰:‘慣向谿邊折柳楊,因循行客到州漳。無端偶觸王衙押,不得今朝看飲鄉。’”注云:“按刺史崔袞,其押衙王剬也,與袞名俱見開元寺咸通塔中。”其詩又見於《全唐詩》卷八七〇。

窺衣帷

元丞相載妻王氏，①字韞秀。王緒相公之女，維右丞之姪。②初，王相公鎮北京，③以韞秀嫁元載，歲久而見輕怠。韞秀謂夫曰："何不增學？妾有奩幌資裝，盡爲紙墨之費。"④王氏父母，未或知之。⑤親屬以載夫妻皆乞兒，猒薄之甚。元乃游秦，爲詩别韞秀曰："年來誰不猒龍鍾，雖在侯門似不容。看取海山寒翠樹，苦遭霜霰到秦封。"⑥妻請偕行，曰："路掃饑寒迹，天哀志氣人。休零離别淚，攜手入西秦。"⑦元秀才既到京，屢陳時務，深符上旨，肅宗擢拜中書。⑧王氏喜元郎入相，寄諸姨妹詩曰："相國已隨麟閣貴，家風第一右丞詩。笄年解笑明機婦，恥見蘇秦富貴時。"⑨元公，肅宗、代宗兩朝宰相，貴盛無比，廣葺亭臺，交游貴族，客候其門，而或間阻。王氏復爲一篇以喻之，⑩曰："楚竹燕歌動畫梁，春蘭重換舞衣裳。公孫開館招嘉客，知道浮榮不久長。"⑪元公於是稍減矣。⑫太原内外親族，悉來謁，賀者衆矣。⑬韞秀置於閑院。忽因晴霽日景，以青紫絲條四十條，條長三十丈，皆施羅紈綺綉之飾，每條條下，排金銀爐二十枚，皆焚異香，香亘其服。乃命諸親戚西院閒步，韞秀問是何物，侍婢對曰："今日相公及夫人曬曝衣服。"王氏謂諸親曰："豈料乞索兒婦，還有兩事。"蓋形粗衣也。於是諸親羞赧，稍稍而辭。韞秀每分衣服飾於他人，而不及於太原之骨肉也，且曰："非兒不禮於姑娣，其奈當時見辱乎？"⑭洎元公貪恡爲心，竟招罪戾，臺閣彈奏而亡其家。⑮韞秀，少有識量，節概固高。丞相已謝，⑯上令入宫備彤管箴規之任。歎曰："王家十三娘，二十年太原節度使女，⑰十六年宰相，⑱誰能書得長信、昭陽之事？死亦幸矣！"堅不從命。或曰上宥連罪，或云京兆笞而斃矣。

校正：

① 元載，字公輔，岐州岐山人。開元二十九年登四子科，授新平尉，歷大理評事。天寶十三載爲東都留守判官，十四載遷大理司直。天寶十五載避地江東，采訪使李希言表爲副使，遷豫章太守。乾元元年，入朝爲度支郎中。上元二年，遷户部侍郎，充度支轉運等使，尋加御史中丞。寶應元年(762)，拜同中書門下平章事，領使如故，旋進中書侍郎，加集賢殿大學士，監修國史。大曆十二(777)年三月以罪誅。其事迹詳見《舊唐書》卷一一八、《新唐書》卷一四五。

② "王緒相公之女，維右丞之姪"，《太平廣記》卷二三七有"緒之女也"四字，無小註；"緒"，《稗海》本作"縉"。

【按】《舊唐書·元載傳》："載長子伯和……并載妻王氏并賜死。……王氏，開元中河西節度使忠嗣之女也。素以凶戾聞，恣其子伯和等爲虐。"《新唐書·元載傳》所記略同。則元載妻固爲王忠嗣女，非王緒之女也。《新唐書·宰相世系表》二中，王緒官至秘書郎，未爲宰相；檢《唐方鎮年表》，王緒亦未鎮太原(即河東節度)。據《新唐書·王維傳》，王維弟爲王縉，王緒與王維亦非兄弟。《新》《舊唐書·元載傳》明言王氏隨載等并賜死，所謂"上令入宫備彤筆，箴規之任"、"堅不從命"之説，顯亦臆造。

③ "王相公鎮北京"，"王"下、"鎮"上《太平廣記》卷二三七衹"縉"字。北京，今山西太原。《舊唐書·地理志》："北京，太原府，隋爲太原郡。武德元年，改爲并州……天授元年，置北都兼都督府。開元十一年，又置北都，改并州爲太原府。天寶元年，改北都爲北京。"

【按】《新唐書·宰相世系表中》，王緒官至秘書郎，未爲宰相；又檢《唐方鎮年表》，王緒亦未鎮太原（即河東節度）。然有王縉，《舊唐書·代宗紀》："大曆三年八月，門下侍郎、同中書門下平章事……太微宫使，弘文館大學士、兼東都留守、齊國公王縉兼太原尹、北都留守，充河東節度使。"據《新唐書·王維傳》，王維弟爲王縉，其代宗時與元載同列，并無翁壻之誼。《雲谿》或以王縉爲王緒。

④"妾有奩幌資裝，盡爲紙墨之費"，"裝"《稗海》本作"粧"；"墨"，《太平廣記》卷二三七作"筆"。

⑤"未或知之"，《太平廣記》卷二三七作"未之或知"，《稗海》本作"或未之知"。

⑥"年來誰不猒龍鍾……苦遭霜霰到秦封"，"秦"《太平廣記》卷二三七作"春"，"封"作"風"。《全唐詩》卷一二一題作《别妻王韞秀》。

⑦"休零離别淚"，"零"《太平廣記》卷二三七作"淋"。《全唐詩》卷七九九題作《同夫游秦》（韞秀歸載，歲久家貧，見輕妻族，因同夫入秦求舉）。

⑧"元秀才既到京"數句，"既"上《太平廣記》卷二三七只一"載"字；"符"，《稗海》本作"得"字。

【按】元載回京在乾元元年(758)，"兩京平，入爲度支郎中"，到寶應元年(762)五月"丙申，以户部侍郎元載同中書門下平章事，充度支轉運使"（《舊唐書·代宗紀》），已經有四年之久，所謂到京即擢拜中書之語誤。

⑨"姨妹"至"解笑"共二十二字，"姨"《太平廣記》卷二三七作"姊"，"明"作"鳴"；《稗海》本無"姨"字，"解笑"二字互易。《全唐詩》卷七九九題作《夫入相寄姨妹》（載拜相，韞秀銜宿恨寄姨妹）。

⑩"王氏復爲一篇以喻之"，"喻"《稗海》本作"諷"。《全唐詩》卷七九九題作《喻夫阻客》，注云："載相肅代兩朝，貴盛無比，賓客候門，或多間阻，復爲詩喻之。"

⑪"公孫開館招嘉客"，"公孫"原作"孫弘"，據《太平廣記》卷二三七改；"嘉"，《稗海》本作"佳"。

⑫“元公於是稍減矣”,“元公”《太平廣記》卷二三七衹作“載”字而無“矣”字;“公”下、“於”上,《稗海》本有“見詩”二字,“矣”作“威望”二字。

⑬“悉來謁,賀者衆矣”,《太平廣記》卷二三七及《稗海》本均無“者衆矣”三字。

⑭“非兒不禮於姑娣”,《稗海》本“非兒”二字互易;“娣”《太平廣記》卷二三七作“姊’,《稗海》本亦如之。

⑮“洎元”至“其家”共十九字,《太平廣記》卷二三七作“載後貪恣爲心,竟招罪累,上惡誅之而亡其家”。

⑯“丞相已謝”,《太平廣記》卷二三七作“載被戮”。

⑰王忠嗣爲河東節度使(即太原節度)僅在開元二十八至二十九年,天寶四載至五載間,“二十年太原節度使女”之説,無從言起。范攄譽王氏“少有識量,節概固高”,與《新》《舊唐書·元載傳》之描寫,如“素以凶戾聞”、“悍驕庚逻”,亦頗相悖。

⑱寶應元年(762)五月“丙申,以户部侍郎元載同中書門下平章事,充度支轉運使”(《舊唐書·代宗紀》),大曆十二年(777)三月“庚辰,宰相元載、王縉得罪下獄,命吏部尚書劉晏訊鞫之。辛巳,制:‘中書侍郎、平章事元載賜自盡,門下侍郎、平章事王縉貶括州刺史。’”(同上)元載任宰職共十六年。

閨婦歌

朱慶餘校書，①既遇水部郎中張知音。②遍索慶餘新制篇什數通，③吟改後，只留二十六章，水部置於懷抱，而推贊歟。④清列以張公重名，⑤無不繕録而諷咏之，遂登科第。朱君尚爲謙退，《閨意》一篇，以獻張公。⑥張公明其進退，尋亦和焉。詩曰："洞房昨夜停紅燭，待曉堂前拜舅姑。妝罷低聲問夫婿，畫眉深淺入時無?"張籍郎中酬曰："越女新妝出鏡心，⑦自知明豔更沉吟。齊紈未足人間貴，一曲菱歌敵萬金。"⑧朱公才學，因張公一詩，名流於海内矣。⑨

校正：

①"朱慶餘校書"，"朱"上《太平廣記》卷一九九有"唐"字，無"校書"二字。朱慶餘，兩《唐書》無傳。《新唐書・藝文志》載《朱慶餘詩》一卷（寶曆進士第）。張籍《送朱慶餘及第歸越》（《全唐詩》卷三八四）、章孝標《思越州山水寄朱慶餘》（同上卷五〇六）及姚合《送朱慶餘越州歸覲》，可證其爲越人。徐松《登科記考》卷二〇載寶曆二年朱慶餘進士科及第，知貢舉爲禮部侍郎楊嗣復。友人周賀有《贈朱慶餘校書》（同上卷五〇三）。

②"既遇水部郎中張知音"，《太平廣記》卷一九九無"既"字，又"張"下有"籍"字，與《稗海》本同。張籍，字文昌，行十八。吴郡人。貞元十四年登進士第。元和元年，補太常寺太祝，十年不調。十一年轉爲國子助教。十五年遷秘書郎。長慶元年，韓愈薦爲國子博士，次年遷水部員外

郎。四年擢主客郎中。大和二年拜國子司業，世稱“張水部”、“張司業”。大和四年前後卒。其事詳見《舊唐書》卷一六〇、《新唐書》卷一七六。

③“遍索慶餘新制篇什數通”，《太平廣記》卷一九九“遍”字無，“制”作“舊”。

④“而推贊歟”，“歟”《太平廣記》卷一九九及《稗海》本均作“之”。

⑤“清列以張公重名”，“清列”《太平廣記》卷一九九作“時人”，“張公”作“籍”。

⑥“以獻張公”，《太平廣記》卷一九九僅有“以獻之”三字，餘均無；《稗海》本無“張”字。《全唐詩》卷五一五，此詩題爲《近試上張籍水部》（一作《閨意獻張水部》）。

⑦“張籍郎中酬曰”，《太平廣記》卷一九九無“張”及“郎中”字，“酬”下有“之”字。

⑧“一曲菱歌敵萬金”，“敵”《稗海》本作“抵”。《張司業集》卷七題作《酬朱慶餘》。又見於《全唐詩》卷三八六。

⑨“朱公才學數句”，《太平廣記》卷一九九此句作“由是朱之詩名流於四海内矣”。

萍洲可談

（宋）朱　彧　著
武润婷　點校

目　録

整理説明

《萍洲可談》是一部具有珍貴的史料價值的宋代著述。作者朱彧，字無惑，號萍洲老圃，北宋烏程（今浙江吴興）人。生平事迹不詳。其父朱服，爲熙寧六年進士，以淮南節度推官充修撰、經義局檢討，歷任國子直講，秘閣校理。元豐中以直龍圖閣知潤州，徙泉、婺、寧、廬、壽五州。紹聖間使遼，後又知萊州。徽宗繼位，加集賢殿修撰，先知盧州，次帥廣州，後知袁州，最後坐與蘇軾游，貶海州團練副使，蘄州安置（見《宋史·朱服傳》）。朱服的一生，仕途曲折，閲歷豐富。這種閲歷，使他對朝章國故、吏治民生、學校科舉、軍政財政，乃至地方風俗，知之甚多。《萍洲可談》多記朱彧隨父游宦時的見聞。篇幅不長，卻提供了大量真實可信的宋代史料。

《萍洲可談》第一卷，主要記載朝章國故，以及一些朝廷大員們的宦海沉浮。許多史料是罕爲人知的。封建社會等級森嚴，禮儀繁縟，是人所周知的。《萍洲可談》用大量的事例詮釋了這一點，使人們對此有一種感性認識。比如，對於早朝，人們大都知道大臣們手持笏板，舞蹈揚塵，山呼萬歲。《萍洲可談》則詳細記載了大臣們早朝前的準備：三更多宰執以下的官員便要騎馬挑燈燭趕到城門外等候，四更天舊城諸門啓關放入，即都下人所謂“四更時，朝馬動，朝士至”者。入城後持燈燭圍繞成一圈，謂之“火城”，是庶官等待上朝的地方。朝廷大員則按照位次在皇城外仗舍等候，謂之“待漏院”，不與庶官同處。等到天亮，方始上朝。禮儀之肅穆，等級之分明，場面之壯觀，都達到了極致，帝王的威勢更是顯示得淋漓盡致。然而，人們不禁要問，經過這麼一番折騰，京官們又能有多少精力處理政事？再如，宰相在家中接見官員，視被接見者的地位給予不同的待遇。對於地位高的，招待周全，謂之“事事有”；對於普通官員則簡慢冷漠，給予的招待是“事事無”。官員們的職務大小不同，所着服色也不同，位序是紫、緋、緑、青，高級官員還可佩金魚，次者佩銀魚。因此，衣紫腰金是當時官員們極大的榮耀。這種榮耀只有寄禄官三品以上者具備；職事官即便職位高，也只有在特殊情況下可以借用，稱“借色”。官員外出，普通京官許着帽；宰執皇親用重蓋；文臣兩制，武臣節度使以上，可用狨座，他人不得用。總之，在那個特殊的歷史背景下，人生的價值，似乎全靠這種等級、禮儀來體現。

等級制度的嚴酷，禮儀的繁縟，嚴重扭曲了當時一些官員的心態。衣紫腰金的榮耀，成爲官吏和文人士夫的最高追求。就本書的描述看，當時的官員貪圖名位遠比貪圖財物的多。某大臣自謂必升兩制，能乘狨座，不待升職便預製了狨座，遂以“躁進”被罷斥。彭州知州馬餘慶爲了保留“借紫”的待遇，不受通判之職，寧可解職還鄉。即便是豁達如蘇軾，被貶官儋耳時羞以青衣巾裹見故人，謊稱：“頭間生瘍，妨巾裹，欲着帽相見。”應該説，重禮儀，輕實務，是中國封建社會的一大弊端。

《萍洲可談》還向人們揭示了當時朝廷在選拔、任用人才方面的盲目性。袁應中博學有時名，因爲長相醜陋失去了做官的資格；王迥有才思，卻又因爲長相俊美，被坊間歌唱爲“奇俊王家郎”而不被任用。一個七十多歲的老考生，在試卷上寫下“臣老矣，不能爲文也，伏願陛下萬歲萬萬歲”，竟然得官，“食俸終其身”。選拔人才竟然失去了固定的標準。加上當時的官場多避諱語，致使“能文者執筆不敢下，憸夫善逢迎往往在高第”。在這種情況下，許多文人士夫往往靠歪門邪道求官或求升職。每到假日，下層小吏千方百計謁見政府要員，以求得到他們的青睞。他們鮮廉寡恥，辛苦奔波，一日能達數十家。有人感慨：“百物踴貴，只一味士大夫賤。”那些當了官的，不問政務，專以文采嘩衆取寵。朱服獲罪，其弟子范致虚明知朱服與蘇氏兄弟關係不好，寫責詞偏偏説他“諂交軾、轍，密與唱和；媚附安、李，陰求進遷”，原因是“不欲偏枯卻屬對”，爲了能把責詞寫得屬對工整，文筆犀利，不惜加重老師的罪名。吴處厚到漢陽爲官，十分欣賞鸚鵡洲美景，想要寫詩，未得佳句。一日聞綱吏報鸕鷀堰覆舟，他毫不理會覆舟的損失，卻以找到了“鸚鵡洲”的對句“鸕鷀堰”而狂喜。黨派之爭也靠文筆挫敗對方。元祐初，吕惠卿被貶建州，蘇軾寫的責詞是“尚寬兩觀之誅，薄示三危之竄”，已經誇大其詞。等到蘇軾被貶昌化時，吕的同黨林希寫的責詞竟然是“赦爾萬死，竄之遐陬。雖軾辯足以惑衆，文足以飾非，自絶君親，又將誰懟”，更是駭人聽聞。總之，很多官吏沉迷於這種文字游戲，卻很少在軍國大事上下功夫。此外，卷一對一些朝章國故的記載，如尚書省、宣和殿、官吏的升遷貶斥、節度使除鎮的規矩，以及皇宫慶事的賞賚等，都很有史料價值。

《萍洲可談》卷二重點記載了宋代的對外貿易和商人放

洋出海的情況。我國對外貿易起步甚早,唐朝就已專設市舶司負責對外貿易。宋朝,對外貿易制度已經比較完備,廣州、寧波、杭州、泉州都設有市舶司,掌管徵收關税及商人貿易等事務。但是,由於對外貿易在整個社會生活中所占的比重甚微,更由於商人的求利意識、冒險精神與儒家的重義輕利、平和中庸的思想相悖逆,所以出海貿易很難進入文人士夫們的視野,這類事件也很少被文學作品及筆記史料所描述。涉及出海事宜的小説如明人的《三寶太監下西洋》和清人的《鏡花緣》,都把海外描述成光怪陸離的世界。但二書之前的《萍洲可談》則真實具體地記載了出海商人的冒險經歷。

從《萍洲可談》的記載看,宋代的對外貿易是官府壟斷的。市舶司的長官稱市舶使,由朝廷派帥臣或漕使出任。市舶司下設望舶巡檢司,具體管理商人出海及販貨歸來之後的事宜。從廣州小海至潺洲就有三個望舶巡檢司,稱爲一望、二望、三望。商船出海時,須至望舶巡檢司備案。海外貿易回來,也要先至望舶巡檢司接受檢查,然後由官兵"防護"至廣州市舶亭,經過抽解(抽税)、提取"榷貨"(只許官賣的貨物)之後,剩下的貨物才由商人自己買賣。"舶至未經抽解,敢私取貨物者,雖一毫,皆没其餘貨,科罪有差,故商人莫敢犯。"可見,商人出海貿易所得利潤,多數歸於朝廷,或落入海關官員們的私囊。

外貿利潤多歸於朝廷,但出海貿易本身卻完全是民間的行爲。海外諸國也要向商人徵税,稱爲"獻送",無論貨物多少,索要"獻送"的數量一樣。這不利於小舶出海貿易,而要用大的商船經營。商人自身没有那麽雄厚的資本,只好搭夥出海:"舶船深闊各數十丈,商人分占貯貨,人得數尺許,下以貯物，夜臥其上，貨多陶器，大小相套，無少隙地。”條件之艱苦可想而知。出海的商船實行商人自治，以巨商爲綱首、副綱首管理出海事宜，市舶司只配給一名朱記，代表官府進行監督。當時交通工具還很落後，船行海上只能靠風力，加上海盗横行，“掠非詣其國者”，這就要求舟師有豐富的航海經驗。他們“識地理，夜則觀星，晝則觀日，陰晦觀指南針”，既要戰勝驚濤駭浪，更要避免“湊淺”（擱淺）。他們還有一種超凡的本領，“以十丈繩鈎取海底泥嗅之，便知所至”。儘管如此，有時他們還是會遇到難以避免的艱險，大海裏有“隨船上下，凡投物無不噉”的大魚，有“長百十丈，鼻骨如鋸，遇舶船，横截斷之如拉朽”的鋸鯊，還有望去“如枯木山積”的蛟龍（鱷魚），商船如果遭遇後兩種，“多不得脱”。然而，航海過程中也有獨特的樂趣，在風平浪靜、海水如鑑的時候，舟人用如臂的釣鈎，縛雞爲釣餌，捉海大魚。遇到所捉的大魚不能吃時，他們便剖開魚腹，取其所吞小魚烹食，“一腹不下數十枚，枚數十斤”。既驚險刺激，又可大快朵頤。《萍洲可談》還記載了當時對外貿易中的一些規定及習俗。國人出海，經年不返，謂之住蕃；外商住廣州，經年不歸，謂之住唐。外商的生活區稱蕃坊，蕃長由蕃人擔任。蕃人犯罪，要由蕃長處置。此書還寫到了“雖夷人能文”的高句驪人，讀起《孔雀明王經》來其聲如“瓶中傾沸湯”的三佛齊人，手上愛戴“指環子”的交阯人。有“色黑如墨、唇紅齒白、髮鬈而黄”的“鬼奴”，還有“入水眼不眨”的“昆侖奴”。所有這些，在其他典籍中都極少涉及，所以也彌足珍貴。

《萍洲可談》卷三則記載當時的一些奇聞逸事，如王安石、富弼、司馬光等一些政要們賦閒後的生活趣事，令人們借作俳諷喻時事，以及醫卜星相、因果報應等等。今天看來，有些内容荒誕不經，但卻真實地反映了當時的風尚習俗，仍有一定的史料價值。確如《四庫全書提要》所云，該書“所記土俗民風，朝章國典，皆頗足以資考證，即軼聞瑣事，亦往往有裨勸戒，較他小説之侈神怪，肆詼嘲，徒供談噱之用者，猶有取焉”。

《萍洲可談》的版本主要有兩個系統。一卷本：左圭《百川學海》收録五十五條，題作《可談》，《寶顏堂秘笈續集》、《説郛》與《百川學海》本基本相同。三卷本：有《文淵閣四庫全書》本，張海鵬《墨海金壺》本，錢熙祚《守山閣叢書》本。今以《墨海金壺》本爲底本，校以其他各本。改正錯字，補足缺文。凡校本異於底本的文字，有參考價值者出校；校本訛誤，於底本無參考價值者不出校。

本書校點時，參考了中華書局出版的李偉國先生的校點本，受益良多，但又與李本有很多不同之處。此外，本書所加標題以及在校勘方面與李本也有很大差異，[①]此不贅述。由於本人水平所限，本書的校點也會有許多疏漏訛誤之處，敬請讀者指正。

---

① 本書所列小標題，是根據各段内容并參考李本所加。但與李本有較大不同。

卷　一

神宗愛惜兵民

元豐間，彧先公爲右史。神考遣使治楚州新河，面戒之曰："東南不慣興大役，卿且爲朕愛惜兵民。"大哉王言，簡而有體。

神宗聖度

元豐六年冬祀，先公導駕。既進輦，輦中忘設衾褥，遽取未至。上覺之，乃指顧問他事。少選褥至，遂升輦，以故官吏無罪。聖度如此。

仁宗禁殺戮百姓者改官

舅氏胡宗堯，嘉祐初引見改官，舉將十七員。仁宗問其家世，或奏樞密使胡宿之子。即有旨，更候一任回改官。時又有因失入死罪連坐，於條合展舉將員改次第等官。上宣諭，未令改官。凡三引見，[①]幾十餘年。大臣或以爲言，上曰："此人曾殺朕百姓，不可改官。"

三省

三省俱在禁中。元豐間，移尚書省於大内西，切近西角樓，人呼爲"新省"。崇寧間，又移於大内西南，其地遂號"舊省"，以建左右班直。或云，舊省不利宰相。自創省至廢，蔡確、王珪、吕公著、司馬光、吕大防、劉摯、蘇頌、章惇、曾布，更九相。唯子容居位日淺，亦謫罷。餘不以存没，或貶廣南，或貶散官。

公相相公

祖宗故事，宰相呼"相公"。節度使帶開府，儀同三司，元豐官制前帶同中書門下平章事，亦呼"相公"，謂之使相。三公正真相之任，呼"公相"，尚書改令廳爲公相廳。蔡京首以太師爲公相，其子攸自淮康軍節度使除開府，儀同三司。遂父呼公相，子呼相公。時傳京父子入侍西宴，上云："相公公相子。"京對云：[②]"人主主人翁。"際遇之盛如此。

---

① "三"下，《百川學海》本(以下簡稱《百川》本)、《寳顔堂秘笈續集》本(以下簡稱《續秘笈》本)、《説郛》本均有"經"字。

② "時傳京父子"至"京對云"十九字，《百川》本等兩"京"字均作"公"。"西宴"，《百川》本、《説郛》本、《文淵閣四庫全書》本(以下簡稱《文淵閣》本)均作"曲宴"。

宰相接待百官禮

宰相禮絶庶官，都堂自京官以上則坐，選人立白事。見於私第，雖選人亦坐，蓋客禮也。唯兩制以上，點茶湯，入脚牀子，寒月有火爐，暑月有扇，謂之“事事有”。庶官只點茶，謂之“事事無”。

茶與湯

茶見於唐時，味苦而轉甘，晚采者爲茗。今世俗，客至則啜茶，去則啜湯。湯取藥材甘香者屑之，或温或涼，未有不用甘草者。此俗遍天下。先公使遼，遼人相見，其俗先點湯，後點茶。至飲會，①亦先水飲，然後品味以進。②

火城與待漏院

朝，辨色始入，前此集禁門外。宰執以下，③皆用白紙糊燭燈一枚，④長柄揭之馬前，書官位於其上，欲識馬所在也。朝時，自四鼓舊城諸門啓關放入，都下人謂“四更時，朝馬動，朝士至”者。以燭籠相圍繞聚首，謂之“火城”。宰執最後至，至則火城滅燭。大臣自從官及親王、駙馬，皆有位次在皇城

---

① “飲”，《文淵閣》本作“宴”。

② “品味以進”下，《百川》本尚有“但欲與中國相反，本無義理”十一字。《説郛》本“本無義理”作“本無他義理”。

③ “宰”上，《百川》本等均有“自”字。

④ “燈”，《文淵閣》本作“籠”。

外仗舍，謂之待漏院，不與庶官同處火城，每位有翰林官給酒果，①以供朝臣。酒絶佳，果實皆不可咀嚼，欲其久存。先公與蔡元度嘗以寒月至待漏院，卒前白：②“有羊肉、酒。”探腰間布囊，取一紙角，視之，䐑也。③ 問其故，云：“恐寒凍難解，故懷之。”自是止令供清酒。④

大宗正寺與敦宗院

本朝置大宗正寺治宗室，濮邸最親，嗣王最貴，於屬籍最尊，世世知大宗正事。自宗晟迄宗漢，皆安懿王子，兄弟相繼。宗字行盡死，諸孫仲字行復嗣爵判宗正寺，人人謹厚練敏，宗子率從其教誨。崇寧初，分置敦宗院於三京，以居疏冗，選宗子之賢者涖治。院中或有尊行，治之者頗以爲難。令郯初除南京敦宗院，入對。⑤ 上問所以治宗子之略，對曰：“長於臣者以國法治之，幼於臣者以家法治之。”上稱善，進職而遣之。令郯既至，宗子率教，未嘗擾人，京邑甚有賴焉。

濮王宗晟邀神宗幸舊邸

嗣濮王宗晟，伯仲第十二，英廟親兄也。元豐間，神考將詣睦親宅澆奠近親。嗣王欲邀車駕幸舊邸，會日逼，不及造

① “翰林”下，《百川》本有“司”字。
② “卒”上，《百川》本等均有“翰林”二字。
③ “䐑”上，《百川》本有“肉”字。
④ “酒”下，《百川》本、《説郛》本有“因傳知諸同官”六字。
⑤ “入”，《文淵閣》本作“登”。

朝。故事：戚里近屬，許獻時新，即於東華門投進。時邸中無新果，求得丁香、荔枝數百枚函之，附短奏云："來日乞詣安懿王影堂燒香。"進入，上果喜曰："十二自來曉事。"即降處分。暨至濮邸，望見祠貌，下輦去傘，灑淚而入。既已，延見近族，慰勞諸父，加恩，各遷使相、郡王。

記室諫嘉王顥勿干廷議

嘉王顥，裕陵親弟也，好讀書。元豐間，數上疏論政事。記室或諫之曰："大王爲天子弟，無狗馬聲色之好，游心方册，固是盛德。而數干廷議，非所以安太后也。"王矍然亦悟。爾後惟求醫書，與其僚講湯液方論而已。朝廷果賢其好古，降詔褒諭。至今醫家有《嘉王集方》。

宗室内臣應科舉

熙寧間，始命宗室應科舉。大觀間，内臣有赴殿試者。政和八年，帝子亦赴殿試。宗子及第，始於令鑠。内臣及第，始於梁師成。親王及第，始於嘉王楷。故事：有官人應舉，謂之"鎖廳"，例不作廷魁。戊戌榜，嘉王第一人，登仕郎王昂第二人，顔天選第三人。上宣諭："嘉王楷，有司考在第一，不欲以魁天下，以第二人爲榜首。"鎖廳人作廷魁，自王昂始。

富家賂宗室求娶宗女

帝女號公主，婿爲駙馬都尉。近親號郡主、縣主，而婿俗呼郡馬、縣馬,甚無義理。近世宗女既多,宗正立官媒數十人掌議婚。初不限閥閱,富家多賂宗室求婚,苟求一官,以庇門户。後相引爲親,京師富人如大桶張家,至有三十餘縣主。

宣和殿

宣和殿,燕殿也。中貴人官高者,皆直宣和殿。始置學士,命蔡攸;置直學士,命蔡翛、蔡儵;置待制,命蔡絛。後又置大學士,命蔡攸。自盛章、王革、高佑,皆相繼爲學士,班秩比延康殿學士爲加優。① 凡外除,則换延康。蓋宣和職親地近,非他比。己亥歲改保和殿。

五等之爵徙封

本朝五等之爵,自公、侯、伯、子、男,皆帶本郡縣開國。至封國公者,則稱某國公。初封小國,次移大國,以爲恩數。亦有久不徙封者,文彦博初封潞國公,三十年不徙封。王安石初封舒國公,後徙荆國,既死,追封舒王,凡二國。蔡京初封嘉國,徙衛國、楚國、魯國,凡四國,復加陳、魯二國公,辭不拜。何執中初封榮國公,五年不徙封,薨於位,追封清源郡王,此僅事也。元祐初,司馬光封温國公,議者以其剛厲,宜濟之以温。東坡行麻詞亦云:"封國於温,用旌直德。"崇寧初,曾布自相府以賄貶授廉州司户參軍,議者以其貪墨,故箴之以廉。執筆者果有意乎?

---

① "爲加優",《文淵閣》本作"而在上"。

京宫觀

自元符、紹聖以前，大臣罕有除在京宫觀者。兩府召還爲宫使、侍讀，甚稀闊。從官左遷，重者外移，輕者易職事。時有八座改樞密承旨，獨座改工部侍郎，皆不美也。王震自吏部尚書移知開封府，又除樞密都承旨。王嘗語先公曰："震所謂齊一變至於魯，魯一變復至於齊者也。"政和間，近臣罷執政官，即授提舉在京宫觀。既禮貌之，①而名實相副。以罪去者，固自有法。

服色與佩魚

典制：寄禄官三品紫衣金魚，五品緋衣銀魚。職事官雖高，非特賜不得預；雖特賜而寄禄未至本品，則帶"賜魚"在銜内。寄禄官已至本品，則不入銜。外任官或借衣色者，不佩魚，銜内稱"借色"；有賜色者，仍稱"賜色"。轉運使副、提點刑獄、知州軍，並借紫。本衣緑者，止借緋。轉運判官、通判州軍，並借緋。自崇寧初，增置提舉官不一，惟學士與常平借緋，②餘衣本色。其合借衣色者，敕上云："候迴日依舊服色。"自朝辭出國門，則衣借色；迴入國門，則衣本色。近制，借色仍佩魚。吕公著曾任知州，③借紫；後除轉運判官，敕上不帶借紫，公著仍衣紫。馬餘慶知彭州，借紫。替迴赴部方

---

① "禮"，《文淵閣》本作"體"。
② "士"，《文淵閣》本作"事"。
③ "吕"，《文淵閣》本作"江"。

理通判資序，懼失借色，不肯受本等官，請宫祠歸，仍衣紫。凡敕上不帶借衣者，自不合著。

左降官不追勛賜

典制：左降官不追勛賜。雖貶竄，遇恩復官，即依舊勛賜。政和間方省勛。舒亶在元豐時被擢用，由台州臨海縣尉改官，驟遷兩制，賜金紫，未經郊禮，不得勛。後坐事除名。更沛叙初授官，仍復前台州臨海縣尉，賜紫金魚袋。鄒浩建中靖國中除通直郎、中書舍人，賜金紫，未經郊禮，不得勛。後貶新州。丙戌赦除黨籍，以得罪輕重叙官，或得郡宫祠，或未有差遣。鄒降三官叙，乃復承奉郎，賜紫金魚袋無差。凡降官與職，並稱降授。責散官，並稱責授。散官，如節度副使、團練副使，雖號武官，皆依舊物。[①] 頃見元祐臣僚責授副使者，兩制已上仍衣紫，從官以下元衣緑者仍衣緑，唯責授長史、别駕已下者，[②]不以舊官高卑，並衣緑。故宰相貶嶺南司户參軍，衣緑。東坡初責惠州團練副使，再貶儋耳，授瓊州别駕。元符末首復朝奉郎、提舉玉局觀，得報便北歸，至廣州，猶未受告。[③] 會先公至，東坡先折簡與公曰："頭間生瘍，妨巾裹，欲着帽相見。"蓋不欲青衣耳。坡於外物宜不能動，惜其猶以此介胸中。

---

① "物"，《文淵閣》本作"賜"。
② "史"，原作"使"，據《文淵閣》本改。
③ "受"，《文淵閣》本作"授"。

節度使除鎮

故事：節度使初除小鎮，次中鎮，後大鎮。紹聖間，見吕吉甫建節，初除保寧軍婺州，移武昌軍鄂州，移鎮南軍洪州，其序如此。崇寧間，蔡元長自司空左揆建節，初除安遠軍節度使安州，亦小鎮。政和以來，帝子繁衍，宗室、近戚、大臣、中貴、邊將加恩者衆。諸路節鎮，除祖宗潛藩外，止六十餘處，幾無虚位。薛昂罷執政，①初除彰信軍節度使相州，中鎮也。蔡攸自宣和殿大學士，初除淮康軍節度使蔡州，大鎮也。豈是時小鎮適無闕員乎？刺史、防禦、團練使正任則本州繫銜，與知州敘官，每州止一員，不除則闕。任他官兼領防禦、刺史者，謂之遥郡，本州不繫銜，往往取美名如康、榮、雄、吉諸州，一州或有數員。大率邊將多帶雄州，戚里多帶榮州，醫官多帶康州。

員郎請致仕得任子

著令：朝奉郎至朝請郎致仕，則得任子。疾困及暴卒者，往往旋求致仕，至有匿哀或詐爲日前文書，冒法狼狽。大觀初，吏部尚書張克恭建言：員郎亡即與推恩。遂革此風。

---

① “罷”，原作“能”，據各本改。

州縣選人有般家人

州縣選人,[①]有般家人二名,日給雇錢人二百,往往遠指程驛,務多得雇錢。於法,須沿路官司批券爲驗,[②]蓋防詐僞,然無不僞爲者。余以爲不若以官資定錢數給之,聽其自便,既免欺誕,且省刑憲。當路者殊不論此。

哲宗禁百官用大扇

在京百官席帽,宰執、皇親用傘,呼爲重蓋。舊日兩制以下至寺監官出入,馬後擁大圓扇,用以遮日色。紹聖間,上在角樓望見庶官馬後有大扇,因問其名,内侍誤云是掌扇。上云:"掌扇非人臣宜用。"遂禁止之。

徽宗不禁庶官用玉斧

政和間,有提舉學事官上殿札子,論庶官或用玉斧,同於斧扆之義,乞革去。勘合得乃是人間所用柱拂子,或名柱斧,以水晶或銅鐵爲之,制度無僭。言者坐所論不實罷,遂不果禁止。

---

① "州縣選人",原接上文,然内容不銜接。《守山閣叢書》本(以下簡稱《守山閣》本)錢熙祚校謂"當另爲條"。從之。

② "批",《文淵閣》本作"押"。

狨座

狨座，文臣兩制，武臣節度使以上許用。每歲九月乘，至三月徹，無定日。視宰相乘則皆乘，徹亦如之。狨似大猴，生川中。其脊毛最長，色如黄金，取而縫之，數十片成一座，價直錢百千。背用紫綺，緣以簇四金雕法錦，其制度無殊别。政和中，有久次卿監者，以必遷兩制，預置狨座，得躁進之目，坐此斥罷。或云，狨毛以藉衣不皺。先公使遼時，已作兩制，乘狨座。副使武臣，乘紫絲座。故事：使雖非兩制，亦乘狨座，張傘，金帶，金魚，重將命也。大觀中，國信以禮部尚書鄭允中充使，奉寧軍節度使童貫充副使，遂俱乘狨座。

吕嘉問遭誣搆得復職

吕嘉問自熙寧中躋要顯，徧歷名藩。紹聖末，以雜學士守成都，被誣搆，遂不可辨。獄成，大理寺定斷贓罪絞。典制：官吏贓罪笞，已爲終身之累，吕以貴品得議，責散官安置。適皇上登極，大沛復官，頻更赦令，漸復職，竟符舊物，[①]領宫祠二十年。前後磨勘，及八寶特恩，轉寄禄官。以正議大夫八十餘歲病卒。復以先朝舊臣，高資久次，特贈資政殿學士，視執政官。

---

① “符”，《文淵閣》本作“得”。

吕惠卿處患難

吕吉甫在熙寧時用事，多所建明。元祐初被罪，異意者欲誅之，貶福州，甚危。紹聖復先政，章惇忌其才，以爲延安帥，雖除觀文殿學士，建節鉞，終不得近京師。在延安六七年，戎人圍城六日，城中無備，吉甫設方略，僅能解圍。元符末，乃得知杭州，頗優游。會子淵交狂人，事連吉甫，追捕至國門，貶鄂州。數年復官。平生患難，如此者最大。然有以處之，非所病也。

章惇王安禮倨傲

章惇性豪恣，忽略士大夫。紹聖間作相，翰林學士承旨蔡京謁惇，惇道衣見之。蔡上言狀，乃立宰相見從官法。

王安禮尚氣不下人，紹聖初起廢，帥太原，過闕許見。時樞府虛位，安禮鋭意，士亦屬望。將至京師，答諸公遠迎書，自兩制而下，皆摺角一匾封，語傲禮簡。或於上前言其素行，既對，促赴新任，怏怏數月而死。

曾布之敗

曾布當軸，唯自營，於國事殊無可否。季父出其門，因以書切責之。其間有云：如某事，[①]鄒浩能言之，相公不言也。布大沮，竟以此敗。

---

① “某”，原作“其”，據《文淵閣》本改。

范致虚責朱服"諂交軾轍"

先公在元祐背馳,與蘇轍尤不相好。公知廬州,轍門人吴儔爲州學教授,論公延鄉人方素於學舍講三經義,轍爲内應,公坐降,知壽州。後在廣州與東坡邂逅,各出詩文相示。既得罪,范致虚行責詞云:"諂交軾、轍,密與唱和;媚附安、李,陰求進遷。"或以轍事語范,范曰:"吾固知之,但不欲偏枯卻屬對。"范學於先公,或疑其背師,蓋國事也,范操行非希指下石者。

蘇軾林希作責詞

元祐初,吕惠卿責建州。蘇軾行詞有云:"尚寬兩觀之誅,薄示三危之竄。"其時,士論甚駭聞。

紹聖初,蘇軾再責昌化軍,林希行詞云:"赦爾萬死,竄之遐陬。雖軾辯足以惑衆,[1]文足以飾非,自絶君親,又將誰憝?"或謂其已甚,林曰:"聊報東門之役。"

錢遹攻曾布

錢遹德循爲侍御史,元符末,攻曾布。章數上,正急,會其子病。明日將對,夜艾子死。[2] 德循即跨馬入朝,不復内顧。既歸,然後舉哀。朝廷頗知之。布敗,德循遂除中丞。

---

① "惑",原作"感",據《文淵閣》本改。
② "艾",《百川》本等作"其"。

訓詞有云:"方蹇蹇以匪躬,子呱呱而弗恤。"未幾,德循轉工部尚書,失言路。其僚頗攻擊,竟論匿哀之事,德循由是得罪。責詞數其躁進,至云:"匿哀請對,褻瀆軒墀。"德循投閒,久之,領宫祠而終。

舒亶宦海沉浮

舒亶爲臨海尉。弓手醉呼於庭,舒笞之,不受。乃加大杖,益厲聲:"願杖脊!"舒叱吏決脊,又大呼:"爾不敢斬我!"舒即起,刃斷其頭。被劾。案上,朝廷方求人材,頗壯之,令都省審察。舒狀貌甚偉,博學有口辯。王荆公一見大喜,薦對稱旨,驟擢。未幾,至御史中丞,彈擊不少恕。宰相王珪自京尹執政,曾携官浴桶入東府,舒文致以爲之罪。後舒敗坐獄,以用臺中官燭於私室計贓。神考薄其罪,因言:"亶豈盜此?"或對云:"舒亶不愛蠟燭,王珪豈愛木桶?"乃抵罪,除名勒停。居鄉里甚貧,聚徒教授,資束脯以營伏臘,凡十八年。中間元祐政出帷箔,務姑息,置訴理所,湔滌先朝嘗得罪者。群小競自辨,不逞之人至於指斥熙豐濫刑,以迎合國政。舒獨無一言辨雪,坐此久廢。紹聖復辟,稍還舒官,又爲群怨所沮。庚辰龍飛,始得軍壘。會荆蠻作過,乃移南郡帥,除待制。未受而卒。

太平宰相項安節

慈聖光獻皇后嘗夢神人語云:"太平宰相項安節。"神宗密求諸朝臣,及遍詢吏部,無有是姓名者。久之,吴充爲上相，瘰癧生頸間，百藥不瘥。一日立朝，項上腫如拳。后見之，告曰：①“此真項安癧也。”

蔣之奇既貴，項上大贅，每忌人視之。爲六路大漕，至金山寺。僧了元，滑稽人也，與蔣相善。一日見蔣，手捫其贅，蔣心惡之。了元徐曰：“沖卿在前，穎叔在後。”蔣即大喜。

帝王祭奠宰相禮俗

故事：宰相薨，駕幸澆奠，褰帷視尸，則所陳尚方金器盡賜其家；不舉帷，則收去。宰相吴充，元豐間薨於私第，上幸焉。夫人李氏徒跣下堂，叩頭曰：“吴充貧，二子官六品，乞依兩制例，持喪仍支俸。”詔許之。然倉卒白事，不及褰帷。駕興，諸司斂器皿而去。計其所直，與二子特支俸頗相當。因謂官物有定分，不可妄得如此。

爵禄不可以計取

京畿士人王庭鯉，嘗與邊將作門客，得軍功，補軍將。因詣闕論：父祖文臣，及身嘗應進士舉，乞换文資。當路頗有主之者，得上達。王默念：自軍將累勞數十年方轉使臣，改文資即可權注州縣差遣，②大喜。洎告下，乃得石州攝助教，不理選限，終身不釐務。大凡爵禄，豈可以計取哉！

---

① “告”下，《百川》本有“上”字。
② “當路”至“改文資”二十八字，《百川》本無。“州”上，《百川》本有“一”字。

宫闈慶事賜大臣例

先公素貧，元豐間，久於右史，奉親甘旨不足，求外補。神考知之。將册貴妃，故事，兩制奉册，執政讀册，乃躐用先公爲奉册官，門下侍郎章惇爲讀册官。中貴馮宗道密謂公言："上知公貧，此盛禮也，必有厚賜。"既事檢會，[①]無册妃支賜例，止賜酒食而已。近歲帝子蕃衍，宫闈每有慶事，賜大臣包子銀絹各數千匹兩。雖師垣尊寵冠廷臣，然自辛巳、乙酉、己丑三次，亦有不預賜者。唯何執中以藩邸舊恩，由承轄爲宰相，首尾未嘗去位，不問其他錫賚，皇子、帝姬六十七人，包子無遺之者，家貲高於諸公。天性節儉，未嘗妄費一錢，爲三公，奉養如平時。

奉敕陋

余表伯父袁應中，博學有時名，以貌寢，諸公莫敢薦。紹聖間，蔡元度引之，乃得對。袁鳶肩，上短下陋，又廣顙尖頷，[②]面多黑子，望之如灑墨，聲嗄而吴音。哲宗一見，連稱大陋。袁錯愕，不得陳述而退。搢紳目爲"奉敕陋"。

奇俊王家郎

朝士王迥，美姿容，有才思。少年時不甚持重，間爲狎邪

① "既事檢會"，《文淵閣》本作"既檢故事"。
② "頷"，《百川》本作"頜"。

輩所誣，[1]播入樂府。今《六么》所歌"奇俊王家郎"者，乃迥也。元豐中，蔡持正舉之可任監司。神宗忽云："此乃'奇俊王家郎'乎？"持正叩頭謝罪。

百物踴貴只一味士大夫賤

近制：中外庫務、刑獄官、監司、守令、學官，假日許見客及出謁。在京臺諫、侍從官以上，假日許受謁，不許出謁，謂之謁禁。士大夫以造請爲勤，每遇休沐日，齎刺自旦至暮，遍走貴人門下。京局多私居，遠近不一，極日力只能至數十處。[2] 往往計會閽者，納名刺，上見客簿，未敢必見也。閽者得之，或棄去，或遺忘上簿，欲人相逢迎。權要之門，則求賂。若稍不俯仰，便能窘人。興國賈公衮自京師歸，余問物價貴賤，賈曰："百物踴貴，[3]只一味士大夫賤。"蓋指奔競者。嘗聞蔡元長因閱門下見客簿，有一朝士，每日皆第一名到，如此累月。元長異之，召與語，可聽，遂薦用，至大官。太醫學顔天選，第三人及第。欲謁元長，未得見，乃隨職事官入道史院。元長方對客，將命者覺其非本局官，揖退之，天選不肯出。吏稍掖之，天選抱柱而呼曰："顔天選見太師！"與吏相持，幘忽墮地。元長命引至前，語之曰："公少年高科，乃不自愛惜，道史與國史同例，柰何闌入此耶？"天選整幘而出，吏執送開封府鞫罪，特旨除名，送宿州編管。自此士風稍革。

---

① "間"，《百川》本無此字。
② "數十"，《文淵閣》本作"十數"。
③ "踴"，《文淵閣》本作"皆"。

太學生茶會

太學生每路有茶會，輪日於講堂集茶，無不畢至者，因以詢問鄉里消息。

宰執子弟占科名

祖宗時，進士殿試詩、賦、論三題，用親札。熙寧三年，殿試用策，仍謄録，蓋糊名之法，以示至公，當防弊於微也。近歲，宰執子弟多占科名。章惇作相，子持、孫佃甲科；許將任門下侍郎，子份甲科；薛昂任尚書左丞，子尚友甲科；鄭居中作相，子億年甲科。或疑糊名之法稍疏，非也。廷試策問朝廷近事，遠方士人未能知，宰執子弟素熟議論，所以輒中爾。

蔡景蕃與晏元獻

蔡景蕃與晏元獻，俱五六歲以神童侍仁宗於東宫。元獻自幼耿介，蔡最柔媚。每太子過門闑，蔡伏地令太子履其背而登。既踐阼，元獻被知遇，至宰相。蔡竟不大用。以舊恩常領郡，頗不循法令。或被劾取旨，上識其姓名，必曰："藩邸舊臣，且令轉官。"凡更四朝，元符初致仕，已八十歲矣。監司薦之，乞落致仕與宫祠，其辭略云：蔡某年八十歲，食禄七十五年。余謂人生名位固可得，罕得綿長如此者。

政和壬辰饒州神童殿試中第

政和壬辰榜唱名，有饒州神童赴殿試中第，纔十數歲，又侏儒。既釋褐，衞士抱之，於幕上作傀儡戲，中貴人大笑。次日，特奏名人唱第，皆引近殿陛，恣其所陳。有自訴病者，出尚藥珍劑賜之。

杜神童智答士大夫問

饒州杜神童釋褐，父携之謝政府，纔八九歲。客次中，士大夫皆孩之。或戲云："來學政事文字否？"答曰："非也，待告相公，求一堂除差遣。"言者大慚。

七十歲老考生書萬歲得官

元豐間，特奏名陛試。有老生七十許歲，於試卷内書云："臣老矣，不能爲文也，伏願陛下萬歲萬萬歲。"既聞，上嘉其誠，特給初品官，食俸終其身。

禁中避諱語

禁中應奉者多避語忌。大觀中，主文柄者專務奉上，於是程文有疑似之禁。雖無明文，犯必黜落，舉子靡然成風。如"大哉堯之爲君"，"君哉舜也"，皆以與"災"字同音，並不用。“反者道之動”，易“反”爲“復”。“九變而賞罰可信”，[①]易“變”爲“更”。此類不一。能文者執筆不敢下；憸夫善逢迎，往往在高第。政和初，言者論之，降詔宣諭：“雖暗於大體者或以爲忠，然愛君果在兹乎？”嘗侍先公，聞説元豐時歲歉，流民過國門，閩人鄭俠監新城門，圖其狀以諫。既不可上達，乃作邊檄，夜傳入禁中。適永樂失律，上常西顧，檄至無敢遏。方秉燭啓封，見圖畫饑民餓殍無數，窮愁寒態不一，罔測何事，良久，始知俠所上諫書也。翌日降旨，投俠廣南。不識忌諱，又有如此者。

乾爲金坤亦爲金

姚祐，元符初爲杭州學教授，堂試諸生，《易》題出：“乾爲金，坤亦爲金，何也？”先是，福建書籍刊板舛錯，[②]“坤爲釜”遺二點，故姚誤讀作“金”。諸生疑之，因上請，姚復爲臆説。而諸生或以誠告，姚取官本視之，果“釜”也。大慚曰：“祐買著福建本。”升堂自罰一直。其不護短如此。

日月燈光明佛

先公嘗言，昔在修撰經義局，與諸子聚首。[③]介甫見舉燭，因言：“佛書有‘日月燈，光明佛’，燈光豈足以配日月？”吉甫曰：“日煜晝，月煜夜，燈煜晝夜，日月所不及，其用無差

① “信”，《文淵閣》本作“言”。按：語出《莊子・天道》，原文作“言”。
② “先是福建書籍”，《百川》本等作“蓋福建本書籍”。
③ “子”，《百川》本、《説郛》本作“公”。

别。”介甫大以爲然。①

杜詩之不合義理者

杜甫詩雖屢經校正，然有從來舛謬相襲者，後人欽其名，更不究義理。如“已公茅屋”詩，一聯云：“江蓮摇白羽，天棘夢青絲。”二語是何情理？“摇”對“夢”，輕重不稱。讀者未聞商搉，亦好古之癖也。余竊謂，當作“蔓青絲”。此類亦多，未可遍舉。

東坡夢神女而作裙帶詩

東坡自云，嘗夢至帝所，見侍女月娥仙，爲作《裙帶》詩。其詞曰：“百叠漪漪水皺，六銖縰縰雲輕。植立廣寒深殿，風來環佩微聲。”

蘇子瞻博學好問

子瞻曾爲先公言，書傳間出叠字，皆作二小畫於其下。樂府有《瑟二調歌》，平時讀作“瑟瑟”。後到海南，見一黥卒，自云元係教坊瑟二部頭，方知當作“瑟二”，非“瑟瑟”也。子瞻好學，彌老不衰，類皆如此。余嘗訪教坊瑟二事，云每色以

---

① “介甫大以爲然”，《百川》本、《説郛》本此下尚有“吉甫所言中理歷歷可記類如此”十三字。

二人，如笛二，箏二，總謂之“色二”，不作“瑟”字，不知果如何。

以名諱改姓氏

姓氏之學，近世不復講，以名諱改者，多失其旨。錢鏐據吴越，改劉爲金，姓譜自有金氏，後世不知其源者，金與劉通婚姻。本朝改殷爲商或湯，改敬爲文或苟，一姓分爲二，後世可通婚姻乎？又不協舊音，如文、苟爲敬，太覺疏脱。蓋一時任其自改，所以失之。近制改匡爲康，天爲軒，以聲音相近爲例，且從上令也。政和間，有營卒天安，差隸陳彦以聞，乃詔改之。勘會到，天安父尚在，未聞此姓，所出豈異種乎？氏族之學久廢，小人或妄改，或相傳舛繆至於此，亦不可不知也。

施結蓄古今人押字

施結大夫，更鄱陽、興國、廬陵郡守，性好蓄古今人押字。押字自唐以來方有之，蓋亦署名之類，但草書不甚謹，故或謂之草字。韋陟署名五朵雲，此押字所起也。其後不復與名相類，而陰陽家又生吉凶之論。施所蓄甚多，如唐末藩鎮所署，極有奇怪者。跋扈之徒，事事放恣。本朝前輩，雖官尊，尤謹小，可以此觀人度量。施盡以刻石，每移徙，用數人負之而行，其癖如此。光州馬大夫知彭州還鄉，凡私居文書，紙尾皆署“使”字押號。溱州牧孫偉，嘗言見太師府揭示，承令寺監官兩員以上，許見宰相。紙尾署“官”字，公相押號。

鸚鵡洲對鸕鷀堰

吴處厚善屬辭。知漢陽軍，每謂鸚鵡洲，沔、鄂佳處，欲賦詩未就。一日視事，綱吏來告覆舟，吴問所在，吏曰："在鸕鷀堰。"吴拊案連唱大奇，徐曰："吾一年爲鸚鵡洲尋一對未得，天庇汝也。"因得末減。

王梅運勾，骨立有風味，朋從目之爲風流骸骨。崇寧癸未，在金陵府集，①見官妓中有極瘦者，府尹朱世英語余曰："亦識生色髑髏否？"余欣然爲王得對。

異事屬對

元豐間，御史中丞舒亶以罪除名勒停。及僦客舟東歸，時有詔召僧慈本，住慧林，許馳驛。輕薄者以"中丞賃舫船出京，和尚乘遞馬赴闕"爲對，以見異事。

以"神祇祖考"對"草木鳥獸"獲罪

大觀間，翰苑進春帖子。有一學士撰詞云："神祇祖考安樂之，草木鳥獸裕如也。"以鳥獸對祖考，非所宜，竟以是得罪。

---

① "在金陵府集"，《百川》本等"在"上有"余"字。

作詩得禍

蔡持正自左揆責知安州，嘗作安陸十詩，吴處厚捃摭箋注，蔡坐此貶新州。其詩有云："睡起莞然成獨笑，數聲漁笛在滄浪。"處厚注云："未知蔡確此時獨笑何事。"

先公帥廣，崇寧元年正月游蒲澗，因越俗也。見游人簪鳳尾花，作口號，中一聯云："孤臣正泣龍髯草，游子空簪鳳尾花。"蓋以被遇先朝，自傷流落。後監司互論，乃指此句以爲罪。其誣注云："契勘正月十二日哲宗皇帝已大祥，豈是孤臣正泣之時？"鞫獄，竟無他意，讒口可畏如此。①

宣和初，荆州掾見僧房有異花，不知名。僧云："花氣酷烈，不可近。"掾因題詩云："山花紅與緑，日暮顔色足。無名我不識，有毒君莫觸。"後有人譖掾於蘇澧，指此詩曰："湖南曹憲俱衣緋，餘皆衣緑，無衣紫者。蘇澧最老，又獨無出身，數發摘官吏，故掾托意山花，實以嘲澧。"蘇大怒，竟捃摭掾。②

謝公墩詩

王介甫居金陵，③作《謝公墩》詩云：④"我名公字偶相同，⑤我屋公墩在眼中。公去我來墩屬我，不應墩姓尚隨

① "讒口可畏如此"，《百川》本等此下尚有"既不得笑，又不得哭"八字。
② "宣和初"至"竟捃摭掾"一段，《百川》本等無。
③ "王介甫居金陵"，原接上文，内容不相類。據《守山閣》本改。
④ "公"，原脱，據《百川》本補。
⑤ "我名公字"，原作"我公名字"，據《百川》本、《文淵閣》本改。

公。”蓋晋謝安故地也。謝字安石，介甫名安石。

蘇公堤孟家蟬

蘇子瞻責黄州，居州之東坡，作雪堂，自號東坡居士，後人遂目子瞻爲東坡。其地今屬佛廟。子瞻元祐中知杭州，築大堤西湖上，呼爲“蘇公堤”。① 屬吏刻石榜名。世俗以富貴相高，以“堤”音“低”，頗爲語忌。未幾，子瞻遷責。

時孟氏作后，②京師衣飾畫作雙蟬，目爲孟家蟬。“蟬”有“禪”意，③久之后竟廢。

寺僧蒙詔

元豐間，詔僧慈本住慧林禪院，召見賜茶，以爲榮遇。先公侍上，見宣諭慈本云：“京師繁盛，細民逐末，朕要卿來，勸人作善。”别無他語。召詣禁中，④賜十字師號，及御製僧惟白《續燈録叙》。⑤ 其後賜僧楷四字禪師號，楷固不受以釣名，⑥推避之際，頗不恭。朝廷正其罪，投之遠方，無他異，術窮情露，教遂不振。又狂逆不道，伐家誘略，多出浮屠中。宣

---

① “呼”上，《百川》本有“人”字。

② “時”下，原衍“元祐時”三字，據《百川》本等删。

③ “蟬”上，《百川》本等有“識者謂”三字。

④ “召詣禁中”，《百川》本等此上有“建中靖國元年”六字。

⑤ “字”，《百川》本等作“禪”。“叙”，原誤作“釵”，據《文淵閣》本改。《百川》本等“叙”下尚有“釋徒尤以爲盛事”七字。

⑥ “固”，原作“故”，據《文淵閣》本改。

和初,乃譯正其教,改僧爲德士,復姓氏,完髮膚,正冠裳,盡革其故俗云。①

乖角没雕當

都下市井輩謂不循禮者爲"乖角",又謂作事無據者爲"没雕當"。入聲。喪儀間摺發,②以一竿揭之,名"乖角"。衞士順天幞頭有一脚下垂者,其儕呼爲"雕當"。不知名義所起,記之以俟識者。

買妾與榜下捉婿

京師買妾,每五千錢名一個,③美者售錢三五十個。近歲貴人務以聲色爲得意,妾價騰貴,至五千緡,不復論個數。既成券,父母親屬又誅求,謂之"遍手錢"。

本朝貴人家選婿,於科場年,擇過省士人,不問陰陽吉凶及其家世,謂之"榜下捉婿"。亦有緡錢,謂之"繫捉錢",蓋與婿爲京索之費。近歲富商庸俗與厚藏者嫁女,亦於榜下捉婿,厚捉錢以餌士人,使之俯就,一婿至千餘緡。既成婚,其家亦索"遍手錢",往往計較裝橐,要約束縛如訴牒。如此用心,何哉?

---

① "故俗云",《文淵閣》本作"尤夷者"。
② "發",《百川》本等作"蕟"。
③ "個",原作"竿",據《文淵閣》本改。

卷　二

市舶司

廣州市舶司舊制：帥臣、漕使領提舉市舶事，祖宗時謂之市舶使。福建路泉州，兩浙路明州、杭州，皆傍海，亦有市舶司。崇寧初，三路各置提舉市舶官，三方唯廣最盛。官吏或侵漁，則商人就易處，故三方亦迭盛衰。朝廷嘗併泉州舶船令就廣，商人或不便之。

放洋與抽解

廣州自小海至溽洲七百里，溽洲有望舶巡檢司，謂之一望。稍北又有第二、第三望，過溽洲則滄溟矣。商船去時，至溽洲少需以訣，然後解去，謂之“放洋”。還至溽洲，則相慶賀，寨兵有酒肉之饋，并防護赴廣州。既至，泊船市舶亭下，五洲巡檢司差兵監視，謂之“編欄”。凡舶至，帥漕與市舶監官莅閱其貨而征之，謂之“抽解”。以十分爲率，真珠、龍腦凡細色抽一分，玳瑁、蘇木凡粗色抽三分，抽外官市各有差，然後商人得爲己物。象牙重及三十斤，并乳香，抽外盡官市，蓋榷貨也。商人有象牙稍大者，必截爲三斤以下，規免官市。

凡官市價微，又準他貨與之，多折閲，故商人病之。舶至未經抽解，敢私取物貨者，雖一毫，皆没其餘貨，科罪有差，故商人莫敢犯。

舶船出海儲水使風

廣州市舶亭枕水，有海山樓正對五洲。其下謂之小海，中流方丈餘。舶船取其水，貯以過海，則不壞。逾此丈許取者，并汲井水，皆不可貯，久則生蟲，不知此何理也。舶船去以十一月、十二月，就北風。來以五月、六月，就南風。船方正若一木斛，非風不能動。其檣植定而帆側掛，以一頭就檣柱，如門扇。帆席謂之"加突"，方言也。海中不唯使順風，開岸、就岸，風皆可使，唯風逆則倒退爾，謂之使三面風。逆風尚可用矴石不行。① 廣帥以五月祈風於豐隆神。

海大魚

甲令：海船大者數百人，小者百餘人。以巨商爲綱首、副綱首。雜事，市舶司給朱記，許用笞治其徒，有死亡者，籍其財。商人言，船大人衆則敢往。海外多盜賊，且掠非詣其國者。如詣占城，或失路誤入真臘，則盡没其舶貨，縛此人賣之，②云："爾本不來此間。"③外國雖無商税，而誅求，謂之"獻送"。不論貨物多寡，一例責之，故不利小舶也。舶船深

① "矴"，原作"可"，據各本改。
② "此"，《文淵閣》本作"北"。
③ "間"，《文淵閣》本作"兼"。

闊各數十丈,[①]商人分占貯貨,人得數尺許,下以貯物,夜卧其上。貨多陶器,大小相套,無少隙地。海中不畏風濤,唯懼靠閣,謂之"湊淺",則不復可脱。船忽發漏,既不可入治,令鬼奴持刀絮自外補之。鬼奴善游,入水不瞑。舟師識地理,夜則觀星,晝則觀日,陰晦觀指南針。或以十丈繩鈎取海底泥,嗅之,便知所至。海中無雨,凡有雨則近山矣。商人言,舶船遇無風時,海水如鑑。舟人捕魚,用大鈎如臂,縛一雞鶩爲餌,使大魚吞之,隨其行,半日方困。稍近之,又半日方可取。忽遇風,則棄。或取得大魚不可食,剖腹求所吞小魚可食,一腹不下數十枚,枚數十斤。海大魚每隨舶上下,凡投物,無不噉。舟人病者,忌死於舟中,往往氣未絶便卷以重席,投水中。欲其遽沈,用數瓦罐貯水縛席間,纔投入,群魚并席吞去,竟不少沈。有鋸鯊長百十丈,鼻骨如鋸,遇舶船横截斷之,如拉朽爾。舶行海中,忽遠視枯木山積,舟師疑此處舊無山,則蛟龍也。乃斷髮取魚鱗骨同焚,稍稍没水中。凡此皆危急,多不得脱。商人重番僧,云度海危難禱之,則見於空中,無不獲濟。至廣州飯僧設供,謂之羅漢齋。

住蕃住唐

北人過海外,是歲不還者,謂之住蕃。諸國人至廣州,是歲不歸者,謂之住唐。廣人舉債總一倍,約舶過迴償。住蕃雖十年不歸,息亦不增。富者乘時畜繒帛陶貨,加其直與

---

① "數十",《文淵閣》本作"十數"。

求債者,計息何啻倍蓰!廣州官司受理有利債負,亦市舶使專敕,欲其流通也。

廣州蕃坊

廣州蕃坊,海外諸國人聚居。置蕃長一人,管勾蕃坊公事,專切招邀蕃商入貢,用蕃官爲之,巾袍履笏如華人。蕃人有罪,詣廣州鞫實,送蕃坊行遣。縛之木梯上,以藤杖撻之,自踵至頂,每藤杖三下折大杖一下。蓋蕃人不衣褌褲,喜地坐,以杖臀爲苦,①反不畏杖脊。徒以上罪,則廣州決斷。蕃人衣裝與華異,飲食與華同。或云,其先波巡嘗事瞿曇氏,受戒勿食猪肉,②至今蕃人但不食猪肉而已。又曰,汝必欲食,當自殺自食,意謂使其割己肉自啖。至今蕃人非手刃六畜則不食,若魚鱉,則不問生死皆食。其人手指皆帶寶石,嵌以金錫,視其貧富,謂之指環子。交阯人尤重之,一環直百金。最上者號貓兒眼睛,乃玉石也,光焰動灼,正如活者,究之無他異,不知佩襲之意如何。有摩娑石者,辟藥蟲毒,以爲指環,遇毒則吮之,立愈。此固可以衛生。

三佛齊

海南諸國,各有酋長。三佛齊最號大國,有文書,善算。商人云:日月蝕,亦能預知其時,但華人不曉其書爾。③ 地多

---

① "臀",原作"臂",據《文淵閣》本改。
② "猪",《文淵阁》本作"諸"。
③ "其",原作"書",據各本改。

檀香、乳香，以爲華貨。三佛齊舶賫乳香至中國，所在市舶司以香係榷貨，抽分之外，盡官市。近歲，三佛齊國亦榷檀香，令商就其國主售之，直增數倍，蕃民莫敢私鬻，其政亦有術也。是國正在海南，西至大食尚遠。華人詣大食，至三佛齊修船，轉易貨物，遠賈輻湊，故號最盛。

鬼奴

廣中富人多畜鬼奴，絶有力，可負數百斤。言語嗜欲不通，性淳，不逃徙，亦謂之野人。色黑如墨，脣紅齒白，[①]髮鬈而黄，有牝牡，生海外諸山中，食生物。采得時與火食飼之，累日洞泄，謂之换腸。緣此，或病死；若不死，即可蓄。久蓄能曉人言，而自不能言。有一種近海野人，入水眼不眨，謂之昆侖奴。

游街背子

廣州雜俗，婦人強，男子弱。婦人十八九戴烏絲髻，衣皂半臂，謂之“游街背子”。

菩薩蠻

樂府有《菩薩蠻》，不知何物。在廣中見呼蕃婦爲菩薩蠻，因識之。

---

① “脣”，原作“唇”，據《百川》本、《文淵閣》本改。

番棋

廣州蕃坊,見蕃人賭象棋,並無車馬之制,只以象牙、犀角、沈檀香數塊,於棋局上兩兩相移,亦自有節度勝敗。予以戲事,未嘗問也。

三佛齊人誦聖經

余在廣州,嘗因犒設,蕃人大集府中。蕃長引一三佛齊人來,[1]云善誦《孔雀明王經》。余思佛書所謂真言者,殊不可曉,意其傳訛,喜得爲證,因令誦之。其人以兩手向背,倚柱而呼,聲正如瓶中傾沸湯,更無一聲似世傳孔雀真言者。余曰,其書已經重譯,宜其不同。但流俗以此書薦亡者,不知中國鬼神如何曉會。

波羅蜜

南海廟前有大樹,生子如冬瓜。熟時解之,其房如芭蕉,土人呼爲波羅蜜,漬之可食。

乳羊

英州碧落洞生鍾乳,牧羊者多往焉。或云羊食鍾乳間水,有全體如乳白者,其肉大補羸,謂之乳羊。活時了不能

① "三",原作"二",據《文淵閣》本改。

識，封之然後見。極難得，或一歲得一二枚，郡守即獻廣帥、監司。

神雀

漢以神雀改元，書傳不言其狀。廣南人説神雀或紅或白，一群必備五色，飛集極高樹，自十丈以下皆不肯棲。食露吸風，網罟不能及。余在曹溪寺屢見之，忽來倏去，嘲哳似雀噪，色鮮明。詢諸彼人，自來未嘗有捕得者。

倒掛雀

海南諸國有倒掛雀，尾羽備五色，狀似鸚鵡，形小如雀，夜則倒懸其身。畜之者食以蜜漬粟米、甘蔗。不耐寒，至中州輒以寒死。尋常誤食其糞，亦死。元符中始有携至都城者，一雀售錢五十萬，東坡《梅》詞云“倒掛緑毛么鳳”，蓋此鳥也。

白鸚鵡

余在廣州購得白鸚鵡，譯者盛稱其能言。試聽之，能蕃語耳，嘲哳正似鳥聲，可惜枉費教習，一笑而還之。

龜筒

南方大龜，長二三尺，介厚而白，造玳瑁器者用以補襯，名曰龜筒。方諺曰:"龜筒夾玳瑁,鬼神不曉會。"初時民間無用,不可售。後緣官市,價踴貴。先公帥廣,内侍省牒廣州市龜筒數百斤,公不報。僚吏以爲言,公曰:"吾專行之,勿累爾矣。"卒不與市,民賴以不擾。

小龍祠

廣右英州清遠峽小龍祠,余嘗謁之,數間屋當溪山奇絶處。龍乃五蛇,其色一如生金,王也;一如紅錦,妃也;一青一緑,判官也;一黄,走吏也。又有小者如王色,太子也。蟠曲一漆合中,發視之,或見或隱,甚神異。其狀比常蛇細頸而長,横目廣顙,不畏人,色皆鮮明,勝於丹青。祀之則出據香爐上,火不能爇,或食所祀酒茗。

食蛙食蛇

閩、浙人食蛙,湖、湘人食蛤蚧,大蛙也。中州人每笑東南人食蛙,有宗子任浙官,取蛙兩股脯之,給其族人爲鶉腊。既食,然後告之,由是東南謗少息。① 或云,蛙變爲黄鴿。廣南食蛇,②市中鬻蛇羹。東坡妾朝雲隨謫惠州,嘗遣老兵買食之,意謂海鮮。問其名,乃蛇也,哇之,病數月,③竟死。瓊管夷人食動物,凡蠅蚋、草蟲、蚯蚓盡捕之,入截竹中炊熟,破竹而食。頃年在廣州,蕃坊獻食多用糖蜜腦麝。有魚雖甘

① "謗"下,《百川》本等有"焰"字。
② "南"下,《百川》本等有"人"字。
③ "月",《文淵閣》本作"日"。

旨,而腥臭自若也,唯燒筍菹一味可食。[1] 先公使遼,日供乳粥一碗,甚珍。但沃以生油,不可入口。諭之使去油,不聽。因紿令以他器貯油,使自酌用之,乃許,自後遂得淡粥。大率南食多鹽,[2]北食多酸,四夷及村落人食甘,中州及城市人食淡。五味中,唯苦不可食。

廣醫王士良見太司真人

廣州醫助教王士良,元祐元年,死三日而蘇。[3] 自言被追至冥府,有衣淺絳衣如仙官者據殿,引問士良,嘗爲人行藥殺妻,士良不服。有吏唱言:"是熙寧四年始。"即取籍,閱良久,云:"並無。"仙官拊案曰:"本是黄州,誤做廣州。"令放士良還。既出,又令引至廡下,有揭示云:"明年廣南疫,宜用此藥方。"士良讀之,乃《博濟方》中鈎藤散也,本方治疫。士良讀之,乃竊詢左右:"此何所也?"或言太司真人,治天下醫工。時蔡元度守五羊,聞之,召士良審問,令幕客作記。及春,疫癘大作,以鈎藤散治之輒愈。士良又云:幼習醫,至熙寧四年方用藥治病,冥冥中已記録,可不慎哉!

蕃坊人娶宗女

元祐間,廣州蕃坊劉姓人娶宗女,官至左班殿直。劉死,

---

① "菹",原作"苴",據《文淵閣》本改。

② "鹽",《百川》本等作"鹼"。

③ "日",原作"年",據《文淵閣》本改。

宗女無子，其家爭分財産，遣人撾登聞院鼓。① 朝廷方悟宗女嫁夷部，因禁止，三代須一代有官，乃得取宗女。

此茶不煩見示

鄒浩志完，以言事得罪，貶新州，媒孽者久猶不已。元符二年冬，有旨付廣東提刑鍾正甫就新州鞫問志完事，不下司。是時，鍾挈家在廣州觀上元燈，得旨即行。漕帥方宴集，怪其不至，而已乘傳出關矣。衆愕然。鍾馳至新，召志完，拘之浴室。適泰陵遺詔至，鍾號泣啓封。志完居暗室，不自意得全，又聞使者哭泣，罔測其事，意甚隕穫。良久，鍾遣介傳語，止言爲國恤不及獻茶，且請歸宅。志完亦泣而出。其後東坡聞之，戲云："此茶不煩見示。"

東坡險被置死地

東坡元豐間知湖州，言者以其誹謗時政，必致死地。御史臺遣就任攝之，吏部差朝士皇甫朝光管押。東坡方視事，數吏直入上廳事，捽其袂曰："御史中丞召。"東坡錯愕而起，即步出郡署門，家人號泣出隨之。弟轍適在郡，相逐行，及西門，不得與訣。東坡但呼："子由，以妻子累爾。"郡人爲之泣涕。下獄即問五代有無誓書鐵券，蓋死囚則如此，他罪止問三代。東坡爲一詩付獄吏，他日寄子由。其詩曰："聖主如天萬物春，小臣愚暗自亡身。百年未滿先償債，十口無歸更累

---

① "院鼓"，原作"鼓院"，據《文淵閣》本改。

人。是處青山可埋骨，他時夜雨獨傷神。與君世世爲兄弟，更結來生未了因。”獄吏憐之，頗寬其苦楚。獄成，神考薄其罪，止責散官，安置黄州。元祐中，復起爲兩制用事。紹聖初貶惠州，再竄儋耳。元符末放還，與子過乘月自瓊州渡海而北。風静波平，東坡叩舷而歌，過困不得寢，甚苦之，率爾曰：“大人賞此不已，寧當再過一巡？”東坡矍然就寢。余在南海，逢東坡北歸，氣貌不衰，笑語滑稽無窮，視面多土色，靨耳不潤澤。别去數月，僅及陽羨而卒。東坡固有以處憂患，但瘴霧之毒，非所能堪爾。

赤鼻磯

孫權破曹操於赤壁，今沔、鄂間皆有之。黄州徙治黄岡，俯大江，與武昌縣相對。州治之西距江，名赤鼻磯，俗呼“鼻”爲“弼”，後人往往以此爲赤壁。武昌寒溪，正孫氏故宫。東坡詞有“人道是周郎赤壁”之句，指赤鼻磯也。坡非不知自有赤壁，故言“人道是”者，以明俗記爾。

東坡羹

東坡在黄州，手作菜羹，號爲東坡羹，自叙其制度。好事者珍奇之。

獸頭

宫殿置鴟吻，臣庶不敢用，故作獸頭代之，或云以禳火災。今光州界人家屋皆獸頭。黄州界惟官舍、神廟用之，私居不用，云恐招回禄之禍。相去百里，風俗便不同。

寒食端午

三月上巳祓禊，其來亦遠。寒食禁火，主介子推，河東之俗也。江浙民間多競渡，亦有龍舟，率用五月五日，主屈原，湘楚之俗也。二者皆尚賢，而末流則害教。晋人寒食病老幼，楚人競渡致鬥訟。

忠潔侯

忠潔侯者，屈原也。大觀間議開直河，①省洞庭迂險，使者沈延嗣總其事，辟屬官。有勾當公事盧供奉，過湖溺死。或傳旁舟見鬼物出波間，②云："吾血食此，若由直河，則將安仰？"余以忠潔侯當無此言。儻以其興不可成之功，徒殫民力則斃之，亦三閭遺意也。

張乖崖爲崇陽令

余客沔、鄂，聞人説張乖崖初爲崇陽令，至今血食，父老猶能道其政事：嘗逢村氓，市菜一束出郭門。問之，則近郊農家。乖崖笞之四十，曰："爾有地而市菜，惰農也。"崇陽民聞

① "大"，原作"犬"，據《文淵閣》本改。
② "旁"，《文淵閣》本作"傍"。

之,相尚力田。乖崖一日遣吏盡伐民間茶園,諭令更種桑柘。民失茶利,甚困,然素畏服其政令,不敢慢。乖崖代去數年,會朝廷更榷法,園户納茶租錢,崇陽獨無茶園,免輸。邑去郡四百里,不通舟楫。歲輸,一夫負米至郡,每斛率得六七斗。富者租百斛,甚爲勞費。乖崖使三司建言,高原縣分苗米折納絹,崇陽民遂得輕齎。而先植桑柘已成,蠶絲之利,甲於東南,迄今尤盛。

富者當濟民

黄州董助教甚富。大觀己丑歲歉,①董爲飯以食饑者,又爲糗餌與小兒輩。方羅列分俵,饑人如牆而進,不復可制。董仆於地,頗被毆踐。家人咸咎之,董略不介意。翌日,又爲具,但設闌楯,以序進退。或時紛然,②迄百餘日無倦也。③黄岡村氓閭邱十五,多積穀。每幸凶歲,即騰價,細民苦之。老年病且亟,不復飲食,但餐羊屎。家人憐之,以米餌作羊屎狀給之,④入手便投去,唯食真者。⑤此氓媚佛,多施廬山僧供積,亦内懼禍至,冀事佛,少逭責,此尤不可也。

---

① “己”,原作“乙”,據《百川》本改。
② “或時”,《百川》本作“時或”。
③ “迄百餘日無倦也”,《百川》本等作“迄了餘日無倦色”。
④ “狀”,原脱,據《百川》本等補。
⑤ “唯食真者”下,《百川》本等有“數月方死”四字。

萍洲

黄岡民丁生微，[1]稍稍有生事，性桀黠，遂致富，創買田宅。治井得片石，膚脈成字，如其姓名。丁即模刻，令士人作碑記實。未幾病死，家旋破。余售之，今萍洲是也。田廬似是前定，當有以受之。不爾，未見能享者。

初和甫追餞黄魯直

黄魯直再謫黔中，泊舟武昌。初和甫追餞之，相與處舟中，岸巾危坐。魯直側席，意甚恭。猶子無咎與黄士潘觀來，不知其爲初和甫，忽略之。潘、黄正論《本草》，反覆良久。魯直曰："吾侄前，識初和甫否？"二人縮舌汗背。

中國宜稱華

漢威令行於西北，故西北呼中國爲漢。唐威令行於東南，故蠻夷呼中國爲唐。崇寧間，臣僚上言："邊俗指中國爲唐、漢，形於文書，乞並改爲宋。"謂如用唐裝漢法之類，詔從之。余竊謂未宜，不若改作"華"字。八荒之内，莫不臣妾，特有中外之異爾。

---

① "黄岡民丁生微"，原接上文，内容不銜接，據《文淵閣》本另作一條。

遼人學中國

遼人嗜學中國。先朝建天章、龍圖閣以藏祖宗制作，置待制、學士以寵儒官。遼亦立乾文閣，置待制、學士，以命其臣。典章、文物，仿效甚多。政和壬辰，朝廷得元圭，肆赦。是冬，遼亦稱得孔子履，赦管内。

佛妝

先公言，使北時，見北使耶律家車馬來迓。氈車中有婦人，面塗深黄，紅眉黑吻，謂之佛妝。

鹿頂合

北地産鹿，有倍大於中國者。鹿角近根實處，刻以爲環，肉好相半，内虚可貯物，謂之鹿頂合。

元豐間待高麗人厚

京師置都亭驛待遼人，都亭西驛待夏人，同文館待高麗，懷遠驛待南蠻。元豐待高麗人最厚，沿路亭傳皆名高麗亭。高麗人泛海而至明州，則由二浙泝汴至都下，謂之南路。或至密州，則由京東陸行至京師，謂之東路。二路亭傳一新。常由南路，未有由東路者。高麗人便於舟楫，多齎輜重，故爾。

高句驪人能文

高句驪,古箕子之國,雖夷人,能文。先公守潤,得其使先狀云:"遠離桑域,近次蔗封。"蓋取食蔗漸入佳境之義。崇寧中,遣使賀天寧節,表有"良月就盈"之句,蓋謂十月十日。其屬辭如此。

高麗人買民間養鴿

高麗人嘗在常州買民間養鴿放之,鴿識家飛去,常人唯恐不售。使還,又托生辰買鴿放生,人家爭出鴿。① 既售,即籠入舟中去。更數日,方生辰,遂載行,反以爲得計。

當口

九江之下貴池口,屬池州;九江之上富池口,屬興國軍。富池口有吴將甘寧廟。案《吴志》,甘寧屯於當口,②或疑其富池口也。又恐自有當口,《寧傳》云:"爲西陵太守,以陽新、下雉爲奉邑。"今永興縣有陽新里、下雉村,蓋寧故國。廟碑刻甚多,並無説此者。

東海神廟

東海神廟,在萊州府東門外十五里。下瞰海咫尺,東望

---

① "鴿"上,《文淵閣》本有"名"字。
② "屯",原作"死",據《文淵閣》本改。

芙蓉島水約四十里。島之西，水色白，東則色碧，與天接。島上有神廟，一茅屋，漁者至彼則還。屋中有米數斛，凡漁人阻風，則宿島上，取米以爲糧。得歸，便載米償之，不敢欺一粒。稍北，與北蕃界相望。漁人云，天晴時，夜見北人舉火，度之亦不甚遠，一在蓬萊閣西，後枕溟海。

朱服萊州買上供綿

先公守東萊，派買上供綿十萬兩。諸邑請重禁私市，公曰："如是將擾而不能辦。"問："市價幾錢？"曰："每兩百錢。"公命增二十，委掖令田望蒞之如私市，貯錢邑門，不問多少，隨手交易。十餘日，四鄉趨利而來，遂足所售數。或謂："價外增直，恐虧有司。"公曰："朝廷平價和市之意正如此。"

崇寧錢幣改制

崇寧初，行當十大錢，秤重三小錢。後以幣輕物重，令東南改爲當五錢，輕於東北，①私鑄盜販不可禁。乃一切改爲當三，輕重適平，然後定。是時内帑藏錢無算，折閲萬億計。京師一旦自凌晨數騎走出東華門，傳呼里巷，當十改爲當三，頃刻遍知。故凡富人，無所措手。開封府得旨，民間質庫，限五日作當十贖質。細民奔走趨利，②質者不堪命，稍或擁遏，有司即以重刑加之。有巨豪善計者，至官限滿，自展五日依

① "輕"，原脱，據《文淵閣》本補。
② "奔走趨利"，原作"奔趨走利"，據《文淵閣》本改。

舊作當十贖質,大榜其門。朝廷聞而録賞之。余族父炳,居湖州儀鳳橋西,常貯數百緡錢以射利。會當十法變,子弟先得消息,請速以錢易他貨。族父笑而不答,良久,云:“錢遂不可用耶?”子弟曰:“然。”族父曰:“我不用,他人亦不可用,又何爲?”既失此,後稍不給,終不少悔。

朱服禁止庶官用黄紙寫牒

州郡承唐衰藩鎮之弊,頗或僭擬。衙皂有子城使、軍中使、教練使等號,近制始革去。先公知潤州,值衙校轉資,用黄紙寫牒,公大驚。吏白舊例,其間盡準敕條,通判州事慎宗傑以爲無害。公曰:“豈有庶官而敢押黄紙耶?”自後改用白紙。故事:中書門下侍郎、宰相押黄,後省官皆押紙背。慎在常調,未嘗知此。①

紙進納

陽翟田望,勤於竿牘,亦善其事,日發數十函不倦。由此,自出官移令,改秩出常調,皆自致也。一書用好紙數十幅,近年紙價高,田俸入盡索於此,親朋間目之爲“紙進納”。蓋納粟得官號“進納”,故以名之。

① “知”,原作“如”,據《文淵閣》本改。

壺中九華

近年拳石之貴，其直不可數計。太平人郭祥正舊蓄一石，廣尺餘，宛然生九峰，下有如巖谷者，東坡目爲“壺中九華”，因此價重。聞今已在御前。東坡集中載《怪石供》，①云謫居黄時所得。余寓居其地，屋後有山，名破湖山，乃此石所出處也。每年潦水退，細民往求之，五色瑩徹。中有纏絲者，可琢爲環珥玩飾。常苦其細，置斛中，漬水養菖蒲，不適他用。

九曜石

劉鋹好治宫室，欲購怪石，乃令國中以石贖罪。富人犯法者，航海於二浙買石輸之。今城西故苑藥洲有九石，皆高數丈，號九曜石。

端硯

端州石在深谷中，細而潤。初爲官封之，已難得。後興慶建軍，以王地禁采石，不復可得。石上有鸜鵒眼，宛若生者，暈多而青緑爲貴，磨礱終不可去，俗傳透石涎也。端硯藏久無不瓶者，以石潤久亦乾，故不平。如濕木乾則不平。

---

① “供”，原脱，據《文淵閣》本補。

造筆

造筆用兔毫最佳。好事者用栗鼠鬚或猩猩毛，以爲奇，然不若兔毫便於書也。廣南無兔，用雞毛，雖毛匾不可書，①代匱而已。近世筆工，宣州諸葛氏，常州許氏，皆世其家。安陸成安游，②弋陽李展之徒尚多，馳名於時。宣人善治竹管，③瑩潔可愛，亦有以葦爲管者，貴其輕。高麗使過常州市筆，諸許待其解舟即急售之，半無毛頭，以爲得計。

木野狐

葉濤好奕棋，介甫作詩切責之，終不肯已。奕者多廢事，不論貴賤，嗜之率皆失業，故人目棋枰爲"木野狐"，④言其媚惑人如狐也。

草大蟲

自崇寧復榷茶，法制日嚴，私販者因以抵罪，⑤而商賈官券，請納有限，道路有程，纖悉不如令，則被繫斷罪，或没貨出告緡，愚者往往不免。其儕乃目茶籠爲"草大蟲"，言其傷人如虎也。

---

① "雖"，《文淵閣》本作"然"。
② "游"，《文淵閣》本作"道"。
③ "竹管"，原作"管竹"，據《文淵閣》本改。
④ "人"，《文淵閣》本作"唐人"。
⑤ "因"，《文淵閣》本作"固"。

黄孽茶

江西瑞州府黄孽茶,[①]號絶品,士大夫頗以相餉。所産甚微,寺僧、園户競取他山茶,冒其名以眩好事者。黄魯直家正在雙井,其自言如此。

陳州芍藥

陳州芍藥花殊勝。近歲進花,自陳三百里,一日一夜馳至都下。其法:初翦花時,用蜜漬蒲黄蘸其瘡,微曝之,俟花嫣,乃入筩中。取時刈去所封蒲黄,布濕地上一兩時頃,緶繩以花倒懸之,真如新采者。

撫州蓮花紗

撫州蓮花紗,都人以爲暑衣,甚珍重。蓮花寺尼凡四院造此紗,撚織之妙,外人不可傳。一歲每院纔織近百端,市供尚局并數當路,計之已不足用。寺外人家織者甚多,往往取以充數。都人買者,亦自能别寺外紗,其價減寺内紗什二三。

萊州金苗

兩川冶金,沿溪取沙,以木槃陶,得之甚微,且費力。登、萊金坑户止用大木,鋸剖之,留刃痕,投沙其上,泛以水,沙

---

① “孽”,《文淵閣》本作“蘖”。

去,金著鋸紋中,甚易得。元祐中,萊州城東劉姓塋地金苗生,官蒞取焉。乃發墓,凡磚瓦間皆金色也。劉葬纔十數年,不知氣脈蒸陶如此之速。累月取盡,地爲深穴,得金萬億計。自官抽官市、匠吏窺竊外,劉所得十二三焉。京東諸郡之錢,盡券與劉氏。劉氏乃一村氓不分菽麥者,得錢無所用,往來諸郡,恍忽醉飽。歲餘亦死,錢竟没官,劉世遂絶。

古文物

崇寧間,鄧州南陽縣村民發古冢,縣尉王儼蒞掩之。王爲余言其詳,云窴中有二瓦棺,已碎其左者。購得一銅印,方寸許,篆文甚古,識之者云"温不禁印"。時方競訪古器,即爲中貴人取去,未知温何代人也。仲父久中尚奇,每仿古物,立怪名,以紿流俗。廬於先塋下,山多巖谷,乃披荆棘求其壯觀者,刻取前人題署、姓名、年號,①皆詭異。既不可據,真兒戲爾。前人所居與其器用,後世所以愛慕之者,思其人焉。其人無可思,而寶其物與地者,②蔽也。夫冥器兒戲,又烏足以爲君子之雅好也歟!

宋用臣性精巧

中官宋用臣,熙寧間備任使,以敏練稱上意,性極精巧。元祐時,責官舒州。州將作樂鼓甚巨,飾以金彩。既成,其旁

① "取",《文淵閣》本作"作"。
② "寶",原作"實",據《文淵閣》本改。

一環脚斷，欲剖之，惜工費。宋乃獻計，爲環其下，作鎖鬚狀，以鐵固鼓腹之竅，使甚隘，即釘環入竅中。既入，鎖鬚張，遂不復脱。事多似此。

烏啼鵲噪

東南謂烏啼爲凶，鵲噪爲吉，故或呼爲喜鵲。頃在山東，見人聞鵲噪則唾之，烏啼卻以爲喜，不知風俗所見如何。

澤州虎祠

姚祐自言，嘗任澤州邑尉。郡當太行之喉，官吏有未嘗到處。郡將以虎患，遣尉祠之，乃在山巔。姚往宿山下，見居民環屋埋巨木，云以拒虎。稍晚虎出，數十爲群，首尾相銜，睥睨廬舍，人畜俱股栗。旦起登山，姚披練推挽而上，至絶頂，得板屋，有石刻。姚致祭，摹墨本以歸。

溱州虎穴

溱州有虎穴，凡十里許，修谷茂叢斑斕。旁午，南北路口，行者相集而度，否則遇害。荆州孫偉奇甫刺溱，親爲予道其詳。夫市朝固有此地，人或忽之致禍，可不慎哉！

牛生麒麟

徽宗大觀間，京東路民家有牛生麒麟，村人不識，以爲怪，擊殺之。有司既聞，驗問，真瑞物也。乃上奏，因圖其形下諸路，俾民間預識其狀，或有生者，即重賞購之。

海哥

元祐間，有攜海魚至京師者，謂之海哥。都人競觀，其人以檻置魚，得金錢則呼魚，應聲而出，日獲無算。貴人家傳召不少暇。一日，至州北李駙馬園，放入池中，呼之不復出，設網罟百計，竟失之。李園池沼雄勝，或云三殿幸其第，愛賞，以爲披香、太液所不及。海哥蓋海豹也，有斑文如豹而無尾，凡四足，前二足如手，後二足與尾相紐如一，登、萊傍海甚多。其皮染緑，可作鞍韉。當時都下以爲珍怪。蠢然一物，了無他能，貴人千金求一視，[①]唯恐後，豈適丁其時乎？

沈遘以西湖爲放生池

沈遘知杭州，號神明之政，吏不能欺。嘗以西湖爲放生池，禁捕魚，人無敢取蛙蚓者。

金星銀星鱓

九宫山有金星銀星鱓，不居水中，鑿山者於堅土内得之，懸暴乾，久不壞。其背金銀星宛如一具秤，斤兩稀密無纖毫差，秤星十五斤，鱓背星二十斤，枚枚如此。土人收以治風氣

---

① “金”，《文淵閣》本作“錢”。

病,《本草》不載。①

兩首蛇

孫叔敖殺枳蛇,蓋兩首蛇也。江南山中蛇,兩端皆有頭,口目全具,②行相牽挽,腹紅背黑,長大率如箸。相傳是老蚓,兩口無舌,不見其開張,正一大蚓爾。恐叔敖所見不如此。或云枳蛇一頸兩首,故怪。

① "本草不載",原作"火",據《文淵閣》本改。
② "具",原作"其",據《文淵閣》本改。

卷　三

小節不可不戒

先公在講筵，聞神考言，熊本表章，用印端謹，朱色鮮明，前後無小異。由此受知，遂擢用至兩制。近世長吏生日，寮佐畫壽星爲獻，例只受文字，其畫卻回，但爲禮數而已。王安禮自執政出知舒州，生日屬吏爲壽。或無壽星畫者，但用他畫軸，紅繡囊緘之，必謂退回。王忽令盡啓封，掛畫於廳事，標所獻人名銜於其下。良久，引客爇香，共相瞻禮。其間無壽星者，或用佛像，或用神鬼，唯一兵官所獻，乃崔白畫二貓。既至前，慚懼失措。或云時有囊緘墓銘者，吏不敢展，此尤失獻芹之意。① 小節不可不戒。古人不欺幽隱，正謂此類。

書吏誤人

滕宗閔知楚州，②有監司過境，本州送酒食，書有“臣”名，即上聞。既鞫獄，乃書吏誤用賀月旦表，無他意。滕坐送

---

① “此尤失獻芹之意”，《百川》本作“此尤不可，生日祝壽，墓銘凶事，非徒失獻芹之意，必須貽禍”。

② “閔”，原作“閏”，據《文淵閣》本改。

吏部監當。蓋知州細銜字多，書欲謹，吏每患難寫，乘暇用紙寫前後銜，謂之空頭表牋，用之固已不虔。向宗傳爲興國軍判官，托士人作與漕使小簡，用“金口”、“清光”、“俞允”等字，漕使舉行取勘，宛轉自解，僅免。士人於書尺多不識體要，往往誤人，宜謹用。自不能識者，不若不發書。

常州太守不知錫山

熙寧中，有常州太守召赴闕。其人頗熟時事，將有陳述，所主亦大臣中有力者，或云介甫。當無不稱上意。既陛見，上首問錫山去郡幾遠。既非素備，了不能對。蓋常州無錫縣錫山，俗呼惠山。守不閱圖經，[①]故不知也。上因顧近臣曰：“作守臣而不知境内山川，其爲政可料。”即罷去，竟不曾開陳一言。

楊傑不詳答神宗問佛法

楊傑次公，留心釋教。嘗上殿，[②]神考頗問佛法大概，楊並不詳答，云佛法實亦助吾教。既歸，人咸咎之。或責以聖主難遇，次公平生所學如此，乃唯唯，何耶？楊曰：“朝廷端慎明辯，吾懼度作導師，不敢妄對。”

---

① “守”，原脱，據《文淵閣》本補。
② “嘗”下，《文淵閣》本有“因”字。

爲人子者不當言父過

青州王大夫嘗守舒、丹二州，爲詩極鄙俚，每投獻當路，得之者留以爲笑具。季父爲青掾，王亦與一軸詩。他日，季父見其子，乃謝之。其子曰："大人九伯亂道，玷瀆高明。"蓋俗謂神氣不足者爲九伯，豈以一千則足數耶？余中表任朝議大夫，以八寶赦恩轉中奉大夫。① 其子對賀客則曰："大人轉此一官，方始濟事。將來有遺表恩澤。"此二事非爲善謔，②所以開悟爲人子者。③

司馬光賣馬

司馬温公閒居西京，一日令老兵賣所乘馬，囑云："此馬夏月有肺病，若售者先語之。"老兵竊笑其拙，不知其用心也。

富弼致仕郊遇

富鄭公致政歸西都，嘗著布直裰跨驢出郊。逢水南巡檢，蓋中官也，威儀呵引甚盛。前卒呵："騎者下！"公舉鞭促驢。卒聲愈厲，又唱言："不肯下驢，則請官位。"公舉鞭稱名曰："弼。"卒不曉所謂，白其將曰："前有一人騎驢沖節，請官位不得，口稱'弼'。"將方悟曰："乃相公也。"下馬執鋭，伏謁道左。其候贊曰："水南巡檢唱喏。"公舉鞭去。

---

① "寳"，原作"表"，據《文淵閣》本改。
② "此二事非爲善謔"，《百川》本等作"余記此二事非爲善謔"。
③ "所"上，《百川》本等有"蓋"字。

貴游子弟不識杜祁公

世傳杜祁公罷相歸鄉里，不事冠帶。一日在河南府客次，道帽深衣坐席末。會府尹出，衙皂不識其故相，有本路運勾至，年少貴游子弟怪祁公不起揖，厲聲問："足下前任甚處？"祁公曰："同中書門下平章事。"客次與坐席間，固不能遍識，常宜自處卑下，最不可妄談事及呼人姓名，恐對人子弟道其父兄名及所短者，或其親知，必貽怒招禍。俗謂"口快"，乃是大病。

張公與相公止一字不同

王荆公退居金陵，結茅鍾山下，策杖入村落。有老氓張姓，最稔熟，公每步至其門，即呼"張公"，張應聲呼"相公"。一日，公忽大哈曰："我作宰相許時，止與汝一字不同耳。"

李端愿不事鬼神

駙馬都尉李端愿，居戚里，最號恭慎。既失明，猶戒勵子弟，故終身無過。時京師競傳州西二郎廟出聖水，治病輒愈。李素不事鬼神，一日，其子舍有病稚，家人竊往請水。李聞大怒，即杖其子，且云："使爾子果死，二郎豈肯受枉法贓故活之耶？若不能活，又何求？"

張昇遇賊道

張昇杲卿，自樞府乞骸，除侍中、河陽三城節度使致仕。幅巾還第，出居陽翟，時時來洛中，游嵩、少，頗接方外人，絶口不掛時事。有道人者，善談虛無，杲卿雅愛之。一日，偕游少室山中，左右從者十餘人。至大松樹下，杲卿坐石上，道人探懷出小囊茗屑，汲澗泉，折枯松煮之。杲卿一杯，[1]道人即以餘瀝分飲從者。既渴，人競啜少許，已而皆僵仆。蓋茗中置毒藥，故以困人，唯道人與杲卿飲者無害爾。道人乃前白曰："欲告侍中，求隨行金銀器，往鄉市藥。"即斂入布囊中。杲卿四顧，左右皆被毒，莫能興，因大笑，遣之携去。至困者醒，藥力漸消，始能行，僅至山下，投宿民家。翌日歸，乃戒子弟慎交游。

孟在非常守富貴者

先公在紹聖初識孟在，蓋皇后父也。時泰陵未有嗣，常因景陵宮行香，諸人聚首，孟在忽太息。或詢其故，孟曰："中宮蓐月滿，望一皇嗣，乃誕公主。"先公歸，語所親曰："孟在非長守富貴者也。"果如言，后竟廢。

沈起以奢華廢

沈起待制諸子有見荊公者，頗喜之，許以薦擢。一日，沈

① "一杯"，《文淵閣》本作"飲後"。

盛飾出游，過相府，①公聞其在門，呼入，與共匕箸。先令褫帶，沈辭，不得已，公以手褰沈所衣真珠繡直繫，連稱："好，好。"自後不得復見，坐此沈廢。政和中，臺章言一朝士，有"濕活居士"之目，謂飲不擇酒，内不擇人。此數事，平時人所易犯，一被指斥，則莫脱。故舉以爲少俊之戒。

程戡罷執政

張昪杲卿微時，與程戡俱下第。橐盡，步出南薰門，至朱仙鎮。是日立春，就肆買食，共探懷，得數十錢，僅能買湯餅，無錢致肉也，相與摘槐茁薦食而去。後俱在政府，遇立春日，程邀杲卿開宴，水陸畢陳，艷妾環侍，程有驕色。杲卿從容話舊，及朱仙槐角事，程愧其左右，面赬舌咋，終無歡而罷。杲卿歸語其内曰："程三其黜乎？器盈於此矣。"未幾，果罷執政。

瞽者張聽聲知禍福

先公以慶歷戊子八月十日生，十八歲，請解於廣文館。嘗至汴河上，聞瞽者張聽聲知禍福，公叩焉。纔謦欬，張即曰："吾故人也，二十年不相遇。"公竊笑其誕。再詢知鄉里，便曰："豈朱秘丞郎君乎？"公愕然。張曰："慶歷八年重陽日，蒙秘丞置酒。次日詣謝，聞公誕。彌月，又得預慶宴。秘丞

① "相"，原誤作"桐"，據《百川》本等改。

令視公,彼時愛此聲,每不忘,屈指已十七年矣。"[①]因道:"公此舉未及第,後六年當魁天下。"皆如其言。至今汴河岸常有張聽聲,蓋襲其名也。

錢秀才開圖書知人三世姓

余幼時隨母氏在常州,時見錢秀才,開圖書知人三世姓。男子知婦姓,女子知夫姓,無不驗。吾家之姊長適吴氏,次適沈氏。錢閱書,皆言夫姓吴,當時怪其差繆。後數年,沈姊離婚歸宗,嫁吴寬夫,不知圖書何爲而億中乃爾。生齒浩繁,豈此數帙文字所能該括?

卦影

熙寧間,蜀中日者費老筮《易》,以丹青寓吉凶。在十二辰,則畫鼠爲子,畫馬爲午,各從其屬。畫牛作二尾,則爲失;畫犬作二口,爲哭;畫十有一口,則爲吉。其類不一,謂之卦影。亦有繇詞,以相發明。其書曰《軌革》,費老筮之無不驗。其後轉相祖述,不知消息盈虚者,往往冒行此術,蓋中否未可知也。求筮者得幅紙畫人物,莫測吉凶,待其相符,然後以爲妙。卜以決疑,而轉生疑,非先王命卜之意也。其畫人物不常,鳥或四足,獸或兩翼,人或儒冠而僧衣,故爲怪以見象。朝士米芾好怪,常戴俗帽,衣深衣,而躡朝靴,紺緣纈,朋從目爲活卦影。又,開封李昂作卦影,自云能識倚伏,每筮得象,

① "已",原作"曰",據《文淵閣》本改。

則説諭人,亦有理趣。余目擊一事:曾有一卒持百錢來筮,昂探蓍布卦,即畫人,裹巾,半衣白,半衣緑,以杖荷二婦人頭。昂曰:卜者士人。半衣白似無官,半衣緑似有官。半緑似無出身,半白又似有出身。荷二婦人頭,兩頭陰,以爲貴人之首云。後詢知,卜者何大正也。何以布衣上書,言元祐皇后,稱旨得官。後又言元符皇后,忤旨失官,卜時方被罪。昂術精妙,余每求筮,或中或否,不能盡如此。或言日者占筮,繫其窮通,所謂術果如何哉?

黄琠筮文彦博九十二歲善終

文潞公在貝州時,有黄琠者,爲公筮,用一幅大綾,寫“九十二歲善終”六字,藏於家。考公自二十八歲作兩制,知成都。四十二歲平貝州賊,作宰相凡五十餘年。平日未嘗降官,雖贖銅罰俸亦無。元祐初平章軍國重事。久之,以太師、河東節度使、侍中居西京。紹聖元年,公九十二歲,坐異意降太子少保,河南府差通判來取節鉞,月餘終。

何執中遇五即有喜慶

何執中第五,微時從人筮窮達。其人云:“公不第五否?”何曰:“然。”其人拊掌大笑,連稱奇絶。因云:“公凡遇五,即有喜慶。”何以熙寧五年鄉薦余中榜第五人及第,五十五歲隨龍,崇寧五年作宰相。每遷官或生子,非五年,即五月,或五日。其驗如此。

御名頊汝及第

湖州戚山，嘉祐末夢人書"玉"旁"頁"字示之，云："御名此，汝及第時。"戚多與親舊道之。治平登極，而御名不如所夢，戚謂無驗。不數年，神考龍飛，正協其字。鄉人素聞其詳，尤以爲神。是舉不預薦，方嘆惋，忽有旨展年免解，湖州惟戚山一名預免，來年遂過省登第。

李充夢裸身見舒亶

常州李充，元豐間在太學夢裸身見舒亶。時舒主學，李意裸身有脱白之兆，甚喜。後太學賄獄起，事連諸生，李亦繫御史臺。舒爲中丞，夜閲囚，李正裸身對之，因悟前夢。

前身

蔡元度子仍悟前身是潤州丹陽王家兒，訪之果然，妻子尚在，來見之，相語如昔。至八九歲，漸熟世境，旋忘前事。雍邱李三禮，生女小師，數歲則曰："我是黄州黄陂典吏刊本作史。雷澤男享甫，[①]年十七歲病瘡卒。"[②]雍邱牛商多在黄陂，尋問，如合符契。他日，雷澤往視，小師一見，便呼爲父。政和八年，小師來黄陂，抱其舊母號泣，又數與邑人説其平昔，皆驗。

---

① "享"，《守山閣》本作"亨"。
② "病瘡卒"，《百川》本等作"病足瘡死"。

王震水厄

王震子發，平時人相之云："五十歲水厄。"紹聖二年責知袁州，五十歲矣。畏水厄，乃陸行，至蘄水，疽發頂上不可救，遂卒。豈所謂水厄者，厄於蘄水耶？

朱齋郎得術健身

湖州安吉朱齋郎昔游池州，齊山張道人與之一幅白紙，令尋"青眉子"，云："刺墨爲眉，多作丐者。"朱他日在鄉閭，見群丐中有刺青眉者，因叩之。青眉初詬駡，洎朱轉與張所寄紙，即笑曰："張老無恙乎？"先是，涎唾被面，一窮殍耳；既笑，天真粲然，塵不可掩，宛若貴人。良久，謂朱曰："汝無仙骨，又家富，黄白術不足以相累，有小技可以安樂終天年。"即授之而去。朱自爾大能飲啖，凡四十年無老態。崇寧乙酉，朱病，拏舟入吴興，將見劉燾。會劉往西安，不能俟，亟呼季父翼中，傳其術。語竟，引舟歸。季父素病，由是康健。不知所謂術者，何如也。

浮屠子預知饒珙名位

撫州饒珙，未第時遇浮屠子，語之曰："公他日名位，全如今潤州崔判官。"①饒未之信。後四十年，以朝請郎通判潤州，正先公作守時也。到官歲餘，因治廳事，得通判題名石

---

① "潤"，原作"泗"，據《文淵閣》本改。

刻，見崔判官姓名，注云："司封員外郎某年月日到、罷。"饒欣然記前言，乃求得老吏，詢崔罷去後事。乃云："得替至揚州，不諱。"饒心動，即上致仕狀。先公聞之，力勸止，然卒不免。

桂陽僧入石壁中

熙寧初，凌運勾權知桂陽監，坐失人死罪，廢黜。初，桂陽一僧携二徒游廬山，數歲，獨其徒歸，頗有金帛，日從博飲。① 僧之姊訟於官，執其徒鞫問，具得僧度牒、衣鉢。其徒云：未至桂陽三十里，江岸大石，同憩其旁。石忽開，有老人召僧入，石復合。至暮候之不出，遂歸。獄中大笑其誕，峻治，竟伏辜，二徒皆坐斬。數月，僧至桂陽，徒家訴冤，官吏由是抵罪。問僧，果入石壁中，見老人，語良久，從地户出，乃在鼎州桃源，僧乞食緩行還鄉。事有如此者，至今桂陽監現有案牘。

劍俠

古傳劍俠甚著，近世寂不聞。先令人嘗言常州張大卿一事，疑其劍俠也。云：張買得婢，年三十餘，雖不艷麗，風骨語論非凡物也。自挈一柳箱，緘固，每戒人勿發。尋常十數日則失之，夜半後復從天窗中來。張心異之，不敢詰。歲餘，生一女子，張意綢繆，俟其去，乃發箱，視之，中藏一短劍及皂半臂，無他物。纔歸，已覺，大怒曰："奈何不聽吾言！"取半臂披

① "從"，《文淵閣》本作"事"。

之,揮劍斷其女頭,倏然飛去。張急挽,已失所在。至今張氏祀於家祠。柳箱存焉。

紫姑神

古傳紫姑神,近世尤甚,宣和初禁之,乃絶。嘗觀其下神,用兩手扶一筲箕,頭插一箸,畫灰盤作字,加筆於箸上,則能寫紙。與人應答,自稱蓬萊大仙,多女子也,有名字伯仲,作文可觀,著棋則人無能敵者。余寓南海,有一假儒衣冠者,能迎致其神,在書室中和余詩云:"古書讀盡到今書,不獨才餘力有餘。自是丹山真鳳子,太平呈瑞只須臾。"其人自不能文,疑有神助。然不識字人致之,則不能書,但以箸宛轉畫灰盤爾。此何理也?

江南事諸神

江南俗事神,其巫不一。有號"香神"者,祠星辰,不用葷。有號"司徒神"者、"仙帝神"者,用牲,皆以酒爲酌,名稱甚多。嘗於神堂中見仙帝神名位,有柴帝、郭帝、石帝、劉帝之號,蓋五代周、晋、漢也,不知何故祀之,祀詞並無義理。又以傀儡戲樂神,用禳官事,呼爲弄戲。遇有繫者,則許戲幾棚。至賽時,張樂弄傀儡。初用楮錢,爇香啓禱,猶如祠神。至弄戲,則穢談群笑,無所不至。鄉人聚觀飲酒,醉又毆擊,往往因此又致訟繫。許賽無已時。

張昇不畏鬼物

張昇侍中初監権務,相傳廳事有鬼物,官吏不敢宿直舍。張至,獨寢廳上。夜半後,有物捫其足,如冰冷。須臾自足而上,循至頂,復下,如此再四。張閉目,引手持之,乃一毛臂甚巨。不敢視其狀,但堅持之。聞雞唱,忽作人語。初甚厲,已而漸遜,且言:"公官至侍中,語泄天機,自有陰禍,幸舍我。"張皆不恤,漸覺手中消鑠,至曉都盡,怪遂絶。張每戒人云,夜中但不開目,便不怖畏。仲姊之夫先爲張婿,親爲余言,不妄。

老僧於道場山建浮屠後世出狀元

熙寧癸丑,先公登第,天子擢居第一。爲權臣所軋,故居第二,大父頗不平。湖州道場山有老僧,爲大父言:"此非人事,道場山在州南離方,文筆山也,低於他州,故未有魁天下者。"僧乃丐緣,即山背建浮屠,望之如卓一筆。既成,語州人曰:①"後三十年出狀元。"②大觀賈安宅,政和莫儔,相繼爲廷試魁。此吾家事,非誕也。

瓊管四郡無登第者

瓊管四郡在海島上,士人未嘗有登第者。東坡責儋耳,

① "州",原脱,據《百川》本等補。
② "後",原脱,據《百川》本等補。

與瓊人姜唐佐游，喜其好學，與一聯詩云："滄海何嘗斷地脈，白袍端合破天荒。"東坡語姜云："俟他日有驗，當續成篇。"①崇寧興學，丕冒海隅，②四郡士人亦向進。雖墾闢已久，③恐鹵瘠終無嘉穀爾。

三女山風水與子婿

常州諸胡，余外氏。自武平使樞密，④宗愈繼執政，宗回、宗師、宗炎、奕修皆兩制。宗質四子，同時作監司。家貲又高，東南號富貴胡家。相傳祖塋三女山尤美，甚利子婿。余母氏乃尊行，如渭陽諸婿錢昂、黄輔國、李詩、柳廷俊、張巨、陳舉、蔣存誠，⑤皆爲顯官，餘無不出常調。吕吉甫太尉自言其家不利女婿，不唯碌碌無用，如長倩余中成婚二十餘年，元祐初觀望朝廷，⑥上疏乞誅吕吉甫謝天下，後竟離婚。亦云祖塋三女山，風水相刑也。余表侄李熙輅，狂生登第。吉甫以孫女妻之，自延安帥遣人納吉，禮貌甚盛。熙輅在京師，忽詣開封府投牒，願離婚。蔡元長尹京，驚問所以。並無違律及不爭財物，熙輅但言平生不喜與福建子交涉。元長怒叱出。卒成婚。時人謂吕家風水已應。⑦中州人每爲閩人所窘，目爲福建子，畏而憎之之辭。吉甫、元長皆閩人，故熙

① "當"，原脱，據《百川》本等補。
② "丕"，原作"不"，據《百川》本等改。
③ "雖"下，《百川》本等有"云"字。
④ "使"，《文淵閣》本作"官"。
⑤ "廷"，《文淵閣》本作"庭"。
⑥ "觀望朝廷"，《百川》本等無。
⑦ "時"上，原衍"其"字，據《百川》本等删。

暇戲之耳。

大姑李

大父居湖州城西，繞宅爲園，植果。有一李樹，實佳。家有姑，自幼時愛食，因占護，每李熟，他人莫敢采，家人號爲“大姑李”，傳其種於外。後數十年，諸父貧，不能有祖構，而姑所嫁丁維爲中大夫，典郡且富，遂售其地建宅。大姑尚無恙，竟得舊李。

王安石夫人有潔癖（一）

王荆公妻越國吴夫人，性好潔成疾。公任真率，每不相合。自江寧乞骸歸私第，有官藤牀，吴假用未還。吏來索，[1]左右莫敢言。公一旦跣而登牀，偃仰良久，吴望見即命送還。

王安石夫人有潔癖（二）

荆公吴夫人有潔疾，其意不獨恐污己，亦恐污人。長女之出，省之於江寧，夫人欣然裂綺縠製衣，將贈其甥，皆珍異也。忽有貓卧衣笥中，夫人即叱婢揭衣置浴室下，終不肯與人，竟腐敗，無敢取者。余大父至貧，掛冠，月俸折支，得壓酒囊，諸子幼時用爲脛衣。先公痛念兹事，既顯，盡以月俸頒昆弟宗族，終身不自吝一錢。諸父仰禄以活，不治生事。晚年

① “吏”上，《百川》本等有“郡”字。

遷謫，族人失俸，大有狼狽者，五叔父遂不聊生。余竊謂使荆公與大父易地，吴夫人安得有此疾！①

初和甫愛重黄庭堅

世傳婦人有産鬼形者，不能執而殺之，則飛去，夜復歸就乳，多瘁其母，俗呼爲旱魃。亦分男女，女魃竊其家物以出，兒魃竊外物以歸。初虞世和甫，名士善醫，公卿爭邀致，而性不可馴狎，往往尤忽於權貴。② 每貴人求治病，則重誅求之，至於不可堪，所得賂，旋以施貧者。最愛山谷黄庭堅，嘗言："山谷孝於親，吾愛重之。"每得佳墨精楮奇玩，必歸山谷。山谷嘗語朝士："初和甫於余，正是一兒旱魃。"時坐中有素厭苦和甫者，率爾對曰："到吾家便是女旱魃。"

伶人作俳譏諷崇寧間亂鑄錢

崇寧鑄九鼎，帝鼎居中，八鼎各鎮一隅。是時行當十錢，蘇州無賴子弟冒法盜鑄。會浙中大水，伶人對御作俳："今歲東南大水，乞遣彤鼎往鎮蘇州。"或作鼎神附奏云："不願前去，恐一例鑄作當十錢。"朝廷因治章綖之獄。

伶人丁先現作俳諷喻時事

伶人丁先現者，在教坊數十年。每對御作俳，頗議正時

---

① "有"，原脱，據《百川》本等補。
② "忽"，原作"急"，據《百川》本等改。

事。嘗在朝門與士大夫語曰:"先現衰老,無補朝廷也。"聞者哂之。

伶人嘲典帥王恩不習弓矢

王德用爲使相,黑色,俗號"黑相"。嘗與北使伴射,使已中的,黑相取箭鋅頭,一發破前矢,俗號"劈筈箭"。姚麟亦善射,爲殿帥十年,伴射常蒙獎賜。崇寧初,王恩以遭遇處位殿帥,不習弓矢,歲歲以伴射爲窘。伶人對御作俳,先一人持一矢入,曰:"黑相'劈筈箭',售錢三百萬。"又一人持大矢入,曰:"老姚射不輸箭,售錢三百萬。"後二人挽箭一車入,曰:"車箭都賣一錢。"或問:"是何人家箭,價賤如此?"答曰:"王恩不及垛箭。"

伶人譏茶牙人賜緋

楊鼎臣大夫嘗爲余言,紹聖間在成都,見提舉茶馬官,以課羨賜五品衣魚。府中開宴,俳優口號有"茶牙人賜緋"之句,當時頗怒其妄發,亦笞之。① 小人中有冷眼,最不可欺。元符末,廣帥柯述除直龍圖閣,移知福州。訓詞有云:"延閣以待該博之士,儻踐歷中外,厥有成績者,亦以命之。"柯無文采,頗不堪此"亦"字。

---

① "亦",《文淵閣》本作"竟"。

伶人譏王安石用人不限資格

熙寧間,王介甫行新法,欲用人材,或以選人爲監司。趙濟、劉誼,皆雄州防禦推官,提舉常平等事,薦所部官改官,而舉將自未改官。蓋用才不限資格,又不欲便授品秩,且惜名器也。其時多引人上殿。伶人對上作俳,跨驢直登軒陛。左右止之,其人曰:"將謂有脚者盡上得。"薦者少沮。

郡僚戲弄文及甫

文及甫,潞公子也。二十八歲以直龍圖閣知陝州,士論少之。郡僚戲云:"本州公筵,客將司奉台旨吃炒剁。"當時傳以爲笑。

錢遹負重健身

錢遹,田家子,高科膴仕,性甚魯。每遇失汗,則負重走齋中,汗出乃蘇。既爲禁從,猶如此。或取十餘千錢,就帳内荷之以作力。諸方不載此法,但人生惡安逸,喜勞動,惜乎非中庸也。輕薄子以爲此出汗方,編入御藥院,可一笑,故記之。

某大臣誤取僧骨與母合葬

元祐間有大臣,不欲書名氏。父嘗貶死朱崖,寓柩不歸。

既貴，自過海迎取。已更數十年，無識之者。① 於僧房中有數棺，枯骨無款記，不獲已，乃挈一棺歸，②與其母合葬，後競傳誤取僧骨來。紹聖初，言者欲萋斐，以無驗不敢舉。

酒食地獄

杭州繁華，部使者多在州置司，各有公帑。州倅二員，都廳公事，分委諸曹，倅號無事，日陪使府外臺宴飲。東坡倅杭，不勝杯酌。諸公欽其才望，朝夕聚首，疲於應接，乃號杭倅爲"酒食地獄"。後袁轂倅杭，適與郡將不協，諸司緣此亦相疏。③ 袁語所親曰："酒食地獄，正值獄空。"傳以爲笑。

李章乞魚

蘇州李章，以口舌爲生計，介甫集有《李章下第詩》，亦才子也。常游湖州，人皆厭其乞索。曾詣富人曹監簿家，曹方剖嘉魚，聞其來，遽匿魚出對之，章已入耳目。既坐，曹與論文，不及他事，冀其速去。談及介甫《字説》，章因言："世俗訛謬用字，如本鄉蘇州，篆文'魚'在'禾'右，隸書'魚'在'禾'左，不知何等小子，移過此魚。"曹拊掌，共匕箸。

① "無識之者"，《百川》本等作"無識其父柩者"。

② 自"於僧房中"至"乃挈一棺歸"，原作"於僧房中隨挈一具歸"，據《百川》本等改。

③ "司"，原作"人"，據《百川》本等改。

郭進禮敬建屋匠以戒子弟

昔有郭巨公進建第,[1]落成日,設諸匠列坐於子弟右。或以爲不可,巨公指諸匠曰:"此造屋者。"又指其子弟曰:"此賣屋者。固自有序。"識者以爲名言,可爲破家子戒。

蘇掖之子巧言勸父

常州蘇掖,仕至監司,家富,甚嗇。每置産,吝不與直,爭一錢至失色。尤喜乘人窘急時以微資取奇貨。嘗買别墅,與售者反覆甚苦。其子在旁曰:"大人可少增金,我輩他日賣之,亦得善價也。"父愕然,自是少悟。士大夫競傳其語。

富貴親情

錢塘郎忠厚,游當塗諸公間,頗稔熟,好敘親舊。見勢位,無不納拜者;至人失勢,則相疏。時人目之爲"富貴親情"。

潤州監與胥吏合謀盜官錢敗亡

潤州一監征,與務胥盜官錢,皆藏之胥家。約曰:"官滿分以裝我。"胥僞諾之。既代去,卒不與一錢。監征不敢索,悒悒渡揚子江,竟卒於維揚。胥得全賄,遂富,告歸治田宅。

① "郭巨公進",《百川》本無"郭"、"進"二字,《文淵閣》本無"進"字。

是年妻孕，如見監征褰幃而入，即誕子，甚慧。長喜書，胥使之就學。二十歲登第，胥大喜，盡鬻其産，挈家至京師，爲桂玉費。其子調官南下，已匱乏，至維揚病亡。① 胥無所歸，貧索無聊，悔悟而卒。②

趙廷臣殺無辜遭果報

趙廷臣，③故渝州洞蠻，與諸酋約降朝廷。至洞，趙乃率諸酋殺之，揚言衆叛，掩以爲己功，又盡得其財物，故廷臣世貲高，筮仕被擢用。生子諗，少年及第，幾爲殿魁。未三十歲，升朝爲國子博士，忽以狂逆伏法。廷臣自河東提刑配瓊州，母、妻、妹分配嶺外，家貲没官。識者謂諗等乃諸洞酋後身。

沈括寵悍妻

沈括存中，入翰苑，出塞垣，④爲聞人。晚娶張氏，悍虐，存中不能制，時被箠駡。捽鬚墮地，兒女號泣而拾之，鬚上有血肉者，又相與號慟，張終不恕。余仲姊嫁其子清直，張出也。存中長子博毅，前妻兒，張逐出之。存中時往賙給，張知輒怒，因誣長子凶逆暗昧事，存中責安置秀州。張時時步入府中，訴其夫子，家人輩徒跣，從勸於道。先公聞之，頗憐仲

---

① “至維揚病亡”，《百川》本等作“至中途子病，罄所餘召醫，及維揚而死”。
② “貧索無聊悔悟而卒”，《百川》本等作“旅寓貧索無聊，亦死”。
③ “廷”，《文淵閣》本作“庭”。
④ “塞”，原作“諫”，據《百川》本等改。

姊，乃奪之歸宗。存中投閒十餘年，紹聖初復官，領宫祠。張忽病死，人皆爲存中賀，而存中恍惚不安。[①] 船過揚子江，遂欲投水，左右挽持之，得無患。未幾，不禄。或疑平日爲張所苦，[②]又在患難，方幸相脱，乃爾何耶？余以爲此婦妒暴，非碌碌者，雖死魂魄猶有憑藉。

胡宗甫妻極妒

胡宗甫妻張氏，極妒。元豐中官京局，母氏常過其家，有小婢雲英行酒，與主人相顧而笑。張見而嫌之，婢亦覺，是夕自縊於廁。家人驚告，張飲嚼自如，母氏不遑處，乃歸。明年，張之愛女病，作婢語責張曰："我由爾死，尚未足道。既聞之，飲食笑樂，安忍耶？必令主死，爾諸子繼之，使爾孑然無聊，以償我昔痛。"未幾，宗甫捐館，張遽出京還常州，三子盡亡，姑婦四人孀居。張晚年病發，宛轉哀鳴，求諸婢餔飼扶掖。或責以前事，則流涕無語，如是十餘年乃卒。

王韶學佛未能消罪愆

王韶在熙河多殺伐。晚年知洪州，學佛。一日，問長老祖心曰："昔未聞道，罪障固多。今聞道矣，罪障滅乎？"心曰："今有人，貧負債。及富貴，而債主至，還否？"韶曰："必還。"曰："然則聞道矣，奈債主不相放何耶！"未幾，疽發於腦卒。

---

① "存中"下，《百川》本等有"自張亡"三字。

② "或疑"下，《百川》本等有"存中"二字。

倡婦原爲伴女囚者

倡婦，州郡隸獄官以伴女囚。近世擇姿容，習歌舞，迎送使客，侍宴好，謂之弟子，其魁謂之行首。

政和間懲男倡

書傳載彌子瑕，閎籍孺以色媚世，[①]至今京師與郡邑無賴男子，用以圖衣食。舊未嘗正名禁止，政和間始立法告捕。[②] 男子爲娼，杖一百，告者賞錢五十貫。

---

① "書傳"，《文淵閣》本作"史"。"閎籍孺"，《文淵閣》本作"籍孺、閎孺"。
② "政"，原作"致"，據《文淵閣》本改。

《萍洲可談》提要

《萍洲可談》三卷，宋朱彧撰。彧，字無惑，烏程人。是書《文獻通考》著録三卷，而明代商濬刻入《稗海》，陳繼儒刻入《秘笈》者，均止五十餘條，不盈一卷。陶宗儀《説郛》所録，更屬寥寥。蓋其本久佚，濬等特於諸書所引掇拾殘文，以存其概，皆未及睹三卷之本也。惟《永樂大典》徵引頗繁，裒而輯之，尚可復得三卷，謹排纂成編，以還其舊。雖散佚之餘，重爲綴緝，未必毫髮無遺，然較明代諸家所刊，幾贏四倍。約略核計，已得其十之八九矣。彧之父服，元豐中以直龍圖閣歷知萊、潤諸州。紹聖中嘗奉命使遼，後又爲廣州帥。故彧是書多述其父之所見聞，而於廣州蕃坊市舶，言之尤詳。考之《宋史》，服雖坐與蘇軾交游貶官，然實非元祐之黨。嘗有隙於蘇轍，而比附於舒亶、吕惠卿。故彧作是書，於二蘇頗有微詞，而於亶與惠卿，則往往曲爲解釋甚至，於元祐垂簾，有"政由帷薄"之語。蓋欲回護其父，不得不回護其父黨，遂不得不尊紹聖之政，而薄元祐之人。與蔡絛《鐵圍山叢談》同一用意，殊乖是非之公。然自此數條以外，所記土俗民風，朝章國典，皆頗足以資考證，即軼聞瑣事，亦往往有資勸戒，較他小説之侈神怪，肆恢嘲，徒供談噱之用者，猶有取焉。

《四庫全書總目》卷一四一《子部·小説家類二》